〖中华诗词存稿·名家专辑〗
中华诗词学会 编

诗树之秋 下集

诗论与诗话

李树喜 著

中国书籍出版社
China Book Press

图书在版编目（CIP）数据

诗树之秋. 下集 / 李树喜著. -- 北京：中国书籍出版社, 2023.9
　　ISBN 978-7-5068-9571-2

　　Ⅰ.①诗… Ⅱ.①李… Ⅲ.①诗集－中国－当代 Ⅳ.①I227

中国国家版本馆CIP数据核字(2023)第180945号

诗树之秋（下集）诗论与诗话

李树喜 著

责任编辑	吴化强
责任印制	孙马飞　马　芝
封面设计	采薇阁
出版发行	中国书籍出版社
地　　址	北京市丰台区三路居路97号（邮编：100073）
电　　话	（010）52257143（总编室）（010）52257153（发行部）
电子邮箱	chinabp@vip.sina.com
经　　销	全国新华书店
印　　刷	北京虎彩文化传播有限公司
开　　本	710毫米×1000毫米 1/16
字　　数	1152千字
印　　张	62
版　　次	2023年9月第1版 2023年9月第1次印刷
书　　号	ISBN 978-7-5068-9571-2
定　　价	180.00元（全2册）

版权所有　翻印必究

目 录

一编　大树诗论

中华诗词的时代精神 ……………………………… 3
　一、诗词当随时代 ……………………………… 3
　二、支撑时代精神的三要素 …………………… 6
　三、诗词的社会环境与角色担当 ……………… 7
　四、诗词面临新课题 …………………………… 8
毛泽东与当代诗词复兴 …………………………… 10
　一、新高峰开启新时代 ………………………… 10
　二、毛泽东的"风花雪月" ……………………… 12
　三、毛泽东诗词对诗体的影响 ………………… 14
　四、实践检验毛泽东诗论 ……………………… 16
　五、毛泽东诗词对创作的启示 ………………… 17
　　结语 …………………………………………… 18
《唐诗三百首》五言律绝的"出格"问题 ………… 19
关于"出格"的补议 ……………………………… 24
霍松林刘征李树喜书简：关于诗词的"持正知变" …… 28
李树喜致霍松林 …………………………………… 28
霍松林致李树喜 …………………………………… 29
刘征答李树喜（关于诗词出格）………………… 30
毛泽东诗词的"民本"精神 ……………………… 31

  人民大众是根本……………………………………31
  群众疾苦，念念于心……………………………33
  人民是历史的创造者……………………………35
"孤平"是个伪命题……………………………………37
  一、当代诸家的不同说法………………………37
  二、溯源清四家的"孤平"说…………………39
  三、关于"拗救"………………………………42
诗坛如此凉热
  ——兼论诗词的兴盛与新诗的式微……………43
持正施变　自信在焉
  ——毛泽东诗词韵律突破初探…………………47
  毛诗词"持正施变"举凡…………………………47
  一是放宽用韵……………………………………47
  二是调整平仄……………………………………49
  三是变通格式……………………………………50
  "持正施变"的历史考察…………………………50
  "持正施变"的现实意义…………………………53
  第一，"持正施变"是文化自信。………………53
  第二，"持正施变"是诗词之本。………………54
  第三，"持正施变"引领诗潮。…………………54
咏史题材继承与开拓………………………………………56
  1. 关于民族历史的传承 …………………………57
  2. 关于秦始皇成败和长城功用 …………………59
  3. 关于中国统一的历史趋势 ……………………59
  4. 关于人才史观 …………………………………60
  5. 关于历史人物和事件的评价 …………………60
诗词人才简论………………………………………………62

诗人当随时代 …………………………………… 62
　　诗才是创新之才 ………………………………… 62
　　诗性浪漫 ………………………………………… 63
　　诗人的基本素养 ………………………………… 64
　　诗人的社会角色 ………………………………… 66

云闲说诗八则 ………………………………………… 67
　　一、创新 ………………………………………… 67
　　二、浪漫 ………………………………………… 68
　　三、环境 ………………………………………… 69
　　四、讽喻 ………………………………………… 70
　　五、推敲 ………………………………………… 71
　　六、平白 ………………………………………… 72
　　七、谋篇 ………………………………………… 73
　　八、素养 ………………………………………… 73

关于设立"中华诗人节" ……………………………… 75
　　附　关于正式确立"中华诗人节"的建议 ……… 76
　　附　诗人节溯源 ………………………………… 76

漫论"诗浪漫"
　　——诗词创作的一个重要话题 ………………… 78
　　一、浪漫主义与现实主义兼容 ………………… 78
　　二、诗性浪漫 …………………………………… 79
　　三、情感诗尤须浪漫 …………………………… 80
　　四、浪漫的真实胜于生活的真实 ……………… 81
　　五、浪漫四要素：想象、夸张、细节、韵味 …… 82
　　结　语 …………………………………………… 84

山的绝唱与风的豪歌
　　——毛泽东《清平乐·六盘山》别议 ………… 85

一、关于山 …………………………………………… 85
　　二、关于风 …………………………………………… 88
　　三、关于"山文化"与"诗文化" …………………… 89
清四家诗论漫评 …………………………………………… 91
庆阳——中华诗词的重要源头 …………………………… 98
《歌德谈话录》与诗词理念 ……………………………… 100
　　关于时代："我占了很大便宜" ……………………… 101
　　"趁热打铁" …………………………………………… 102
　　"情欲•女性•诗词" ………………………………… 103
　　"求变"是规律 ………………………………………… 104
　　情绪不来"不硬写" …………………………………… 105
　　我说"诗词复兴" ……………………………………… 106

二编　观潮诗话　上

《观潮诗话》序 …………………………………………… 111
《诗经》源头与孔子删诗 ………………………………… 112
我看"青春诗会" ………………………………………… 114
想起了于右任 ……………………………………………… 116
杜甫的祖父杜审言 ………………………………………… 118
清明诗词古今谈 …………………………………………… 120
　　一、清明的缘起 ……………………………………… 120
　　二、古人诗词举凡 …………………………………… 121
　　三、今人诗词 ………………………………………… 123
　　四、有关春天好诗 …………………………………… 124
关于"推敲"的断想 ……………………………………… 126
为诗烂漫唱桃花 …………………………………………… 128

诗不可以无我	130
林黛玉的诗词观	132
创新是诗魂	134
胡适与"诗词灭亡"论	136
当代诗词的两岸交流	138
丘逢甲与台湾诗	140
海外风物入诗词	142
"正月"诗词诗趣话	144
从"山高人为峰"说开去	146
漫谈名著与诗词	148
"竹枝词"的源与流	150
从速记多错说起	153
曹操诗与埋葬之谜	155
"二人转"与格律诗	157
柳亚子与南社百年	158
臧老自称"两面派"	160
爱母颂母天下同心	162
李白的性情	164
诗说莲藕泥	165
漫谈状元诗词	167
将军诗词谈片	169
漫说宫女题材诗	172
王冷斋抗战的"史"与诗	174
诗律非戒律	177
大处着眼与细部着手	179
崔莺莺：其人其戏与诗文	181
莺莺本事	181
戏剧编演	182

元稹其人……183
冯玉祥和他的"丘八诗"……185
郑板桥诗词的思想锋芒……188
皇帝诗漫谈……191
诗僧与禅诗趣谈……195
"杏花村"遥指何方？（外一则）……199
众说纷纭溯词源……201
杜甫律诗的"拗体"探索……204
苏东坡与"乌台诗案"……207
诗词史话……210
  《沁园春·雪》引发大论战……210
道是海棠香有无……215
  其一……217
  其二……217
"武当说诗"
  ——在"武当山杯"诗词大赛颁奖仪式上的讲话……218
从顾炎武《海上》诗说开去……220
  海上……220
纽约诗情红胜火
  ——赴美诗词讲学漫记……224
漫论诗词"老干体"
  ——老干体的是与非……228
诗词大奖旁观者言……234
叶燮的诗词"正变观"……236
"实话诗说"
  ——作者在中华诗词青春诗会上的发言摘要……239
女性诗词漫谈……241

上篇　述古 …………………………………………… 241
　　其一 ………………………………………………… 243
　　其八 ………………………………………………… 243
　　其九 ………………………………………………… 243
　　下篇　揽今 …………………………………………… 243
毛泽东与《咏蛙》诗 …………………………………………… 246
桃花源诗文趣谈 ……………………………………………… 250
爱情诗与青老年 ……………………………………………… 254

三编　观潮诗话　下

诗词漫话之一　忘韵 ………………………………………… 257
诗坛漫话之二　"锄禾日当午"不简单 …………………… 257
诗词漫话之三　"人面桃花"与诗人崔护 ………………… 258
诗词漫话之四　诗贵平白 …………………………………… 259
诗词漫话之五　诗坛轶趣
　"要饭三巡后，收诗半夜时" …………………………… 259
诗词漫话之六　剪辫续缰句　化自古人诗 ………………… 260
诗坛漫话之七　朱元璋诗化古人 …………………………… 261
诗词漫话之八　铁岭诗词不可小觑 ………………………… 261
诗坛漫话之九　农村诗人"二张" ………………………… 262
诗词漫话之十　《诗词格律》（王力）之误 ………………… 263
诗坛漫话之十一　诗言不赘　意尽而止 …………………… 264
诗坛漫话之十二　诗人的"体力劳动" …………………… 264
诗词漫话之十三　"诗者无师" …………………………… 265
诗词漫话之十四　爱情是永恒主题 ………………………… 266
诗词漫话之十五　切莫"捆绑"竹枝词 …………………… 266

诗词漫话之十六	贺敬之的"新古体"	267
诗词漫话之十七	蔡老情诗好动人	269
诗词漫话之十八	唐诗精品知多少	270
诗词漫话之十九	《扬眉剑出鞘》作者是谁	270
诗词漫话之二十	"待到山花"与"待到雪化"	271
诗词漫话之二十一	刘征与王洛宾	272
诗词漫话之二十二	谁人雅制"安排令"？	273
诗词漫话之二十三	浪漫是诗的本性、本征	275
诗词漫话之二十四	毛泽东的"半字师"属子虚乌有	276
诗词漫话之二十五	杜审言与文人狂妄	277
诗词漫话之二十六	天道非酬勤	278
诗词漫话之二十七	《唐诗别裁》创意多	279
诗词漫话之二十八	"奇人"敢峰	280
诗词漫话之二十九	孙犁先生的诗与文	281
诗词漫话之三十	诗情如火郭小川	283
诗词漫话之三十一	沈祖棻逸事	285
诗词漫话之三十二 床即床也，我读李白"床前明月光"		286
诗词漫话之三十三	诗不可无"我"	287
诗词漫话之三十四	我说"获奖"	288
诗词漫话之三十五	"四大美人"谁第一？	289
诗词漫话之三十六	丰子恺挨斗贺子婚	289
诗词漫话之三十七	实话"诗说"	290
诗词漫话之三十八	诗与"铁律"	291
诗词漫话之三十九	醋瓶问题	292
诗词漫话之四十	中华全国省市诗（凡34首）	292
诗词漫话之四十一	隋炀帝的"东西行"	298
诗词漫话之四十二	想象之奇与浪漫之特	300

诗词漫话之四十三	民族融合与"杂种"	301
诗词漫话之四十四	秋访花驼岭	302
诗词漫话之四十五	老申怪论（灵感来自肇东八里城）	303
诗词漫话之四十六	诗词，出现新潮了吗？	304
诗词漫话之四十七	霜降之秋岳阳楼	305
诗词漫话之四十八	人到古稀还写诗吗？	306
诗词漫话之四十九	莫以"规矩"吓人	307
诗词漫话之五十	"隔空作诗"小议	308
诗词漫话之五十一	诗有诀窍吗？	309
诗词漫话之五十二	桃江识得郭纯贞	309
诗词漫话之五十三	胡乔木诗词风采	312
诗词漫话之五十四	红尘难舍	314
诗词漫话之五十五	钟家佐：伉俪情深	315
诗词漫话之五十六	某书记"论诗"	316
诗词漫话之五十七	胡乔木代笔《沁园春·雪》吗？	316
诗词漫话之五十八	什么是诗？	317
诗词漫话之五十九	史思明与"官大诗好"	318
诗词漫话之六十	如何看待诗词"用典"？	319
诗词漫话之六十一	孔子"删诗"了吗？	320
诗词漫话之六十二	我的导师吴世昌	321
诗词漫话之六十三	秋深小虫吟（四题）	323
诗词漫话之六十四	我的"梦境"十章	324
诗词漫话之六十五	我是一个"六面派"	327
诗词漫话之六十六	自嘲与幽默	327
诗词漫话之六十七	柳亚子见识非凡	328
诗词漫话之六十八	柳亚子 的脾气与"牢骚"	329
诗词漫话之六十九	谒柳州"柳侯祠"	331
诗词漫话之七十	三江侗乡"风雨桥"	332

诗词漫话之七十一	………………………………………… 333
诗词漫话之七十二	诗说"暗物质"……………………… 334
诗词漫话之七十三	
人才之叹——我读《中国人才学史》………… 335	
诗词漫话之七十四	"人才诗词"非乐观……………… 336
诗词漫话之七十五	诗说《卿云歌》………………………… 339
诗词漫话之七十六	慨叹深深为屈原………………………… 340
诗词漫话之七十七	诗之"八病"论………………………… 341
诗词漫话之七十八	史思明的《咏石榴诗》………………… 342
诗词漫话之七十九	古酒诗话………………………………… 342
诗词漫话之八十	黑暗漫想………………………………… 344
诗词漫话之八十一	诗词学会搬迁与雅韵研讨……………… 345
诗词漫话之八十二	"初心难葆 概莫能外"……………… 346
诗词漫话之八十三	"量子文物鉴定"亲历记……………… 347
诗词漫话之八十四	卢芹斋：青花瓶上鉴古今……………… 348
诗词漫话之八十五	怀念罗豪才老师………………………… 349
诗词漫话之八十六	诗瓷交汇在黄山………………………… 350
诗词漫话之八十七	半青不老记……………………………… 351
诗词漫话之八十八	陈望道的"诗学说"…………………… 351
诗词漫话之八十九	冬至 忆我姥爷：一位民间智者 … 352

四编　序跋评诗

诗者的风范
　　——蔡厚示《二八诗集》序……………………… 357
序了凡《半坡烟雨半坡风》……………………………… 361
匠心独运不荒唐
　　——王政佳《荒堂全调词笺》代序……………… 363

泥香缕缕上诗坛
　　——农民诗人张玉旺诗集代序·············366
风正"两帆"悬
　　——序张少林《双帆集》·················369
"山大王杯"征诗大赛作品集代序···············372
盛世诗坛待后生
　　——《90后诗词选》漫评··················374
钟老咏史开新界·····························379
《中华百花诗咏》代序······················382
唯其有真　方见其深·······················384
经略风云好入诗
　　——李汉荣诗集序·······················386
《杂花树》自序···························390

五编　师友嘉评

烂漫出新《杂花树》························393
《观潮诗话》序···························396
李树喜诗词中的时代精神····················399
　　春　讯·····························399
　　题鹳雀楼···························399
　　钱塘大潮二题（其一）················400
　　双枪老太塑像·······················400
　　新闻生涯···························401
　　咏　蝉·····························401
一心要写吾真
　　——李树喜诗词读后············宋彩霞　403

11

根深·叶茂·花新
  ——《诗词之树：李树喜诗词选》读后………高昌 409
  李树喜先生之诗词风采………………………林峰 412
拆翻史海几层波
  ——李树喜咏史诗赏析…………………………林峰 415
  怀李白……………………………………………… 416
  李 纲……………………………………………… 416
  韩信三首…………………………………………… 417
  念奴娇·东坡赤壁怀古…………………………… 418
  水调歌头·敬亭山………………………………… 418
  冬夜读史…………………………………………… 419
领异标新是我师
  ——我读李树喜先生诗词……………………刘文革 422
  一、"草根"意识与草根诗人……………………… 422
  二、善于独思的诗人思想家……………………… 423
  三、紧随时代的践行者…………………………… 424
  四、展现个性的创新之才………………………… 426
  五、中青年诗人的良师益友……………………… 428
若无创意则无诗……………………………………… 430
  ——我读李树喜诗词…………………………沈华维 430
鹤鸣九皋，声闻于天
  ——李树喜先生素描……………………………曹辉 435
真性情与新境界
  ——李树喜诗词漫评…………………………苟德麟 439
于无声处听真响
  ——浅评李树喜先生题石钟山联……………高朝先 443

六编　格律新讲

前言：诗词格律并不难…………………………………… 449
第一讲　格律诗概念…………………………………… 450
　　第一节　用韵………………………………………… 450
　　第二节　四声与平仄………………………………… 451
　　第三节　平水韵……………………………………… 451
　　第四节　中华通韵…………………………………… 452
　　第五节　新韵诗词的通押…………………………… 454
第二讲　四种句式及组合……………………………… 455
第三讲　对与黏………………………………………… 458
　　第一节　黏对要求…………………………………… 458
　　第二节　对仗要求…………………………………… 458
第四讲　变通与补救…………………………………… 459
　　第一节　"不论"与"分明"………………………… 459
　　第二节　三种调整与补救…………………………… 459
　　第三节　孤平………………………………………… 460
　　第四节　关于三仄尾………………………………… 461
　　第五节　拗（出格）而不救………………………… 462
第五讲　各类诗体简述………………………………… 464
　　第一节　绝句………………………………………… 464
　　早发白帝城（李白）………………………………… 466
　　大林寺桃花（白居易）……………………………… 466
　　苏台揽古（李白）…………………………………… 467
　　绝句四首（其三）（杜甫）………………………… 467
　　第二节　律诗………………………………………… 467
　　塞下曲（李白）……………………………………… 468

观猎（王维）·················· 468
　　山居秋暝（王维）················ 469
　　晚晴（李商隐）·················· 470
　　闻官军收河南河北（杜甫）············ 470
　　登高（杜甫）··················· 471
　　酬乐天扬州席上见赠（刘禹锡）·········· 471
　　古意　（沈佺期）················ 472
　　第三节　五绝与古绝················ 473
　　第四节　杂言与竹枝词··············· 474
　　第五节　歌行··················· 474
第六讲　词的基本知识················· 475
　第一节　起源与特征················· 475
　第二节　词牌···················· 476
　第三节　词谱与填词················· 477
　第四节　词的别体·················· 478
　第五节　常用词牌·················· 478

一编 大树诗论

中华诗词的时代精神

诗词是中华文化王冠上的明珠，诗词是中华传统文化最具光彩和魅力的篇章，可以称为"中华文化的基因"（DNA）。

一、诗词当随时代

"笔墨当随时代"，一种文学艺术样式有无生命力和能否为大众接受，在于能否反映时代生活。诗词亦当如此。

早在1955年台湾诗人节，于右任老先生就说，诗词"一、发扬时代的精神。二、便利大众的欣赏。盖违乎时代者必被时代抛弃，远乎大众者必被大众冷落……此时之诗，非少数者悠闲之文艺，而应为大众立心立命之文艺。"如此"革命"的提法，曾经使我们某些文艺评论家惊愕。其实，诗词与时代、大众紧密相连，是一切开明的前瞻的文化工作者和诗人的共识和共同追求。一部文学史或诗词史，实际上也是在时代不断演进中适应时代的历史。

我们看到，在世纪交接的时代，作为传统文化精粹的中华诗词，经历复苏、走向复兴和初见繁荣。深厚的传统和丰富多彩的现实生活，令诗词展现出空前活力和时代精神。在创作题材和内容方面，国际国内大事，社会生活，个人经历，艰苦磨难，日常情趣，旅游咏物，田园风光，哲思感悟，朋友酬答，内心独白，相思爱情……纷纷入诗，各具风采。

近年来，每逢大事、节庆、纪念日都有大批诗作产生。在纪念香港回归诗词大赛中，贺苏老人"七月珠还日，百年雪耻时。老夫今有幸，不写示儿诗"的五绝，短短二十字，形象，深沉，集中而典型地反映了沧桑老人对香港回归的喜悦。

马凯同志在陪同温家宝总理日理万机的抗震工作中，写出诗歌数十首。其中"惊天地，泣鬼神，五州叹，四海钦。多难兴邦缘何在，临危万众共一心。顶天立地何为本，日月同辉大写人"的诗句，歌颂了中国人民的英雄气概。

令狐安的《维权曲》是这样写的：权柄握在手，方知执政难。建国近甲子，教训万万千。多少官像变，重蹈旧权奸。狐鼠横行处，敛财不避嫌。沉湎钱与位，早忘甲申年。作为纪律检察方面的领导干部，深刻思考，大胆鞭斥，诗见情怀，难能可贵。

还有，大批反映农民和基层的诗作具有鲜明时代特征。吕子房的《浪淘沙·巴山背哥》写道：小子走巴山，踏遍渝川。背星背月背朝天。呵嚄一声忙挂地，仰首岩悬。 日夜顶风寒，脚破鞋穿。为儿为母为家园。 苦命二哥背不尽，背起人间。写小人物的环境艰窘和拼命生活，画面生动，跃然纸上，一呼一叹，动人心魄。

爱情是诗歌的永恒主题。红豆大奖赛一首获奖诗"南国春风路几千，骊歌声里柳含烟。夕阳一点如红豆，已把相思写满天。"形象、概括、洗炼，具有很高的美学价值，为人所公认的佳句。

古代社会不可能涉足的失恋题材，在女青年吴菲笔下别有韵味：其《清平乐·失恋之后》是这样写的：晓风吹送，回首些些痛。燕婉深盟终底用？不过槐安旧梦。城郊紫陌荒寒，因缘世界三千。扫取颓枝怨叶，烧成一个春天！尤其是下半阕和结句，颇有新诗的意像和风格，且又是诗词的形式。其爱情观及其大胆表述，充满时代气息。

再如李申写《双枪老太塑像》：远离战火久，事理乱成堆。老太双枪在，不知该打谁。反映了时间推移、社会变迁中观念的碰撞和演变。亦庄亦谐！而一首《送儿出国》题材的五绝，更道出天下父母的心声：叮咛千百遍，默默理征衣。天下爹娘愿，盼飞还盼归……等等。

重要的是，诗人们没有放下批判谕讽的传统武器。

社会是在矛盾中行进的。任何昌明的社会，有光明也有黑暗、昏暗或不平。只有揭露、批评、消除阴暗因素，社会才能更健康前进。《中华诗词》的"刺玫瑰"专栏，就以专门发表讽刺诗博得各界好评。

一则《下马石》：独立皇陵侧，端居孔庙前。千官皆下马，一石冷无言。一则《读西游记》：一路西天遭劫灾，百般请得救兵来。神仙摆下玩猴阵，那个妖精没后台！或冷峻机警，或诙谐深刻，各有千秋。

咏史怀古题材也老树新花，多有收获。李树喜在其七律《苏武事迹》写道：

持节匈奴两鬓稀，兄亡弟殁各无知。李陵规劝先啼泪，卫律威逼徒费辞。水草丰盛大泽畔，胡妻柔顺洽欢时。子卿北地寻余脉，通国还朝擎汉旗。

这首七律，实际是追本穷源，矫正偏见，重描了苏武的史实：虽则不幸，亦非身处绝境；虽有刚毅，亦有柔情。苏武流放地贝加尔湖一带水草丰美，后期经常得到美酒等生活用品的馈赠；苏武与胡妇成婚生子，其子在苏武年迈时召回汉室为郎……匈奴亦非青面獠牙，汉庭多有处置失当，历史事件也是复杂的多面体。

此外，关于哲思和感悟心路历程的诗句，也时见光芒，如李申的《偶得》句：

人心曲曲弯弯水，世事重重复复山。情绪浓浓淡淡酒，收成雨雨风风年。

宋晓梧的《佛魔》：魔为偏执佛，佛是端正魔。细数千秋史，佛魔一纸隔！哲思，彻悟，于平白之间。

总之，孔夫子说的"兴观群怨"的功能于当代诗词都有表现，且更见广泛、深刻。由此表现了中华诗词深伟的蕴力和活力。

二、支撑时代精神的三要素

构成诗词时代精神的要素,大略是三个方面:

一是相当的数量与质量。

当代诗词同历史上的诗词高峰相比,究竟怎么样呢?

首先,诗词尤其是词,以毛泽东为代表,呈现一大高峰。当代诗人聂绀弩、刘征等的创新作品,庶几与过去的高峰比肩。一批具有新的意象,新的视角,新的语言,新的哲思的好诗词、诗句,如珠似玉。如刘征《水调歌头·中秋赏月》"我谓月,且欢笑,勿神伤。管它阴晴圆缺,只当捉迷藏"的豁达奇语,《卜算子》:"且莫叹荆榛,毕竟多芳草。检点人间万古愁,一点丁丁小"的哲思、彻悟,等等,不一而足……

总之,对于当代诗词的基本估计是:数量,绝对超过以往;精品,亦有相当篇章。

当然,当代的大家、名家不及以往那样耀眼,精品的比例尚远不如唐宋。下大力气提高质量多出精品,是首要任务。

二是显著的特色优势。

精短,典雅,押韵,上口,便于记忆,易于流传,诗词原有的优势,在快节奏的当今环境中充分展现。更能契合社会氛围和大众需求,显示着蕴力、魅力、耐力。我们不妨做些比较。关于匈牙利诗人裴多菲的一首名篇,茅盾1923年译本是:

我一生最宝贵:恋爱与自由。为了恋爱的原故,生命可以舍去;但为了自由的原故,我将欢欢喜喜地把恋爱舍去!

而殷夫1929年的译本是:

生命诚宝贵,爱情价更高。若为自由故,二者皆可抛。

同一作品,都是名家。由于形式不同,效果和社会影响显然不同。优势在诗词方面。

三是空前的社会支撑。

从实践论的角度看,大众的认同和流传,是检验文化艺术包括新诗旧诗重要乃至唯一的标准。

如果要问，当今，什么文化艺术形式离我们最近，接触最早？答案是诗词。以儿童普遍学习"鹅，鹅，鹅"和"床前明月光"为例，孩子的父母和祖父母、外祖父母等，无疑要对此有最简单和基本的接触。特别指出，随着社会成员文化水准的普遍提高，更多的人(全国以百万计)接触、了解和喜爱诗词并且提笔写作，这种认同和普及，使得诗词获得前所未有的社会支撑，具有广阔的复兴和繁荣前景。

三、诗词的社会环境与角色担当

诗词的流行或传诵，有赖于内在质量和外部环境的契合。

当今社会环境对诗词的影响表现为两重性，一方面，社会发展有利于诗词复兴；另一方面，文化的丰富多样约束和限制了诗词的独尊。

封建社会中，诗词长期处于尊贵地位。科举考试必有诗词，清朝甚至明确由皇家钦定用韵。兼之诗词形式短小精悍，概括力强，有韵律，易传播，没有其他艺术形式与之匹敌、并列，使之成为独领风骚的艺术形式。

当今时代，文化艺术呈现多种样式，且平面媒体和电视广播以及网络的兴起，使得社会大众的文化需求有多项选择。在诸多文学形式中，诗词不再是文人必须掌握的，不是最时髦和最有视觉冲击力的。精品佳句不少，流行传唱不多。然而，经过分辨、思考发现，诗词能够融入社会而不被排斥，很可能出现新的繁荣和普及。虽然不再是独领风骚，但也是传统和现代谐和、风流独具的角色！

总之，与时俱进，继承创新，求正容变，众多社会成员参与，大批量较高水准的作品反映丰富多彩的时代生活，就是诗词的时代精神。

四、诗词面临新课题

时代与大众，普及与提高，继承与创新，复兴与复古，是当代诗词面临的主要课题。亦有误区和偏颇，作者以为突出了两个方面：

一是脱离现实，盲目复古。

有一种主张，回避社会，远离大众；完全置身于个人天地，自我陶醉，对社会一概采取冷漠置疑排斥和批判态度；甚至提出"回到唐宋"的口号。

其实，历史上任何成功的复兴或复古都是改革，而不是倒退、回到原来。清代叶燮指出："诗词正变几千年，盛衰之所以然。"诗词同其他文学艺术一样，不可能回到唐宋，不可能脱离现实生活。

有一种现象，故弄玄虚，生僻艰深。别人看不明白，自己说不清楚。无疑，民众了解、广泛流传的当然是通俗晓畅的作品。艰难用典，诘屈聱牙，何从欣赏！"细数流传千古句，皆从平白语中来。"信然。

二是标语口号，世纪诗病。高潮泡沫。

当今时代，国泰民安，形势好，节庆多。有关节庆和纪念题材的诗，易将事件和政策术语入诗，易生豪言壮语，易搬用标语口号和套话，成为"伟大的空话"，姑且称作"盛世诗病"。政论可以如此，报告可以如此，外交辞令可以如此，但诗词则断不可以如此。毛泽东早就说过，"我们的要求则是政治和艺术的统一，内容和形式的统一，革命的政治内容和尽可能完美的艺术形式的统一。缺乏艺术性的艺术品，无论政治上怎样进步，也是没有力量的。"遗憾的是，当前这类作品较多，甚至包括一些大赛中获奖的作品，应当尽量避免。

如何解决诗词较为突出和普遍的问题？从写作的角度是：大处着眼，细部着手。以小见大，见微知著，方是功夫。更是古来诗人成功的要诀之一。

诗词的美妙和感染力得之于细节描写。诗经"窈窕淑女，君子好逑"写爱情也；谢灵运"池塘生春草，园柳变鸣禽"写初春也；刘禹锡"朱雀桥边野草花""旧时王谢堂前燕"写变迁也；辛弃疾"七八个星天外，两三点雨山前"写春夜也；毛泽东"弹洞前村壁"写现代战争也；"马蹄声碎，喇叭声咽"写行军也。尤其是孟郊的《游子吟》，以"细线、寸草"寄情，以"密密缝"写母爱，朴实真挚，深刻动人，千百年来为人们喜爱。

回看毛泽东词作，小到《忆秦娥·娄山关》的"西风烈，长空雁叫霜晨月"，大到《沁园春·雪》，其中不曾有"革命""红军"等政治词语，但其间包括着浓烈的革命和光明的内涵，是用艺术形象而不是用概念说话。就写诗而言，立意高、气魄大和具体描写非但不矛盾，反而是依赖于具体、鲜活的描写。

近来看到记某山村乒乓球台的七律（作者是李栋恒中将）：

水泥台面带残冰，楚汉相分一草绳。陋拍锯磨粘贴就，瘪球烫复往来仍。露天时有风参战，入暮唯凭月作灯。莫笑抽拉姿不雅，兴如奥运各逞能。

细节、生动、风趣、高超！

又如，获建党九十周年大奖赛一等奖徐绪明的《鹧鸪天》：合是梅花清秀姿，生来不怕雪霜欺。一从亮相南湖后，九十年来放愈奇。勤管理，莫松弛，务防虫蛀干和枝。植根大地春长驻，花俏花香无尽时。作品以梅花喻党，着力细节描绘，摆脱大话套话，得奖理所当然。

诚然，我们不排除豪言壮语和大气魄。而是要大得有理、适度，有奇思妙语。主要着力点是描细节，塑形象，用艺术的形象的语言写诗。

还需指出的是，诗词创作与其说具有理论的品格，不如说更具实践的品格。诗人成功的要义在实践。融入时代，重在磨练，终究还是以作品说话！

（原载光明日报2012年12月26日"光明讲坛"）

毛泽东与当代诗词复兴

一、新高峰开启新时代

中华诗词的历史有几大高潮或高峰。世纪之交，毛泽东诗词崛起，成为山外青山，新的高峰。尤其是其词作，可以"雄视百代"形容。

诗词巨匠柳亚子对毛泽东诗词极为赞服，在由《沁园春·雪》引发的评论中说："余词坛跋扈，不自讳其狂，技痒效颦，以视润之，始逊一筹。"

我以为，毛泽东诗词作为高峰有三个要素：时代高度，崭新内容，艺术手段。

毛泽东诗词，写战争、咏物、抒怀、写情、其气魄、胸怀，其艺术手段和魅力有诸多创造和超越。如《忆秦娥·娄山关》《菩萨蛮·大柏地》《沁园春·雪》《卜算子·咏梅》《七律·答友人》（九嶷山上白云飞）等，直逼苏辛，傲视百代。

历史上任何文化复兴或繁荣，都须有其代表人物和代表作品，或称之为"风标"。明、清两代的诗人和诗作数量不亚于唐宋，不乏华彩。为什么不是高峰大潮？就是没有足以与李杜苏辛相匹敌的大家、巨匠。毛泽东就是唐宋以后的大家、巨匠，清朝叶燮说过："数千年诗之正变，盛衰之所以然"。毛泽东诗词就是承传统之"正"，开创造之"变"。是长河巨澜，群山之巅，引领时代，彪炳千秋。是当今诗词的最高代表。

纵观毛泽东诗词，我们特别重视《沁园春·雪》的划时代意义。

毛泽东到达陕北之后，1936年2月第一次见到北方雪景，有感而作《沁园春·雪》。重庆谈判期间的1945年9月6日，毛泽东和周恩来看望柳亚子，应柳之请，当面书赠此词，继而由吴祖光在重庆报纸副刊发表。一阕《沁园春》横空出世，石破天惊，激起轩然大波，引发拥护和反对《沁园春》的激烈论战。国民党方面动员诗词文章批判，共产党和民主人士则叫好唱和。据不完全统计，彼方发表诗词31首，其中纯属谩骂者21首；此方诗词、文章亦数十件，参与其中的郭沫若、柳亚子、聂绀弩、陈毅、黄齐生、邓拓等都是诗界翘楚，名流大家。

一首词作，震动九州，牵动两党，影响国是，引发唱和，掀起大波，在中外文化史上罕有其匹，意义非凡。1945年底，聂绀弩在《客观》发表《毛词解》指出，"今天的中国，新文化和旧文化，新思想和旧思想，已截然分为两道……一阕《沁园春》不过百余字，就像一条鸿沟，把旧时代的骚人宴客都隔住了。"

的确，该词的主题和内涵已经为新旧划界，除旧布新。昔者往矣，风流今朝，作者自己也解释说"末三句，是指无产阶级"。无疑，这是诗词新时代的开端。

综上所述，从文化史的角度，《沁园春》论战的1945年，是新旧时代的分野，也是当代诗词大潮的起点。

我们说诗词处在一个新的高潮，新潮初起，是因为自打1945年毛泽东《沁园春·雪》发表以来的七十年，经过五十年代新旧诗体彼此消长，六七十年代"文革"冶炼、四五运动示威爆发，改革以来春潮涌动，诗词发生巨变，总体向前，广有成就。这是毛泽东诗词引领的时代。时间不短但还不算漫长。回看历史上的唐诗宋词的繁荣，都是三百年的时间。那么多、那么好的三百首或多少首，那么优秀闪亮的诗人群体是在三百年中出现的。比较一下，我们七十年的诗词局面，比历史上任何时代毫不逊色而有过之。

二、毛泽东的"风花雪月"

"风花雪月松竹梅",这些传统诗词吟咏的对象,毛泽东皆有涉及。就其内涵、气象和风韵、格调来看,毛泽东诗词塑造新的形象,赋予新的内容,注入新的灵魂、开拓出崭新的艺术境界,例如:

风,"西风烈","红旗漫卷西风","西风漫卷孤城","正西风落叶下长安";

花,"战地黄花分外香","万花纷谢一时稀"和"落花时节读华章";

雪,《沁园春·雪》之外,"赣江风雪弥漫处","雪里行军情更迫","雪压冬云白絮飞"等,俱是苍劲和阳刚之气;

月,"长空雁叫霜晨月","可上九天揽月",还有隐喻月宫的"寂寞嫦娥舒广袖"。

或苍凉冷峻,或奇想浪漫,别有广阔境界。

松,"暮色苍茫看劲松",于乱云飞渡中直面险境、巍然独立,淡定从容;

竹,"斑竹一支千滴泪",幽婉蕴藉,风华绝代;

梅,"梅花欢喜漫天雪",《卜算子·咏梅》的"俏也不争春,只把春来报。待到山花烂漫时,她在丛中笑"更是堪称古今绝唱……

文贵出新,诗贵个性。在毛泽东笔下,风花雪月松竹梅,千姿百态,各具气格。洋溢着崭新的意象。

一是展示了新的风貌。关于风,汉高祖刘邦"大风起兮云飞扬",颇具气概,雄视千古。毛泽东对此也至为欣赏。细考汉高祖刘邦此歌,是其衣锦还乡、志得意满所为。当其困境时,也曾迷茫不知所措,哭鼻子撂挑子有之;且其大风歌表现的胸怀旋即终止,"兔死狗烹同乐殿,至今回响大风歌。"毛泽东的西风之咏则是在革命经受挫折,红军最为艰苦时候,乘西风、越雄关,既慷慨悲凉,又一往无前,表现出对胜利的渴望和豪迈气概。

二是注入了新的灵魂。以黄花为例，过去是，"碧云天，黄花地，西风紧，北雁南飞"，"满地黄花堆积，憔悴损"，"人比黄花瘦"，多喻秋色凋零或迟暮晚景。而在毛泽东眼中，由于人民群众参与的正义战争，黄花更为香冽、劲拔，朝气盎然，"不似春光，胜似春光，"既注入了新的斗争理念，又贴切、自然。

三是更接近了事物的本真。任何浪漫都是以现实为基础的，夸张和比喻不是漫无边际而是皆有所本。毛泽东诗词所描绘的事物，更准确，更本质，是真实基础上的升华。

例如风，毛泽东诗词（正编）关于"西风"有四处，却不见古诗人常用的"东风"，非偶然也！因为，尽管风有东西南北，毛泽东所见所处的就是西风。纵观九州云气，风的主要流向是由西向东，而由东至西主要是水气（参见每日的气象云图）；中国大陆的气候和地理环境，就是在西风的影响甚至掌控之中。屡用"西风"，是真实本质的描写。

雪，文人咏雪，古今多矣。雪之境界，李白《北风行》"燕山雪花大如席"，吴伟业有"北风雪花大如掌"。毛诗则是千里万里之雪，大地旷野之雪，气吞山河之雪，是真正的"大雪"。古人称道关于雪的"柳絮才"，源自东晋谢家，谢安问诸侄：雪何所似？"谢朗答："撒盐空中差可拟"，侄女谢道韫说"未若柳絮因风起"。因而受到称赞。其实，江南天气，亭台楼阁，小小空间，雪花纷乱。"咏絮才"，充其量不过是"小雪"而已。我们不能苛求于江南才女，但与沁园春之雪不可同日而语。

梅，更是以往文人情有独钟的吟咏对象。或"昨夜一支开"，或"寂寞开无主"，多是暗香疏影，孤高不群，畸形悲苦。画家笔下的梅花，形象也多是体古、枝瘦、花疏，或一枝独放，或数枝凌寒，或暗香浮动，或古怪曲折，所表现的是寂寥以至畸形的美，令人生怜。是那个时代文人有志不得抒、孤苦扭曲心态的写照。而现实中的梅花是什么样子，是何气象？从古至今，自然界梅花的主要特征并不是幽香孤独。你看，中原大地，江南水乡，西子湖畔，梅花绽放，成山成海成花阵，生机昂然，大气磅礴。我们有什么理由总用"枯干黑怪"的色调描绘她？毛泽东"反其意而用之"，这一反，返本归真，别开境界，意象皆佳。诗人笔下的梅，一改萧瑟凄冷的色调，枝嫩花娇，疏密有致，潇潇洒洒，蓬蓬勃勃，临风含笑，喜气昂然，与百花共荣，向人们输送强烈的春天信息。因为，梅本来就不是那样而是这样，是人民群众和时代正气的象征。

除旧布新，境界全开。气度超迈，格调佳绝。毛泽东与以往诗人相比，高度、内涵与胆识，个性、形象及魅力，多有超越。携卷吟唱，确有登泰山而小天下之感。

三、毛泽东诗词对诗体的影响

从理论和实践结合的视角看诗体，毛泽东诗词的成就及其影响，巩固和强化了诗词的地位。

二十世纪初期的新文化运动中，胡适等一些名人，对传统诗词大加伐挞，将诗词同女人的小脚相比，说是旧时代的"同等怪现象"，预言诗词灭亡。鲁迅、郭沫若等一些新文化运动的主将也赞同这样的观点。朱自清甚至称胡适的意见为"金科玉律"。在这样的氛围中，诗词遭到贬损，尽管可以看到大量诗人的诗词作品，其中不乏精彩篇章，但诗词总体受到压抑，处于低潮。

然而，胡适、郭沫若等明显处于自身矛盾之中，既置疑和否定传统诗词，又深深打上诗词的烙印，挥之不去，未能割舍。最有讽刺意味的是，胡适的新文化誓言，还是以"沁园春"词牌写成的："更不伤春，更不悲秋，以此誓诗。任花开也好，花飞也好，月圆固好，日落何悲！我闻之曰：从天而生颂，孰与制天而用之？更安用为苍天歌哭，作彼奴为！文章革命何疑？且准备搴旗作健儿。要前空千古，下开百世，收他臭腐，还我神奇。为大中华，造新文学，此业吾曹欲让谁！诗材料，有簇新世界，供我驱驰！"寄托于诗词形式，气魄非凡，痛快淋漓；胡适其它题材的诗词也有相当的成就和创意。例如，一则小词"如梦令"："天上风吹云破，照见我们两个。问你去年时，为甚闭门深躲？谁躲，谁躲，那是去年的我！"描写少年男女相会，相当生动传神，不愧绝妙好词！郭沫若是新诗的开拓者，但终其一生离不开诗词。因此，回看对诗词的否定，其偏颇和失误在于将新旧诗体截然对立，将否定诗词作为新诗立足和发展的前提。其实当年，文坛一些真知灼见者就尖锐指出，"好怪之士，稗贩异邦。苟为新说。斥优美为贵族，则揭举平反；目声韵为羁靮，则破除格律。……莽曰更张，不问精粗美恶之所分，一惟荡涤冲决之是务，则瞎马深池，罔知所底。而人情怀旧，徒障新机。纵复窃据一时，敢谓灭亡之时可待。"（王易《诗词史》）百年文化新潮，新旧诗体彼此消长。一些白话诗人，也纷纷"勒马回缰吟旧诗"。实践已经被王易先生言中。诗词走到今天，冲破除了胡适们的预言，展示了不灭的韧力，依旧是具有强大生命力的参天大树。流传后世的千古名句就是证明，大量诗词作品和作家的涌现就是证明，胡适先生的言论和实践更是很好的佐证。

　　反观毛泽东之于新诗，尤见襟怀与气度。毛泽东对新文化和新诗不泼冷水。虽然钟情传统诗词，决不因为自己在这一营垒而唯我独尊，排斥其它。他一再提倡新诗，说"应以新诗为主体"，乐观其成；又说旧体诗"不宜在青年中提倡"，他深信诗词是打不倒的，但关系到诗体总是谨言慎行，希望新旧诗体都能在实践中探索发展新路。

　　实践已经证明，中华大地是诗词最适应的土壤。诗词，是中华民族最精粹的遗产，是中华文化的染色体（DNA），是打不倒、灭不了的；而新诗百年，日见式微，至今荒芜，歧路迷茫，盖由于是外来品种，先天不足和水土不服，没有实现和中国实际的有机融合。

　　在中国，喜欢和了解诗词者，谁人没有读过毛泽东诗词、受到其启发和影响呢？具体到词牌，自从1945年始，以雪或非雪为题的"沁园春"不计其数！如果说"水调歌头""念奴娇""满江红"等词牌，古人已有绝唱，那么"沁园春"则至毛主席最佳，风流绝代。据统计，胡云翼编1962年中华书局《宋词选》收词近三百首，"沁园春"未选北宋诗人，南宋共收4首，其中辛弃疾2首，刘过、刘克庄各1首，虽然可观，难言经典。据统计，1978年人民文学出版社《天安门诗抄》收词120首，凡37个词牌。其数量顺序是"卜算子"22首，"忆秦娥"11首，"满江红"8首，"西江月"7首，"清平乐""十六字令"和"念奴娇"都是6首，等等。不难发现，这些均为毛泽东常用的词牌，足见其影响。

四、实践检验毛泽东诗论

毛泽东诗论也受到实践的检验。

第一，诗词"打不倒"得到完全验证。

毛泽东酷爱诗词，其创作成就灿然。他一再说过，"旧体诗词要发展，要改革，一万年也打不倒！因为这种东西最能反映中华民族和中国人民的特性和风尚，可以兴观群怨嘛！"

确实，中华大地就是诗词最适应的土壤，诗词在这块土壤世世代代，丰富繁衍，获得永久的生命力。

第二，诗体设想尚未得到验证。

毛泽东主张新旧诗体互相借鉴和吸收营养，注重民间与民歌。说"诗当然应以新诗为主体"。又说新诗旧体可以"结婚"，产生出一种新的诗体。

诗的发展衰荣证明了"口语、押韵"为诗的重要因素。任何诗体，舍此是"不成体统"的。而成体统的"新形式"是什么，路在何方？我们见到国内不少探索，尚不成体系，不见优势，不具影响，尤其未能得到大众及专家的认可。登高瞻望，亦远远不见新生的曙光。故于诗体探索，言其失败于心不忍，言其成就未见端倪。这就是为什么说诗体创新"没有得到验证"。

第三,"少数人吟赏"已基本改观。

以诗词新潮大众参与为例。

五、毛泽东诗词对创作的启示

毛泽东诗词是浪漫主义和现实主义高度结合的范例。其对诗词及文化艺术启发引领多多。从创作角度举例。

1. 浪漫

浪漫,是一切文学艺术的属性,更是诗的本征。将生活艺术化,就必须借助于想象和夸张等手段,只要起意为诗,浪漫就在其中了。如《忆秦娥·娄山关》《沁园春·雪》《蝶恋花·答李淑一》,再举例鹳雀楼的"黄河入海流",摄影绘画都难以作为,而诗写得出。

传统以唐宋风格迥异,又以豪放、婉约分流李杜苏辛白石易安之辈。或分为现实主义和浪漫主义两类,有失偏颇。其实,凡大家都是现实、浪漫兼有,豪放婉约相济。例如杜甫的"今夜鄜州月,闺中只独看。遥怜小儿女,未解忆长安。香雾云鬟湿,青辉玉臂寒。何时倚虚幌,双照泪痕干"。通篇都是在想象,是古人描写妻子形态最直描的唯美诗句,充满浪漫和柔情。

现今的问题是过实、过板,浮躁有余而浪漫不足。浪漫,是诗词活的灵魂。诗性灵通,千万不可束缚、禁锢、窒息、僵化。当然,想象和夸张要通过形象和细节。(举例:满湖都是酒,诗人心上流;夕阳一点;力拔山兮气盖世)但一种比喻夸张用多了,司空见惯,俗而不新。

2. 细节

诗词的美妙和感染力得之于细节的描写。

诗经"窈窕淑女,君子好逑"写爱情也;谢灵运"池塘生春草,园柳变鸣禽"写初春也;刘禹锡"朱鹊桥边野草花""旧时王谢堂前燕"写变迁也;辛弃疾"七八个星天外,两三点雨山前"写春夜也；毛泽东"弹洞前村壁"写现代战争也；"马蹄声碎，喇叭声咽"写行军也。岑毓英"剪辫续缰牵战马，割袍抽线补征旗"写战场也。尤其是孟郊的"游子吟"，以"细线、寸草"寄情，以"密密缝"写母爱，千百年来为人们喜爱。

这些，是用艺术形象而不是用概念说话。立意高、气魄大，和具体描写非但不矛盾，反而是依赖于具体、鲜活的描写。诚然，我们不排除豪言壮语和大气魄。而是要大得有理、适度，有奇思妙语。

创作启示：表层少些，深层多些；概念少些，细节多些；口号少些。

跟随时代，创意为先。大处着眼，细部着手。小题大做，大题细作。以小见大，见微知著。

结语

从历史的发展进程看，社会和文化发展渐行渐远，政治时代渐渐过去，个人崇拜渐渐消散。但是，毛泽东诗词的光芒和魅力不减。毛泽东的诗词及其元素，诸如"风景这边独好""万水千山只等闲""乱云飞渡仍从容""待到山花烂漫时，她在丛中笑"等，可以成为超越政治、超越时空的经典符号和诗化语言，永垂于世，具有长久生命力。

俱往矣，数诗词繁盛，还看今朝！毛泽东诗词，毛泽东诗词的影响以及当代诗词的繁荣，是中外历史上重要的文化现象，是中华民族伟大复兴和文化和谐的重要一翼，这是我们注重学习和研究毛泽东诗词的重要原因。

《唐诗三百首》五言律绝的"出格"问题

五言诗尤其是五律和五绝，是近体诗中的重要部分，在唐代形成高潮。唐代诗人的创作环境是宽松的，无论政治思想还是艺术样式，有阔大的自由和发挥的空间。当然，作为文学艺术样式，亦有一定的遵循或约定俗成，即遵循五言律绝的基本格式，但又不将格律作为清规戒律一味遵守，而时有突破和创造。

《唐诗三百首》无疑是流传最广、影响最大的读本，其所选也相当精粹和具有代表性。《唐诗三百首》选五律凡80首，五绝共29首。阅读和分析其格律的使用包括变格、出格，对于了解唐代诗人创作的氛围、用律规范及突破，是一个典型而便捷的窗口。

经逐一分析统计，以清人王渔洋表述的、现今不少人秉承的《律诗正体》"正格"衡量，《唐诗三百首》五律和五绝，出律和破格的居然占到半数之多。

先看五律——
对仗不稳不规范。通篇只有一个对仗的共29首，例如：
颔联未对为孤对的有：张九龄《望月怀远》中"情人怨遥夜，竟夕起相思"；沈佺期《杂诗》"可怜闺月里，长在汉家营"；杜甫"遥怜小儿女，未解忆长安""鸿雁几时到，江湖秋水多"；李白"为我一挥手，如听万壑松""此地一为别，孤蓬万里征"也是颔联未对。其《夜泊牛渚怀古》："牛渚西江夜，青天无片云，登高望秋月，空忆谢将军。余亦能高咏，斯人不可闻，明朝挂帆去，枫叶落纷纷。"严格讲无一对偶。王维"流水如有意，暮禽相与还""自顾无长册，空知返旧林"；孟浩然

"江山留胜迹，我辈复登临""欲寻芳草去，惜与故人违"；李益"别来沧海事，语罢暮天钟"；常建《破山寺后禅院》之名句"曲径通幽处，禅房花木深"；李商隐"落叶人何在，寒云路几层"；杜荀鹤"承恩不在貌，教妾若为容"皆是失对；张籍《没蕃故人》、僧皎然《寻陆鸿渐不遇》更是通篇无一对。后者为："移家虽带郭，野径入桑麻。近种篱边菊，秋来未著花。扣门无犬吠，欲去问西家。报道山中去，归来每日斜。"沈德潜在《唐诗别裁》中对此诗的评注是："通首散语。存此以识标格。"肯定这种格式之外，赞赏之情，跃然纸上。

平仄失调的

沈佺期"谁能将旗鼓"，"将""旗"二字，应有一仄；杜甫"远送从此别""此"应为平；孟浩然"八月湖水平""湖水"平仄颠倒；（还有二月湖水清，家家春鸟鸣）其"人事有代谢"连四仄；常建"山光悦鸟性，潭影空人心"是三平调对三仄尾；白居易"野火烧不尽"中"不"字应为平，等等。

普遍三仄尾

三仄尾，是所见最常用的出格方式。李白"蜀僧抱绿绮"为三仄尾，王维《送梓州李使君》"山中一夜雨"是三仄尾，王湾的"潮平两岸阔"，孟浩然的"风鸣两岸叶""只应守寂寞"，韦应物的"浮云一别后"，刘眘虚"幽影每白日"，戴叔伦"天秋月又满"，司空曙的"平生自有分"，刘禹锡"凄凉蜀故伎"，李商隐的"肠断未忍扫"，马戴的"空园白露滴"，张乔的"蕃情似此水"，韦庄的"乡书不可寄"皆是，而崔涂的"渐与骨肉远"，更是五仄相连了。

我们再看王维的代表作《终南别业》："中岁颇好道，晚家南山陲。兴来每独往，胜事空自知。行到水穷处，坐看云起时。偶然值林叟，谈笑无还期。"此诗，二句平仄失调且三平；颔联失对，且三句是三仄尾；第四句平仄失调，末句又是三平。五律选王维9首，其中4首正体，5首变格；此外，《唐诗别裁》五绝收王维诗13则，其中5首正体，8首变格，处处精彩，可谓变格的集大成者……

李白所敬重的孟浩然，更是三仄尾高手，据统计，三百首收孟浩然五律也是9首，只有《过故人庄》一首是正体，其余8首，皆非正格，三仄尾有三处。《唐诗别裁》五律卷选孟诗22首，其中三仄尾12首……

五言大家王、孟，出格多于正体。这是很值得思考的。

因"一字师"而著名的齐己"万木冻欲折，孤根暖独回。前村深雪里，昨夜一枝开。"……开头五仄，而郑谷只是把"数枝"改为"一枝"，而对五仄视而不见。说明在当时习惯和诗人观念中，三仄根本不是问题，而时代已经是晚唐和五代之间了。杜荀鹤（846—904）"承恩不在貌，教妾若为容"、韦庄（846—910）"乡书不可寄，秋雁又南回"和僧皎然的《访陆羽》三首，是《唐诗三百首》五律的压轴，一流水二三仄，全非正体。

统计可见，80首五律，全部合于格式的35首；变格或出范的45首，超过半数。

再看五绝——

五绝平仄不合和失粘更为普遍，更为灵活。在29首中占16首。

五绝首篇是王维的《鹿柴》："空山不见人，但闻人语响。返景入森林，复照青苔上"，失粘；《杂诗》"君自故乡来"押仄韵，也是通篇失粘；孟浩然的"春眠不觉晓"也是如此。祖咏《终南望余雪》中"积雪浮云端"是三平；杜甫的"江流石不转"是三仄尾；李白"美人卷珠帘，深坐颦蛾眉"，"珠"应仄，"帘"是平声，韵在十四盐，不应仄；李白唱响千古的"床前明月光"，粘连与平仄都不规范，但毫无不和谐、不顺畅之感；刘长卿的《弹琴》"静听松风寒"三平；金昌绪"打起黄莺儿"是三平；韦应物《秋夜寄邱员外》诗"怀君属秋夜，散步咏凉天。空山松子落，幽人应未眠。"中二句也是失粘；王建的名作《新嫁娘》"三日入厨下，洗手作羹汤，未谙姑食性，先遣小姑尝"平仄失调。柳宗元"千山鸟飞绝，万径人踪灭"更是特立独行，不计平仄。同样情况的还有贾岛的"松下问童子"。而脍炙人口的李商隐"向晚意不适"连续五仄。尤其是作为五绝的第一大家王维，其五绝诗几乎半数"出格"！

当然，人们或认为"五绝"中包括了"古绝"——它可不受平仄约束。但从沈德潜的《唐诗别裁》和蘅塘退士的《唐诗三百首》等选本可见，后人对于五绝的要求并非苛求，直至宋代范仲淹的"江上往来人，但爱鲈鱼美"和李清照的绝句"生当作人杰，死亦为鬼雄"等，皆是在五绝和古绝之间游刃，有相当的自由空间。

由此可见，诗的"出律"和"出格"是家常便饭，不足为奇，有时甚至有意为之。其实，作为行家里手，寻找一个完全符合格律的字词并不难，难在创意和真情。突破往往是合理和必要的，是不得已而为之。这种手法亦历来被肯定。例如，严羽评论李白"八句皆无对偶者"的"牛渚西江夜"是"文从字顺，音韵铿锵"（《沧浪诗话》），大加赞赏而毫无置疑。

另如五律颔联"遥怜小儿女，未解忆长安""曲径通幽处，禅房花木深""客睡何曾著，秋天不肯明"（杜甫《客夜》）等语义相近而对仗不严的情况，诗家谓之"十字格"，"如此者不可胜举"（宋·葛立方《韵语阳秋》）。虽然不是严对，评论家和诗人应当视为约定俗成，合乎规范，不应作问题提出。

至于三仄尾大量使用，更是多见不怪，更应视为规范定式，不作问题提出。

总之，唐人用律可总结为：一、依律，合于基本格律；二、出格，突破一般程式。

诗，不能没有格式约束，又不应全为平仄拘泥。苏轼"不喜剪裁以就声律"，袁枚说"忘韵，诗之适者"。实际上，突破意味着创造。每有突破，往往精彩。遍观"出格"诗作，皆是有理突破，各有佳句美词，足以流誉千秋。非但不应诟病，而是佳作楷模。

有人认为，这些变格诗是"杂体"，然而，在沈德潜和三百首的编者孙洙看来，这就是正格，是精品。他们把杂体堂而皇之地入"正册"，我们也只是希望现代人不把"杂体"入另册而已！人们应该欢迎杂体诗的繁盛。

另外一种说法是，唐代诗体不完备，正在发展，不知有何根据。其实，唐初的沈佺期、宋之问律诗已经完备精密了，宋代叶圭《海录碎事·文学》说：沈宋辈律诗，尤为精切；唐代诗人元稹《杜工部墓系铭序》说：沈宋之流，研炼精切，稳顺声势，号为律诗；明代徐师曾在其《文体明辨序》中完全重复和认可元稹的话，只是加了"唐兴"二字。怎么千年以后，我们的人却说唐诗不成熟呢？唐代近三百年历史，初、中、晚各百把年，一百年都没有成熟，我们的唐代诗人和诗作怎么就那么不长进呢！

一般认为，沈德潜编《唐诗别裁》（收诗1928首）是《唐诗三百首》的母本。沈德潜在五律卷首王绩《野望》注明说："五言律前此失严者多。应以此章为首。"说五律以此作为规范的开始。但王绩首句就是"东皋薄暮望"三仄尾开头。沈德潜在批点王维的五绝时赞叹说："诸咏声息臭味，迥出常格之外，任后人摹仿不到。"沈德潜的诗论是保守和复古的，但他却肯定和赞扬"出格"，并且在"凡例"中说："然所谓法者，行所不得不行，止所不得不止。……若泥定此处应如何，彼处应如何，则死法矣！兹于评释中偶示纪律，要不以一定之法绳之。试看天地间，水流自行，云生自起，何处更著得死法！"沈德潜尚不拘泥，后人何必固守"死法"！在诗律为八股禁锢的清代，《唐诗三百首》和《唐诗别裁》的编者如此选用和编排，可谓独具法眼。

《唐诗三百首》五律五绝的用律和出格，给后人的启示应当是：有所遵循，敢于创新，适当放宽，提倡新韵，以适应诗词的发展和时代的要求。

关于"出格"的补议

拙作《唐诗三百首》五言律绝的出格问题》一文（载《中华诗词》2008年第五期）发表后，引起诗界的议论或争鸣，其中不少高明精切之论，令我受益。为深入研探，存异求同，兹就讨论中有关问题补述于下：

一、关于"出格"的概念。所谓"出格"，是在平仄对仗等方面超出了清人王渔洋表述的、现在广为沿用的《律诗正体》格式，包括平仄不合等拗体、三仄尾、三平调之类。以此逐一衡量，则《唐诗三百首》五言律诗和绝句半数以上变格"出格"，是无可置疑的。

二、我将"出格"标以引号，（下面文中不再标引号）是所谓的出格，合理的出格，亦即沈德潜所说"迥出常格之外"的出格，而不是非理性的出格。不管其对出格是否补救，我们对这种出格不持异议，主张不作问题提出，"持正知变"——是我文章的主旨所在。

三、王维和孟浩然是五言大家，无论从《唐诗别裁》或《唐诗三百首》所选，其作品确是半数出格。《唐诗别裁》五绝卷收王维诗13首，其中5首正体，8首有变格，例如："相送无高台，川原杳无极"（《临高台送黎拾遗》）；"人闲桂花落，夜静春山空。"（《鸟鸣涧》）；"乍向红莲波，复出青蒲飏（《鸬鹚堰》）；"看花满眼泪，不共楚王言"（《息夫人》）等，虽非正格，不妨精彩。

孟浩然，三百首收其五律亦是9首，除《过故人庄》外，其余8首皆非正格，仅三仄尾就有三处；《唐诗别裁》选孟诗五律22首，其中有三仄尾的12首，包括"吾爱太乙子，餐霞卧赤城"(《寻天台山》);"隐居不可见,高论莫能酬"(《梅道士水亭》);"崔徐迹未朽,千载挹清波"(《寻梅道士》);"坐听白雪唱,翻入棹歌中"(《和李侍御渡松滋江》)"士有不得志,栖栖吴楚间"(《送友东归》)等,音节协和,意韵幽美……孟浩然可谓"三仄尾"高手。

作为五言大家的王孟,其诗格屡出正体,这是很值得思考的。

四、关于拗和补,正如霍松林老所说,唐诗人未必补救,经常无补无救,甚至有意为之。补救之说,远不足以说明唐诗的变格和出格。后人往往是望文生义,甚至胶柱鼓瑟。

还有人认为,上述这些变格诗是"杂体"。然而,正是这些作品,千百年来广为流传,为人们喜爱。《唐诗别裁》的编者沈德潜和《唐诗三百首》的编者孙洙,堂而皇之地把所谓"杂体"列入"正册",视为精品。这些篇章,颇有创意,别具光彩、丰富了唐诗的多样性,后之人应该把他们打入"另册"吗?

还应指出,杜甫诗中三仄尾对三平等或拗句屡见不鲜,"小雨夜复密,回风吹早秋"(《夜雨》);"五载客蜀郡,一年居梓州"(《去蜀》)等。显然,不是诗圣的平仄出了问题,而是出在后世之人的视野和观念上。

有一种说法是,唐代诗体尚非完备,正在发展。其实,律诗在唐初盛时的沈佺期、宋之问已经完备精密了,宋朝叶圭《海录碎事·文学》说:"沈宋辈律诗,尤为精切";唐代诗人元稹《杜工部墓系铭序》说:"沈宋之流,研炼精切,稳顺声势,号为律诗";明代徐师曾在其《文体明辨序》中完全重复元稹的话,只是加了"唐兴"二字。从时间跨度看,变格、"出格"贯穿有唐一代。因"一字师"而著名的僧齐己,原作为:"万木冻欲折,孤根煖独回。前村深雪里,昨夜数枝开。……"郑谷只是把"数枝"改为"一枝",而对首句的五仄视而不见。说明在当时习惯和诗人观念中,三仄尾以至多仄尾根本不是问题,而时代已经是晚唐和五代之间了。逮至宋、明，陆游有"蓬莱定不远，正要一帆风"（《泛瑞安江》），甚至王士祯本人亦有"芦沟桥上望，落日风尘昏"（《留别相送诸子》）这样三平的句子。

五、霍老还告诉我们，由唐至明，没有人把近体诗的用律从理论上加以总结和约规。也不见平仄谱之类的著述流传，清人王士祯（王渔洋1634—1711）的《律诗定体》，首次按五七言"仄起不入韵""仄起入韵""平起不入韵"和"平起入韵"总结出八种样式。清人董文焕的《声调四谱图说》，更将拗救详细化了。

如何看待王渔洋一类"律诗正体"？

首先，《律诗定体》是一家之言，且在探索之中。其只是力图概括和说明唐以来近体诗用韵的大略情形，远不足以包容全部。《律诗定体》只有薄薄数页，且版本错落，出入甚多。《清诗话》的编辑者注明是来自"家塾旧抄本"。可见并非真正意义上的定体或律条。在诗韵问题上，赵执信曾求教于王士祯。王"律调有所受之"，却"终身不言所自。其以授人又不肯尽也"。王还提醒赵执信"子毋妄语人"（《谈龙录》）。当代学者郭绍虞认为："王士祯进一步摸索钩稽，初具眉目，只因不敢看作定论，所以不以示人"（郭绍虞：《清诗话序言》）。

其次，对王论当时即有相当置疑。崔旭在《念堂诗话》中指出："王阮亭之古诗平仄，赵秋谷（赵执信）之声调谱，不见以为秘诀，见之则无用。"为《清诗话》作序的严伟说得更径直："清代诸诗话，或章句而诋之，或单辞而称之，或则妄为格律以诏后人。或则别辟蹊径自矜独得。其究也，设辨愈多，去古愈远。"其"妄为格律以诏后人"，显然指向王士祯。

清代翁方纲（1733—1818）说："予来山东，亟与学人举渔洋论诗精诣，而其间有不得不剖析者。盖昔之推渔洋者太过，而今之讥渔洋者又太甚"（《清诗话》304页）。应该说，方纲的议论是比较公允的：即渔洋的体例有参考价值，但并非不刊之论。不宜以后人之鞋套前人之脚。

　　总之，律诗须程式，出格亦多之。不救也精彩，律外有好诗。诗词这样的文学艺术样式，大众的认可程度和流传广度是最权威的检验标准。相当数量的"出格"名篇随着《唐诗三百首》广为流传，证明了其品位与生命力。了解和借鉴其中的经验，对于当今诗词的创作和研究，应该是题中应有之义。

霍松林刘征李树喜书简：关于诗词的"持正知变"

李树喜致霍松林

尊敬的霍老：您好！

中秋常德诗会，①曾期当面求教未果。仰望之情，愈加切切。故致一书，乞恕冒昧。

我在光明日报工作20余年，退休后转至中华诗词学会，希望多有向您求教的机会。您的"诗词新论"的主张，是我认为当代诗词"持正知变"的纲领性文件，我于此亦有所思考。经检点《唐诗三百首》中五律、五绝，得出其半数"出格"并认为应当肯定而不应置疑的意见。相关文章在光明日报和《中华诗词》均已发表。主旨是： 律诗有程式，出格亦多之。不救常精彩，律外有好诗"。已引起一些争鸣。我认为这是好事，并认为诗词界应"持正知变"——文章、诗韵当随时代也。附上的是已发表和将要发表的两篇关于"出格"的论文，请指教！

同时寄上我的一本诗集，其中自序和后面的"诗词絮语"，是我的基本主张；习作诗词也体现了"新韵为主，适当放宽"的追求。

知您百忙，以搅扰为憾！我想会有机会向您当面请教的。致敬礼

后学　李树喜
2008年9月22日

霍松林致李树喜

树喜先生：

您好！惠寄大著《诗词之树》及有关出格的论文都已通读，十分高兴。吾二人有不少相同处：属鸡，一同也；逃学逃会，二同也；②谈诗论词，不谋而合，三同也。能不高兴吗？

您以"持正知变"赞许我的"诗词新论"，真有知音之感。我认为，用"持正知变"概括您的论诗卓见，也是十分准确的。祝您在这方面继续开拓，作出贡献。您的诗词不乏佳作，例如，"春归如燕子，最早到农家。"真精彩！即颂

吟祺！

松林
2008年10月3日

【注】

① 2008年秋华夏诗词常德颁奖大会，霍老本拟出席。李事先与霍老电话约定，面谈"持正知变"问题。最后霍老没能与会。

② 李诗集中，有关于自己属鸡和"泡会难成真记者，逃学多是好学生"的句子。

刘征答李树喜（关于诗词出格）

树喜友：

诗很好，有历史的沧桑感……文章（指李树喜关于出格的文章）改得很好。我加了一段话，未仔细琢磨，谨供参考。视诗律为铁律，乃唐以后特别是明清科举影响所致。某些"冬烘先生"借以吓人。（出格）在唐诗中并非罕见，这固然与当时"近体诗"格律在形成的初期，尚未完全凝固有关。更重要的是，当时的大诗人吟诗以充分表情达意，创造意境为主，不斤斤于格律，绝不以词害义。唐诗中有大量合于格律的好诗，也有如上所述不尽合格律的好诗。此类诗并不因其失律而减色。由此可见唐大家对待格律"治大国如烹小鲜"的气度。当非常佩服三百首的选家，诗律已被科举弄得不得一丝或失的铁律时代，竟然有如此法眼……君文大有益于松绑。

……我正在搬迁中，再加上急着看诗选校样，甚觉苦。淮安（指诗教会）不去了。你前往，可多了解些诗教的信息。祝

吟安

老征拜言 匆匆(2008)十一月七日

毛泽东诗词的"民本"精神

毛泽东是二十世纪中国大地上崛起的世界伟人,政治家、思想家和具有世界影响的诗人。毛泽东一生最大的理想是中华民族的复兴;毛泽东一生最艰辛的探索是中国社会主义;毛泽东最伟大的作品是中华人民共和国。而工人农民,劳苦大众,是毛泽东心之所系。人民的利益,为人民服务,更是毛泽东革命生涯的出发点和立足点。也是毛泽东终生无法割舍的浓浓情结,这种民本思想和百姓情怀,贯穿并体现在他的诗词之中。

人民大众是根本

毛泽东终生倡导并践行群众路线。他说,"我们共产党人好比种子,人民好比土地。我们到了一个地方,就要和那里的人民结合起来,在人民中间生根开花"。要相信人民群众、发动人民群众、依靠人民群众、歌颂人民群众的创造精神。自秋收起义,毛泽东在领导革命运动的同时对群众革命予以热情讴歌。

西江月·秋收起义

军叫工农革命,旗号镰刀斧头。匡庐一带不停留,要向潇湘直进。　　地主重重压迫,农民个个同仇。秋收时节暮云愁,霹雳一声暴动。

秋收起义是毛泽东人生从"文"到"武"的一个重大转折。其特殊意义不言而喻,它直接促成了井冈山革命根据地的建立,使中国共产党和中国革命逐渐走出了一条农村包围城市的成功之路。《西江月·秋收起义》是毛泽东第一首军旅词。"军叫工农革命",第一句就道出了红军的属性是属于工农大众的。"地主重重压迫,农民个个同仇",正是"哪里有压迫,哪里就有反抗"诗化的语言。诗人将对地主阶级的痛恨,对农民反抗压迫的的合理性融于一词。

此词通俗易懂,可以视为为全体农民起义者所写。既是他们的赞歌,也是斗争的檄文。从第一首军旅诗词,就显示出毛泽东诗词民本精神的光芒。

在同一时期:

《西江月·井冈山》写"早已森严壁垒,更加众志成城"。

《蝶恋花·从汀州向长沙》写"六月天兵征腐恶,万丈长缨要把鲲鹏缚……百万工农齐踊跃,席卷江西,直捣湘和鄂"。

《渔家傲·反第一次大"围剿"》写"万木霜天红烂漫,天兵怒气冲霄汉……唤起工农千百万,同心干,不周山下红旗乱"。

其中,"万丈长缨""天兵怒气"乃至第二次反围剿的"枯木朽株"都是描写并歌颂红军与民众的。是他们,森严壁垒,众志成城,活捉敌酋,挫敌宵遁,使敌人的黄粱梦破产。军事斗争给人民带来"收拾金瓯一片,分田分地真忙"的喜悦,对"分田分地真忙"的歌颂,字里行间透出作者由衷的喜悦和豪情,他的心与民众是息息相通、须臾不可分的。

历史证明,人民战争,人民革命,其战胜敌人的"法宝"就是动员和依靠人民群众。毛泽东总结道："战争的伟力之最深厚的根源，保存于民众之中。""兵民是胜利之本"，这一论断，至今闪耀光芒。

1959年6月25日，毛泽东回到阔别三十二年的故乡。此刻，人民领袖不是威风八面，更不是像当年汉高祖刘邦那样志得意满，"威加海内兮归故乡"，作衣锦还乡的炫耀。毛泽东踏古战场，访老战士。怀念已经离世的战友、战士。问询百姓的生活疾苦。将一腔深情付诸诗篇。

七律·到韶山

别梦依稀咒逝川，故园三十二年前。
红旗卷起农奴戟，黑手高悬霸主鞭。
为有牺牲多壮志，敢教日月换新天。
喜看稻菽千重浪，遍地英雄下夕烟。

这首七律是诗人即将离开韶山的前夜所作。毛泽东韶山之行，故地重游，不仅是看望家乡父老、人民群众，而且抚今追昔，内涵丰富。颔联"红旗卷起农奴戟，黑手高悬霸主鞭"。再现了当年对敌斗争的慷慨激烈的场面，给革命风暴以热情歌颂；"为有牺牲多壮志，敢教日月换新天。"他赞颂的是韶山乃至全国英勇献身的烈士。"喜看稻菽千重浪，遍地英雄下夕烟。"如今，人民群众又以主人公的姿态，积极投身于社会主义建设，是新时代的英雄。此诗，不仅再次讴歌"群众是真正的英雄"，也道出了诗人看到农业丰收景象以及人民生活幸福时的喜悦心情。

群众疾苦，念念于心

同人民群众血肉相连，须臾不分。民瘼疾苦，牵挂于心。这就是人民领袖毛泽东。他一生这样践行，也为这种信念歌唱。

《七律二首·送瘟神》写于1958年7月。当时，报纸刊载了江西余江县消灭了血吸虫病的新闻。毛主席"浮想联翩，夜不能寐。微风拂晓，旭日临窗，遥望南天，欣然命笔。"

其一

绿水青山枉自多，华佗无奈小虫何。
千村薜荔人遗矢，万户萧疏鬼唱歌。
坐地日行八万里，巡天遥看一千河。
牛郎欲问瘟神事，一样悲欢逐逝波。

其二

春风杨柳万千条，六亿神州尽舜尧。
红雨随心翻作浪，青山着意化为桥。
天连五岭银锄落，地动三河铁臂摇。
借问瘟君欲何往，纸船明烛照天烧。

"其一"是写从古至今"瘟神"猖獗、人民深受其害的景象，神州大好河山被小小的血吸虫害得黯淡萧条，连神医华佗都无可奈何。"千村薜荔人遗矢，万户萧疏鬼唱歌。"丛生的杂草和虚弱呻吟的穷苦百姓，家家死气沉沉，人衰鬼盛。此联写出了血吸虫病的危害之广、之深，表达了对劳动人民的深切同情和对旧社会的批判。牛郎，则是古代劳动人民的化身。

"其二"尽写新中国人民当家作主改天换地和送走瘟神的景象。

"春风杨柳万千条，六亿神州尽舜尧。"毛泽东从来没有把自己当成救世主，而是把人民看作国家的主人。他在这里把人民赞为舜尧，把最高的赞誉赋予了人民。"红雨随心翻作浪，青山着意化为桥。"景称人心，物随人意，抒发了乐人民之所乐的情怀。"天连五岭银锄落，地动三河铁臂摇。"激情地描绘出新中国革命建设的宏伟场面，树立起劳动人民的光辉形象。

这首浪漫主义的诗作，无疑就是为劳动人民所唱的最美赞歌！每联每一句都闪耀着民本精神的光芒。

人民是历史的创造者

作为开国领袖的毛泽东，他始终认为人民才是历史的创造者，他一再阐明"人民，只有人民，才是创造世界历史的动力""群众是真正的英雄"的道理。当万众欢呼毛主席时，他发自内心地回应"人民万岁"。这种情怀贯穿于诗词始终。

1945年《沁园春·雪》发表之初，注家蜂起，展开论战，国民党方面攻击毛泽东是"帝王思想，要当皇帝"，甚嚣尘上。作者则开宗明义地声明，"唐宗宋祖，稍逊风骚。一代天骄，成吉思汗，只识弯弓射大雕。"是批判封建主义的；"俱往矣，数风流人物，还看今朝"，末三句，是指无产阶级。

在毛泽东诗词中，集中体现人民群众创造历史的，是1964年所作《贺新郎·读史》。

人猿相揖别。只几个石头磨过，小儿时节。铜铁炉中翻火焰，为问何时猜得？不过几千寒热。人世难逢开口笑，上疆场彼此弯弓月。流遍了郊原血。　一篇读罢头飞雪，但记得斑斑点点，几行陈迹。五帝三皇神圣事，骗了无涯过客。有多少风流人物？盗跖庄蹻流誉后，更陈王奋起挥黄钺。歌未竟，东方白。

这首"贺新郎",雄阔苍劲,纵横捭阖,口语入诗,亦庄亦谐,境界全新。仅百余字,跨越洪荒千古,写尽数十万年,身兼历史学家和诗词大家的作者,将对历史的思考和对诗词的锤炼,熔于一炉,一篇胜过百卷书。

　　在这里,作者以诗的语言高度概括了人类进化史和社会发展史。"五帝三皇神圣事,骗了无涯过客。"指出过去史家只将笔墨歌颂"三皇五帝"这些具有传说色彩的人物,有失偏颇。当然,毛泽东本意并非一概否定他们,而是指出不应迷信他们,不应将他们理想化,至神至圣,完美无缺。尤其不可忽略奴隶平民大众对历史的推动作用。"盗跖庄蹻流誉后,更陈王奋起挥黄钺。"对不入正史的盗跖、庄蹻这些群众起义领袖,毛泽东大书特书,为之树碑立传;作者称陈胜为"陈王",热情歌颂陈胜吴广起义推翻秦朝统治,促成改朝换代的功绩。诗人又重提"有多少风流人物?"正和《沁园春·雪》"数风流人物,还看今朝"前后呼应,一脉相承,并再次强调,更加明确。

　　关于历史观,毛泽东一再强调,他不赞成"天才论",他发起"是英雄创造历史,还是奴隶们创造历史"的讨论,结论是"人民,只有人民,才是创造历史的动力"。诚然,毛泽东不否定杰出历史人物对社会发展的贡献。他通览史籍,褒贬人物,多次评价中国历史上的帝王将相,肯定成就,剖析得失。他对秦皇汉武、唐宗宋祖都有评价。但他更看重人民群众的力量,强调杰出人物对人民大众的依靠和结合。因此,把毛泽东的历史发展观理解为以群众为主体的"共同创造论",庶几可接近毛泽东本意。

"孤平"是个伪命题

诗界一些人主张的"孤平"禁忌,究竟是怎么回事,它源自何方?如何演变,又如何对待呢?

对于"孤平",历来说法不一,颇有争议。原因是唐人没有给我们留下"孤平"的概念和理论。纵翻典籍,宋至明季也没有相关的记载。直到清康熙年代,方见有王士禛等几位学者的相关论述。概念尚不够明晰。到现代,又有王力、吴丈蜀、吴小如、启功与林正三等学者推理演绎,总结出两种不同的定义,而形成两派学说。

一、当代诸家的不同说法

1. 王力说

著名语言学家兼诗人王力(1900—1986),在其《诗词格律》第三节律诗的平仄(四)孤平的避忌中提到:"在五言'平平仄仄平'这个句型中,第一字必须用平声,如果用了仄声字,就是犯了孤平。因为除了韵脚之外,只剩一个平声字了。七言是五言的扩展,所以在'仄仄平平仄仄平'这个句型中,第三字如果用了仄声,也叫犯孤平。""孤平是律诗(包括长律、律绝)的大忌,所以诗人们在写律诗的时候,注意避免孤平。在词曲中用到同类句子的时候,也注意避免孤平。"

王力是从"一三五不论,二四六分明"不能一概而论说起的,即"一三五不论,二四六分明"不是绝对的,如"平平仄仄平"或"仄平平仄平"的句式就不能不论。否则,就犯"孤平"。这与清人赵执信的"'仄平仄仄平'则古诗句矣。此格人多不知者，由一三五不论二语误之也"是一个观点。他的"孤平"理论，基本是在总结清人王士祯、赵执信与李汝襄的理论基础上定义的，但摒弃了赵执信非用韵句也存在"孤平"的观点。

2. 吴丈蜀说

著名学者、诗人吴丈蜀(1919—2006)，在其《词学概说》中提到："所谓孤平，从字义来看，就是孤立的平声字，是指一句诗的范围说的。如果诗句中出现孤立的平声字，就叫做'犯孤平'。特指两种句式：'仄平仄仄平'，'仄仄仄平仄仄平'；除了句末是平声字而外，句中就只有一个平声字，而且是孤立的，所以这两种句式都犯孤平。置于句子末尾是仄声的句子，不受此种制约，即便全句只有一个平声字，也不算犯孤平"。 吴的理论与王力的定义基本相同，都认为只有在"仄平"单平韵脚的句子才会犯"孤平"。而"置于句子末尾是仄声的句子，即便全句只有一个平声字，也不算犯孤平"。

3. 启功说

启功先生（1912—2005），在他的《诗文声律论稿》中提到："律句中忌'孤平'，是从来相传的口诀，但没有解释的注文，也没说哪个字的位置例外。'孤平'实指一平被两仄所夹处，句子首尾的单平并不在内。"他举例："君至石头驿（'头'字孤平）"，"往日用钱禁私铸（'私'字孤平）"。

启功先生用"夹平"一词解释了"孤平"，认为不管是平脚句还是仄脚句，除了句首尾字，凡句中出现二仄夹一平（仄平仄）就是犯"孤平"。

著名学者北大教授吴小如先生认为，起句"黄鹤一去不复返""坐地日行八万里"也是孤平。与启功相似。

4. 林正三说

台湾学者、诗人林正三（1943年生），在其《诗学概要》说："所谓'孤平'，即是句中前后字皆为仄声，而中间夹一平声之谓。犯孤平既俗称之'拗句'，然如'拗而能救，既不算拗'。且七言之第一字，因离音节较远，平仄可以完全不论。故虽第二字'犯孤平'亦所容许。至于他处之犯孤平而未救者，可说少之又少。前人有自全唐诗之中去搜寻者，唯得以下两例：

醉多适不愁，（高适《淇上送韦司仓》）；百岁老翁不种田。（李颀《野老曝背》）

林正三"孤平"论与启功同宗，都是用"两仄夹一平"（夹平）来说明"孤平"的，但比启功约之稍宽，例如他说"七言之第一字，因离音节较远，平仄可以完全不论。故虽第二字'犯孤平'亦所容许"。他把"仄平仄仄仄平平"句式和孤平扯到一起，虽说不论，但毕竟论的范围已有所扩大了。

二、溯源清四家的"孤平"说

资料显示，唐宋无孤平说。历史上最早提出"孤平"的，是清康熙年间的学者王士祯和他的甥婿—康熙进士赵执信。但他们还没有使用"孤平"这一名词。到乾隆年间，有学者李汝襄第一次使用了"孤平"这个词语，之后，同治年间的董文焕又发展为"夹平"的概念。

1. 康熙学者王士祯说

清康熙大臣王士祯（1634—1711），在其著作《律诗定体》第一式"五言仄起不入韵"中列出例诗后，用大字标明："五律凡双句二四应平仄者，第一字必平，断不可杂以仄声。以平平只有二字相连，不可令单也。其二四应仄平者第一字平仄皆可用，以仄仄仄三字相连，换以平字无妨也。"

王士祯认为在五律用韵句"平平仄仄平"中，第一字必平，断不可用仄声，使平声字孤立，要保持两个平声字相连不单；在"仄仄仄平平"句中，则第一字可平仄不拘。

又于第七式（七言仄起入韵）引例诗起句："待日金门漏未稀"第三字下有注曰："此字必平，凡平不可令单。此字关系，起句不比三五七句。"

王士祯虽然没有明确提出"孤平"的概念，也没提到"拗救"，但他所说的就是当代学者王力所总结的定义。所以说，他是历史上第一个阐发"孤平"的人。

2. 康熙学者赵执信说

继王士祯后，他的甥婿——康熙进士赵执信（1659—1733），在其《声调谱》提出，"律诗'平平仄仄平'，第二句之正格。若'仄平平仄平'变而仍律者也（即是拗句），'仄平仄仄平'则古诗句矣。此格人多不知者，由一三五不论二语误之也。""七言不过于五言上加平平仄仄耳，拗处总在第五第六字上，七言之五六字即五言之三四字可以类推"。

这里，赵执信即提到了五言用韵句"仄平仄仄平"与七言的"孤平"问题，也提出了非用韵句"仄平仄仄仄""平仄平仄仄"的"孤平"问题。更主要的是还提出了"本句自救"与"对句互救"的拗救办法。比王士祯的理论更进了一层，但他仍未使用到"孤平"这个词语。

3. 乾隆学者李汝襄说

李汝襄（生卒不详），在其所著《广声调谱》二卷卷上《五言律诗》一章，所列五律诸式中有"孤平式"，引诗例三首：

杜甫《玩月呈汉中王》："夜深露气清，（江月满江城）"；李白《南阳送客》次句："（斗酒勿为薄），寸心贵不忘"；戴叔伦《送友人东归》次句："（万里杨柳色），出关送故人"。

李汝襄在此三例诗句的首字旁，均标出"孤平"所在，并在后面标出"孤平为近体诗之大忌，以其不叶也"。还明确指出："凡遇'平平仄仄平'之句，其第一字断不宜仄。然亦有第一字用仄者第三字必用平，谓之拗句。"并引郑谷《书村叟壁》诗首句为例："'草肥朝牧牛'，'草'字用仄，使'朝'字亦用仄，则'肥'字为平字单行而不缵矣。此将'朝'字用平，则'肥'字不得于上，犹得于下也，仍不单行，故名拗句而可用也。"李汝襄所列的三例"孤平"句式，俱是用韵句（平平仄仄平）首字原当平声而拗用仄声（仄平仄仄平），出现第二字"孤平"的问题。并没有说到非用韵仄脚句存在"孤平"的问题，就是说，只有在"平平仄仄平"这样的句式中犯"孤平"。并首次使用了"孤平"是近体诗"大忌"一说。

4. 同治学者董文焕说

董文焕（1833—1877），在其《声调四谱图说》卷十一指出："'仄平仄仄平'这句式中，单一平声为两仄所夹者为'夹平'。"这里首次出现了"夹平"之说。再看他的解释："'仄仄仄平仄，平平平仄平'一联首句三字拗仄，首字不救，则下句三字必拗平救之也。若下句三字既平，则首句亦可拗仄，盖二三连平即不犯夹平，则首句首字又不必斤斤拗平以救之也。"

即是说，如上联第三字当平而拗仄了，则需在下联同位该仄而用平来"救"，下联三字拗平则上联可拗仄。"二三连平即不犯夹平"指的是"平平平仄平"这个句式，二三字连平，已保证不犯夹平，那么第一字就可平可仄了。

综上可见，"孤平"之论始于王渔洋，定义于李汝襄，演之于董文焕。"孤平"一词，始于李汝襄；"夹平"一词，始于董文焕。王力与吴丈蜀继承了王士祯、赵执信与李汝襄的理论；而启功、吴小如与林正三是完全继承了董文焕的理论，定义了"夹平"即是"孤平"。

三、关于"拗救"

必须指出,唐宋人对"拗"不以为意,则无所谓"救"。说得尖锐一些,所谓"孤平"和"拗救",是王世祯等附会、发挥或杜撰的。人们要问:"孤平"是唐宋戒律吗?是朝廷禁条吗?是权威共识吗?都不是!是实践需要吗?更不是。守什么,为谁守?王力和吴小如先生都是我的北大老师,各持一端。听谁的?结论是,没法听,都不听!客观地看,"孤平"是个伪命题。首先,"孤平"概念不对:一个"句子"五个字中有"两"个平,怎么叫"孤",怎能称孤道寡?第二,所谓"孤平"说,绝非传统。"唐宋无孤平,后人自扰之。禁忌复规矩,故此无好诗!"有人不是主张回到唐宋吗?为什么要以后世画蛇添足的规矩衡量前人、对唐诗人宽松少忌视而不见呢?

结论是:近体诗,要遵从基本格式;对包括孤平的"拗句"和"出律"(含三仄尾、三平调、不沾、不对等),只要唐宋名人经典使用过的,都可用之而无须忌。

当然,不是也不必刻意为之。

(本文部分资料参考引用了姚永安先生和星汉先生的相关文章,谨致谢意!)

诗坛如此凉热

——兼论诗词的兴盛与新诗的式微

当下的中国诗坛,可以用冰火两重天形容,就是诗词兴旺和新诗的寥落。形成鲜明的对照。

半个多世纪以来,中华诗词经过新文化运动的曲折、毛泽东诗词的普及、"文革"洗礼、"四五"爆发诸阶段而进入新的时期。尤其改革开放以来,出现了强烈复兴的态势,而蔚成气候。大多地区的省市县建立了诗词组织。据不完全统计,经常性参与诗词创作活动的诗人在二三百万之间。

自毛泽东1945年发表《沁园春·雪》,七十年来中华诗词发展经历了三个阶段:

五十年代:新旧诗体比较消长

解放之初的五十年代。新诗勃发,初成气候。一批代表人物和作品活跃,如臧克家、艾青、贺敬之、郭小川者流。而旧体诗词亦不示弱。朱德、董必武等诸老,叶剑英、陈毅等老帅,柳亚子、聂绀弩等文人诗词,虽不张扬,亦勤耕不辍。1957年1月《诗刊》创刊,首发毛泽东诗词十八首,虽然毛泽东谦逊地表示"诗味不多","诗应以新诗为主",但毕竟不同凡响,气场强大,独领风骚。新旧列阵,各展性情,这是彼此消长的阶段。

六七十年代:"文革"与"四五"爆发

"文革"时期,毛泽东诗词与语录同热,"文革"中诗词写作有相当数量和质量。究其内容,或歌颂革命,或地火暗流,或悲歌一角;作者和梅振才先生(纽约诗词学会会长)近编选《"文革"诗词评注》,凡500人,2000首。令人寻味的是,诗词在"文革"中非但没有消沉,更没有息声,"文革"之火促成了新的爆发。标志则是1976年春北京"四五"天安门广场的诗歌运动。通过诗词参与国是,表示诉求,并达到目的,即为结束十年动乱,终结"四人帮"做了舆论准备。这是诗词史上一次空前的示威。诗词的影响和功能,是中国政治文化史和诗词史上所仅见的。

改革开放以来:春潮涌动,初见繁荣

我国改革开放以来,作为传统文化基因的中华诗词,经历复苏,走向复兴和初见繁荣。明显的样式优势,多彩的时代生活,大批诗人和作品的涌现,令诗词古树新花,展现出空前活力和时代精神。

习近平同志在2014年教师节指出:"古诗文经典已融入中华民族的血脉,成了我们的基因。我们现在一说话就蹦出来的那些东西都是小时候记下的。语文课应该学古诗文经典,把中华民族优秀传统文化不断传承下去。"从毛泽东早年说过的"不宜提倡"和"不易学"到习近平的"很不赞成去掉",诗词已由过去精英文化成为大众的普及文化,这是一个重大的转变,不是降低品位而是扩大基础,是好事而不是坏事。

七十年,时间可谓不短,但在历史长河还不算漫长。回看历史上的唐诗宋词的繁荣,都是经历了三百年左右的时间。那么多、那么好的三百首或更多,那么优秀闪亮的诗人群星,都是在三百年中出现的。如果唐诗以四个阶段划分为初唐、盛唐、中唐、晚唐;每个阶段平均也是七十年。与之比较,我们七十年的诗词发展和繁盛局面,比历史上任何时代毫无逊色而有过之。

探求诗词初见繁荣的原因,大概有二:

一是样式优势。诗词简短,整齐,精炼,押韵,上口,便于记忆,易于传唱。在快节奏的社会环境中如鱼得水。更能契合社会氛围和大众要求,显示着蕴力、魅力和优势。

二是空前的社会基础。如果要问,当今,什么文化艺术形式离我们最近，接触最早？答案是诗词。儿童普遍学习"鹅，鹅，鹅"和"床前明月光"等就是证明。

回看新诗，则完全是另外一番景象

近百年来，新诗在中国大地蓬勃一时，颇有声势，出现了一批作家与作品。文界和大众对之寄于希望、是乐观其成的。

人们未曾想到，曾经是文坛新锐的新诗，愈来愈偏离原有的轨道，驶离社会与大众，走向迷茫和边缘。其它不论，只就文学样式而言，其最要害的是失去了"有韵"的本征。阅读各种媒体刊载的新诗，九成以上是不押韵的，有的甚至将不韵作为高雅不羁的象征。

有韵，是诗的本质特征，诗的传统，足以区别于其他体裁的。关于诗的定义，《现代汉语词典》说："文学体裁的一种，通过有节奏、韵律的语言反映生活，抒发情感"；《辞海》说："文学的一大类别。……语言凝练而形象性强，具有节奏韵律，一般分行排列。"50年代以来贺敬之、郭小川、李瑛等的诗歌是基本押韵的。由此获得了成功和认同。

国外诗一般也讲究押韵。而现代新诗却以不押韵为常态、为时髦和导向。驶离韵的轨道，便与真正意义上的诗分道扬镳。如果我们承认诗的定义和诗的传统，用这把尺子衡量，许多新诗已经不是真正意义上的诗，而是诗意散文或分行散文。

须知，有诗意的文字不都是诗，犹如有甜味的东西不都是糖一样。例如《共产党宣言》：

开篇"一个幽灵，共产主义的幽灵，在欧洲游荡"。

结语"无产者在这个革命中失去的只是锁链，而他们得到的是整个世界"。

激情勃发，诗意盎然，你能说《共产党宣言》是一部诗吗？孔夫子语录精妙概括，司马迁《史记》文采斐然；陶渊明的《归去来辞》，刘禹锡的《陋室铭》读来都有韵的感觉，但这些并非诗词而是美文。把一切美妙有诗意的文字统统归于诗，名为广之，实为虚之，包容太广，便失去特色，至大则无。否定本原，失去自我，便落到"绕树三匝，无枝可依"悲凉境地。

新诗本是外来种，原本先天就不足，在中国颇有些水土不服。加之定位不确、经营不善，难免江河日下，日见式微。须知中华大地和中华文化从不拒绝外来品——精神的和物质的。比如番茄、西瓜、葡萄等皆来自西域。马铃薯和玉米甚至源自美洲，因为在中国大地扎根亲和，人们称之为"土豆""棒子"，这是真正实现了"中国化"。而新诗之"毛"总"附"不到中华大地这块"皮"上。

本非源远流长，还不时弄出一些如"梨花体""下半身""穿过大半个中国去睡你"和"故乡真小/小得只盛下/两个字"等种种泡沫和噱头，新诗便更加远离社会和大众，境地便难免更加艰窘了。

笔墨当随时代。在时代和社会语言的发展变迁背景下，中华诗词不拘于旧有"平水韵"而实行"双韵并行提倡新韵"的写作方针，扩大了空间与影响；而新诗则把当家本行的"韵"都丢了。难怪有人戏谑地说：新诗患了"不孕"症，人家诗词都"二胎"了！孰盛孰衰，不言而喻。

这，值得诗界思考，也值得全社会人们思考。

持正施变 自信在焉

——毛泽东诗词韵律突破初探

毛泽东是诗词大师，亦是辩证法大师。其辩证思想之于诗词方面的重要体现，便是其诗词韵律的"持正施变"。所谓"持正施变"，就是在诗词的平仄与韵律运用中，既遵从基本样式、传统习惯，又不为所拘，有所突破与变通。使诗词与时俱进，展现活力与芳华。探研毛泽东诗词韵律的突破，对于诗词的继承与创新，实现新的文化繁荣，具有重要意义。

毛诗词"持正施变"举凡

一是放宽用韵

从旧韵或称平水韵的角度，毛泽东诗词一首两韵或多韵。

先看诗作，有一首两韵或多韵。

《七律·长征》（红军不怕远征难）一诗，其"难""丸""寒"为"十四寒"，"闲""颜"为"十五删"。《七律·人民解放军占领南京》（钟山风雨起苍黄，百万雄师过大江。虎踞龙盘今胜昔，天翻地覆慨而慷），"黄""王""桑"为七阳，"江"属"三江"，不在一韵。《七律·答柳亚子先生》也类似"江""阳"通押。《词林正韵》是对平水韵的合并和放宽，故此二诗可视为依从《词林正韵》的"江阳"；倘如以普通话朗读或吟诵，皆顺畅无碍，悦耳铿锵，亦颇合之。

一首两韵或多韵的，还有1936年《临江仙·给丁玲同志》：

> 壁上红旗飘落照，西风漫卷孤城，保安人物一时新。洞中开宴会，招待出牢人。　　纤笔一枝谁与似，三千毛瑟精兵，阵图开向陇山东。昨天文小姐，今日武将军。

此间，"城、东"与"新、人""军"分属不同韵部。

类似情况还有：1955年《五律·看山》中"三上北高峰""冷去对佳人"，"峰"与"人"；1958年《七绝·刘蕡》"千载长天起大云"和"万马齐喑叫一声"，"云"与"声"等。

在毛泽东影响下，叶剑英、陈毅等老一代革命家用韵也突破程式。叶帅的七律《八十书怀》，以其深邃的思想、浓厚的情感为人们喜爱并流传：

> 八十毋劳论废兴（蒸韵），长征接力有来人。
> 导师创业垂千古，侪辈跟随愧望尘。
> 亿万愚公齐破立，五洲权霸共沉沦（真韵）。
> 老夫喜作黄昏颂，满目青山夕照明（庚韵）。

叶帅精通韵律，但他一诗三韵，无妨精彩；陈毅元帅是了解古韵的，但在创作中不为所拘，其名篇是"大雪压青松，青松挺且直。要知松高洁，待到雪化时"。如以五绝或古绝要之，新韵和旧韵都有不合。却广受好评，深入人心。是"律外有好诗"的生动佐证。

二是调整平仄

毛泽东平仄的突破或变通多见于词作。《如梦令·元旦》，"化""下""画"属词林正韵第十部，而"滑"则是入声，属于十八部。但"滑"字在此处读来却顺畅上口，形象逼真，除此很难找到比它更确切的字词。《清平乐·六盘山》的"淡""汉"也是如此。

《菩萨蛮·大柏地》中，"紫""舞"分属词韵三部和四部；《西江月·井冈山》中"重""动""隆"属词韵第一部，而"闻"则属于第六部。

"十六字令三则"中，"山""鞍"属七部，而"三""酣"却属十四部。对此，《毛泽东诗词集》（中央文献出版社2003年重印版）"作者原注"说："湖南民谣：上有骷髅山，下有八面山。离天三尺三。人过要低头，马过要下鞍。"这里，诗词借助并吸收民谣用韵，而民谣此处与现代汉语恰又同韵，亦可视为使用了新韵。也是一种变革。

《蝶恋花·答李淑一》是充满现实主义和浪漫主义的词作。其中"舞""虎""雨"在词韵第四部，"柳""酒"在十二部。胡适等人曾就此诘难、讽刺。对此，毛泽东干脆回答说："上下两韵，不可改。只得仍之。"坚持了自信与自我。

毛泽东词中平仄变通多见于短句。如"沁园春"中三字句，词谱为"平平仄"，第一字要求必平。《沁园春·长沙》则是"怅寥廓"的"仄平仄"，"曾记否"的"平仄仄"；"贺新郎"，上下片结句三字均要求"平仄仄"，而毛泽东词"天知否""和云翥"都是"平平仄"。当然此类古已有之，但究属于突破和变通。（参见星汉《观澜集》学苑出版社2017年10月版第10页）

在《水调歌头·游泳》中毛泽东用孔夫子的典故描写时光流逝，"子在川上曰，逝者如斯夫。"此处词谱要求"仄仄平平仄，仄仄仄平平"。倘若按平仄去改"逝者如斯"，就不成体统。此种处置，恰到好处；《念奴娇·鸟儿问答》，其中"土豆烧熟了，再加牛肉"，本来就是寓言风格，亦庄亦谐。而词谱要求是"前四后五"句式，此词改为"前五后四"。引用的是苏联领导人的原话加以讽刺。如果硬套格式，将"牛肉"分割，难免生吞活剥，反而不伦不类了。

三是变通格式

毛泽东的律绝对于格式屡有变通，尤其是几首五律几乎全是变格。

如1947年的"喜闻捷报"，"佳令随军至，明月傍云生"非对；1955年的"看山""杭州一望空"和"飞凤亭边树"不粘；此种松动，后期所见愈多，也许是时代演进使然。

初步统计，毛泽东涉及韵律变通的诗词作品，占了全部作品的半数之多。这对于熟稔格律的诗词大家本人，非属偶然，意在其中。

"持正施变"的历史考察

考察诗词史，从唐至宋至元明清以降，变通用韵者不胜枚举。名家亦然。

请看诗圣杜甫的《泸州纪行》：

> 自昔泸以负盛名，归途邂逅慰老身。
> 江山照眼灵气出，古塞城高紫色生。
> 代有人才探翰墨，我来系缆结诗情。
> 三杯入口心自愧，祜口无字谢主人。

同一诗，用了"名""情""生"(庚韵)和"身""人"

（真韵），属一诗两韵。

大文豪苏轼"不喜以剪裁以就声律"，其《题西林壁》云：

横看成岭侧成峰（二冬），远近高低各不同（一东）。

不识庐山真面目，只缘身在此山中。

也是一冬二东通用。（本来就不必分开）。凡此种种，不一而足。另外，我们看一首广为流传的《青蛙诗》：

独坐池塘如虎踞，绿荫树下养精神。
春来我不先开口，哪个虫儿敢作声！

这首诗不是毛泽东所作。尽管毛泽东显然熟识并欣赏它，背诵或引用过。

据考，青蛙诗久已有之。唐朝的李世民，明朝的薛瑄、严嵩、张璁，清朝的郑正鹄都有咏青蛙诗，虽然版本不同，却大同小异。从用韵角度看：

严嵩的"独坐池边似虎形，绿杨树下弹鸣琴"属"形""琴"同用。民间流传，明代张璁年少时在学堂犯错，被老师罚跪。见池边有青蛙端坐，老师命其以青蛙为诗，做得出则免罚。张璁略加思索，随口吟道：

独蹲池边似虎形，绿杨树下养精神。
春来吾不先开口，那个虫儿敢作声！

老师对张璁说："诗倒做得不错，只可惜押出韵了，三个韵脚押了三个韵部。快起来，以后要好好学习！"如张璁的老师指出的，按平水韵，"形"在"青"部，"神"在"真"部，"声"在"庚"部。毛泽东使用的版本，同一首诗也是使用了不同的韵部"神"和"声"。

值得思考的是，青蛙诗各种版本，数百年被欣赏、引用，从一个侧面印证了过去时代写诗用韵允许宽泛。反映出当时官方语言、社会语言、方言或学堂语言中，形、声、人、云这些字声韵相同或相近（也可能理解为方言。至今，西北、四川地区的发音也是如此），因而通用有据。而那位先生指出的按平水韵不在一个韵部，足见韵书与社会用韵的矛盾由来已久。一诗多韵并不为怪。而如"十三元"那样强行整合，确是不合现代语言习惯，无须谨守。

诗词史不乏变通的理论。清初沈德潜编纂《唐诗别裁》，收入变格者甚多。沈德潜在"凡例"中说："然所谓法者，行所不得不行，止所不得不止。……若泥定此处应如何，彼处应如何，则死法矣！试看天地间，水流自行，云生自起，何处更著得死法！"尔后《唐诗三百首》亦不避此。例如80首五律中，全部合于格式的为35首；变格或出范的45首，超过半数。

清代诗词家叶燮强调指出，"诗之源流、本末、正变、盛衰，互为循环"。循环，意味着变在其中，盛衰与"正变"息息相关。从而提出"数千年诗之正变，盛衰之所以然"的著名论断。叶燮还说，"古云：天道十年一变。此理也，亦势也，无事无物不然；宁独诗之一道，胶固不变乎？"（参见叶燮《原诗》内篇二）天道既变，诗道焉有不变之理？毛泽东的变通，正是如此。

关于词与词牌，其产生与发展过程即有多样变化。词牌有"正体""别体"本身，说明无须定于一尊。据今人王政佳先生统计，康熙《钦定词谱》826调，共有2306体。其中468调有"别体"或称"变体"。常见词牌的40余种，其"别体"举例如下（括号内为别体数量）：

洞仙歌（39）；河传（26）；水龙吟（24，赵长卿一人就有4种）；瑞鹤仙（15）；少年游（12）、满江红、声声慢（13）；喜迁莺、青玉案（12）；念奴娇（11）；忆秦娥、临江仙、贺新郎、最高楼（10）；汉宫春（9）；哨遍、多丽、摸鱼儿、南乡子、霜天晓角、六州歌头、二郎神（8）；水调歌头、祝英台近、行香子、千秋岁、宝鼎现、定风波（7）；沁园春、卜算子、一剪梅、鹊桥仙、满庭芳、永遇乐、八声甘州（6）；桂枝香、如梦令、西河、凤凰台上忆吹箫、江城子、生查子、何满子、诉衷情、浣溪沙、西江月、画堂春、兰陵王、莺啼序、金人捧玉盘（4）；风入松、渔家傲、袭红衣、东风第一枝（3）；六醜、雨霖铃、菩萨蛮、忆江南、清平乐、蝶恋花、小重山、踏莎行、望海潮、扬州慢、鹤冲天、点绛唇、烛影摇红（2）等。（参见王政佳《荒堂全调词笺》，社会科学文献出版社2013年7月版）。

从中可见，词牌尤其是名牌几乎都有别体。许多词牌是词人性情所至，即兴制作。如水龙吟别体24种，赵长卿一人就干了4种。至于用韵变通，古代诗词大家苏轼、辛弃疾亦有多例。多见不怪也！

"持正施变"的现实意义

从文化史和诗词史的角度，毛泽东诗词是新旧时代转变的产物，是呈现诗词新潮时期的诗词，是引领诗词前进的诗词。故其用韵变革的意义，已经超越了以往诗词家一般的"正变"，孕育着创新与突破。通过上述考辨，我们得出几点结论：

第一，"持正施变"是文化自信。

"自信人生二百年，会当水击三千里。"文人总是自信的。诗词大家毛泽东虽则谦虚，更有自信。"推翻历史三千载，自铸辉煌瑰丽词"（柳亚子语）。公众认可的《沁园春·雪》《忆秦娥·娄山关》《卜算子·咏梅》等名篇，作者颇为得意的"苍山如海，残阳如血""斑竹一枝千滴泪，红霞万朵百重衣"等佳句，证明毛诗词取得了巨大成功。是诗人的自信，也是时代的自信。重要的是，从实践是检验诗词的标准来看，毛的诗词表现为继往开来的一代词作，表现为诗词史上新的高峰。足以为法、为式、为范。

第二，"持正施变"是诗词之本。

持正施变是中华诗词生命力所在，也是诗词创作的题中应有之义。

"若无新变，不能代雄"，本是南朝萧子显提出的文学观点（参见《南齐书·文学传论》），实际上道破了诗词发展的基本规律。诗词一路千年，都是继承创新的历史，没有突破变革就没有新貌。毛泽东之持正施变，不是另起炉灶，颠覆本元，前提是坚持基因，即基本架构、基本格律；毛泽东的变韵，又不固囿雷池，而是注入活水，增加活力，突出个性。展现新貌而不以词害意。

第三，"持正施变"引领诗潮。

纵观千年诗史，诗词用韵的总趋势是合并与简化。毛泽东通变旧韵并尝试新韵，"持正施变"，代表了诗词发展的主流。

当今情况是：旧韵未了，新韵已立。诗界实行"双韵并行"。但从历史和现实考量，发展方向是使用新韵，即要适应当今社会语言环境，着眼于大众尤其是青少年教育。国家已经颁布了《中华人民共和国国家通用语言文字法》，在全社会大力推广普通话，推行规范汉字。诗词用韵当然不应例外，应依法与时俱进。具体说来，就是以社会语言为基，以普通话为范，在诗词写作中使用新韵。

毛泽东诗词韵律的变通，向着开放和适应社会语言环境迈了一大步。关于用韵改革，诗界至今在探讨和实验中。因此，毛泽东关于用韵的探索和实践，无疑具有指导性与示范性意义。

还须指出，诗词界多年有一种偏向，即固守格律，禁忌束缚。其实，唐宋诗词繁荣之际于格律并没有那么多禁忌。现在的许多禁忌包括"四声""八病""三仄尾""三平调"甚至"孤平"，都是后人杜撰的。直言之，"孤平"就是个伪命题：非传统、不科学、不合理、荒唐的、理论荒谬实践有害的概念和命题。

唐宋无孤平，后人自扰之。禁忌复规矩，所以无好诗！

这些，对诗词影响负面超过正面。一些人，对于历来变通的事实和主张弃之不顾，而对一些所谓"规矩"则全盘拾起，甚至主张"一诗一字"不得出律。这既非传统，又阻碍了诗词的发展活跃。毛泽东持正施变的实践，对这种偏向也是一种矫正。

咏史题材继承与开拓

咏史是中华诗词的重要题材和门类。中国历代文人、诗家有大量篇章。古代大诗人几乎没有不涉及咏史的。咏史诗内容丰富甚至无所不包，有对历史发展、时代变迁的感慨或总结，有对历史事件的认知和深化，有对反派人物的批判和讽刺，有的则拨乱反正，做翻案文章。

晋代左思的咏史八首就颇具光彩，唱出了"振衣千仞冈，濯足万里流"，高阔超迈。南朝的鲍照则"对案不能食，拔剑击柱长叹息"，回顾历史对比自身，发出"自古圣贤皆贫贱，何况我辈孤且直"感慨。咏史诗在唐朝出现新的繁盛，佳作叠出。章碣的《焚书坑》批判秦始皇焚书坑儒："竹帛烟消帝业虚。关河空锁祖龙居。坑灰未冷山东乱，刘项原来不读书。"其间充满尖锐的讽刺，又阐发了成大事者未必读书人的道理，警策而深刻。关于项羽，杜牧认为他有东山再起的机会，"胜败兵家事不期，包羞忍耻是男儿。江东子弟多才俊，卷土重来未可知。"因而不该兵败自刎。李清照则赞美项羽的骨气，影射南宋王室："生当做人杰，死亦为鬼雄。至今思项羽，不肯过江东。"郑板桥则指出项羽的失误："辛安何苦坑秦卒，灞上焉能杀霸王！"最后只能是"玉帐深宵悲骏马，楚歌四面促红妆"的凄惨。毛泽东总结项羽失败的教训，提出"宜将胜勇追穷寇，不可沽名学霸王"，号召将革命进行到底。

在男女不平等的社会，西施、杨玉环这样的美女都曾背上女色误国的恶名。不少诗人为之不平，唐代罗隐《西施》就诘问道，"家国兴亡自有时，吴人何苦怨西施。西施若解倾吴国，越国亡来又是谁！"确实见解独特，无可反驳。

对于唐玄宗和杨贵妃的爱情悲剧，诗人也以新的视角评论并给杨玉环以深切的同情。李商隐的七律："海外徒闻更九州,他生未卜此生休。空闻虎旅传宵柝,无复鸡人报晓筹。此日六军同驻马,当时七夕笑牵牛。如何四纪为天子,不及卢家有莫愁。"批评皇帝之尊,竟不能保护自己所爱的女人。郑畋的《马嵬坡》则为风流天子开脱:"玄宗回马杨妃死,云雨难忘日月新。终是圣明天子事,景阳宫井又何人。"意思是舍美人自保对于皇帝说来不足为怪,为尊者开脱,等等。

当代的诗词初现繁荣,题材门类基本齐全,惜咏史诗太少。笔者认为,由于对史实的了解和认知的提高,人们更能够对以往的历史事件和人物做出更真实和科学的评价,厘清迷雾,矫正错误,接近真理。从这一角度,咏史诗最有可能成为超越以往的门类。作者于此进行了一些初步的探索,包括理论和创作两个方面。8年前,笔者首次登上《中华诗词》的大雅之堂就是一组咏史诗8首,是经刘征老师过目推荐的。内容包括尧舜禅让、武王伐纣、太公钓鱼、姬昌敬贤、烽火诸侯等事件,刘邦、项羽、司马迁、王莽、曹操等人物。以后又发表了关于隋炀帝、武则天、李煜、包拯以及辛亥革命等的诗作。力求"据实出新",言之有物。

近年来,笔者有意识将读书、跑路和写诗结合,特别注重走出去进行实地文史考察。2010年秋应邀访问内蒙古,行前便再读了翦伯赞先生半个世纪前《内蒙访古》,学习和体味其对于民族、统一和边界等历史问题的思考。熟读其诗作,力争有所借鉴、探研和有所深化。着力写出了中蒙边界访古组诗,被刘征老师等专家评定是可喜的新的收获。大略有几个方面:

1.关于民族历史的传承

我国除汉族之外,其他兄弟民族鲜有完整文字记录的历史。他们的历史和传说往往混杂,常常融入民歌中得以表现。就是"诗史混歌吟";对于蒙古族来说,他们是和汉族融合最好的民族。因此从元明之后，两个民族之间鲜有战事，和谐相处，对于稳固祖国北疆做出了突出贡献。

《中蒙边界》写道："诗史混歌吟，民风共酒醇。辽原无限界，天际起浮云。战火东西散，族群南北分。干戈长止息，蒙汉两家亲。"

《长城内外》写道："塞上秋来早，关河一月孤。烽烟散回纥，沙草没匈奴。但有安民策，何需常备胡！长城空废久，宜作导游图。"

关于我国历史上的民族姓氏，长期以来存在误区，受传统汉族中心观念的影响，往往把民族纷争看得过重、分得过细，有时把南北纷争看作民族之战，且立场多站在汉族正统或南方方面，把匈奴、契丹、蒙古、满族视为荒蛮的北藩等。实际情况远非如此。中华民族混融渗透是基本走向，都是你中有我，我中有你。因此，我的《民族姓氏》写道："族系无纯种，五胡难细分。长城关不住，百姓走游民。汉使尝留后，唐皇更有亲。吾宗是何李，缥缈问浮云。"

作为历史学人，笔者强调指出，汉族只是中华民族的一支或主干。在历史上，兄弟民族之间，少数民族与汉族之间，早就互相融通，血缘不断。一个民族部落的消逝，不是该族群灭绝而是融通于他族，以新名称、族群出现。历史上，自东汉窦宪击败匈奴后，匈奴在史书上不见踪影。原因是同化到后来的柔然、鲜卑、突厥、鞑靼蒙古族以至汉族。汉与匈奴的融合自先秦至汉，千年不断，以至"族系无纯种，五胡难细分"。例如，持节牧羊的汉使苏武，在流放中受到照顾，并娶胡女生子，其子名"通国"，苏武暮年得到皇帝体恤，其子苏通国被关照从匈奴归汉任官，此苏家一脉自然有匈奴血统；兵败投降的李陵在匈奴封王，其后亦是胡汉后裔；金日磾，本是匈奴俘虏，后被汉武帝重用为托孤大臣；大将军霍光以女妻其子，其后名为汉人，实为混血，等等。中华民族的血缘关系至亲至厚，繁衍流散，千缕万脉，密切难分。隋朝皇家杨氏和李唐皇帝都有少数民族血统。这是历史的走向和基本趋势。作者以史家见识和诗人语言描写"长城关不住，百姓走游民"，且一再说自己的李姓可能是"假冒产品"，因为唐朝时，有不少功臣赐姓为李，一些流浪者本不姓李，迁移之后为免受歧视而改姓李。天下李姓多矣！"天下纷然忒多李，终究几个能称王！""吾宗是何李，缥缈问浮云"。既是严肃的表述，又见轻松和幽默。

2.关于秦始皇成败和长城功用

秦始皇统一中国具有重大意义，但其治国方略和外交战略有严重偏颇。征服六国之后，秦王朝没有致力于发展生产，与民生息，协调内部矛盾。而是以强势姿态，对内高压，缺乏怀柔和谐，对外盲目用兵，战略非理性倾斜。又因为听信"亡秦者，胡也"。令蒙恬率大军三十万，修长城，重点在"备胡"，当国内矛盾爆发、起义战火遍燃时候，无暇顾及。而苦心经营的长城根本没有起到预想的作用。诗人以"秦皇故事"的题材写道，"筑边常备胡，坑火禁群儒。社稷得还失，长城有若无。拥兵死蒙氏，奉诏葬扶苏。兵马三千俑，聊能补史书。"在概括了秦始皇一生的同时，更提出"但有安民策，何需常备胡"的论断，指出治国强民是本，国富民强，则外患不足惧。并且，纵观长城历史，其作为重点防卫工程，一直以来没有阻隔住北方少数民族南下。例如，清兵入关之前几次从不同关口入关，如入无人之境，甚至打到了霸州和山东半岛。……诗人用了"长城有若无"，"长城关不住"等表述，凝练真切，是新的语言和立论。笔者还极言而推之，指出"纵览环球奇迹，全然形象工程"，虽然极而言之，却不无道理。

3.关于中国统一的历史趋势

笔者出版过关于中国统一问题的历史著作，描述了中国统一的基本趋势和现象规律。指出南北分裂最终都是北方统一南方的规律。初步分析了原因所在,并以诗的形式表述。"中国统一趋势"写道"大块中华难久分,南柔北劲势不匀。从来一统如席卷,南举降幡北事君"。以统一的大前提为背景,分析历史人物和事件,就可能较为准确地判断功过是非。例如,诸葛亮虽然被后世称颂智慧、品德和鞠躬尽瘁,但从统一大局考量,孔明晚期有知其不可而为之的失误。七律《成都武侯祠》写道,"新花旧柏各纷纷,遗韵千年梁父吟,谋画隆中慷慨士,托孤白帝涕零臣。人心向我难成我,天道怜勤不助勤。前后出师皆不朽,终归一统胜三分。"明确指出分裂不应持久,一统胜过三分。笔者充分肯定曹操对中国统一奠定了基础,歌颂其功绩,"煮酒英雄竟是谁,天时地利迥难违。东风虽与周郎便,未抵北风不懈吹。"

4.关于人才史观

笔者对中国人才史有较为系统的研究。对各个历史阶段的人才现象、思想、制度作过系统考察,指出规律,成一家之言。对一些问题的辨析尤为犀利独到。"君子知音少,人才悲剧多。"是作者的慨叹;对顽固不衰的用人唯亲给以揭露和批判。例如知人善任,笔者以讽刺的口吻说:"知人善任诚矣哉,不识何从想起来?身边花木先得水,八分机遇两分才。"

5.关于历史人物和事件的评价

从对中国统一和文化事业的贡献,笔者对曹操以高度评价,"青梅煮酒盖世雄,一统三分奠基功。饮马长江王霸气,赋诗明月苍凉声。皇袍衬里求谦逊,白粉涂颜落骂名。倘若直登皇帝位,后人谁敢论奸忠!"

在骆宾王的故乡义乌考察,笔者关注重点不在骆宾王本人的生死下落,而是从诗词文化成就的角度看问题,认为"敬业紫金客,则天才俊囚"可忽略不记,而"千年诗未朽,舍此复何求"!他的诗篇是永存的,只要听孩子们传唱"鹅鹅鹅,曲项向天歌"就足够了。

对于轻视女性，视为祸灾的偏见，笔者作了有力的矫正。周幽王烽火戏诸侯被犬戎杀死，笔者径直指出不怪别人就怪他自己："烽火诸侯戏笑频，犬戎来了不称臣。君王自己没成色，却向女人栽祸根。"对于王莽改革，笔者认为当时社会危机、矛盾重重当改，王莽改革无错。汉王朝大厦将倾、不可救药，只是王莽触发了爆炸机关，是改革的牺牲品。评定王莽功过，不能以篡汉为据，"废汉立新朝野忙，忠奸勿以此衡量，黎民只要能温饱，哪管皇家刘与王！"这是现代视角和民本标准。

关于辛亥革命这样的重大事件，笔者有自己的思考和表述。"元戎振臂呼，烈士掷头颅。旧垒千钧破，新局百战浮。烽烟渐沉寂，功过不模糊。专制根深厚，仍须共剿除。"指出革命尚未成功，同志仍须努力。尤其是中国这块土地，专制思想和传统深厚，仍然需要不断清除，以推进民主进程。

笔者总结咏史诗的要求：史要真，论要新，有新的发现、新的认识、新的表述。笔者已经写出和发表了近百首咏史诗作，将于此继续努力，有所追求和探索，力求做到"先贤和诗家未及道者"。

笔者的咏史创作得到刘征等文史界前辈和同仁鼓励。认为：其立意高远，视野宽阔，有历史的纵深感，宏观和微观结合，肯定其有新的认识和表述，初具特色。而笔者仍知不足，作《咏史诗自嘲》："一统三分费琢磨，天时地利拟人和？阿瞒大事生机变，诸葛关头冒险多。试解风流千古案，拆翻史海几层波。王侯成败渔樵曲，入我诗家破网罗。"

总之，笔者愿与诗家和同道互相砥砺，使咏史诗词老树新花，拓展新局。

诗词人才简论

诗人当随时代

每一个时代都有着不同的诗人群体。无论他们意识到与否,他们的社会活动和诗词创作,都无法脱离当时的环境和氛围。"笔墨当随时代",诗人亦是如此。建安诗人的疏阔苍凉,盛唐诗人的恢弘浪漫和博大深沉,宋代诗人的委婉细密和理性思考,无疑不刻记着时代的烙印。当今中华民族文化复兴的时代,已经初现诗词繁荣,诗人有幸更有责,即顺应潮流,与社会生活和时代变迁同步。

于右任先生1955年在台南诗人节讲演时指出:诗词要"发扬时代的精神,便利大众的欣赏。盖违乎时代者必被时代抛弃,远乎大众者必被大众冷落。再进一步言之,此时代应为创造之时代。伟大的创造,必在伟大的时代产生"。实为警策高论。

总之,当代诗人的思考与创作都要"与时同在"和"与时俱进"。脱离社会的自命清高,厌倦现实的复古要求,都不合时代潮流,无论其怎样有才华,也难以实现自身价值和有大的成就。

诗才是创新之才

诗词是创造性的文化果实。

创造是人才最基本的属性。诗人更是如此。所谓"创作",创是统帅,是灵魂,创是纲,作是目。创造就是出新,就是与众不同。《白石道人诗说》云:"人所易言,我寡言之;人所难言,我易言之。则不俗。"创造并不神秘,万绿丛中一点红是创造，万红丛中一点绿也是创造，人无我有是创造，人有我新也是创造，超越别人是创造，超越自我更是创造。就诗词而言，清词丽句是创造，用平白之语表达崭新思想和意境更是创造。"蓬莱文章建安骨，中间小谢又清发。"伟大诗人李白所重、所行的正是"清发"二字。当然，人们一般在创造之前都有一个模仿的过程。但在积累和模仿到一定基础之后应及时投入创造。古代诗人往往孩童时代开始创造并卓有成就。而近现代人的普遍积累过多过久，而创造开始太晚。

当然，初学诗者难免模仿前人和名篇。但模仿不是目的，最后还是走向创造。例如诗人刘章的《山行》："秋日寻诗去，山深石径斜，独行无向导，一路问黄花"，是当代五绝名篇。清代施润章也有一首《山行》诗："野寺分晴树，山亭过晚霞，春深无客到，一路落松花。"相比之下，刘章是独行寻诗，没有向导，只有黄花指路。是另辟蹊径，深化了主题，美化了景物，且黄花较松花更灿烂出彩，这就是创造和超越。正所谓"姹紫嫣红等闲看，奇思创意是诗魂"。

诗性浪漫

诗歌，是社会生活和情感的美化或升华，是情绪的产物。无论人们怎样把它分为现实主义和浪漫主义两大类别，总要在比兴的同时想象、夸张。诗从本征上是浪漫主义的，高于现实的。如杜甫那样伟大的现实主义诗圣，其作品无不洋溢着浪漫之魂。想象和夸张更集中更典型，艺术的真实往往胜过生活的真实。如王之涣鹳雀楼诗的"黄河入海流"，摄影绘画都难以作为，而诗写得出。就是诗词来于生活高于生活的证明。

传统评论以唐宋风格迥异，又以豪放、婉约分流李杜苏辛白石易安之辈。或分为现实主义和浪漫主义两类，有失偏颇。其实，凡诗词大家都是现实、浪漫兼有，豪放婉约相济。例如杜甫的《月夜》：

今夜鄜州月，闺中只独看。遥怜小儿女，未解忆长安。

香雾云鬟湿，清辉玉臂寒。何时倚虚幌，双照泪痕干。

通篇都是在想象，是古人描写妻子形态的最直描的唯美诗句。充满浪漫和柔情。

由此，我们提倡"实话诗说"，直话曲说。现今诗坛的问题是过实、过板，缺乏生动和形象，浮躁有余而浪漫不足。

诗人的基本素养

诗人的基本素养或成功条件，可以归结为意、力、技、气几个方面：

意。意识，思想的创意、创新。

诗词一路千年，每个阶段都是创造和革新的历史。每个诗词大家都是以自己的创造而成功、成名。创意就是个性的体现。

意要立——立得起，支得住，感动人。有新风扑面的感觉。

力。即功力、蕴力、力度。深厚的文化功底和素养，有相当的文化积累和合理的知识结构。得之于读万卷书，行万里路，多走多思多看与多练。

诗人知识要比较全面，博而有专，融会贯通，然后旁征博引，左右逢源。真正的大家应当是厚积薄发，举重若轻，游刃有余，表现于诗词作品，是不留痕迹，功夫火候俱佳，"于不着力处见工"。

当然，学养最深厚的人未必都可作得好诗。但没有文化素养的人是决不会成为诗人的。

力要聚，即调动积累，集聚内力，支撑架构，成功托起一篇作品。

技。是技巧、细节。无论谋篇布局，还是句式用词，要调动和变换不同的手段、技法，臻于精湛。即人们常说的"工"。"技"是上述素养的综合表现。也是袁枚主张的"诗才"。

技要细，即细部着手，精雕细刻，推敲打磨。

不仅是诗律细，更在于观察生活细节，见微知著，以小喻大，贴切真实，委婉曲折，炼字炼意。例如孟郊的《游子吟》"慈母手中线，游子身上衣"，一针一线，拨动了多少人的心弦。当今形势大好，每当重大节庆或事件作诗，易高呼口号，阔大空泛。故尤需力戒常用的套话和伟大的空话。不必要动笔就写大题材。提倡"小题大做与大题细作"。

气。意、力、技，不可能是各自分割独立的，它们互相关联、互为支撑、互相渗透，常常是互为表里，表现为整体效应。"意、力、技"协调的效果就是"气"。

气，就是气韵、气度或气象，也可理解为总体风格。阅读名家作品，总有一股气迎面而来。谪仙"手可摘星辰"之飘逸，老杜"月涌大江流"之沉阔，东坡"大江东去"之豪迈，柳永"晓风残月"之惆怅，易安"寻寻觅觅"之凄惋，开卷扑面。即使如苏东坡豪放缠绵兼有、辛稼轩慷慨幽婉并行，亦分别有各自独特的气场、气韵，个性鲜明，是此非彼。

诗人形成了"气"，就是成了器、成气候，形成了风格。换句话说就是成功。

上述"意、力、技、气"几个方面，我以为是诗人的基本素养，成功的诗人皆应有此。

需要指出的是，诗词创作与其说具有理论的品格，不如说更具实践的品格。诗人成功的要义在实践，重在磨练，而不是"诗词作法"之类——古来诗词大家没有什么人是按照诗词作法的条条行事的。

诗人的社会角色

在现实社会中，诗词依旧独具魅力，但不再是独领风骚。

在大潮和盛世中，诗人容易迷失而不够清醒。对环境和自己过分理想化。往往眼高手低。诗人关心时局和政治，可以发出自己的声音，可以拿起批判的武器。但诗人不可能包打天下，仅凭诗词就可以匡正时弊。总之，诗人不是政治家。李白、杜甫、苏轼、辛弃疾、陆游等都没有也不可能实现自己的政治抱负。

还须指出的是，诗词创作不是一种专门职业。历代没有"专业诗人"。史册留名的著名诗人有各自的职业或岗位，皇帝、王侯、官员、秀才、农民，乃至妓女和僧人，他们都是业余从事诗词创作的。即使李白、杜甫这样的有伟大成就的诗人，也分别有他们在社会生活中不同的位置职务。不是以诗为生。我们不必迷信和追求"专业"诗家。因为专业往往改变其生存环境和精神状态，限制视野，拘禁生活，成为负累。我以为，作家和诗人专业化，名为爱之，实为害之。尤其是按官本位基准分成等级一二三，更是扼制他们的灵气。几乎没有什么成功的例子。

"自我"一点说，诗人找到自我和体现自我就行，作品自己比较满意和有人欣赏就行。对内愉悦身心，对外和谐社会，优化环境。诗人的活动和作品，能够成为艺术的委婉的潜移默化的小小正能量，就很不错了。

诗人就是诗人。不要企望诗人都是政治家。他们担当着继承中华文化的历史责任，坚守着高雅文化的净土。既是普通的，又是很高尚的。金朝大诗人元好问，生前一再嘱咐其墓碑不写官衔而只写"诗人元遗山之墓"，足见风骨与襟怀，亦足见诗人之重。

云闲说诗八则

一、创新

诗词，是创造性的文化艺术果实。

创造是人才最基本的属性。诗人更是如此。"创作"二字，创是统帅，是灵魂。创是纲，作是目。创造就是出新，就是与众不同，就是展现个性，或立意，或章法，或语言，或意象，或哲思，探索或完成前所未有的东西。《白石道人诗说》云："人所易言，我寡言之；人所难言，我易言之。则不俗。"创造乃个性体现，袁枚说："以出新意、去陈言为第一着。"就是如此。

创造并不神秘，万绿丛中一点红是创造，万红丛中一点绿也是创造，人无我有是创造，人有我新也是创造，超越别人是创造，超越自我更是创造。"要教读者眼前亮，自己先须亮起来。"就诗词而言，奇词丽句是创造，用平白之语表达深邃的思想和意境更是创造。"蓬莱文章建安骨，中间小谢又清发。"伟大诗人李白所重、所行的正是"清发"二字。杜甫说"白也诗无敌，飘然思不群"。"无敌"者在于"不群"也！

当然，人们一般在创造之前都有一个模仿的过程。模仿是创造的前奏和准备，但在积累和模仿到一定程度之后应及时投入创造。古代诗人往往孩童时代开始创造并卓有成就。近现代人的普遍的问题积累过多过久，而创造开始太晚。

作为当代诗界的领军人物之一，刘征的诗词总是充满创意的。他曾经自创词牌"蜂儿闹"，描绘蜜蜂"万口杭育，声超丝竹，哑了千山鸟"的浩大声势。其新作《卜算子》写道："莫道有荆棘，毕竟多芳草。检点人间万古愁，一点丁丁小"，尤其是"一点丁丁小"语新意深，大彻大悟，既口语化又极为洗练。创造似于不着力之中。充满了灵动和朝气。

诗人刘章的《山行》："秋日寻诗去，山深石径斜，独行无向导，一路问黄花。"清代施润章也有一首《山行》诗："野寺分晴树，山亭过晚霞，春深无客到，一路落松花。"相比之下，刘章是独行寻诗，没有向导，只有黄花指路。是另辟蹊径，深化了主题，美化了景物，较之松花，黄花则更灿烂出彩，这就是创造和超越。

作为精神文化产品，诗词与生活消费品迥然不同的是：后者需要大路货而前者只需精品。大千世界，诗家以百万计，诗篇以千万计。社会需要和能够流传的不在数量而是质量。精品源于创造，创造是诗词之魂，"不为流行写口号，不为会议写报告，不为奶奶写歌谣。"写自己所想，抒自己性情，显自己特色。正所谓："姹紫嫣红等闲看，奇思创意是诗魂。"

个性和自我，不可以无我。

二、浪漫

浪漫是诗词的基本属性。

传统把诗词分为浪漫主义和现实主义，不科学。同任何文学艺术一样，诗词来源生活，这是它的现实；高于生活，这是它的浪漫。浪漫与现实是兼容并包的。诗的本性是将现实浪漫，一旦起意要作诗唱歌，不管多么悲切暗淡低沉苦痛，浪漫就已在其中了。

关于豪放和婉约，不宜截然分成两派。古今诗词大家都是豪婉容融，有所侧重而已。亦常有一篇作品中豪婉兼容，如苏东坡"明月几时有"、柳永"杨柳岸，晓风残月"那样。范仲淹的"塞上秋来风景异"更是豪婉容融的佳作。

三、环境

有一句话叫做"愤怒出诗人",或者是逆境出诗人。司马迁说过,"诗三百篇,大抵圣贤发愤之所为作也。"苏东坡也遭受过"乌台诗案",清朝学者赵翼《题元遗山集》的七律写道:"身阅兴亡浩劫空,两朝文献一衰翁。无官未害餐周粟,有史深愁失楚弓。行殿幽兰悲夜火,故都乔木泣秋风。国家不幸诗家幸,赋到沧桑句便工。"说的是元朝大诗人元好问的成就和他颠沛流离、身多不幸有关。后人多有引用,甚至还将"国家不幸诗家幸"视为经典和规律性总结。

的确,诗人的丰富阅历尤其是逆境和苦难,能使之深刻了解社会人生,生发出深沉的思考和强烈的表现欲望。表现为作品的广深、沉郁丰富多姿。屈原、杜甫的成就就是例证。然而,苦难和逆境是有条件和有限度的。苦难有用处、有价值,但显然不应是愈苦难愈好。如果屈原、杜甫一类文人连起码的生存条件都不具备,连读书识字都无机会,他们有可能写出名垂千古的诗篇吗?曹雪芹逆境中完成《红楼梦》鸿篇巨制,虽然艰苦,毕竟有西山茅屋可居,有粥可食,有文房四宝可用。实际上,百姓最悲惨、艰窘的生活状况,不是身处其境的农民妇女写出的;最动人心魄的爱情悲剧,也不是出自梁山伯、祝英台、杨贵妃、白蛇们的手笔,而是像白居易、洪昇这样的写家。白居易没有卖过炭,却可以发出"可怜身上衣正单,心忧炭贱愿天寒"的感叹。就白居易的人生际遇而言,虽受过贬斥和曲折,终其一生还是比较顺利和得意的。其他富贵顺境的文人也有过相当精彩作品。所以,苦难不是成就文化诗词唯一条件而只是相对的。逆境出诗人和"国家不幸诗家兴"只是一种现象而不是铁定的规律。

当今国运复兴,走向盛世。民众包括文人的社会生存条件,是以往任何社会无法比拟的。这样的环境就不能出好作品、好诗词吗?非也!实践已经作了证明。好的社会环境,可以实现文化繁荣,可以激发豪情,唱出时代强音。同时,社会毕竟还有负面因素，个体毕竟还有悲欢离合，人人可得而抒发胸臆，唱出各种不同的声音。我们总不能为了"逆境"，人为地制造不幸和苦难吧！因此，对于文人诗家，不是要其陷身痛苦，而是要其对社会进行深入的观察、体验和思考。与社会同脉搏，与大众共心声，如此，就能够写出好作品来。末了，引用我在中华诗词青春讲习班讲话中对青年诗人的希望，就是："人生际遇好，社会感悟深。"如做到，则最好！

四、讽喻

兴观群怨，是孔夫子提出的诗的四大功能。为历代文人尊奉。毛泽东谈到诗词功能时也说，"这种东西最能反映中华民族和中国人民的特性和风尚，可以兴观群怨嘛！"一般认为，兴，是为国家社会服务；观，是观察辨别思考；群，是群体和谐；怨，是讽刺批评社会黑暗现象，也被称为"讽喻"，兼有劝解、批评和讽刺的含义。历代文人重视诗词的独立品格和批评功能，留下大量尖锐、犀利充满战斗性的诗篇。如《诗经》的"伐檀"和"硕鼠"，就无情地揭露和指斥剥削者不劳而获。唐代李绅的"锄禾日当午"（《悯农》诗）和白居易的《卖炭翁》等也属于讽喻一类。

改革开放，社会繁荣，人文和谐，讽刺功能是否就罢而不用了呢？是不是就把批评的武器刀枪入库呢？不是。社会是在矛盾中行进的。任何昌明的社会，有光明也有黑暗、昏暗或不平。只有揭露、批评、消除阴暗因素，社会才能更健康前进。现代诗人已经拿起了批评的武器写出了大量篇章，例如，《中华诗词》的"刺玫瑰"专栏，就以专门发表讽刺诗博得各界好评。

讽刺诗涉及社会生活的各个侧面。

张智深五绝《下马石》："独立皇陵侧，端居孔庙前。千官皆下马，一石冷无言。"以下马为题，描绘官员下马后，下马石的冷峻无言，用语双关，寓意深刻。

诗词当随时代。我们是时代的歌者和思想者。因而，歌颂和讽喻是包括诗词的文化艺术社会功能的两个方面，是相辅相成的。讽喻不可免，而那种走向另一个极端、认为诗词不能"歌"、只能以批评为主，显然也是片面的。

五、推敲

韩愈、贾岛的交往成为诗史和人才史上的一段佳话，也是"推敲"典故的由来。

一丝不苟，认真精神。推敲斟酌，是古体诗词求精出新的必要手段，用字要力求准确和工稳。古人常常"吟安一个字，捻断数茎须"。由是有"诗词百代而不朽，有赖推敲下功夫"之说。推敲重要，任何伟大诗人伟大诗作都不能免。毛泽东"蝶恋花""狂飙为我从天落"原是"统治阶级余魂落"，"渔家傲""风烟滚滚来天半"原是"飞机大炮何所限"，"枯木朽株齐努力"原是"三路大军齐进逼"。

意象飞跃。推敲精神固然值得赞扬，但推敲又当两面看。推敲太过则可能过犹不及，因为诗词大率性情之作。有时直抒胸臆、不事雕琢，迸发出的奇思丽句往往胜过推敲。以贾岛本人为例，推敲句之外，其名句有"流星透疏木，走月逆行云""长江人钓月，旷野火烧风""独行潭底影，数息树边身"等，尤其是后面这一对，诗人熔铸了三年心血，颇为自负，以为极致。在诗的后面注小诗一则："二句三年得，一吟双泪流。知音如不赏，归卧故山秋。"然而，评论家对其最为推崇的，不是其煞费苦心的"推敲"，更不是吟得双泪流，而是"秋风生渭水，落叶满长安"的大气自然，是"松下问童子，言师采药去，只在此山中，云深不知处"的独特意象，更是"十年磨一剑，霜刃未曾试。今日把示君，谁有不平事"的恢弘大气。尤其是剑诗，短短四句二十字,一气呵成,不露痕迹,豪气侠胆洋溢其间,是贾岛诗作的精品。由此可见,对于写诗而言,推敲打磨文字重要,真情更重要,创意尤其重要,最好是不见斧凿痕迹,推敲则是为创意出新服务的。切记:推敲不是斧凿。

六、平白

诗词是典雅的艺术,但典雅不等于玄深奥秘。有一种取向,以为语言愈奇险愈好,用典愈艰深愈好,好像愈难懂愈才表现其功底的深厚,诗词家应该不食人间烟火似的。他们的作品甚至要搬着字典阅读。这,怎么能够体现诗词的韵味和乐趣,又怎样和读者交流呢?还有的不惜笔墨,洋洋洒洒地注解一番。其实,注解那么多,无非说明你的诗本身没有说明白,缺乏充分表达的能力而已,岂有他哉!

关于诗词的表现形式,艰深和平白的对立古已有之。历史是公正的老人。世事沧桑,春秋百度,玄奥艰深"掉书袋"或"钻牛角"者如大河流沙,杳无踪影。有的只保存在研究者的课题中。而生活化口语化平易近人、深入浅出的作品如白居易那样的诗和柳永李煜的词,却长久流传,如"野火烧不尽,春风吹又生""问君能有几多愁,恰似一江春水向东流""床前明月光""锄禾日当午""慈母手中线,游子身上衣""白日放歌须纵酒,青春作伴好还乡""劝君更尽一杯酒,西出阳关无故人"等。今人刘征的"我谓月,且欢笑,莫神伤。管他阴晴圆缺,只当捉迷藏"(《水调歌头·秋月》),"莫道又荆棘,毕竟多芳草。检点人间万古愁,一点丁丁小"(卜算子)等等,这些诗句,是通俗易懂的,贴近生活的,不弄玄虚的,不刻意雕琢的,有时甚至不大讲究格律严整的,他们却能长久地跨越时代,博得大众的喜欢,很值得我们深思。"历数流传千古句,皆从平白语中来。"

从实践论的视角看，大众的接受和认可程度，是评价任何文化艺术样式包括诗词的最重要最权威的标准。

七、谋篇

起句，不求一律多变幻。

结构合理，整体顺畅，而不俗套。

中有起伏，有波澜、调料、调色。文似看山不喜平，偏向不平觅好诗。

尾要结住，注意使用感叹和提问，问号不妨经常使用些。

例如，天下谁人不识君？一生真伪有谁知？笑问客从何处来？古来征战几人回？等等。

笔法。景物要真实，下笔有虚实（理念虚实结合），手法别太老实。做人要老实，做诗要灵通（变花样和花招）。

八、素养

关于诗人素质或成功要素：

意、力、技、句、气。

意。思想和创意、创新。同样事物和题材，有自己的视角，自己的思辨，自己独特的语言、观点。言之成理，不落俗套，耳目一新。思想、观点，尤其是奇思妙论，为诗词之魂。

诗词一路走来，每个阶段都是创造革新的历史。每个诗词大家都是以自己的创造而成功、成名。提醒："三不为"：不为流行写口号，不为会议写报告稿，不为奶妈写歌谣；"二为"：为自己抒写性情，为读者欣赏共鸣——真情个性。

力。功力、蕴力、力度。深厚的文化功底和素养，知识全面，博而有专，融会贯通，旁征博引，左右逢源。表现于诗词作品，是不留痕迹，老到成熟。

真正的大家举重若轻。似从不着力处见深刻，见用心。

寓理于诗，深刻别致，得力于作者的深厚学养和深刻思考。

技。技巧、手段。无论谋篇布局，还是句式用词，调动和变换不同的表现手段、技法，臻于精湛。即人们常说的"工"。"技"是上述素养的综合表现。熟能生巧，创而出新。

句。是意、力、技的表现，是语言的锤炼与编织。是直观的，看得见的。

气。气场、气象、气候、气概、气格和气度。是意、力、技、句的综合，是感受。也可理解为总体风格。

阅读名家，接触作品，一股气迎面而来。谪仙"手可摘星辰"之飘逸，老杜"月涌大江流"之沉阔，东坡"大江东去"之豪迈，柳永"晓风残月"之惆怅，易安"寻寻觅觅"之凄惋，开卷可闻，嫣然迥然。即使如苏东坡豪放、缠绵兼有，辛弃疾慷慨、幽婉并行，亦分别有各自独特的气场、气韵，个性鲜明，是此非彼。

当然，"气、意、力、句、气"不可是完全独立的，它们互相关联、互为支撑、互相渗透，常常是互为表里的。

清四家：沈德潜（格调）、王士禛（神韵）袁枚、（性灵）翁方纲（肌理）创意、形象是共同的，任何诗作都离不开浪漫、想象、夸张这些手段。

关于豪婉和浪漫，没有绝然界限，互相融通，偏重与不废。

总之，"意、力、技、句、气"是成功诗人不可缺少的基本元素，是观察诗人、诗作的着眼点，也是吾人对诗词的基本主张。

须当指出，为诗，与其说具有理论的品格，不如说更有实践的品格。"平仄格律"和"基本技法"之类要学。但要拿得起，放得下，不可过于依赖和拘泥——按照本本和诗词作法之类，很难写出好诗。

关于设立"中华诗人节"

许多诗人认定端午就是"诗人节",亦由纪念屈原引起。实际上新中国成立以来大陆这边还没有正式确认诗人节,只是习惯或约定俗成而已。而在台湾是确定了的。

由此,包括我在内的许多诗人关注并建议由国家确认诗人节。2017年3月10日,中华诗词学会办公例会。会前,我就这个问题向郑欣淼和郑伯农两位领导建议:把农历五月五日端午,屈原纪念日,同时也作为"诗人节",台湾那边延续下来了。我们这边诗人们也把它当做诗人节,但是没有正式确认,中华诗词学会应该牵头办这件事,二人赞同。在会上,一致通过我的建议。欣淼会长主持会议,他说,既然树喜提议,就请你先找一些有关的历史资料,再起草一个关于确立诗人节的建议,下次开会把它定下来。这件事,也是准备迎接学会成立30周年(学会是1987年端午成立)活动的一项内容。

我把相关资料和建议起草完毕,形成学会决议文件。在2017年5月份庆祝中华诗词学会成立30周年纪念大会公布。至于文件报告为什么至今没有批下来,卡在哪个程序,待查。总之,至今没有确定为法定节日,也是一种缺憾。尽管我们每年一度按端午节过诗人节。

其实,教师节、护士节、记者节都有了,为什么不可以有诗人节呢?

想开点。反正诗人是理想化、是浪漫的。没有正式批准,我们就自己过节,自娱自乐、弘扬中华文化振兴诗词,不亦乐乎!

附 关于正式确立"中华诗人节"的建议

中国是诗歌大国,中华诗词源远流长,诗词是中华传统文化重要部分。当代,中华诗词正在走向复兴,诗人数以百万计,已成为巨大的文化人群。更彰显了设立"诗人节"的必要。

回顾历史,20世纪四十年代,一些文化界人士(郭沫若、于右任、老舍等)倡议以农历五月初五纪念伟大诗人屈原的日子为诗人节。多年来,大陆及港澳台也曾自发地开展过一些名为"诗人节"的活动,但至今没有由国家确认为法定节日。鉴于此,由国家和全社会形成共识,确定每年农历五月初五(端午)为诗人节(涵盖古典诗、词、曲、赋、新诗),开展丰富多彩的诗词文化活动。对于弘扬中华传统文化、提升民族文化素质,加强文化凝聚力,团结海内外华人,对于实现中华民族的伟大复兴和文化和谐,具有十分积极意义。为此,在中华诗词学会庆祝成立三十周年大会之际,我们郑重倡议:确定农历五月初五为中华诗人节。并经过合法程序,呈请国家有关机构批准!

中华诗词学会
2017年5月

附 诗人节溯源

历史上首倡"诗人节"是1940年6月10日文化人士的聚会。首次纪念"诗人节"是1941年的6月18日。此事至少与两个文化人有关。一是当时任军委政治部第三厅主任的郭沫若,另一则是担任文协秘书长的老舍。

郭沫若于1941年5月30日发在重庆《新华日报》的《蒲剑·龙船·鲤帜》中,谈及诗人节的起源:"抗战以来,由于国家临到了相当危险的关头,屈原的生世和作品又唤起了人们的注意。端午节的意义因而也更被重视了。特别在今年,有好些做诗的人竟把这个节日定名为'诗人节'。"此文,郭沫若是在1941年诗人节庆典之前,说明此前已经有人提出设立。

中华全国文艺界抗敌协会1938年3月27日成立于武汉。以抗战文艺家为主,得到中共和周恩来的支持。老舍为主要负责人之一。据老舍年谱,1940年6月10日,"文艺界抗敌协会"召开的纪念屈原晚会,会上多人提议把端午节定为"诗人节"。这一天正是旧历的五月初五。

而正式的诗人节纪念活动却是在第二年(1941年6月18日)的旧历五月廿四。老舍作为文协的秘书长,有一篇相关演讲。又在纪念会后的次日,写了《第一届诗人节》一文。

据老舍回忆,1941年的第一届纪念诗人节场面隆重。参与者有于右任(监察院长)、陈立夫(组织部长)、梁寒操(宣传副部长)及冯玉祥将军等。又有文化及各界名流。大会选举于右任为诗人节纪念会主席,老舍为主持。在会上,于右任说及今年诗人节,正应了是"诗的内容是要反抗侵略,阐明真理,诗人也就该是战士呵"!老舍作了主题演讲。郭沫若作了有关屈原的考证。李可染作了屈子画像,安娥、高兰等作诗朗诵。马思聪等演奏了纪念音乐。重庆、成都的各大报也有报道,许多报纸出了特刊,显示了文化界、官方及媒体对诗人节的参与和认同。只是没有被政府正式确定为法定节日而已。

后来,由于国共关系变化,又由于对屈原不同侧面的评价和争论,就诗人节的纪念日没有形成共识,诗界、文化界出现"各自纪念、各自过节"的散状。

如今,屈原是"中华民族的伟大诗人","农历端午节"含有纪念屈原的含义,已经形成共识。由此,正式确认"诗人节",时机成熟,意义非常。

倡议者

    刘征 李树喜等86人 签名 2017年4月
      (李树喜执笔起草)

漫论"诗浪漫"

——诗词创作的一个重要话题

一、浪漫主义与现实主义兼容

文化艺术,包括诗词,源于生活,高于生活。是生活的提炼、升华、集中与典型化。

浪漫一般理解为:想象、夸张、比喻,天马行空,诗意纵横。

诗词,是创造性的文化艺术。浪漫,是任何文化艺术的题中应有之义。譬如唱戏,再苦再难的悲剧哀情唱出来也抑扬顿挫、婉转曲折,拖长腔调。具体到诗词,我不同意把诗人和诗词截然分为现实主义与浪漫主义。李杜苏辛李清照陆游,一般都是浪漫、现实兼融,豪放、婉约兼备,尽管有所偏重。毛泽东自己就说,他的作品"偏重豪放,不废婉约"。例如《菩萨蛮.大柏地》:"赤橙黄绿青蓝紫,谁持彩练当空舞?雨后复斜阳,关山阵阵苍。当年鏖战急,弹洞前村壁,装点此关山,今朝更好看。"

例如,李白"众鸟高飞尽,孤云独去闲。相看两不厌,只有敬亭山"。是将山拟人化,付与灵性。法国编选的一本世界诗词选,只选中国一首,就是这首李白诗,虽非全面,但认为这首表现了"人与自然的相知和互动",是诗人与山对话,则是有道理的。

杜甫,只是现实主义吗?请看《月夜》:

今夜鄜州月，闺中只独看。
遥怜小儿女，未解忆长安。
香雾云鬟湿，清辉玉臂寒。
何时倚虚幌，双照泪痕干！

通篇无事实，都是在想象，虚设场景，设想远方的妻儿是否在想他。具体写到秀发、玉臂。这是古代诗人描写爱人的最具想象夸张、最直露、最唯美主义的描写。不够浪漫吗？

柳永的"今宵酒醒何处？杨柳岸晓风残月"，范仲淹的"千嶂里，长烟落日孤城闭"，"人不寐，将军白发征夫泪"，李易安"至今思项羽，不肯过江东"，东坡"细看来不是杨花，点点是离人泪"等，不都是豪婉相济吗？为什么一定要分别为现实主义和浪漫主义呢！

二、诗性浪漫

诗词的属性和本征是浪漫主义的。一要起意做诗，浪漫油然而生。其实，我们人的一生，大脑的思维活动，多是想象，经常沉浸于想象之中、联想之中，几乎时时处处。想象、幻想包括梦想是我们重要的精神生活。如果思维都实打实、一是一、二是二，丁是丁、卯是卯，就没了意思，没了趣味。做诗，要么把长江昆仑浓缩于方寸股掌之间，可拔剑裁断，要么把蜂蚁蝴蝶扩展得比人还大。元曲《醉中天·咏大蝴蝶》（作者王和卿）写道："弹破庄周梦，两翅驾东风，三百座名园、一采一个空。

"谁道风流种，唬杀寻芳的蜜蜂。轻轻飞动，把卖花人搧过桥东。"极尽夸张，极具风趣。

刘征老自制曲《蜂儿闹》：

"入山十里林荫道，无数蜂儿闹。淡洒晨曦，轻摇风露，唤醒花魂笑。辛勤最是君行早，为酿生活好。万口杭唷，声超丝竹，哑了千山鸟。"蜂声压鸟声，不谓不夸张，又非是没根据。

古典文学名著，鲁智深倒拔垂杨柳，张翼德百万军中取上将首级，都是夸张。孙悟空是猴子，只有从石缝里迸跳出来，一个跟斗十万八千里，会七十二变，才有趣，才有戏。

诗人不是数学家，其尺子没准儿。也无须准确。诗常常是不讲理的，百尺、三千尺、千里、万里。雪花大如席，白发三千丈。但其中有逻辑，大概合理。有人写了一联请苏东坡看，"叶攒千口剑，茎耸万条枪"。东坡笑道，你一万根竹子才一千个叶，平均十根才一叶，也不合理。传说王安石咏狗仔花："明月当空叫，五犬卧花心"。东坡认为不合理，改为"明月当空照，五犬卧花荫"。及至远贬海南儋州，看到真正的狗仔花，见花瓣中有五个狗头，还有一种鸟名叫明月鸟，才霍然省悟：夸张是要有事实根据的，即要件要真实。是以真实性为依据的夸张。

我写过一首《黄鹤楼》：

"信是神州第一楼，楚风汉韵画难收。大江一去三千里，总在诗人心上流。"人心经得大江冲刷吗？又是想象、比拟。

总之，诗性浪漫，就是想象夸张，展开想象的翅膀，是把生活总结提炼升华。写诗是将生活"诗化"。

写建军九十年阅兵小记：

"大海挺身望，苍山侧耳听。演兵非好战，至重在民生。"这样的题材不好写，正面描写笔力不够，色彩不够，词语不足。就换个角度，换个思路，让大海看，让高山听，让他们悟出一个真谛，一个道理：中国人非好战也，只是要以强大的军力保人民、保民生，保家卫国。

又如一首《弹棉歌》："弯弓不为射天狼，弹尽霜花面已霜。我纵无心分厚薄，奈他世上有炎凉。"想象，延伸到哲理层面思考，从棉花联想到面对世上炎凉，思维超乎一般。

三、情感诗尤须浪漫

爱情与爱情诗更应具感性色彩。以词曲为主要表现形式的四大爱情名剧（西厢记、牡丹亭、长生殿、桃花扇），都是曲折跌宕的悲剧，充满奇特的虚拟虚构，也就是浪漫想象。梁山伯、祝英台，同学三载、朝夕相处、对面竟不辨男女，白蛇传人蛇相恋等，都不合常理。但却惊心动魄，未觉是假。当代关于爱情情感诗作亦有新的开拓，少不了浪漫之功效，如：

"南国春风路几千，骊歌声里柳含烟。夕阳一点如红豆，已把相思写满天。"夕阳如红豆，大耶小耶？形象贴切，色调斑斓。

又如《清平乐·失恋之后》云：

晓风吹送，回首些些痛。燕婉深盟终底用？不过槐安旧梦。　　城郊紫陌荒寒，因缘世界三千。扫取颓枝怨叶，烧成一个春天！

其比喻，其愤其怨，都具有新的意象，新的夸张与语言，超越以往。诗人往往自作多情。如风花雪月本与人无干，人却要与之沟通，寄托情感。这对诗人却是正常的、必须的。

四、浪漫的真实胜于生活的真实

"直叙平铺无味道，绝知浪漫要风行。"从一定意义上讲，不夸张的实打实的描写，看来总觉不够味，没意思；夸张是艺术的要求，读者的需要。只有夸张了想象了，才是那么回事，才予以首肯。由此推出一个道理：艺术的真实，夸张的真实，往往胜于生活的真实，胜于真实的真实，比真实还要真实。这是极而言之。

当前，诗词创作的主要不足是浪漫不够，创意不够，空话、大话、套话、口号、概念太多。细节太少，形象太弱。你的诗，我们的诗，大家的诗，自我苛刻地说，太实、太板、太笨、太老实。如"东洋要占钓鱼岛，中国人民决不容"，"认真贯彻十八大，争取提前进小康"之类，正确而无味。写社论可，作报告可，外交辞令可，而写诗不可也。

五、浪漫四要素：想象、夸张、细节、韵味

想象夸张，李贺《梦天》：

> 老兔寒蟾泣天色，云楼半开壁斜白。
> 玉轮轧露湿团光，鸾珮相逢桂香陌。
> 黄尘清水三山下，更变千年如走马。
> 遥望齐州九点烟，一泓海水杯中泻。

细节浪漫，须借助于形象与细节来体现。也是古人所说"比兴"手法。即调动想象、运用细节。唐朝一位七岁女子能诗，武则天命其以离别兄为题，诗曰：

"别路云初起，离亭叶正飞。

所嗟人异雁，不作一行归。"比兴，从七岁始，是作诗的基本功。

今人写建党历史，有一则《天净沙·红船》：

"乌云密布江南，嘉兴湖上风帆。望处青山辽远。心中有岸，管它多少礁滩！"以一船喻党，贴切形象。

像《游子吟》的针线，岑毓英"剪辫续缰牵战马，割袍抽线补旌旗"等，俱以形象细节胜。要言之，"夸张不拒远大，技法不拒细微。"

韵味或幽默（是智慧，豁达自嘲，幽自己一默）举例：

刘禹锡《乌衣巷》：

> 朱雀桥边野草花，乌衣巷口夕阳斜。
> 旧时王谢堂前燕，飞入寻常百姓家。

《酬乐天扬州初逢席上见赠》：

> 巴山楚水凄凉地，二十三年弃置身。
> 怀旧空吟闻笛赋，到乡翻似烂柯人。
> 沉舟侧畔千帆过，病树前头万木春。
> 今日听君歌一曲，暂凭杯酒长精神。

苏轼《蝶恋花·春景》：

> 花褪残红青杏小。燕子飞时，绿水人家绕。枝上柳绵吹又少。天涯何处无芳草。墙里秋千墙外道。　　墙外行人，墙里佳人笑，笑渐不闻声渐悄。多情却被无情恼。

鲁迅《自嘲》：

> 运交华盖欲何求，未敢翻身已碰头。
> 破帽遮颜过闹市，漏船载酒泛中流。
> 横眉冷对千夫指，俯首甘为孺子牛。
> 躲进小楼成一统，管它春夏与冬秋。

聂绀弩《挑水》：

> 这头高便那头低，片木能平桶面漪。
> 一担乾坤肩上下，双悬日月臂东西。
> 汲前古镜人留影，行后征鸿爪印泥。
> 任重途修坡又陡，鹧鸪偏向井边啼。

李申《双枪老太塑像》：

> 远离战火久，事理乱成堆。
> 老太双枪在，不知该打谁。

《中秋望月戏题》：

> 月亮悠然天上走，阴晴圆缺莫须有。
> 可怜自作多情人，为酒为诗找借口。

《七夕漫语》：

> 山高水远意缠绵，仰望银河年复年。
> 目力渐衰诗性在，直将缺月看成圆。

结 语

一个理念："实话诗说"，诗之要诀，无非"奇曲"二字！即：想象要奇，用笔要曲。诗似看山不喜平也。要起伏曲折。要用诗的思维，诗的手段，诗的语言，诗的意境与技法。概括起来就是：

要件须真实，章法有虚实，技法别太老实。

表层少些，深层多些；概念少些，细节多些；口号少些，哲思多些。

形象思维，实话诗说。小题大做，大题细作。实现自我，展现风格。

诗人，要常常自问：你想象夸张了吗，你运用细节了吗，你机智幽默了吗，你浪漫了吗？

祝你成功！

山的绝唱与风的豪歌

——毛泽东《清平乐·六盘山》别议

《清平乐·六盘山》（1935年10月）：

　　天高云淡，望断南飞雁。不到长城非好汉，屈指行程二万。　　六盘山上高峰，红旗漫卷西风。今日长缨在手，何时缚住苍龙？

《清平乐·六盘山》是毛泽东诗词的重要篇章，是诗人关于山的代表之作。寥寥数语，把"山"和"风"写到极致。堪称是山的绝唱与风的豪歌。

一、关于山

诗人无不爱山川。毛泽东近百篇诗词，有十几篇以山为题，几十处用了"山"字。可见其对山情有独钟。

毛泽东自幼便有青山之志（1910年秋，17岁）：

　　孩儿立志出乡关，学不成名誓不还。

　　埋骨何须桑梓地，人生无处不青山。

《归自谣》（1918年）：

　　今宵月，直把天涯都照彻，清光不令青山失。　　清溪却向青滩泄。鸡声歇，马嘶人语长亭白。

在《送纵宇一郎》（1918年）诗中写道：山川奇气曾钟此。

《沁园春·长沙》句（1925年）：

> 看万山红遍，层林尽染。

《西江月·井冈山》句（1928年）：
> 山下旌旗在望，山头鼓角相闻。

《减兰·广昌》句：
> 头上高山，风卷红旗过大关。

《如梦令》句（1930年）：
> 山下山下，风卷红旗如画。

《渔家傲·反第二次大围剿》句（1931年）：
> 白云山头云欲立，白云山下呼声急。

《菩萨蛮·大柏地》句（1933年夏）：
> 雨后复斜阳，关山阵阵苍。
>
> 装点此关山，今朝更好看。

《清平乐·会昌》句：
> 踏遍青山人未老。

《十六字令三首》（1934年—1935年）：
> 山，快马加鞭未下鞍。惊回首，离天三尺三。
>
> 山，倒海翻江卷巨澜。奔腾急，万马战犹酣。
>
> 山，刺破青天锷未残。天欲堕，赖以拄其间。

这是跨年度之作。毛泽东自己注明：这些山非指一处，"是各种山的综合"。

《忆秦娥·娄山关》（1935年2月）：
> 西风烈，长空雁叫霜晨月。霜晨月，马蹄声碎，喇叭声咽。　雄关漫道真如铁，而今迈步从头越。从头越，苍山如海，残阳如血。

其中"苍山如海，残阳如血"，擅千古之胜，是经典佳句。

据作者自己解释说，"是在战争中积累了多年的景物观察，一到娄山关这种战争胜利和自然景物的突然遇合，就造成了作者自以为颇为成功的这两句话。"

《念奴娇·昆仑》句（1935年10月，42岁）：

  横空出世，莽昆仑，阅尽人间春色。（此词写山，不着山字，心向往之，而身未至）

七律《长征》（1935年10月，42岁）：

  红军不怕远征难，万水千山只等闲。

  五岭逶迤腾细浪，乌蒙磅礴走泥丸。

  金沙水拍云崖暖，大渡桥横铁索寒。

  更喜岷山千里雪，三军过后尽开颜。

六言诗《致彭德怀同志》（1935年10月，42岁）：

  山高路远坑深，大军纵横驰奔。

  谁敢横刀立马？唯我彭大将军！

《沁园春·雪》句（1932年2月）：

  山舞银蛇，原驰蜡象，欲与天公试比高。须晴日，看红装素裹，分外妖娆。 江山如此多娇。

（江山多娇，雪为主题！）

五律《看山》（1955年，63岁）：

  三上北高峰，杭州一望空。

  飞凤亭边树，桃花岭上风。

  热来寻扇子，冷去对佳人。

  一片飘飖下，欢迎有晚鹰。

七律《登庐山》句（1959年7月1日，66岁）：

  一山飞峙大江边，跃上葱茏四百旋。

  冷眼向洋看世界，热风吹雨洒江天。

七律《答友人》句（1961年，68岁）：

  九嶷山上白云飞，帝子乘风下翠微。

还有莫干山、五云山，等等。

毛泽东诗词是诗词史上的山外青山。毛泽东笔下之山，各具千秋。而六盘山则是毛泽东诗词写山的巅峰之作。此山非他山，他别有风采，别有性格：

第一，此山是现实之山，六盘山不似昆仑山，昆仑山为作者想象向往，而未亲自登临；第二，胜利之山。从长征前期的被动转移，经历雄关万道，艰难险阻，例如，忆秦娥所写的娄山关，还喇叭声咽，雄关漫道，从头攀越，前景未明。而至六盘山则洋溢着胜利的喜悦和豪情。第三，全面之山。作者专题写山，集中写山，有回顾，有展望，有写实，有愿景。胜利的自豪，远景的向往，奇特的想象及警句哲思，使之具有强烈的艺术感染力。

尤其，"不到长城非好汉"，是富有创造力的经典奇句，它向往长城，鼓励攀登，争先恐后，奋发向上。短短数语，纵横开阖，意象丰满，其流传已经超越了国界。因此，我们认为，《清平乐·六盘山》在山的描写上别开生面。是写山的集大成作品，诗词的高山之巅。

二、关于风

毛泽东诗词写风更为别致。"六盘山上高峰，红旗漫卷西风。"别有气象，别有性格。古人写风不计其数。关于风，汉高祖刘邦"大风起兮云飞扬"，颇具气概，雄视千古。毛泽东对此也颇为欣赏。然细考汉高祖刘邦此歌，是其衣锦还乡、志得意满所为。当其困境时，也曾迷茫不知所措，哭鼻子撂挑子，狼狈逃窜有之；且其大风胸怀旋即终止，"兔死狗烹同乐殿，至今回响大风歌。"

为什么是西风？因为在宁夏六盘山地处大西北，这一带经常就是西风，"一年一场风，一刮刮一年"。毛泽东当时所处的环境就是西风，是环境的真实描绘。

颇为有趣的是，关于风，毛泽东诗词（正编）关于"西风"有四处：六盘山之外，"西风烈，长空雁叫霜晨月"（《忆秦娥·娄山关》）；"塞上红旗飘落照，西风漫卷孤城"（《临江仙·送丁玲同志》）；"正西风落叶下长安，飞鸣镝"（《满江红·和郭沫若同志》）；西风四度，却不见古诗人常用的"东风"，非偶然也！因为，尽管风有东西南北，诗人当年身居西北，所见所处的就是西风。纵观九州云气，风的主要流向是由西向东(参见每日的气象云图)；中国大陆的气候和地理环境，就是在西风的影响甚至掌控之中。

毛泽东的"西风"之咏，比之"东风无力百花残"，"东风恶，欢情薄"，更雄阔，更苍凉，所描绘的事物，更准确，更本质，是真实基础上的升华。诗人赋予西风以更广深的内涵和个性。展示了新的风貌，注入了新的灵魂。

除旧布新，境界全开。气度超迈，格调佳绝。就毛泽东咏山的题材来看，《清平乐·六盘山》短短46个字，是山之绝唱，风之壮歌。其所塑造的艺术形象，丰富了中国诗词文化的宝库。携卷吟唱，确有登泰山而小天下之感。

三、关于"山文化"与"诗文化"

《清平乐·六盘山》讨论，还引出一个关于山文化和诗词文化的话题，此次研讨，也是诗文化和山文化的密切合作。山为诗增光，诗为山添色，山诗辉映，相得益彰，成为这次活动的一大特色，也是山文化和诗文化的携手和拥抱。

在山言诗，颂诗言山。

诗与山结缘久矣！山与诗密不可分。试想，没有哪座名山不和诗相关联。李白"一生好入名山游"，杜甫"会当凌绝顶，一览众山小"，苏轼"横看成岭侧成峰"，无不是山、诗相谐的华章。关于山文化和诗文化的共通之处，我以为有两个方面：

一是人文积淀。好山和好诗都是人文素养和历史积淀的结果，是天人和谐、人文和谐的结晶。六盘山有名，非止山势，而更在于历史深厚，人文积淀，融汇了皇家贵族文化、历史文化等多元文化。而毛泽东咏六盘山的诗词，更空前地扩大了六盘山的影响，增加了其知名度。正所谓"山不在高，有诗则灵"，有毛诗词更灵！

从人文历史积淀看，六盘山是古丝绸之路东段北道必经之地，是历代兵家屯兵用武的要塞，成吉思汗征服西夏时曾在这里休养生息，整肃军队，后病逝于此。六盘山也是北方游牧文化与中原文化的结合部，古代多民族在这里聚居。文化遗存具有"古""贵""奇""多"的特点。而六盘山周围90%以上为回族，积淀着丰富的伊斯兰文化与浓郁的回族风情，也是汉回文化的交叉融汇之地。

从创作的角度，诗词和诗人也是如此。一个诗人，应当注重吸收古人和今人的优秀文化艺术营养。广泛涉猎，博采众长，使自己具有相当的文化历史知识和修养。土之肥沃，方有艳花；知识丰厚，写诗才有底气。

二是拒绝平庸。山与诗的魅力在于特点和个性。特色是生命，创新是灵魂。由此，山和诗都不喜平庸。文似看山不喜平，诗更如此。成功的诗词，要有新的立意，新的思维，新的语言。无限风光在险峰，要向不平觅好诗。

关于山文化和诗文化关系的思考和一得之见，抛石引玉，乞望指正。

清四家诗论漫评

清代诗词创作不如唐宋，曲令不如元明，但诗词理论的作者和作品颇多。他们多以诗话形式，各抒己见，诸家争鸣，达到空前的繁盛。王士祯的神韵说，沈德潜的格调说，袁枚的性灵说以及翁方纲的肌理说，就是最具影响力的几大学派。

王士祯的神韵说。王士祯（1634—1711），清初杰出诗人。原名士禛，字子真、贻上，号阮亭，又号渔洋山人，人称王渔洋。他生于山东桓台县，常自称济南人。王士祯官运亨通，累迁至刑部尚书，受到康熙皇帝的恩宠。王又好学博才，长于鉴别书、画，是当时诗界领袖。其于创作之外，对诗词理论进行了较为深入系统的探研。他提出的"律诗定体"，至今被认为是格律诗的基本范式。

在诗论方面，王士祯受到唐代司空图、宋代严羽的影响，重视兴寄和神趣，强调"味在酸咸之外"。继而强调风雅，他说："为诗要先从风致入手，久之要造于平淡。"即做诗要先求有风致，经过一番营运，营造出悠然淡远、气格脱俗的境界，也就是他所提倡的神韵境界。王士祯在回答何谓"不着一字，尽得风流"时，极为称赞李白的"牛渚西江夜，青天无片云。登舟望秋月，空忆谢将军。余亦能高咏，斯人不可闻。明朝挂帆席，枫叶落纷纷"；孟浩然的"挂席几千里，名山都未逢。泊舟浔阳郭，始见香炉峰。常读远公传，永怀尘外踪。东林不可见，日暮空闻钟。"认为，至此境界，色相俱空，余韵悠悠，正如"羚羊挂角，无迹可求"，画家所谓逸品是也。这里提到的"不着一字，尽得风流"和"羚羊挂角，无迹可求"就成为神韵说的重要概念。意思是不可肤浅直白，又不可雕琢太过，"近之不浮，远之无尽，神到不可凑泊。"通俗讲就是不即不离，恰到好处，能令人回味无尽。神韵说强调做诗要注重韵味，强调弦外之音、味外之旨，也确实道出了诗词的本质特征。诗有神韵，也便是成功作品。

王士祯还归纳出律句平起仄起的几个程式，概括为"律诗定体"，并加以阐释。据王本人讲，当时只是探讨，不敢说是不易之论。只是后来其门生推崇，社会风气渐渐守旧，一些人才奉为圭臬，排斥其他。应当说，"律诗定体"的初衷并非划地为牢、拘于定式、不可变通，从他推崇李白那首全无对仗的五律，并写过"芦沟桥上望，落日风尘昏"（《留别相送诸子》）这样三平的句子来看，说他诗论保守是不准确的。

沈德潜的格调说。沈德潜(1673—1769)字确士，号归愚，长洲（今江苏苏州）人，清代诗人。乾隆元年（1736）荐举博学鸿词科，乾隆四年（1739）成进士，曾任内阁学士。乾隆皇帝对他优宠有加，是彼时诗坛领袖。沈德潜以正统自居，于诗主张尊崇孔夫子兴观群怨之说，追求温柔敦厚的儒雅诗风，其格调说受到明代提倡复古的李梦阳等前后七子影响。他说："诗之为道，可以理性情，善伦物，感鬼神，社教邦国，应对诸侯，用如此，其重也。"（《说诗语》）什么是格调？格，品格和气格；调，声调和情调。体格声调属于外在，气格情调属于内在。格要高古，调要响亮。其实，在创作实践中，内在、外在并非泾渭分明，而是相互依存、渗透和影响。体格、声调正是气格、情调的外在表现。沈德潜不完全反对王士祯的神韵说，也认为冲和淡远之风是一种很高的境界，但认为冲淡只是诗之风格的一种。拓开眼界，雄浑高古才是诗之最高境界。冲和淡远讲究含蓄，雄浑高古讲究沉郁，实际都强调蕴藉而有言外之意。王士祯推尊王维、孟浩然，而沈德潜则推尊汉魏风骨和杜甫。因为从风格上看汉魏高古，而老杜沉雄。如从王国维的境界说的角度看，王士祯强调的是优美之境，而沈德潜推崇的是壮美之境。其区别是：优美之诗讲究优游从容，气韵清远冲淡，壮美之诗讲究沉重务实，气格高古雄浑。古人云："诗以气韵清高深渺者绝，以格力雅健雄豪者胜。"气韵一般来说偏于柔美，有清浊之分，而气格的概念偏于雄迈，有高卑之别。古人论诗经常有气清、气浊、格高、格卑之论，就是这个道理。为什么要尊古拟古？因为沈德潜认为体格、风格在盛唐已经全部具备，只有向最高水平的汉魏、盛唐学习，学习他们的格高调响，才能达到那种雄浑、高古、深沉的境界。这就有了回头看和师古的理由。怎样才能格调高响？沈德潜从古人作品中总结出一套具体的方法、规矩，即法度。他论七绝作法时谈到："七言绝句，以语近情遥，含吐不露为主。只眼前景口头语，而有弦外音味外味，使人神远，太白有焉。"这已经和王士祯的神韵说相近。再如他论歌行体创作时谈到："歌行起步，宜高唱入云，有黄河落天走东海之势。以下随手波折，随步换形，苍苍莽莽中自有灰线蛇踪、蛛丝马迹。使人眩其奇变，仍服其警严。至收结处，纡徐而来者，防其平衍，须作斗健语以止之。一往峭折者，防其气促，不妨作悠扬摇曳语以送之，不可以一格论。"这段言论较为详细、精辟地总结了歌行的作法，强调其间的变化。虽然不必处处拘泥，但确是参考之据和入门途径。如李白"君不见，黄河之水天上来"的起法，就是沈德潜所谓"起句高唱入云"之势的样板。

后之论者多以为沈德潜诗论偏于保守，实不尽然。沈德潜编辑《唐诗别裁》，于五万首唐诗中爬梳剔抉，分门别类，选定1928首，不但选诗客观、丰富多样，更注重作品的创意出新，并在序言和评点中阐发其主张。沈德潜在批点王维的五绝时赞叹说："诸咏声息臭味，迥出常格之外，任后人摹仿不到。"沈德潜肯定和赞扬"出格"，并且在"凡例"中说："然所谓法者，行所不得不行，止所不得不止。……若泥定此处应如何，彼处应如何，则死法矣！兹于评释中偶示纪律，要不以一定之法绳之。试看天地间，水流自行，云生自起，何处更著得死法！"他又说：“诗贵性情，亦须论法。乱杂而无章，非法也。然所谓法者，行所不得不行，止所不得不止，而起伏照应、承接转换，自神明变化于其中。若泥定此处应如何，彼处应如何，不听意运法，转以意从法，则死法矣。试看天地间，水流云在，月到风来，何处著得死法？”从言论和实践看，他并非一味复古泥古者。

翁方纲的肌理说。学界一般认为，有清一代诗论主要是神韵、格调和性灵三大派别。实际上，翁方纲的肌理说亦影响不小，庶几可与之并称四家。

翁方纲(1733—1818)，字正三，一字忠叙，号覃溪，晚号苏斋。直隶大兴（今北京大兴区）人，乾隆十七年进士，授编修。清代书法家、文学家、金石学家。翁方纲曾入王士禛学门。便有人认为"肌理"说是翁方纲对王士禛神韵说的肯定，也是为了张扬其师承。而实际上翁方纲的诗学、诗作风格与王士禛大相径庭。之所以提出新说就是要另立门户。翁方纲说过："予来山东，亟与学人举渔洋论诗精诣，而其间有不得不剖析者。盖昔之推渔洋者太过，而今之讥渔洋者又太甚"，可见他是自居中庸，有别于神韵（见《清诗话》中华书局版第304页）。翁主张的肌理说可用他的话概括："为学必以考证为准，为诗必以肌理为准。"翁方纲称他的肌理说源于杜甫《丽人行》"肌理细腻骨肉匀"。他在《言志集序》中提出过纲领性见解："在心为志，发言为诗"，诗"衷诸理而已"。首先，他强调"理"是诗应遵循和体现的内容，因为"理"是民、物、事境乃至声音律度等万事万物之根本；如同"渊泉时出"之有"文理"，"金玉声振"之有"条理"。总之，"理"是理念；"肌"则是载体，是其表现形式。据此，我们可以理解为精神内容和表现形式的统一。

翁氏提出肌理说有两个主要方面，其一是旨在补王士禛"神韵说"之阙，自以为比神韵说更前进了一步，更加完备。二是企图从"穷形尽变"着手匡正沈德潜"格调说"的空泛，三是与袁枚"性灵说"分庭抗礼,"欲因为扶持道教"(《石洲诗话》),翁方纲把自己打扮成了不偏不倚、持正全面的角色。

翁方纲注重对内在理念和外在形式相互关系的探讨,他引用杜甫"美人细意熨帖平,裁缝灭尽针线迹。"并极为赞赏,引申为自己的学说佐证。他认为,诗要处理好文理细部,"肌理针线","分寸量黍尺"。"经营缔构"、谋篇布局要讲章法,有条不紊;他提出"前后接笋"的概念,意指诗的章法、句法的运用和变化。又提出"虚实单双",意指遣词用字。翁氏对"肌理"还要求"细腻",反对粗疏。他说"诗则至宋而益加细密,盖刻抉入里,实非唐人所能囿也",即指文理刻划抉剔得细致。他还就如何"入手""缩住",如何蓄势、顿挫,何处用实事、用虚写等,作过细致的论述。这些属于写作技巧的小的方面探讨,从诗学发展的角度有其积极的意义。由于翁长于史传考订和金石文字爬梳,其考据和尊古"皆贯彻洋溢其中。论者谓能以学为诗"。他又主张"必求诸古人",这方面便与沈德潜相近,有复古倾向与形式主义之弊。因而被袁枚讥为"误把抄书当作诗"。

袁枚的性灵说。袁枚(1716—1798),字子才,钱塘(今杭州)人,世称随园先生。乾隆四年中进士,入翰林院,中任江南溧水等县知县,以后干脆辞官,绝迹仕途。乾隆年间创立性灵派,著述颇丰。诗话以《随园诗话》影响最大。袁枚公开反对当时盛行的沈德潜格调说。他从诗的源头《诗经》说起,在肯定"兴观群怨"的同时,对沈德潜的温柔敦厚之说提出非议。他说,"不学古人,法无一可。竟似古人,何处著我?""礼记一书,汉人所述,未必皆圣人之言。即如温柔敦厚四字,亦不过诗教之一端,不必篇篇如是。"(《答沈大宗伯论诗书》)他把诗人的真情、个性突出放在首位,对当时倾向于复古的格调派和翁方纲的肌理派,都作指名批评,力求矫枉。袁枚的性灵,概括为"真情个性和诗才",真情是首要条件,"诗人者,不失其赤子之心也"。

他认为，古来好诗，都是性情为之，"自三百篇至今，都是性灵，不关堆垛"。情发自性，就是个性，袁枚强烈主张个性的存在与张扬，"作诗，不可以无我。""有人无我，是傀儡也。"以我为本，当然就不拘古人，不盲从权贵，重要的是"以出新意、去陈言为第一着"。如此，也就不必处处为格律束缚。袁枚对人的意识灵感等进行了深入的研究。一方面，性灵又是灵性，诗人在创作时会有灵感、高潮，神来之笔。创意和佳句，常常"尽日觅不得，有时还自来"。另一方面，主张性灵，就等同重视天性。尽量不要过度雕琢，斧凿痕迹，因为"天籁最妙"。第三，诗歌要生动有趣。板着面孔"专唱宫商大调，易生人厌"。袁枚在《随园诗话》中广泛引用大量优秀的别具特色的诗作，不拘时代、流派、作者身份、性别、尤其是引用大量女性诗作，也表现出袁枚对正统敢于怀疑和挑战的精神。

袁枚剖析王士祯的神韵说，认为讲究神韵是不错的。但"羚羊挂角"，无迹可求，不过是诗中一格，只适用闲适的小题材。若是鸿篇巨制，就要"长江黄河般一泻千里"，慷慨激昂，黄钟大吕，只有所谓弦外之响就远远不够。总之，袁枚认为，神韵、格调等理论都有缺陷，某些地方甚至是荒谬胡言。

综上所述，袁枚性灵说的要义，就是做诗要有性情（个性）、有灵机（感悟）、有新意。平时要多研究古人，积累学问，而落笔时则提倡"有我"之真率精神，反对堆砌典故和处处模仿古人的形式主义。不可"抱杜韩以凌人，仿王孟以矜高"。要有感而发、贴近现实，要生动自然、清新有趣，即使语言通俗一些也无不可。袁枚自己也创作了不少作品，如："凤岭高登演武台，排衙石上大风来。钱王英武康王弱，一样江山两样才。""葛岭花开二月天，游人来往说神仙。老夫心与游人异，不羡神仙羡少年。""莫唱当年长恨歌，人间亦自有银河。石壕村里夫妻别，泪比长生殿上多！"等等，或活泼，或深沉，或奇想，都与他出新的主张相彪炳。

神韵和格调两说，是典型的士大夫之论，主观或客观都符合了清前期王朝统治的需要，其要求下层清虚超脱，不需所为；对上层文人大夫则要求遵循传统的孔孟礼义，忠于皇朝。翁方纲表白公允，实际是站在旧派立场上稍有改进。而袁枚则独树一帜，与他们分道扬镳。袁枚不愿湮灭个性，主动离开官场，追求个性和自由。公开批评和纠正神韵说、格调说以及翁方纲偏重保守的肌理说。故更接近文学艺术和诗学的本质，闪耀着战斗的光芒。

　　清代诗话诗论多矣，可谓"众说纷纭"。虽然各有侧重，有所异同，表述不一，但其实质都没有否定性情、技巧和创意，都没有离开诗词创作的基本规律和要领。他们互相关联，互有长短，都有成为一家之言的理由。其中，袁枚的性灵说，别开生面，为清代反拟古，反考据学派的先声。较之其他，更为全面和接近诗人和为诗的本真，值得肯定和借鉴的更多，故而实际影响最大。

庆阳——中华诗词的重要源头

己亥（2019）处暑，参加甘肃庆城旅游文化节的诗词采风。访古溯源，抚今述往，颇有所感，心中升起并明确一个概念：庆阳是中华诗歌和中华诗词的重要源头。

诗史所载，始于《诗经》。（当然还有《卿云》等少数篇章）。但公认的成系统、具规模对社会生活产生影响的，就是《诗经》。诗经是西周东周、春秋时期诗歌总集，其所记内容肇始于周人早期的不窋和公刘时代。相关诗篇集中地歌颂了包括后稷、不窋、公刘在内这一时期的重要人物及事迹。

最为典型的是《大雅·公刘》，它集中记述了公刘定居农耕至迁豳等开疆创业的历史进程，塑造了公刘这一古代英雄形象。其诗为：

"笃公刘，匪居匪康。乃埸乃疆，乃积乃仓；乃裹餱粮，于橐于囊。思辑用光，弓矢斯张；干戈戚扬，爰方启行。

笃公刘，于胥斯原。既庶既繁，既顺乃宣，而无永叹。陟则在巘，复降在原。何以舟之？维玉及瑶，鞞琫容刀。

笃公刘，逝彼百泉。瞻彼溥原，乃陟南冈。乃觏于京，京师之野。于时处处，于时庐旅，于时言言，于时语语。

笃公刘，于京斯依。跄跄济济，俾筵俾几。既登乃依，乃造其曹。执豕于牢，酌之用匏。食之饮之，君之宗之。"

诗中记载，公刘带领族众肇始农耕，饲养家畜，建房定居等事业。这是《诗经》中歌颂兼记事的全景式最完美作品。其艺术特色是在行进中展示当时的社会风貌，在具体场景中塑造人物形象，且熟练地展现出"整齐、押韵、有节奏"这些诗词元素。是《诗经》中最具光彩的篇章。

《大雅·生民》则讲述周先祖的来源且充满了写实及浪漫色彩：

"厥初生民，时维姜嫄。生民如何？克禋克祀，以弗无子。履帝武敏歆，攸介攸止，载震载夙。载生载育，时维后稷。"

首先，从时间上看，诗是现实生活的反映。这些详细叙述公刘事迹的篇章，应该距其生活年代不远。学界一般认为，《诗经》多由民间采集得来，关于西周的多是文王武王时期采于民间，传于宫庭。则更说明"生民""公刘"等早在民间便有传诵，它们伴随了周人创始、发展及迁移的历史，有些甚至是商周之际的诗歌。为时如此之早，当然是诗词的先河。

第二，地域明确。周诗记述的内容许多是在庆州一带发生的。公刘就出生在庆阳。其诗与周祖庙等历史文物相佐证，与庆州社会风俗人情及民间传说相契合，地域上应该无岐义，这种"诗词源头"的属性和定位，也是其它地域无法置疑和无可比拟的。

产生时间最早，地域跨度广阔，绵延千年，纵横千里。公刘等诗篇，与"风"主要来之民歌、"雅""颂"主要是祭诵相比，更有实实在在的内容，有创业和社会生活的各个侧面。言之不虚，朴实有华，可当作历史来读，是真正的"史诗"。因此，无论从哪一个角度和任何意义上，以"生民"和"公刘"为代表的诗歌，都是中华民族最早的诗歌。与庆州有不解之缘！

综上，有理由认定"庆阳是中华诗词的重要源头"，如此，对振兴庆阳以至甘肃的诗词文化事业，提高庆城、庆阳的知名度，无疑是一件好事。

（此文与李枝葱先生共同署名）

《歌德谈话录》与诗词理念

中华文化、中华诗词是中国的又是世界的。中国诗词影响世界文化，世界文学巨人关注中国诗词。其中，值得我们关注的重要代表人物便是歌德。

歌德（1749—1832）是德国著名的思想家、戏剧家、诗人、小说家、文艺理论家，也是自然学家和博物学家。歌德是18至19世纪欧洲最重要的作家之一。他的作品充满了激烈的反叛精神和革新意识、在诗歌、戏剧、散文、自然科学、博物学等方面都有很高的成就，歌德主要文学作品有剧本《葛兹·冯·伯里欣根》、中篇小说《少年维特之烦恼》、未完成的诗剧《普罗米修斯》和诗剧《原浮士德》，此外还写了许多抒情诗和评论文章。其文艺及诗歌主张在《歌德谈话录》中有集中的体现。

优秀的世界文化都有相融相通之处。歌德是文学巨人和文学理论大师。歌德十分重视中国文化包括小说及诗词。从1813年始，他以极大兴趣关注遥远的中国。他先后在图书馆借阅了十多种有关中国的书籍。其中包括中国游记和中国哲学方面的著作。他通过英法文译本读了一些中国小说和诗歌，如《好逑传》《玉娇梨》《花笺记》《今古奇观》等。他还想依据《好逑传》，写成一部长诗；读过《赵氏孤儿》之后受到启发，他又计划写一部戏剧。1827年至1829年间，他共写了14首题名为《中德四季晨昏吟咏》的抒情诗，抒发他对东方文化古国的憧憬。例如其"十三"：

> 为何破坏我宁静之乐？
> 还是让我自斟自酌；
> 与人交游可以得到教益，
> 孤身独处也能诗兴蓬勃。

从中，仿佛看到李白"花间一壶酒，独酌无相亲"的影子。

在与爱克曼的谈话中，歌德阐述了他对中国的理解："中国人在思想、行为和情感方面，几乎和我们一样；只是在他们那里，一切都比我们这里更明朗，更纯洁，更合乎道德……"他从中国文学谈到德国文学与法国文学，进而提出了"世界文学"这一全新概念。他说："我愈来愈深信，诗是人类的共同财产。世界文学的时代已快来临了。现在，每个人都应该出力使它早日来临。"值得一提的是，20年后，马克思和恩格斯在《共产党宣言》中，从另一角度也提出了"世界文学"这一概念，这与歌德有共通之处。一直以来，人们认可歌德是世界文化的先驱和代表人物。

我手上的这本《歌德谈话录》，爱克曼辑录，光明日报出版社2007年版；教育部颁布的《普通高中语文课程标准》指定《歌德谈话录》为中学生必读文学名著。其中关于诗人与时代，文化与文人，青年诗人、女性诗人、新诗旧诗、艺术创新等方面有多处深入精彩的论述。歌德这些文学及诗词主张，对中华诗词是有益的借鉴。我们以独特的读书笔记形式读之思之，辑为五题。

关于时代："我占了很大便宜"

近日整理书架，那本《歌德谈话录》（爱克曼辑录 光明日报出版社）吸引了我，或说是似曾相识的感觉。拿起一看，天哪！我以前看过的、勾划过的不少地方居然忘了！几段关于文化及诗词的"名句"当时还作过注脚呢！转而，又庆幸"想起来了"，说明老尚未朽，诗性尚未泯灭，得以"温故知新"。今日起择其代表性言论引录并阐释，以与同道分享。

环境和经历是人的客观空间，极大地影响或规定着人的一生。关于时代与经历，1824年2月25日，歌德说，他的时代世界发生过重大事件：能出生在这么个世界风云际会、在我漫长的一生中重大事件层出不穷的时代。先是七年战争，然后美国脱离英国独立，接着又来了法国革命，最后才是拿破仑时代直至这位英雄覆灭，以及随之发生的种种事变、战争等，这种人生经历和见证"使我占了很大便宜"。

所谓"便宜"，具体说是造就了歌德（还有席勒等）这些思想文化巨人。我们，生当中国这个时代何尝不是如此？如我辈，抗日战争之末，国共内战，改天换地，"文革"动荡，改革开放，都赶上或见证了。就诗词说来，几乎与新中国同步的诗词新潮让许多年轻人也赶上了。而以往历史几千年，像汉唐宋明清，一个朝代三百年左右。几十年百十年中，没有发生大事的时间是很多的。唐宋诗词的高峰也就那么几个时段。其文化领域的多数时间是波澜不惊，平淡无奇。人们、包括知识文人只能祈求安定和温饱，虚掷光阴，在平平庸庸中度日。多少有才能的人难得有显露的机会，那真是漫漫长夜！人生几十年，真的很悲哀！这就是历史的客观和无情！

实际上，歌德作为德国人，可以说是美国、法国等重要事变的看客；而我们在当代中国却是亲历者或见证者。吾辈之幸，以偈语描之，曰：

> 抗战驱倭日，改天换地时。
> "文革"大动乱，社会开放之。
> 吾辈又有幸，赶潮弄诗词。
> 曾经大事件，熔炼出真知！

"趁热打铁"

《歌德谈话录》（1823年9月18日），歌德对爱克曼说，"诗人如果抓住每天的现实，随时趁热打铁，以涌起自己胸中的思想情感作题材，那他就总能写得出一点好东西；即使有时候不能成功，却不会有任何损失。"

激情是有时限的，火花是会熄灭的，稍纵即逝的。诗人随时就地的灵感和创意，最好紧紧抓住，而不可须臾放过。时过境迁，激情不再，印象淡化，即使作品再雕琢，也失去了鲜活与灵性，成为明日黄花，况且又有新的东西不断涌过来呢！所以，尽管有时匆草，但要力求鲜活。打磨推敲无过，但不要热气散尽，把"黄花菜都放凉了"。我自己，被人肯定或自己较为满意的诗，都是急就章。偈曰：

诗者性灵，不耐消磨。
拖泥带水，万事蹉跎。
推敲过度，利少弊多。
斩将夺关，一路豪歌。

"情欲·女性·诗词"

1825年10月18日，歌德与宫廷顾问R先生谈到女诗人。他认可R先生的说法，"女性的诗才往往是情欲的一种表现"，"通常女性得不到爱情幸福，就会在精神方面寻找补偿，倒是一结婚就完了。"

歌德说，"不过咱们的女诗人尽管写吧！只是我们男人别写得像女人就好啦！不信请看咱们那杂志和通俗图书，一切都那么柔弱，而且越来越柔弱！"

我基本赞成歌德的说法。愤怒出诗人，幽怨出爱情诗。情诗偏爱女诗人，自古而然。当今社会，不乏生活愁苦曲折而诗作出彩的女性。但大为不同的是，女诗人、作家无论数量质量都已经与男性比肩，甚至出现"多半边天"，如我认识时还是河北小姑娘的铁凝一身兼任了中国文联和作协主席，实为社会发展之大观也。我们看到，各地女诗人诗社、诗群争奇斗艳，硕果累累。如东北就有"十二仙媛"。她们诗情洋溢，幽婉亦不乏雄阔。但我认为女诗人不必刻意"阳刚",只须发挥自我、性情自在,更不必追求"李清照"效果,因为毕竟已不是李清照时代,还有可能超越呢!

当然,昌明的时代,我们不认为"逆境"才出诗人,无须人为制造曲折和不幸。我们希望女诗人"人生际遇好,社会感悟深"即放开眼界,多走动、多思考、多观察。这一点是可以超越古人的。当然超越不易。若成为大家或突破者,关键看有没有超越的素质和意识,以及机遇。现在,我们有一大群身手不凡的女诗人,几十个或上百个,水平颇高又似曾相识,彼此彼此,离突破就差一层"窗户纸",但突破又需千钧之力。我们拭目以待。

记得去年,我曾为女诗人戏题一首:

江山依旧雾霾新,总是今人胜古人。

男子于今多倦怠,喜看女士为司晨。

语涉戏谑,还是真诚地期待和祝福她们!

"求变"是规律

1827年2月1日,歌德说,"求变是自然界与文艺的共同规律"。这一法则,"似乎也是好的文笔的基础。换句话说,我们总要避免老调重弹"。

是的,对任何文学艺术而言,固守是窒息,创新是灵魂。诗词,更是创造性的文化艺术成果。

什么是"求变"?求变就是创造,就是出新,就是与众不同,就是展现个性,一首诗作,或立意,或章法,或语言,或意象,或哲思,探索或实现前所未有的东西。创造并不神秘,万绿丛中一点红是创造,万红丛中一点绿也是创造,人无我有是创造,超越别人是创造,超越自我更是创造。就诗词而言,奇词丽句是创造,用平白之语表达别致的思想和意境更是创造。"蓬莱文章建安骨，中间小谢又清发。"大诗人李白所重、所行的正是"清发"二字。杜甫说"白也诗无敌，飘然逸不群"，"无敌"在于"不群"也！

当然，人们一般在创造之前都有一个模仿的过程。模仿是创造的前奏和准备，但在积累和模仿到一定程度之后应及早投入创造。古代不少诗人孩童时代就开始创造并卓有成就。而我们的普遍的问题是：积累过多过久，而创造开始得太晚！

就社会需要而言，诗词只需精品。大千世界，诗人以百万计，诗篇以千万计。而能够流传于世的不在数量而是质量，是精品。社会需求客观而苛刻！

正所谓：

水行江湖平川少，霜打山林秋不匀。
姹紫嫣红等闲看，一枝独秀是诗魂。

情绪不来"不硬写"

《歌德谈话录》第149页。1827年2月1日，歌德对奥克曼说，"我建议什么也别硬逼出来。在缺少创作力的日子和时刻，与其如此，不如干脆睡大觉或者闲逛。免得日后被逼出来的这些东西后愧不快。"

人人都有生物钟。诗人的写作有激情也有低潮。鲁迅也说过"写不出来的时候不硬写"。现在诗人"硬写"或"被硬写"的太多。跟风表态诗，礼仪祝贺诗、采风交卷诗，朋友唱和诗，非出自本意的东西难免缺乏真情实感，往往只能是敷衍了事，无艺术和诗性可言。还有的诗人片面追求创作的数量，"一日一诗""一日数诗"竟至数万首之多。那真的是万言不如一杯水，"不忍卒读了"。偈曰：

写不出时,宁愿没有。

放松心情,外边走走。

唤友呼朋,聊天喝酒。

心潮涌动,再显身手。

我说"诗词复兴"

中华民族的伟大复兴,首要是文化复兴,诗词复兴是文化复兴重要组成部分。诗词"复"到哪?又如何"兴"?

"复"是继承古人优良传统。诗词"复"到哪?尧舜禹,不行;《诗经》,不完备;汉至隋,有过古诗繁荣。到了唐,诗的局面大开,样式完备,近体为主,古体不废,百花齐放,空前繁荣。加之开放、宏阔的社会氛围,使唐代出现诗的高峰,涌现大批优秀诗人和诗篇。因此,诗"复"就是要"复"到唐朝。

"兴"则是在前人基础上继承创新。今人某些"体"的尝试不被认同,未见成功。其实无须别出心裁,创新是与时俱进,主要是在用韵方面,新韵通行,旧韵不废。

律诗格律,在初唐即已完备。所谓格律,不过就那么几条,平平仄仄,粘粘对对。宋朝叶圭在《海录碎事·文学》说:"沈宋(沈佺期、宋之问)辈律诗,尤为精切。"唐代诗人元稹《唐故工部员外郎杜君墓系铭并序》说:"沈宋之流,研炼精切,稳顺声势,谓之为律诗。"讲律用律,唐就足够了。格律非铁律,实际是约定俗成。

我们说格律"复"到唐朝,而不是元明清,为什么?因为是后人,尤其是明清一些论家画蛇添足,增加条律,臆造规矩,即唐诗以外的规矩。明清诗界,格局小,规矩多。清人王士禛提出过"律诗定体",他说这属于探索,并非定于一尊。南宋(实际是金)产生的平水韵,只是概括总结唐以来近体诗用韵的大略情形,远不足以包容全部。《律诗定体》只有薄薄数页,且版本多有错漏。《清诗话》的编辑者注明是来自"家塾旧抄本"。在诗韵问题上，赵执信曾求教于王士禛，指出王"律调，盖有所受之"，却"终身不言所自。其以授人，又不肯尽也"。王还提醒过赵执信"子毋妄语人"（《谈龙录》）。当代学者郭绍虞认为："王士禛进一步摸索钩稽，初具眉目，只因不敢看作定论，所以不以示人"（郭绍虞《清诗话序言》）。因此无须将《律诗定体》奉为圭臬。

当今，有人把平水韵作为金科玉律，不越雷池。说李白哪首是按平水韵写的，而杜甫哪句违背了平水韵；认为"将军胆气雄，臂悬两角弓"是孤平，这不是无知就是荒唐。何况，当代名家如启功、王力、吴小如等，对"孤平"的定义说法不一。叫人们怎么遵循？

有人固守格律的繁文缛节，不许一字"出律"。有人对作诗历来可以变通的事实和主张视而不见，对一些所谓"规矩"则全盘拾起，不厌其繁复，其禁忌甚至包括"四声""八病"之类。其实，所谓"三仄尾""三平调"甚至"孤平"皆非唐宋禁忌，都是后人（明以后）陆续添加的禁条。例如，主张挤韵的人以王安石《泊船瓜洲》"春风又绿江南岸，明月何时照我还"为例，说"岸"和"还"挤了。我评论说，不在一个车厢里，怎么挤？如此种种条条框框，既非传统，又不合理，不利于诗词的发展。当然，历史上任何文化复兴，都不是回到过去，而是创新开拓。因此，删繁就简、适度宽松，又"复"而"兴"，守正而变，继往图新，适度宽容，乃中华诗词与时俱进、实现繁荣之要义。

（原载《光明日报》2021年1月4日第16版）

二编 观潮诗话 上

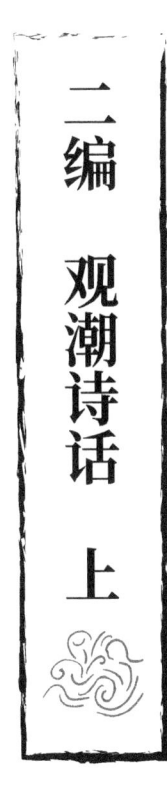

《观潮诗话》序

中华诗词正在出现新的高潮。大潮起，必有好诗。好诗现，必有诗论与诗话。作者近年为诗又观潮，断断续续写了一些长短文章。于诗海观潮、诗论诗话和诗作评点之外，更有名人逸事、文坛掌故、奇谈秘闻。虽属一己之得和一家之言，但皆有所本。这些，都表达了作者关于诗词的一些基本主张，如：新潮初起，与时俱进，持正知变，创意为先，形象思维，平白晓畅，等等。这些文字，自2017年夏季起在"诗词吾爱""中诗协"网及几家微信号发表以来，关注颇多，兼有好评。半年时间，已逾百篇矣。

诚然，诗潮初起，并非一脉涨潮。会有泡沫，有漩涡，甚至小的逆流。但都无改诗词复兴的大趋势。故我们有理由乐观。诗曰：

一从屈子赋离骚，累代风华韵更娇。
唐宋未曾诗写尽，何妨我辈弄新潮！

是为序。

《诗经》源头与孔子删诗

"关关雎鸠,在河之洲。窈窕淑女,君子好逑。参差荇菜,左右流之。窈窕淑女,寤寐求之。""蒹葭苍苍,白露为霜。所谓伊人,在水一方。溯洄从之,道阻且长。溯游从之,宛在水中央。"《诗经》中《关雎》和《蒹葭》这样的名篇,已经载入九年级课本,且在全社会广为流行。

中华诗词的历史有多少年呢?一般认为从《诗经》开始,它是我国第一部诗歌总集,是诗歌的源头。

关于《诗经》的年代,至少在孔夫子时候已经流行,至今已经2600多年。其中较早的《周颂》应是武王时期的作品(武王伐纣推定为前1046年),至今超过3000年了。

关于《诗经》历代有孔子删诗之说,又有置疑和反对孔子删诗之说。

孔子删诗的说法始于司马迁。《史记·孔子世家》明确说:"古者诗三千余篇,及至孔子,去其重,取可适于礼仪……三百五篇,孔子皆弦歌之。"

《左传·襄公二十九年》即公元前544年记载,吴国的季札到鲁国观礼乐,鲁国为季札演唱的诗,其分类和排序与后来的《诗经》相近。那时孔子才7岁。《诗经》的年代早于孔子,孔子无从删诗。孔子对诗经极为重视和崇敬,他说过:"不学诗,无以言。"又说"诗三百,一言以蔽之,思无邪"。如此看来,孔子不可能去删改他极为推崇的诗歌。不曾删诗的理由还有:孔子反对不纯的东西,至今《诗经》中保留的"郑卫"诗歌,在孔子看来是"淫佚"之声,如果经他删削,这些不当保留。

我的见解是,孔子之前诗已成型且又在其教学过程中整理和编辑过，此为"删"的本意。孔子创私学，需要一个简要适用的版本，自然要对以前有所取舍了。现在的《诗经》，基本就是孔子教学的版本。

至于"郑声淫"和"思无邪"，是有人把它理解偏斜了："淫"，兼有过度和放纵之意，并非与"淫乱""淫荡"等同。例如《郑风·溱洧》："维士与女，伊其将谑，赠之以勺（芍）药。"青年男女春天聚会，在溱水、洧水岸祝福祈求。在万紫千红中穿行，边走边相互调笑，互赠芍药以定情。如此美好烂漫的乐曲，怎么能斥之"淫佚"呢？今人不可，孔老夫子也当不会。

如此，《关雎》《蒹葭》和《溱洧》这样的爱情名篇，孔子并非排斥和删除。孔子说的"思无邪"，除了说《诗经》"无邪"外，更是教诲弟子正确领会，读到这些爱情诗篇不要产生邪念！如此而已，岂有它哉！

我看"青春诗会"

2009年寒冬中的火热。10位二三十岁的青年诗人和白发苍苍的诗界前辈对话,中华诗词杂志青春诗会日前在北京举行。这是连续的第8年了。宗旨是发现和扶助诗词界的新苗。办法是:从报名青年中选拔十余名,集中培训,当面交流,集体改稿。年龄要求三十五岁以下。今年入选者尤为年轻,多数二十二三岁,在校大学生和青年教师占了多半。我参与了青春诗会的全过程,感触颇深。

谁说诗词只是老人的事情呢?的确,过去的诗会或座谈会多是老者满座,满堂白发;今天则青春稚气,活力充盈。

他们显然有着灵通的信息渠道,关注着诗词界的动态和发展,因此才争相报名的。他们有着相当的诗词基础和创作水准,因而才百里挑一被选中的。

看看他们的诗词主张吧——

云南昆明的段爱松:"在心为志,发言为诗,主张诗歌反映现实,融入时代,吟咏自然,注入人性。"用心灵写作——有着鲜明的时代感、责任感。

辽宁大石桥的曹辉说:"诗词是一种文学载体,所写所思所悟所感,为词所表,意借诗词而淋漓尽显,让他人产生共鸣"——足见有读者观念和社会责任。

贵州大学学生陈泽兰说:"诗词源于自然生活,感悟自然生活的真善美,以真情写真事,诉真思",强调的是"真"字。

青年诗人们努力实践着自己的主张。段爱松喜爱每年观赏昆明的鸥鸟,写来《咏鸥十二韵》,中有:"娇小身躯觅食忙,穿行上下染风霜。辛劳不忘流连路,数尽峰头是故乡。"对生命力顽强的小鸟给以热情讴歌；王纪波则把目光扫射到社会底层，描写拾荒女孩："堪与蛾眉斗画长，风痕雨渍满衣裳。青春藏在背囊里，灯火街头夜又凉。"社会的反差强烈，对弱者以关注和同情。陈泽兰是苗族姑娘，表达的情致和意境幽婉细腻，且手法纯熟，五律《夏夜访邻》写道："小院人初静，推门下碧阶。竹风惊暗鹊，草露湿青苔。蝉噪池边柳，萤燃寨下槐。邻窗灯未灭，邀月过墙来。"古韵新意，有很强的艺术感染力。曹辉词作中贴切地嵌入现代意象和语言，"唐多令"唱道："放胆数风流，休言一并收。雁南飞，你却回眸。欲共光阴行到老，唱一曲,信天游！"展现了此番诗会的高亢音调……

　　青春诗会，诗词青春。折射出我国诗教一个重要侧面：越来越多的青年人喜爱诗词并动手写作，诗词成为教育和文化和谐的重要内容。诗词不但属于过去，属于现在，更属于将来，朝气蓬勃的青春诗会就是证明。

想起了于右任

说到诗词，想起了于右任——一位追求光明屡遭曲折的国民党元老、爱国和进步诗人。

"葬我于高山之上兮，遥望故乡。故乡不可见兮，永不能忘；葬我于高山之上兮，遥望大陆，大陆不可见兮，只有痛哭。天苍苍，野茫茫，山之上，国有殇！"于右任的绝笔诗，是海外游子怀乡的最苍凉动人的诗篇，可以和陆游"死去元知万事空"匹敌。

非但写诗，于右任老人诗词主张更深刻和前瞻。1955年台南诗人节，于右任讲了这样一段话：

"一、发扬时代的精神。二、便利大众的欣赏。盖违乎时代者必被时代抛弃，远乎大众者必被大众冷落。再进一步言之，此时代应为创造之时代。伟大的创造，必在伟大的时代产生。而伟大的时代，亦需要众多的作家以支配之，救济之，并宣扬之，所谓江山需要伟人扶也。此时之诗，非少数者悠闲之文艺，而应为大众立心立命之文艺。……诗人自己，更应当是实现此一呼声与思想的斗士。"

这篇讲话，曾经使我们某些文艺批评家震惊和怀疑——此"大众时代"之类的"革命"语言，怎么出自国民党人士之口！

其实，进步的文化包括诗词创作和诗词理论，是没有绝然的党派之分的。主张前进，主张变革，贴近大众，紧跟时代，是任何进步文化人士的要求。历史上伟大诗人如李白、杜甫、白居易、苏轼者流，无不与时代共浮沉，与民众相荣辱，因而赢得尊重。也正是其"举头望明月，低头思故乡""朱门酒肉臭，路有冻死骨"和"野火烧不尽，春风吹又生""但愿人长久，千里共婵娟"这样用语平白、贴近大众的佳句而名垂千古。

当今时代,我们也听到一些不同声音,例如,主张诗词和时代生活剥离,囿于自我天地,甚至提出诗词是"精英和贵族文化"、大众无从参与的主张。如此,就会失去时代的依托和大众的支持,与社会潮流渐行渐远,沦为落伍者。

任何不带偏见的人都看到,时代生活日新月异,时代情感丰富多彩,它激发诗情,鼓舞诗人。真正的诗人和诗作,应当与人民共进,创作出无愧于时代的作品。

杜甫的祖父杜审言

杜审言，字必简，唐代襄阳人。《新唐书·杜审言传》说他是西晋征南将军杜预的后裔，十一世孙。

在初唐诗歌史上，杜审言算得上一个风云人物，为人也极具个性。

那是初唐时代，李峤、崔融、苏味道，加之杜审言，被称为"文章四友"。虽是朋友，但杜审言却是个目空一切不会尊重别人的角色，常常不近情理。例如，苏味道为天官侍郎，审言集判，出谓人曰："味道必死。"人惊问何故，曰："彼见吾判，当羞死耳。"意思是说，他和苏味道都写判词，但苏看了他的判词会羞愧而死。好在苏味道深知老杜狂傲，没有计较。进言之，杜审言可以说是文化史上最不谦虚的人。他曾经说，我的文章，屈原、宋玉只能当仆从；我的书法，王羲之刚好做学生，等等。

俗语说，人之将死，其言也善。杜审言则不然。病危时候，宋之问等人前去探望，杜审言居然说："然吾在，久压公等；今且死，固大慰，但恨不见替人耳！"意思是，我在世，名声压住你们，真不好意思；只是我死后没有人可以替代我呀！

客观地说，杜审言对于五言律诗体的形成有所贡献，诗作也不乏精品。《唐诗三百首》五律"独有宦游人，偏惊物候新"就是名句。还有一首更有名，就是七律《春日京中有怀》："今年游寓独游秦，愁思看春不当春。上林苑里花徒发，细柳营前叶漫新。公子南桥应尽兴，将军西第几留宾。寄语洛城风日道，明年春色倍还人。"尾联，写出对来年洛阳新春美好风光的期待，诗意盎然，阳光向上，琅琅上口，历来为人们传诵。今春两会记者招待会上，温家宝总理用一句诗表达应对金融危机的信心："莫道今年春将尽,明年春色倍还人。"温总理化用的就是杜审言的诗句。年末回首中国经济形势,温总理的引用和借鉴,寓意和发挥,真是绝妙精当。

　　值得一提的是,这位杜审言老先生是后人尊为"诗圣"的大名鼎鼎的杜甫的祖父。杜审言的儿子杜闲,杜闲的儿子杜甫。杜甫可能传承了祖父的文化基因,却没有乃祖的狂妄自大。这,也许是他更有成就攀上诗之高峰的原因吧。

清明诗词古今谈

一、清明的缘起

清明的缘起，有历书节气记载和民间传说两个方面。晋文公和介子推是历史人物（公元前636年），晋文公重耳（前671年或前697年－前628年）。但割股啖君和火烧而死有传说成分。例如介子推衣襟血诗："割肉奉君尽丹心，但愿主公常清明。柳下作鬼终不见，强似伴君作谏臣。倘若主公心有我，忆我之时常自省。臣在九泉心无愧,勤政清明复清明。"诗，显然是后来的说书人附会的。

司马迁《史记晋世家》说晋文公"赏从亡未至隐者介子推。推亦不言禄，禄亦不及。""言，身之文也；身欲隐，安用文之？文之，是求显也。"其母曰："能如此乎？与女偕隐。"至死不复见。

国学介子推的门人为之鸣不平，写了一段文字（大字报），挂在宫门曰："龙欲上天，五蛇为辅。龙已升云，四蛇各入其宇，一蛇独怨，终不见处所。"文公出，见其书，曰："此介子推也。吾方忧王室，未图其功。"使人召之，则亡。遂求所在，闻其入绵上山中，于是文公环绵上山中而封之，以为介推田，号曰介山，"以记吾过，且旌善人"。

割股啖君和火烧而死，见之于后来的《庄子·盗跖》："介子推至忠也，自割其股以食文公。文公后背之，子推怒而去，抱木而燔死。"则是一个怨怒的形象了。

二十四节气，名称首见于西汉刘安的《淮南子·天文训》，公元前104年，汉武帝太初元年，由邓平等制定的《太初历》正式把二十四节气定于历法，包括清明在内。

到了唐代，唐玄宗规定在寒食节扫墓，《新唐书》记载："开元敕寒食上墓"。

到了唐中叶，扫墓的习俗已经非常隆重，据柳宗元的《与许京兆书》记载："近世礼重拜扫，今已缺者四年矣，每逢寒食，则北向长号，以首顿地，想田野道路，士女遍满，皂隶佣丐皆得上父母邱墓，无不受子孙追养者。"从中可以看出当时人们对于扫墓的重视，以及扫墓的盛况。大唐新考上的进士也要在这一天举行盛大的曲江宴会，《大唐新语》记载："清明新进士开宴于曲江亭。"

五代时期，已经有了在扫墓的时候焚烧纸钱的习俗，《五代史》记载："寒食野祭焚纸钱"。

后来寒食节的习俗逐渐淡化，扫墓渐渐地演变成了清明节的习俗。

清明寒食，后来渐渐就没有多大区别了。现在清明节放假，兼有扫墓和踏青春游两种含义。

二、古人诗词举凡

【唐】《途中寒食》（宋之问也是"岭外音书绝，经冬复立春。近乡情更怯，不敢问来人"的作者）

马上逢寒食，途中属暮春。
可怜江浦望，不见洛桥人。
北极怀明主，南溟作逐臣。
故园肠断处，日夜柳条新。

这是官员遭贬斥旅途中的乡愁。

【唐】杜牧《清明》

　　清明时节雨纷纷，路上行人欲断魂。
　　借问酒家何处有？牧童遥指杏花村。

雨丝生愁，酒可浇愁。杜牧（803—约852），字牧之，号樊川居士，今陕西西安人，唐代诗人。与李商隐并称"小李杜"。
　　（邻韵，或按新韵写的，既然李杜按平水，为什么不能说按新韵？）

【宋】黄庭坚《清明》

　　佳节清明桃李笑，野田荒冢自生愁。
　　雷惊天地龙蛇蛰，雨足郊原草木柔。
　　人乞祭余骄妾妇，士甘焚死不公侯。
　　贤愚千载知谁是，满眼蓬蒿共一丘。

诗人清明时节触景生情，通篇运用对比手法，抒发人生无常的感叹。

【宋】王禹偁《清明》

　　无花无酒过清明，兴味萧然似野僧。
　　昨日邻家乞新火，晓窗分与读书灯。

穷困之中，奋发读书。

【元明之际】高启（1336—1374）《送陈秀才还沙上省墓》

> 满衣血泪与尘埃，乱后还乡亦可哀。
> 风雨梨花寒食过，几家坟上子孙来？

离乱之诗，记载动荡时代，民生凋敝，原野荒凉，十室九空，百里无人烟。

（其《咏梅》诗句"雪满山中高士卧，月明林下美人来"为毛泽东所欣赏。）

三、今人诗词

古人诗词并非都精品。未必今人诗词就不如古人。现今每个清明，更是产生诗词数百万，好诗不少。

毛泽东《答李淑一》（1957年5月11日）

> 我失骄杨君失柳，杨柳轻扬直上重霄九。
> 问讯吴刚何所有，吴刚捧出桂花酒。
> 寂寞嫦娥舒广袖，万里长空且为忠魂舞。
> 忽报人间曾伏虎，泪飞顿作倾盆雨。

1957年2月春节期间，李淑一将1933年写下的《菩萨蛮·惊梦》一词寄给毛泽东。于是，毛主席赠答了这首词。

中间跨度有清明，也是怀念诗词。

此词，"舞""虎""雨"在词韵第四部，"柳""酒"在十二部。胡适等人曾就此诘难、讽刺。对此，毛泽东干脆回答说："上下两韵，不可改。只得仍之。"坚持了自信与自我。

当代清明诗词从不同角度反映了作者对故乡对亲人的思念情愫。举例如下。

李申《乡愁》

　　清明冷雨客愁新，故土炊烟梦里寻。
　　我是家乡原上草，一躬一拜复长吟。

弄影《浣溪沙·清明念父》

　　春草年年恨不平，一抔黄土静无声。仙乡何处是归程？　　小院全非非往日，大门新锁锁曾经。若干滋味在清明。

杨逸明《在京过清明节》

　　湿重哀思客梦惊，难忘今日是清明。
　　心头有片江南雨，抵达京城未转晴。

四、有关春天好诗

白居易《钱塘湖春行》

　　孤山寺北贾亭西，水面初平云脚底。
　　几处早莺争暖树，谁家新燕啄春泥。
　　乱花渐欲迷人眼，浅草才能没马蹄。
　　最是湖东行不足，绿杨阴里白沙堤。

【注解】

孤山寺：孤山位于西湖的北部，孤峰耸立，为登临胜地。南朝陈文帝初建寺，名承福，宋时改名广化。贾亭：即贾公亭。唐贞元中，贾全出任杭州刺史建亭，人称"贾亭"。

作者出游西湖，满目早春景色，抱着欣喜的心情，极力铺陈，精心描画。春水涨满，莺飞燕舞。尤其是暖树春泥，乱花浅草，气氛温馨，生机盎然。中间两对，精于锤炼而不露痕迹，问句有波澜。用平白的语言，勾画出明丽天然的春景。被誉为"工绝亦秀绝"。好景致好心情，无愁。当然放宽心怀，乐而忘返，余韵悠长。

孟浩然《春晓》

春眠不觉晓，处处闻啼鸟。
夜来风雨声，花落知多少。

孟浩然(689—740)，唐代诗人。襄阳人，世称孟襄阳。

赏析：此诗描写暮春悠闲美好的情趣：睡眠自然醒，不觉到天亮，外边一片小鸟的欢唱。昨夜风雨，也不知吹落了多少花朵。是一种恬静的美。作者以动静结合的手法，以花鸟、风雨为媒介，写出春天的独特感受。全诗清闲自然，明白如话。

结论：唐宋未曾诗写尽，何妨我辈弄新潮。

关于"推敲"的断想

贾岛(公元797—843),唐代著名苦吟诗人。他习惯边走边想边吟,几番在街上发生事故。最著名的一次奇遇是撞了京兆尹韩愈的车驾。韩愈询问究竟,贾岛回答说,正在做诗,得句"鸟宿池边树,僧推月下门"。又觉得"敲"字还好。一时琢磨不定,神游象外,故而撞驾。韩愈非但不怪罪,反而帮贾岛参谋,认为"敲"字更好。并从此关注和推荐贾岛。成为诗史和人才史上的一段佳话,也是"推敲"典故的由来。

一直以来,人们对"推敲"的推敲至今未止。那是怎样的意境呢?寂静山林,明月在天,兰若掩映。僧人临门欲入,究竟"推"好还是"敲"字更妙?敲则音节响亮,与静夜形成对照;而另一种意见认为还是"推"好:夜静月悠,缓缓推门,轻轻声响,与夜与寺庙的环境更谐和,更有诗意。尽管各持一端,总是各有道理。

推敲的故事有着丰富的内涵。一是不拘一格,发现和爱护人才,倾心推助。倘若今天有人在街上吟咏而撞了市长大人的车驾,大概不会有贾岛那样幸运的。

二是一丝不苟,认真精神。推敲斟酌,是古体诗词求精出新的必要手段,用字要力求准确和工稳。古人常常"吟安一个字,捻断数茎须"。由是有"诗词百代而不朽,有赖推敲下功夫"之说。

推敲精神固然值得赞扬,但推敲又当作两面看。推敲太过则可能过犹不及,因为诗词大率性情之作。有时直抒胸臆、不事雕琢,迸发出的奇思丽句往往胜过推敲。以贾岛本人为例,推敲句之外,其名句有"流星透疏木,走月逆行云","长江人钓月,旷野火烧风","独行潭底影,数息树边身"等,尤其是后面这一对,诗人熔铸了三年心血,颇为自负,以为极致。在诗的后面注小诗一则:"二句三年得,一吟双泪流。知音如不赏,归卧故山秋。"然而,评论家对其最为推崇的,不是其煞费苦心的"推敲",更不是吟得双泪流,而是 "秋风生渭水,落叶满长安"的大气自然,是"松下问童子,言师采药去,只在此山中,云深不知处"的独特意象,更是"十年磨一剑,霜刃未曾试。今日把示君,谁有不平事"的恢弘大气。尤其是剑诗,短短四句二十字,一气呵成,不露痕迹,豪气侠胆洋溢其间,是贾岛诗作的精品。由此可见,对于写诗而言,推敲打磨文字重要,真情更重要,创意尤其重要,推敲则是为创意出新服务的。当有主次之分而不应本末倒置。

为诗烂漫唱桃花

  桃花艳丽烂漫,是阳春的形象代表,历来是诗人吟咏的主题。古来唱桃花的诗作可谓洋洋大观,其中有卓知新意的亦不可胜数。

  不同诗人吟咏桃花,都有着不同的寄托。桃花寄托爱情的莫过于崔护的"人面桃花"了。"去年今日此门中,人面桃花相映红,人面不知何处去,桃花依旧笑东风。"此诗真情切切,淳朴自然,后来还编成戏剧、故事,广为流传。刘禹锡的桃花诗则与政治斗争和诗人的情绪相关,他以"玄都观里桃千树,尽是刘郎去后栽!"寓意铭志。诗人不是厌恶桃花,而是以讽刺笔法,藐视朝中一时得势的奸佞小人;白居易则是把视野转向了人们忽略不觉的大林寺桃花,他以兴奋的笔调唱道"人间四月芳菲尽,山寺桃花始盛开。长恨春归无觅处,不知转入此中来"。视角独特,观察细微,行文自然,道出了春归无觅却转向山中晚开的桃花——所以尤其珍贵,因为是它在芳菲去尽的时候,移植和保存了春天。

  李白也是喜爱桃花的,其诗"犬吠水声中,桃花带雨浓。"则是有动有静,有声有景,有雨有花,互相交融的风俗画。杜甫写过很多桃花诗,如"桃花一簇开无主,可爱深红爱浅红。""小桃知客意,春尽始开花"。在杜甫眼中,深红浅红都可爱。并且把小桃拟人化,说她懂得诗人的心意,为客而开。当然,杜甫也激烈地贬斥过桃花,如"颠狂柳絮随风去,轻薄桃花逐水流。"《绝句漫兴》,说柳絮桃花随风顺水,性情轻薄。其实,春天哪种花的结果不是如此呢?杜甫的批判,不应视为否定桃花,而是隐喻寄托,就像"恶竹应需斩万竿"

一样，未必是对竹的诅咒。诗人和诗作有着浪漫情怀和跳跃思维，不能过于认真。

《红楼梦》诗词以林黛玉的桃花诗最为精彩。作者愁肠百结，把桃花飘零和自己的命运联系，唱出了"帘外桃花帘内人，人与桃花隔不远。东风有意揭帘栊，花欲窥人帘不卷。桃花帘外开仍旧，帘中人比桃花瘦"。而最后的葬花辞"花落花飞飞满天，红消香断有谁怜？一年三百六十日，风刀霜剑严相逼"。更是如泣如诉，和泪含血，直唱到生命终结、香魂归天。

今人桃花诗有新的视野和气象，如歌颂桃花雄伟的"城郊布下桃花阵，湮没泱泱十万兵"；有对于桃花飘落持宽解态度的："新蕾初开带雪痕，三春只占一分春。年来为赴蟠桃会，褪尽红妆着绿云。"诗人说，桃花落尽不必惆怅，她变成绿色小桃了，长大了去赴蟠桃盛会，不是好事和真正的归宿吗？

诗不可以无我

诗不可以无我，是一个永久性话题。诗人生于世间，经之历之，观之思之，有所感，有所得，有所构想。于是推敲锤炼而为之诗。因此，我们可以直言不讳、理所当然地说：诗不可以无我，诗是诗人情感思考的反映和宣泄。

真正的诗词无不打上"我"的烙印。古今诗词许多篇章是直接有我。"诗经"三百篇直接写我的超过半数："投我以木瓜，报之以琼琚"；"昔我往矣，杨柳依依。今我来思，雨雪霏霏……我心伤悲，莫知我哀"；汉魏以后，"明月皎皎照我床，星汉西流夜未央"（曹丕：《燕歌行》）；"自古圣贤尽贫贱，何况我辈孤且直！"（鲍照：《拟行路难》）；李白"仰天大笑出门去，我辈岂是蒿莱人"。龚自珍"我劝天公重抖擞，不拘一格降人才"。现代毛泽东："我欲因之梦寥廓，芙蓉国里尽朝晖"；"我失骄杨君失柳。"有些字面没有我字，但分明是我：杜甫"烽火连三月，家书抵万金"，白居易"最爱湖东行不足，绿杨荫里白沙堤"；岳飞"抬望眼，仰天长啸，壮怀激烈"，陆游"死后元知万事空，但悲不见九州同"，鲁迅"横眉冷对千夫指，俯首甘为孺子牛"；"躲进小楼成一统，管他春夏与冬秋"，虽字面无我，但非他而我，言如我在——就是我。

有我，分为直接和间接两种形式。字面无我的，往往我在其中，属于间接有我。还有的写景行文皆无我，甚至排斥我在。看似遗世独立、不食人间烟火。如柳宗元"千山鸟飞绝，万径人踪灭。孤舟蓑笠翁，独钓寒江雪"。细细品来，作者身世环境，峻拔孤寒的品性，人生的感悟和哲思都在里边。客观描写中有主观感受，不可以说是无我。

古来诗家和评论家关于"有我""无我"有不少讨论。最典型的是近人王国维先生《人间词话》。作者认为"有有我之境，有无我之境。泪眼问花花不语，乱红飞过秋千去；可堪孤馆闭春寒，杜鹃声里斜阳暮。有我之境也；采菊东篱下，悠然见南山；寒波澹澹起，白鸟悠悠下；无我之境也"。其对无我之境的解释是："以物观物，故不知何者为我，何者为物。"

实际上，任何诗人不可能做到纯粹的"以物观物"，归根结底是以人观之。即使冷眼旁观，也冷眼在侧；喜怒哀乐，亦发自胸臆。有主观因素在，怎能是无我呢？国维大师之论，看来难免偏颇。"采菊东篱下，悠然见南山"，无疑是陶渊明的环境。"此中有真意，欲辨已忘言"正是陶渊明的心境。当然，这些我是隐形的，是将我有机地融入作品之中，是自在的或超然的，都是给人以思考启迪和美学享受的佳作。

我们看到，当今不少人写诗喜好议论国家社会大事，将重大事件、节庆概述议论一番，似乎于己不着边际。其作品往往空泛乏味。倒还不如从自己身边着眼，写写亲身的经历和真实感受。将"我"置于一个合理的位置和角度，在"我"的微观中体现时代社会变迁的宏观。总之，诗人创作不必回避有我，而是提倡有我，问题是要"我"得高明，"我"得自然，"我"得有创意，恰到好处。达到环境人文作品和自我的统一。

林黛玉的诗词观

林黛玉是《红楼梦》中最有才气的诗人。首先她诗写得好,在诗社中屡屡夺魁。特别是,林黛玉诗歌理论不同凡俗,极有见地。

香菱要拜黛玉为师,黛玉当即说出律诗的基本规则和判诗的标准:"什么难事?也值得去学?不过是起、承、转、合,当中承、转,是两副对子,平声的对仄声……若是果有了奇句,连平仄虚实不对都使得的。"

先讲基本规则。律诗分为三个层次。起、承、转、合是律诗结构要求,中间两联对仗,讲究平仄虚实,是律诗格律声韵的要求,这是写诗的基本功,是为诗的第一层次。

林黛玉尤其重视奇句。奇句,就是个性、特色的句子。这是亮点,是诗眼,最具光彩的地方。诗中若真有了奇句,便可超越声韵格律的束缚,不一定迁就平仄和对仗。比如李白叹服的崔颢七律《黄鹤楼》前两联:"昔人已乘黄鹤去,此地空余黄鹤楼。黄鹤一去不复返,白云千载空悠悠。"其中三用"黄鹤",当然就难保平仄规范。第二联,出句连用六个仄声,对句是以三平脚应之。按照规矩,已多处出格。但此诗得之自然,风生水起,一气呵成,意象雄拔而沉阔,成为千古绝唱。宋代严羽《沧浪诗话》就认为唐人七言律诗,"当以崔颢《黄鹤楼》为第一。"足见名家论诗,也不是以平仄对仗为绝对标准的。这是好诗的第二层次。

黛玉的七律《问菊》,其第三联:"孤标傲世偕谁隐,一样花开为底迟?"此联对仗非严,但它仍然夺得诗魁。在黛玉看来,无论古今之人,天然出新就好,文似看山不喜平嘛!

关于词句和立意的关系，林黛玉强调："词句究竟还是末事，第一是立意要紧。若意趣真了，连词句不用修饰，自是好的；这叫做'不以词害意'。"薛宝钗也有同样的观点："只要头一件立意清新，自然措词就不俗了。"这是好诗的第三层次。

黛玉的主张，确是高论。这就是创意为先，出新为要。试想，千百诗人，亿万诗篇，没有新意，谁能了解和欣赏你的诗呢？

林黛玉的诗论也有其偏颇之处，香菱喜欢陆放翁的"垂帘不卷留香久，古砚微凹聚墨多"，黛玉厉声提醒："断不可看这样的诗！"其实，陆游不愧诗史大家，"集中什九从军乐，亘古男儿一放翁"（梁启超语）只是林黛玉囿于庭园深深和雪月闺情、无由理解金戈铁马罢了。

当然，林黛玉的诗论，全是作家曹雪芹的主张。林不过是其代言人。曹雪芹的时代，禁忌渐严，文风保守，能够表达这样的主张，更是难能可贵了。

创新是诗魂

诗词，是创造性的文化艺术果实。

创造是人才最基本的属性。诗人更是如此。"创作"二字，创是统帅，是灵魂。创是纲，作是目。创造就是出新，就是与众不同，就是展现个性，或立意，或章法，或语言，或意象，或哲思，探索或完成前所未有的东西。《白石道人诗说》云："人所易言，我寡言之；人所难言，我易言之。则不俗。"创造并不神秘，万绿丛中一点红是创造，万红丛中一点绿也是创造，人无我有是创造，人有我新也是创造，超越别人是创造，超越自我更是创造。"要教读者眼前亮，自己先须亮起来。"就诗词而言，奇词丽句是创造，用平白之语表达深邃的思想和意境更是创造。"蓬莱文章建安骨，中间小谢又清发。"伟大诗人李白所重、所行的正是"清发"二字。杜甫说"白也诗无敌，飘然逸不群"，"无敌"者在于"不群"也！

当然，人们一般在创造之前都有一个模仿的过程。模仿是创造的前奏和准备，但在积累和模仿到一定程度之后应及时投入创造。古代诗人往往孩童时代开始创造并卓有成就。而近现代人普遍的问题积累过多过久，而创造开始太晚。

作为当代诗界的领军人物之一，刘征的诗词总是充满创意的。他曾经自创词牌"蜂儿闹"，描绘蜜蜂"万口杭育，声超丝竹，哑了千山鸟"的浩大声势。其新作《卜算子》写道："莫道有荆棘，毕竟多芳草。检点人间万古愁，一点丁丁小"，尤其是"一点丁丁小"语新意深，大彻大悟，既口语化又极为洗炼。创造似于不着力之中。充满了灵动和朝气。

诗人刘章的《山行》："秋日寻诗去，山深石径斜，独行无向导，一路问黄花。"清代施润章也有一首《山行》诗："野寺分晴树，山亭过晚霞。春深无客到，一路落松花。"相比之下，刘章是独行寻诗，没有向导，只有黄花指路。是另辟蹊径，深化了主题，美化了景物，较之松花，黄花则更灿烂出彩，这就是创造和超越。

  作为精神文化产品，诗词与生活消费品迥然不同的是：后者需要大路货而前者只需精品。大千世界，诗家以百万计，诗篇以千万计。社会需要和能够流传的不在数量而是质量。精品源于创造，创造是诗词之魂，正所谓："姹紫嫣红等闲看，奇思创意是诗魂。"

胡适与"诗词灭亡"论

　　胡适是中国近现代的著名学者，无论其政治派别和履历如何，胡适都是中国新文化运动的主将，其地位和作用是不容抹杀的。新文化运动主张革新，反对复古，但于文化方面亦有偏激之处，尤其是对待传统诗词。

　　在白话革命中，胡适和许多文化人，断言诗词穷途末路，将诗词同八股文及女人小脚列为"同等怪现象"，曾预言诗词灭亡。朱自清先生称胡适的意见为"金科玉律"。鲁迅、郭沫若先生也有过类似的主张。但是，人们的认识是要经过实践和曲折的，人们的意向和实践总是有矛盾的。例如胡适先生虽然偏激一番，骨子里还是难以舍弃诗词。具有讽刺意味的是，胡适宣言文化革新的"誓诗"用的却是"沁园春"词牌："更不伤春，更不悲秋，以此誓诗。任花开也好，花飞也好，月圆故好，日落何悲！我闻之曰：从天而生颂，孰与制天而用之！更安用为苍天歌哭，作彼奴为？文章革命何疑？且准备搴旗作健儿。要前空千古，下开百世，收他臭腐，还我神奇。为大中华，造新文学，此业吾曹欲让谁！诗材料，有簇新世界，供我驱驰！"气魄非凡，痛快淋漓，寄托于诗词形式；胡适其它题材的诗词也有相当的成就和创意。例如，一则小词"如梦令"："天上风吹云破，照见我们两个。问你去年时，为甚闭门深躲？谁躲，谁躲，那是去年的我！"描写少年男女相会，相当生动传神，不愧绝妙好词！

　　新文化运动将近百年。新旧诗体彼此消长。事实是：诗词走到今天，冲破除了名家的预言，展示了不灭的韧力，依然具有强大的生命力。流传的千古名句就是证明，大量诗词作品和作家的出现就是证明。胡适先生的言论和实践也是很好的佐证。当时，文人有真知灼见者如词人王易就在《诗词史》中作另一种预言："好怪之士，稗贩异邦。苟为新说。斥优美为贵族，则揭举平反；目声韵为羁鞅，则破除格律。……莽曰更张，不问精粗美恶之所分，一惟荡涤冲决在是务，则瞎马深池，罔知所底。而人情怀旧，徒障新机。纵复窃据一时，敢谓灭亡之时可待。"白居易咏小草云："离离原上草，一岁一枯荣。野火烧不尽，春风吹又生。"诗词恰如原上草，不死不倒又新生。毛泽东虽然说过"以新诗为主"，"旧体诗可以写一些，但不宜在青年中提倡"的话，但毛主席更说过，"旧体诗词要发展，要改革，一万年也打不倒！因为这种东西最能反映中华民族和中国人民的特性和风尚，可以兴观群怨嘛！"确实，中华大地就是诗词最适应的土壤。毛主席的创作实践也尝试过新诗(如八连颂)，但终其一生还是以旧体诗词为主，最后还是回归到传统，这点上和胡适、郭沫若等文人颇为相似。

结论：诗词与中华文化同在。它既属于过去，也属于现在，更属于未来。

当代诗词的两岸交流

2008年12月4至8日，第二届海峡诗词笔会在福建龙岩举行。这是海峡两岸诗人的空前盛会，台湾有30余诗人、大陆有100多人参加。高朋满座，八面来仪。隆隆寒意，遮不住同胞之谊与浓浓诗情。作者还代表中华诗词学会作了中心学术讲座。此次诗会感慨甚多，收获颇丰。

台湾诗人团长、著名诗人林恭祖已经八十多岁了。老人家鹤发童颜，精神矍铄，激情唱道："山有头兮海有角，峥嵘头角拄昆仑。天有梯兮地有门，到处有炎黄子孙。"并且自豪地说："客土不是外来人，乃是中原老农圃。"他介绍了台湾诗词发展的近况。讲到在文化领域与"去中国化"主张斗争时，慷慨激昂，言语铮铮。

对于大陆改革开放带来的繁荣，彼岸参会者亦惊亦喜，沈荣获写道："秀丽山河聚闽西，风情文化万人迷。先民德泽能亲近，今日繁荣堪品题。"台湾另一位诗家唱道："朱霞千片满天红，四海潮声万里风。阿里山神来道贺，虹桥免费可三通。"词真意切，文笔灿然，引起广泛的共鸣。

诗词是中华民族文化遗产最光辉、精粹的部分，必须继承和发扬之，这是海峡两岸文化诗词界的共识。在当代诗词发展面临的课题，诸如诗词当随时代，时代与大众，复兴与复古，继承与创新等问题上，彼此广泛地交流了意见，所见多同。在文字适用、新韵和旧韵等课题上，也进行了很好的学术沟通。中华诗词学会在《中华诗词21世纪初发展纲要》提出："适应时代，深入生活，走向大众；敢于出新，通俗平白，提倡新韵"等系列主张，亦为台湾诗家理解。

中华诗词学会代会长郑伯农高度评价了台湾诗人的成就和两岸诗词交流的意义，其《呈台湾林老团长》写道："恭祖先生满腹才，邀朋携艺踏波来。椽毫一动诗泉涌，赢得梅花二度开。"

台湾文化人、诗人的民族情怀和对传统文化的痴情是深厚感人的。其诗词创作也颇有佳作。但直而言之，近年来，同大陆相比，同改革开放以来诗词文化与社会发展相和谐、诗词复兴春潮涌动相比，同大陆诗词的广度和深度相比，台湾诗词明显略逊一筹。这，可能和某些执政者的政策偏向和台湾经济的萎靡相关吧……

人们相信，诗词的两岸交流和整个中华民族的文化复兴，有着美好的愿景。

丘逢甲与台湾诗

台湾的文化诗词和祖国大陆紧密相连。其佼佼者与代表人物就是丘逢甲。

丘逢甲（1864—1912），近代著名爱国志士和诗人。字仙根，别号海东遗民、仓海君等。祖籍广东蕉岭，生于台湾省苗栗县，光绪年间进士。曾任中华民国广东省军政府教育部部长，赴南京参加筹建临时中央政府当选为参议院议员。

丘逢甲天资聪敏，在其父的教授和影响下，六七岁即能吟读作诗。14岁时在台南应童子试，获全台第一，赴京参加会试（光绪十五年中进士，钦点工部虞衡司主事。此时，年仅26岁的丘逢甲却无意仕途，辞归故里，任台南崇文书院等主讲。那时候，整个中华民族正处民族危机和社会矛盾之中，丘逢甲深为所忧，他在诗中慨叹："风月有天难补恨，江山无地可埋愁。""孤岛十年民力尽，边疆千里将材难。"身虽隐居山林，但渴求报效国家之心却更加炽烈。

1894年，中日甲午战争爆发，他预见到台湾前途可危，自己带头变卖家产以充军费，动员亲属入伍，以"抗倭守土"为号召创办义军。号称"160营"的台湾义军成立后，丘逢甲担任全台义军统领，又称义军大将军。

1895年4月，丧权辱国的《马关条约》签订。丘逢甲义愤填膺，刺血上书清廷，抗议李鸿章的卖国行径。此后他多次联名向朝廷发出呼吁电，要求废约抗战。同时与侵台日军展开抗战。日军南侵抵达新竹，丘逢甲率义军与日军血战20余昼夜，给敌人以沉重打击。最后终因不支撤退。经部将劝说，丘逢甲挥泪内渡，回到广东镇平县文福淡定村。丘逢甲的义举轰动海内外，新加坡有报评论说他："志虽未酬，而义声震于天地，名节已堪千古。"

作为诗人，丘逢甲的诗洋溢着爱国爱民情怀，以怀念台湾和感时抒愤的千余首最为突出。其风格慷慨激越，音节亮极，极富感染力。1896年4月17日的《春愁》写道："春愁难遣强看山，往事惊心泪欲潸。四百万人同一哭，去年今日割台湾。"七律《秋怀》是："古戍斜阳断角哀，望乡何处筑高台？没蕃亲故无消息，失路英雄有酒杯。入海江声流梦去，抱城山色送秋来。天涯自洒看花泪，丛菊于今已两开。"国恨乡愁，余音不绝。此外，他的怀古、纪游和山川风物诗，各具特色。写景小诗清新灵秀，如《山村即目》："一角西峰夕照中，断云东岭雨濛濛。林枫欲老柿将熟，秋在万山深处红。"梁启超称他为"诗界革命之巨子"（《饮冰室诗话》），黄遵宪说"此君诗真天下健者也"！

丘逢甲终生以热爱台湾、祖国统一为信仰。弥留之际嘱咐家人："葬须南向，吾不忘台湾也！"情诚意笃，悲壮感人。

海外风物入诗词

　　中华诗词描写和吟咏所及，远远超越了中华风物。近现代，出国热渐渐升温，关于境外的诗词越来越多。或公干，或旅游，或留学，或避难，或探亲，内容丰富多样，且愈加广泛和深刻。这些不同时代的诗词作品，明显打着时代的烙印，不但描写了域外自然社会面貌和变迁，也折射出中国的发展和民族自豪感。

　　梁启勋是梁启超之弟，旅居美国途中，以典型的诗词语言描写夏威夷风光："浮云起地角，山色上眉头。寥天一鸟飞往，烟水渺悠悠。错落苍崖嶒峭，林壑夕阳带怨，横雾暗汀州。极目海天阔，心绪问盟鸥……"（水调歌头），既有当地的别样风光，也表现了作者的怅惘心绪。康有为的次女康同璧，十七岁即跟随父亲流亡海外，去国怀乡、羁旅愁绪浸染其旅途作品，1906年春路经中美洲时不巧染病，其《病中杂感》是："病染维摩病欲痴，为谁种得此相思？伤心自是悲民族，销瘦闲人那得知！"天涯孤旅中，念念不忘还是民族家国的命运。中央文史馆员唐进则以为西欧堪比桃源："世上有桃源，桃源在欧陆。洪涛万里明，净土何森肃。楼阁五云起，车马似风逐。……学术跨神工，齐民亡野哭。"对西方的文明发达颇为羡慕。

　　世事沧桑，斗转星移。特别是改革开放以来，越来越多的人走出国门，以新的视角和襟怀观察和描摹世界，质量数量大增，面貌为之一新。

　　北京大学教授袁行霈先生多次出国访问和讲学，到过太平洋南部的斐济，他以细腻的笔触描写当地的草群舞："簪花左臂女儿身，皓齿明眸也动人。最是草群回舞处，悠悠千载古风淳。"老诗人钟家佐近年遍游海外山川。其描写夏威夷活火山的"高阳台"大气磅礴，别开生面："丘岳崩摧，川原塌陷，频年地覆天翻。烈焰冲天，海中突起高山……"写到此，诗人笔锋一转，由近及远，由物而理："看山似读千秋史，叹白云苍狗，沧海桑田。今古兴亡，几多功罪沉冤！纵然血泪书难尽，不回头，总是朝前。"一座火山写到古今兴亡，开阔、警策、深刻，不愧为大手笔；李申访问被誉为世界七大奇迹之一的吴哥，以沁园春表达"高棉微笑"写道："五百春秋，隐没林丛，举世无传。倚石堆巨木，仙衣佛片，薰风残日，古意悠悠。画笔能描，迷踪难测，谁人为我说从头？远深处，似声声呐喊，搅动心头。高棉微笑何由？遍野是哀鸿伴徒囚。历沧桑战乱，火光刀影；文明历史，带血兜鍪。王者情豪，小民命蹇，形象工程遍五洲！君须记，将民生国运，细细筹谋。"由一处海外奇迹，写到王朝与民众的关系，发出"历史车轮带血行"的感慨。继而呼吁掌权者尊重民生，颇有深度，相当别致。

愿随着中外文化的交流融合，出现更多更好海外题材的诗词作品。

"正月"诗词诗趣话

  正月,无论中国南北东西,都是一元复始、万象更新的季候。从古至今受到重视,更是文人骚客吟咏的题材。宋代诗人王安石在《元日》中写道:"爆竹声中一岁除,春风送暖入屠苏。千门万户瞳瞳日,总把新桃换旧符。"唱出人们除旧布新的心声;旧历正月十五,后又称为元宵节、灯节,更是充满浪漫和希望的传统节日。相传早在2000多年前的西汉就有了。元宵赏灯据说始于东汉明帝时期。明帝喜佛教,佛教有正月十五日僧人观佛舍利,点灯敬佛的习惯,就在这天夜晚在皇宫和寺庙里点灯敬佛,还令官宦和庶民都要挂灯。而后演化为民间的盛大节庆。该节经历了由宫廷到民间,形成全国的"闹元宵",一个"闹"字,点染出节日浪漫活泼的气氛。

  唐朝是中国封建社会兴盛的时代。关于正月灯节的火爆,诗人苏味道写道:"火树银花合,星桥铁锁开。暗尘随马去,明月逐人来。游伎皆秾李,行歌尽落梅。金吾不禁夜,玉漏莫相催。"那一夜,皇城外围也是开放不禁的,体现了皇家与民同乐。宋朝欧阳修"生查子"则写道:"去年元月时,花市灯如昼。月上柳梢头,人约黄昏后;今年元月时,月与灯依旧。不见去年人,泪湿春衫袖。"该词委婉有致,以年轻女子的角度,描述其盼望意中人的心境。也折射出元宵节的火热场景和所激发的浪漫情思。

  元宵节至现代,关于太阳、地球和月亮相互关系和天象的知识已经普及。但人们还是愿意对月望春、寄托情思和诗情。例如李申的五律:"又是元宵日,朦胧月有痕,清光当如剑,割破万重云。地角天涯雪,南腔北调人,夜阑无梦寐,把酒问春音。"

评论以为"视野开阔而哲思新锐"。颇为有趣的是笔者和教育界老前辈、著名诗人刘征关于元宵节的交往,证之于刘老赠我的一幅墨宝。原文是:"谚云,八月十五云遮月,正月十五雪打灯。去岁中秋,乌云遮月。树喜与余以诗相约:中秋、元宵无月必有诗,至元宵,果大雪纷飞,雪花如掌。是雪催诗也!余诗已就,树喜诗已至,诗云:何必痴痴仰夜空,凡间情暖更春浓,元宵无月云来好,分外妖娆是雪灯。余诗曰:美人颦笑看阴晴,何必金樽对月明?小醉琼楼抬望眼,一家风雪万家灯——不约而韵同。人生有味是清欢。世人知清欢之味者有几人哉!乙酉岁首,坐蓟轩晴窗下,书赠树喜君博会心一笑。刘征,年方七十又九。"文人之间,意气相投,巧合有趣。亦诗坛一佳话也!

从"山高人为峰"说开去

"山高人为峰",是红塔集团标志性广告语。去云南玉溪,更看到其不凡的含义:山则高矣,人在山顶,更高一头。这一口号家喻户晓,深入人心。但从诗词平仄的角度,是连续五字平声。我曾试以"土沃水是脉"五仄相对,朋友说好,但毕竟"山高人为峰"独立无缺,不同凡响;日前去江苏吴江"退思园"参观,园中赫然一幅对联是:"桥边柳色邀明月,池中荷香迎春风"。有诗词专家摇头生疑——细看对句是连续七个平声字。这在诗词和楹联中是明显越轨的。再看,"谁知盘中餐"也是五个平声呢。

诗词或者楹联,很讲究平仄对仗。因为,有规律的"平平仄仄"变幻交替,有益于音节的美妙和谐,易吟易诵。因此一般情况,诗家作品是按照规矩写作而不出格的。

然而,这种规定是否铁打的禁条,不越的雷池呢?非也!

首先,诗词不应以词害意,意是统帅,是灵魂,是诗眼。好的创意,好的词语,即使出格,非其不能达其义的,则毅然用之,不必顾忌。袁枚说过:"《三百篇》,半是劳人思妇率意言情之事。谁为之格,谁为之律?"

应该指出,即使到了格律的时代,诗人亦有自由的空间,偶尔破格或大量破格。"谁知盘中餐,粒粒皆辛苦"前句五平;"向晚意不适,驱车登古原"前句五仄;曾国藩怀念弟弟的"曰归曰归岁云暮,有弟有弟天一方"不也是"自由"了吗?

实际上,当诗词披之管弦、成为乐章的时候,其朗诵或乐曲的起伏转折,完全可以协调平仄声调。例如毛泽东词《满江红·和郭沫若同志》,该词押仄韵,镝、敌、急、激,旧韵中都是仄声，新韵中则是平声。现代的朗诵和演唱干脆都作平声，依然慷慨激昂，没有什么不协调；又如歌曲《东方红》，"照到哪里哪里亮"和"哪里人民得解放"，两句尾字都是去声，但曲谱及演唱中"亮"作liang，"放"作fang，都是平声到底的。丝毫无损于涵义、韵味和音节的响亮。

灵性和活力是艺术的基本品性，如果一种艺术形式僵硬不可变通，艺术的生命力也该停滞了。

结论：诗有规律，律非枷锁。只要意好，可以灵活。

漫谈名著与诗词

诗词是中华民族传统文化的精髓,中国古代尤其是明清长篇小说活跃的时代,"无有诗,难为文"。长短篇小说几乎无不将诗词嵌入其中,或画龙点睛,或提纲挈领,或点染气氛,或总结提炼。既有创作,又有引用。诗可以无文,文不可无诗。四大名剧(西厢记、牡丹亭、长生殿、桃花扇)几乎就是诗词曲的集合;四大名著(三国演义、水浒、红楼梦、西游记)运用诗词更是突出的代表。据统计,《三国演义》中诗词198首,《水浒》576首,《西游记》714首,《金瓶梅》超800首,《东周列国志》468首。

"滚滚长江东逝水,浪花淘尽英雄。是非成败转头空,青山依旧在,几度夕阳红……"一首歌词,概括了三国演义的主旨。苍凉雄健,发人深思。其实,这首"临江仙"不是罗贯中所作,而是引用了明代诗人杨慎的作品。

"花谢花飞花满天,红消香断有谁怜?游丝软系飘春榭,落絮轻沾扑绣帘。闺中女儿惜春暮,愁绪满怀无释处,手把花锄出绣闺,忍踏落花来复去。柳丝榆荚自芳菲,不管桃飘与李飞。……试看春残花渐落,便是红颜老死时。一朝春尽红颜老,花落人亡两不知。"这是曹雪芹为林黛玉设计的《葬花吟》片段,如果没有这些精妙的诗词和李纨、薛宝钗、贾宝玉们的诗社和诗词唱和,红楼梦便索然无味。

"赤日炎炎似火烧,野田禾稻半枯焦。农夫心内如汤煮,公子王孙把扇摇。"水浒"智劫生辰纲"一回白胜这支民歌,形象反映了那个社会阶级、阶层的矛盾。揭示了好汉造反的起因；《水浒后传》则展现了梁山好汉招安和造反之间的矛盾境地。为探索招安之路，宋江和燕青还跑到京城，找徽宗皇帝宠爱的妓女李师师打通关节，藏在李师师家里憋闷无着。

宋江一首"念奴娇"：

"天南地北，问乾坤何处，可容狂客？借得山东烟水寨，来买凤城春色。翠袖围香，鲛绡笼玉，一笑千金值。神仙体态，薄幸如何消得？回想芦叶滩头，蓼花汀畔，皓月空凝碧，六六雁行连八九，只待金鸡消息。义胆包天，忠肝盖地，四海无人识。闲愁万种，醉乡一夜头白。"

这首词，有着很高的表现技巧与点染手段，把梁山好汉的英雄末路，内心矛盾，感慨窝囊，苍凉迷茫，表现得十分贴切！其感染力甚至超过了几十回的文字。

近现代，历史、武侠、言情小说风云突起，占据半壁江山。他们大量调动诗词手段，大有收获。金庸、梁羽生的更是诗词贯穿，吟风弄月，十分叫座；琼瑶的爱情小说也得诗词襄助，颇受青睐。其中，有的是作者原创，有的则直接搬用了古人诗词，如梁羽生《风云雷电》中直接使用上面的"念奴娇"，读者以为是老梁首创，实际是原封不动搬用了宋公明哥哥而已。

放眼浏览，我们现今的小说实在"不小"，越写越长，不再讲究浓缩精炼，小小主题，鸡毛蒜皮，个人悲欢，动辄几十万言上百万言。如何能凝练典雅一点或增加些历史感、厚重感以引人入胜，办法之一是增加诗词意识和融入诗词，尤其历史题材和文人题材的不妨试用一下，或许能收到意想不到的效果。

"竹枝词"的源与流

　　竹枝词，是诗词诸体中最接近民歌、生动活泼的一种形式。或者可以说就是民歌。其源头可追溯到唐代诗人刘禹锡。宋代诗人黄庭坚说："刘梦得竹枝歌九章，词意高妙，元和间诚可以独步，道风俗而不俚，追古昔而不愧。""杨柳青青江水平，闻郎江上踏歌声。东边日出西边雨，道是无晴却有晴。"是竹枝词的名篇，至今脍炙人口。

　　竹枝词的特色表现为题材上的指向性、语言上的鲜活性，生活化和口语化，由此表现为风趣、幽默、诙谐，更兼有讽刺功能。

　　今人作竹枝词者甚多。好句不少。如："风水先生总吃香，造坟起屋选山场。他言若是真有用，早已自家出帝王。"（曾明星：《风水迷信》）"有了金钱事事行，求官赎罪买前程。阎王若是也开业，多少富翁获永生。"（袁美林：《乙亥竹枝词》）两者都用假设手法，对风水迷信、买官卖官、以钱乱法等进行了讽刺。另如田昌令《咏清洁工》"朝朝横帚扫残星，夜夜华灯待扫明。大院侯门最难扫，浊流腐气总盈盈。"歌颂和讽刺并俱。老诗人李申《江船观剧》云："情悠悠入韵悠悠。弦管缠绵水不流。添得一丝惆怅好，教他骚客起乡愁。"又《珠江小蛮腰留影》云："珠江别后几春秋，不夜从头认广州。一把蛮腰握不住，问君何处更风流！"写当代珠江风物，别有韵味。

　　显然，这些冠以"竹枝词"的作品，多数还是按七言绝句格式写的。

　　千年多来，竹枝词在漫长的历史发展中，由于社会历史变迁及作者个人思想情调的影响，大体可分为两类：一类是搜集整理而流传下来的民间歌谣；另一类是由文人受民歌影响而创作的有浓郁生活气息的诗歌。由于文人对七绝的驾轻就熟，他们往往以七言绝句的格式创作"竹枝词"。使得一些人认为竹枝词必依七绝之律。

考竹枝词虽属诗词范畴，但源自民歌，属于原生态。其平仄宽泛，本来就不存在所谓"格律"问题。

《刘禹锡集》（1975年上海人民出版社）共收《竹枝词》十一首，（放在卷二十七乐府下中）分为两组，"道是无晴却有晴"这组共两首，另一首为："楚水巴山江雨多，巴人能唱本乡歌。今朝北客思归去，回入纥那披绿罗。"都是绝句格式。

但开头一组"竹枝词"九首，皆未依七绝格式。刘禹锡作竹枝词九首"引"曰："四方之歌，异音而同乐。岁正月，余来建平。里中儿联歌《竹枝》，吹短笛，击鼓以赴节。歌者扬袂睢舞。以曲多为贤。聆其音，中黄钟之羽。其卒章激讦如吴声。虽伧儜不可分，而含思宛转，有《淇奥》之艳。昔屈原居沅湘间，其民迎神，词多鄙陋，乃为作《九歌》，到于今荆楚鼓舞之。故余亦作《竹枝词》九篇，俾善歌者飏之。附于末，后之聆巴歈，知变风之自焉。"

其一

　　白帝城头春草生，白盐山下蜀江清。
　　南人上来歌一曲，北人莫上动乡情。

其二

　　山桃红花满上头，蜀江春水拍山流。
　　花红易衰似郎意，水流无限似侬愁。

盖因"道是无晴却有晴"这首名气大、流传广，有人以为做竹枝词必依七绝，从艺术样式上考量，应属误判！刘禹锡已经明明白白告诉我们，写成七绝格式亦无不可。不合七绝亦无不当。

宋元以来文人写竹枝词多依七绝，但也有不依之例。如黄庭坚竹枝词二首曰：

浮云一百八盘萦，落日四十八渡明。
鬼门关外莫言远，四海一家皆弟兄。

撑崖拄谷蝮蛇愁，入箐攀天猿掉头。
鬼门关外莫言远，五十三驿是皇州。

皆非七绝之律，等等。郑板桥《潍县竹枝词40首》毕竟有一首押仄韵的曰："东家贫儿西家仆，西家歌舞东家哭。骨肉分离只一墙，听他斥骂由他辱。"（第二十八）

这些都说明，竹枝词与七绝不能划等号！

结论：对待竹枝词，宜保持原生态，提倡多样性。即如刘禹锡那样"知变风之自"。如要求竹枝词必依绝句，既有悖于其初衷，也抹煞了它与七绝在样式上的区别。自然也就抹煞了"竹枝词"。试想，把"千磨万击还坚劲"、"扫天扫地扫阴霾"、千姿百态、潇潇洒洒的竹林竹枝整齐捆绑，千篇一律，岂不是扼其天性？这，是我们不愿意看到的。

从速记多错说起

某次去某市作诗词讲演。设备齐全。接待方还特请速记公司派员一名。日后将记录稿送我。粗读一遍,不禁哑然失笑——那万字出头的记录稿,差错尤其是常识性的差错比比皆是。例如:

"孔夫子"写成"孔父子""数风流人物"写成"属风流人物""依韵和他一首"写成"依韵破他一首""何足道"写成"河足到""红豆二字嵌入诗"写成"红豆二字潜如诗",不一而足。

孔夫子的含义,一般高中水平的人应该了解,不应当把孔家父子都搬出来;数风流人物,凡是了解毛泽东主席诗词特别是其代表作《沁园春·雪》的,许多人可以慷慨吟诵,不应出错;"河足到"三字错其二;"依韵和他一首",属于较专业诗词知识:和,是按照前者的韵,依样写一首同韵的,如毛泽东"满江红""小小环球,有几个苍蝇碰壁"那首词,就是和郭沫若的;"字嵌入诗"则是在诗词作品中把某字嵌入或放在某个位置,如心中有红豆,应抵百万兵。……如此等等。

速记,速度当先,难免有错。但一些常识性的错误应当避免。速记者应有一定的文字素养,且一般当在常人之上。如果原始稿经过整理又浏览了一遍的话,就不是由于不认真,而是不具有传统文化或诗词的常识了。

上述现象,对一般文化的人不宜苛求,但对于诗词爱好者和中小学语文教育工作者就不同了。由此引出教育工作者具备基础诗词知识的话题。一方面,在他们受教育过程中教育部门应该设置相当的传统文化和诗词基础知识科目,必修或者选修;从业后,其自身亦应该有诗词知识的涉猎和补给。实践证明,掌握这些并不难。许多诗教先进单位的经验证明,在学校形成学习诗词的氛围,潜移默化,积以为习。教学相长,乐在其中。这,不只是为了免出尴尬,更是为着我们的教育对象负责。

曹操诗与埋葬之谜

2009年末，从河南安阳传出确认曹操墓葬的消息，是为中国考古史上释疑解惑的一大重要发现，曹操的生平事业和诗歌成就以及埋葬之谜，再次成为文化热点。

曹操（公元155年—公元220年），字孟德，小名阿瞒，沛国谯（今安徽亳州）人。东汉末年杰出的政治军事家、文学家和诗人。公元220年3月，曹操病逝于洛阳，享年六十六岁。其子曹丕以魏代汉后，尊其为魏武帝。

曹操是中国历史上文韬武略的杰出人物。他不但奠定了三国统一的基础，在文化方面也颇多建树。作为建安文学的领军人物，曹操多有开拓，诗歌苍凉雄健，如"生民百遗一，念之断人肠"，哀叹民生艰难；"山不厌高，海不厌深，周公吐哺，天下归心"和"老骥伏枥，志在千里。烈士暮年，壮心不已"，表现了尊贤纳才的胸怀和不懈的进取精神。

曹操的埋葬之地是一大谜团。史称曹操的灵柩运抵邺城（曹氏封地，今河北临漳），埋在他亲自选定的邺城西南的山冈上，与西门豹祠不远，称作"高陵"。按照曹操从简的遗愿，没有金玉珠宝之类随葬。陵墓"因高为基，不封不树"，也不曾建造纪念性的建筑物。

唐贞观十九年，李世民在征高丽途中，曾拜谒曹操的高陵，并作了《祭魏武帝文》。这说明唐初曹操的坟茔保存完好。但是随着时光流逝，曹操陵墓倾颓无迹，逐渐成谜，众说纷纭。至北宋，对墓葬位置，已模糊难辨。时至南宋，随着对曹操偏见加重和对其人品的置疑，有关他设置七十二疑冢的传闻被大加渲染，似乎成了事实。

例如王安石诗："青山如浪入漳州，铜雀台西八九丘。……功名盖世知谁是，气力回天到此休。"俞应符的诗则更加刻薄："人言疑冢我不疑，我有一法君未知。直须掘尽疑冢七十二，必有一冢葬君尸。"

多年来，人们把目光放在河北临漳一带，苦苦寻找，留下不少若明若暗的记录，只是没有结果。其实，鉴于当时邺城是涵盖冀豫交界漳河一带的大概念(现代汉语词典说：邺在安阳之北)。因此，在安阳发现曹操墓葬，和历史记述的邺或漳河流域完全一致。

现在好了，墓地找到，谜团解开了。但新的发现会提出新的问题供史家探研。但愿，随着发掘物的系统整理和研究，我们对曹操这位历史人物和当时社会环境的认知会更深些和多些。最后我的一首诗，是赞美曹操的：

青梅煮酒盖世雄，一统三分奠基功，饮马长江王霸气，赋诗明月苍凉声。皇袍衬里求谦逊，白粉涂颜惹骂名。倘若直登皇帝位，后人谁敢论奸忠！

"二人转"与格律诗

赵本山的幽默小品,带着东北特有的韵味和通用的幽默风靡全国,可谓世纪之交中国大地上最抢眼的文化现象。上个月去辽宁铁岭访问,但见,一派稻香遍野,几枝晚荷亭立。赵本山起家的那片黑土,正在排演的电视连续剧《乡村爱情》风风火火,招惹了大批游人围观。

更未曾想到的是,铁岭文化渊源丰厚文化人才辈出,还是周恩来总理少年时代求学发轫之地。所见文化艺术和娱乐,除二人转漫山遍野、缭绕街巷之外,更有一批热心于格律诗词的年轻人,志趣高雅,执著追求,相当活跃,其创作活动的规模和质量,很成气候,令人刮目。我所接触的青年诗人,就有耶律、龙腾、神韵、无门、一品、杨柳、皓月、潇湘等十余位。耶律的"欲寄一枝春色去,恐君转手送佳人"。无门的"一望大江开,孤舟破浪来"。皓月的"水涌千朝凭海塑,云衣万种任风裁"都使我眼前一亮。这些诗人,来自广泛阶层,具有相当的代表性,有干部、企业家、工人、农民等,其中皓月还是小学班主任呢。

二人转可谓大俗,格律诗可谓大雅。大俗大雅并存,在辽北这块黑土上,花朵两厢,各展魅力和生命力。乍看突兀,细想不怪。其实,中国千年的文化史上的艺术样式,无论是戏剧、小说和诗歌,始终是典雅和通俗、庙堂和草野即阳春白雪和下里巴人并存共荣,盖两者都有着深厚的底蕴和大众的根基,受到广泛或部分阶层的喜爱。铁岭的二人转和格律诗和谐共处,互缺互补,相得益彰,在当今的时代,更是文化多样性和社会和谐的生动注脚。为此,喜赋小诗《铁岭印象》一首,以记此行:

山野二人转,清秋格律诗。大俗谐大雅,文事盛如斯!

柳亚子与南社百年

今年11月13日，中国文化史和诗词史上一个重要的纪念日子，也是中国历史上第一个革命文学团体——南社宣告成立。那是风雨飘摇的世纪之交，封建末世黑暗中呼唤黎明的时代，发起人就是著名诗人柳亚子和他的同道高天梅、陈去病。

日前作者去南社故地吴江，拜谒柳亚子和陈去病故居。往日风云，先贤笑貌，历历如昨。

柳亚子(1887—1958)，忠贞的爱国者、激情诗人和民主革命家。他聪颖早慧，5岁读经史和杜甫诗集，8岁习学五七言诗。早年他追随孙中山先生，为三民主义呼号奔走，最后成为中国共产党的挚友。柳亚子坦荡刚烈，思维独特。见之于他的革命活动和诗词创作。

作为文坛大师，柳亚子和毛泽东、鲁迅是知己、诗友。鲁迅那首最著名的"横眉冷对千夫指，俯首甘为孺子牛"诗，就是专门题写给柳亚子的。当年毛泽东发表《沁园春·雪》的时候，柳亚子喜不自禁，大声欢呼。坦承自愧不如，后亦唱和一首：

廿载重逢，一阕新词，意共云飘。叹青梅酒滞，余怀惘惘，黄河流浊，举世滔滔。邻笛山阳，伯仁由我，拔剑难平块垒高。伤心甚，哭无双国士，绝代妖娆。　　才华信美多娇。看千古词人共折腰。算黄州太守，犹输气概，稼轩居士，只解牢骚。更笑胡儿，纳兰容若，艳想秾情着意雕。君与我，要上天下地，把握今朝。

解放前夕，柳亚子呈七律给毛泽东主席，发了一点牢骚，表示要归隐到老家分湖去，由此产生了毛泽东答柳亚子"牢骚太盛防肠断，风物长宜放眼量"的诗句。

文人柳亚子有些书生气，是性情中人。而这正是他天真和可爱之处。他的很多见解出人意想，又十分前瞻。例如1947年，讨论中国外交是否"一边倒"的问题时，柳亚子公开声明，他虽然一贯"亲苏"，但决不"盲目亲苏"，说"万一苏联有一天改变政策，不以平等待我，当然我们也要反对"。他亦表示不"盲目反美"，说"我们不反对华盛顿、杰克逊、林肯、威尔逊、罗斯福的美国，……我们反对的只是美国的军阀、政棍、党痞"。这在当时是很有远见和难能可贵的。

柳亚子政治活动之外，诗书和南明史研究广有成就，可谓著作等身，身后大批个人文物都捐献给国家，留给我们的思想文化财富极为丰厚。为此，我有一首诗，缅怀柳亚子和南社的先贤：

> 山之灵秀水之魂，化作吴江士一群。
> 有的西方览经卷，有人东海探神针。
> 沧桑未许音容渺，磨洗更知文墨新。
> 天若无情天老否？九州花甲正当春！

臧老自称"两面派"

　　诗坛泰斗、我们尊敬的老诗人臧克家有一句名言:"我是一个两面派,新诗旧诗我都爱。"独到、幽默、通俗而深刻,讲出了臧老对于诗体的基本主张。他这样说,也是这样践行的。

　　臧老1905年10月生于山东诸城,2004年百岁而终。他是中国现当代诗词、散文大家,更是文化教育界德高望重的前辈。生前曾为中国毛泽东诗词研究会名誉主席、中国写作学会名誉会长、中国诗歌学会会长,也是我们中华诗词学会的创始人和名誉会长,对于新诗的发展和旧体诗的繁荣都贡献独特,功不可没。

　　"有的人活着,他已经死了;有的人死了,他还活着。"这是臧克家怀念鲁迅先生的一首短诗,属于新诗体。该诗用语平白,警策深刻,通俗好懂、涵量巨大、极富哲理性,在歌颂的同时,把人格的伟大与渺小、美好与丑恶概括得泾渭分明,受到广泛好评。

　　还有一句流传甚广的诗句:"老牛亦解韶光贵,不待扬鞭自奋蹄。"是常用来歌颂晚节、激励老人的。鉴于其寓意深刻、意蕴和气格不俗,有人甚至误认为是出自唐诗宋词。其实这诗也是出于臧老之手,是老人"文革"逆境中在干校劳动时写"老黄牛"的。全诗是:"块块荒田水和泥,深翻细作走东西。老牛亦解韶光贵,不待扬鞭自奋蹄。"看,老牛默默无闻,辛勤耕作,不待催促,不辞辛苦,完全出于它的自觉和敬业的品格,值得人们称颂。

　　两种体裁,两件精品。若细看,则其流传的深度和广度有差。一般说来,新诗体流传知识界,旧体在更广泛的群众中流传。前者引发思考,后者更宜朗诵。新诗旧体,各有千秋。遗憾的是现行的多数新诗，离开了精短，抛弃了韵律，更铺张和更加散文化，远不及臧克家老人的诗句能够流传；而旧体诗词，坚守本体，发挥优势，张扬其精短和韵律的特长，得到了更多的传唱和普及。

  文化艺术不能一花独放，贵在多样性。因此，仰望臧老，"吾辈追随愧望尘"，却可以继承和发扬其精神。用我自己的话则是，"我是一个六面派，新诗旧诗我都爱。不管新韵旧韵、合韵出律，只要有性情、有特色、有亮点，我都爱！"

爱母颂母天下同心

母爱的伟大和对母亲的歌颂，是世界各民族吟咏亲情的永恒主题。中国诗歌史上有不少颂母篇章。其中以唐代诗人孟郊的《游子吟》最为真挚，朴实感人。前些年新加坡公众票选最喜爱的诗词，获得第一的不是"床前明月光"和"锄禾日当午"而是《游子吟》。

"慈母手中线，游子身上衣。临行密密缝，意恐迟迟归。谁言寸草心，报得三春晖。"拨动了多少儿女的心弦啊！

孟郊早年生活艰窘贫困，曾周游湖北、湖南、广西等地，长于诗文，却屡试不第。46岁考中进士，直到五十岁时才得到了一个溧阳尉。孟郊感念母亲孤苦，和老母感情至深，常以不能供奉老母为憾。《游子吟》作者自注为"迎母溧上作"，当是他居官溧阳时的作品。诗以小草和阳光着笔，亲切而淳厚地吟颂了世间最伟大的人性美——母爱。苏轼《读孟郊诗》说："诗从肺腑出，出辄愁肺腑！"及到清康熙年间，两位溧阳人又吟道："父书空满筐，母线尚萦褥"（史骐生《写怀》）；"向来多少泪，都染手缝衣"（彭桂《建初弟来都省亲喜极有感》）。可见《游子吟》的影响之深远。

后人颂母诗极多。元代王冕题的《墨萱图》："灿灿萱草花，罗生北堂下。南风吹其心，摇摇为谁吐？慈母倚门情，游子行路苦。甘旨日以疏，音问日以阻。举头望云林，愧听慧鸟语。"清人黄仲则《别老母》写道"搴帷拜母河梁去，白发愁看泪眼枯。惨惨柴门风雪夜，此时有子不如无"！慨叹自己不能侍奉老母而深深自责。

清蒋士铨的《岁末到家》则细写母亲爱子情态："爱子心无

尽，归家喜及辰。寒衣针线密，家信墨痕新。见面怜清瘦，呼儿问苦辛。低徊愧人子，不敢叹风尘。"母亲这样关怀备至，儿子都不敢叙说自己在外的辛苦风霜了。

今人爱母似古人，不过更有新的角度和语言。我的朋友山西时先生，诗人兼书法家。某深夜3时，他一个短信将我唤醒：内容是其夜间侍母服药，而为之诗。其母九十三，先生已六十三岁矣。其诗写道："孤灯捧药奉家慈，又似当年苦读时。襟线已随华发老，梦中依旧怕归迟。"我读之怦然心动，达旦不寐，羡其侍母之福。我父母辞世经年。每还乡，则见老屋空废，蛛网生灰，感念万千，遂和诗一首："油灯针线在，蛛网漫尘灰。风雪三十载，儿归母未回。"以上诗词唱和被新浪博客推荐。点击和留言者逾五千人。可见在我们的社会中，母爱、爱母有多么深厚的感召力量！

李白的性情

诗人多是性情中人。李白更是如此,号为谪仙,潇洒浪漫,天马行空,无拘无束,出人意表,率性为之,是其可爱之处与成功之处。

"李白乘舟将欲行,忽闻岸上踏歌声,桃花潭水深千尺,不及汪伦送我情。"说的是李白与汪伦的一段交往。

据袁枚《随园诗话·补遗》卷六载,汪伦是"泾川豪士",素慕李白诗名,欲见无由。听说李白多游历江南黄山一带离此不远,就捎书给李白热情邀请。说:"先生好游乎?此地有十里桃花;先生好饮乎?此地有万家酒店。"李白见信,欣然前往。到了泾川,见到汪伦。汪伦以酒席招待,但见频频举杯,四顾则不见市井风物有什么特殊,李白狐疑欲问。汪伦陪笑解释说:"此十里外有桃花潭,虽然没有桃花,但确是以桃花命名;此用餐的酒馆,掌柜的姓万,便是万家酒店。"李白恍然大悟,见主人真诚,转而欣喜,流连数日。汪伦也是依依不舍,十里相送。临行留下那《赠汪伦》的著名诗篇,成为千古佳话。

岁月沧桑。至清朝前期袁枚的时代,桃花潭已经壅堵无水,徒留其名。有诗人张炯题诗说:"蝉翻一叶坠空林,路指桃花尚可寻。莫怪世人交谊浅,此潭非复旧时深。"慨叹时光不再和世事炎凉,没有了当年李白、汪伦的慷慨和纯真友谊。李白时代至今已千年过去。物换人非,潭水不再。但美好的诗篇却穿越时空而不朽。李白和汪伦的交往成为美好佳话。他告诉人们,诗人和民众接触、交往、友谊的可贵。在社会民间受到感触,得到友谊,往往是好诗之源。且提示我们:诗贵性情,真情实感激发而出的作品,往往比俗套和应景之作更鲜活和更具生命力。

诗说莲藕泥

春气萌动而略带寒意的季节。箭杆河那边传来热闹的人声。走过去看,原来是种藕人下到池塘中间。只见他们搅开层层浪花,捞起一捆捆白花花的莲藕,在平板车上堆成小山。

我被眼前情景惊奇而吸引。寻思道:夏看荷花秋收藕,这是怎么回事呢!

种藕人上岸,脱下厚厚的胶皮长靴,介绍说:这就是秋收的藕,冬天把它们放置泥中贮藏保鲜,现在正好拿来上市。他说,"莲藕是在淤泥中生长的,泥是莲藕的家,没有比它护藕再好的了!"新的见闻和知识,令我大生感慨。

我近年村居顺义城北,在潮白河和箭杆河中间的地段。作为近邻,这莲池,这荷藕,我是熟悉的,如同熟悉天下的池塘和莲藕一样。我曾注意过荷花下的藕,认为它是荷花的根本。用"铁籽娇花品性奇,腥风恶雨也安居。一尘不染根何处,如玉之身藕在泥"歌颂它。但是,淤泥对于荷花和莲藕的作用,从未认真思索过。

不是吗,莲藕所以生存、生长,淤泥是土壤和根基。水至清则无泥。无泥之水,莲荷何以生根立足?碧绿荷盖和艳艳莲花下面是肥厚的淤泥。它受日月之精华,涵腐殖之营养,默默水下,无声无色。先是辅助几片嫩芽,继而撑出满池绿伞,然后射出万道荷箭,献给人们"映日荷花别样红"的境界来。

如此,周敦颐老先生的《爱莲说》固然不错。但说"出淤泥而不染"、把莲花与淤泥对立、将泥和"污"等同加以贬斥,就有失偏颇了。

如果你是小花,断然离不开草根;如果你是草根,绝然离不开泥土——那深深厚重母亲般的泥土,默默的不张扬、不居功的泥土。泥土,是万物生灵之根本啊!于是,我献给淤泥和泥土一首五言小诗:

　　　　默默铺陈底,兼收并贮藏。
　　　　风来固荷梗,冬至御冰霜。
　　　　不是淤泥厚,何来菡萏香!
　　　　赏莲采藕者,根本莫相忘!

　　　　　　　　　(壬辰暮春于京东木秀园)

漫谈状元诗词

近来,看到几本介绍历代状元诗词的图书,亦有友人以此相赠。而我则是一种迷茫和矛盾的心境,自然也以狐疑的目光观之。

金榜题名,在古代自然是功名利禄,乐莫大焉。连一向冷峻被称为"郊寒岛瘦"的唐代诗人孟郊,中榜之后不禁发出"春风得意马蹄疾,一日看尽长安花"的欢呼。而孟先生中的还不是状元呢!

通过奋斗跃上龙门最终为状元者,应该是饱读诗书,很有学问。此点不必怀疑。唐朝的状元中有几个著名的人物,文章诗词很有成就。例如贺知章(武则天时乙未科状元)诗书皆精,其"不知细叶谁裁出,二月春风似剪刀","少小离家老大回,乡音无改鬓毛衰。儿童相见不相识,笑问客从何处来"等,都是传诵至今的名篇;王维是开元年间状元,诗乐书画,无所不精。诗词尤其是五七言诗,或恬淡优美,或感情真挚,或雄浑苍凉,才情多面。如"红豆生南国……此物最相思","劝君更尽一杯酒,西出阳关无故人","大漠孤烟直,长河落日圆",千古流传;其《山居秋暝》"空山新雨后,天气晚来秋。明月松间照,清泉石上流。竹喧归浣女,莲动下渔舟。随意春芳歇,王孙自可留。"诗中有画,画中有诗,有很高的境界。然而,唐宋最伟大的文人和诗词家都没有状元的光环。李白、杜甫、白居易散文八大家及苏轼等都不在状元之列。这又是什么原因呢?

唐太宗曾为科举笼络了天下才士自鸣得意,文人则指出:"太宗皇帝真长策,赚得英雄尽白头"。科举有着两重性,一是激励上进,二又束缚思想。(到了清代,科举笼络和钳制思想的功能更为明显）使得文人不敢独立思考或有所思而不敢言。而作为文学形式中最浪漫活泼的诗词却是容不得束缚的。李白飘逸不羁，杜甫沉郁多思，苏轼豪放潇洒，都不甘为程式框框束缚。故王维虽然大才，被认为"自李杜而下，当为第一"，毕竟不是第一；宋朝的状元张孝祥、陈亮，词作都是感慨激越，但毕竟比非状元的苏轼略逊一筹。

中国科举时代的状元（不含武状元和女状元），如果太平天国的"状元"14人另当别论，则历代状元共计538人。其中不少才俊，但毕竟成大事者凤毛麟角。尤其是我们读到唐代状元诗词的时候，不能不为其浩繁书卷中不见李杜怅然感慨。由此我们想到，不仅是古代还有当代，不仅是诗词还有其它科目，科考固然重要，分数虽然难免，但未必是成材的唯一和最佳途径。从人才学成功学的角度看，求学和自学结合，继承和创新相辅，肯定要比循规蹈矩、分数第一好些。

将军诗词谈片

古来将军文武全才者不少。也留下了相当精彩的诗篇。北宋范仲淹既是文豪又做过统帅,其"渔家傲"描绘西北战场孤独守城的画面:

塞下秋来风景异,衡阳雁去无留意。四面边声连角起。千嶂里,长烟落日孤城闭。　浊酒一杯家万里,燕然未勒归无计。羌管悠悠霜满地。人不寐,将军白发征夫泪。

此词苍凉悲切,豪中寓婉,动人心弦;抗金名将岳飞的"满江红":"怒发冲冠,凭栏处,潇潇雨歇。抬望眼,仰天长啸,壮怀激烈。三十功名尘与土,八千里路云和月……"激励了历代人们的爱国情怀;明朝抗倭名将戚继光,忠于王事和国家,以"一年三百六十日,都是横戈马上行。"描绘了其霜风刀剑的军事生涯,使人深为感佩。

更有意思的是清朝武将岑毓英和文人斗法的故事。岑毓英是云贵总督,有名的武将。当地一些文人骚客以为他是一介武夫,没有文化。便串通起来,请总督吃饭。席间,主持者突然提出,为助酒兴,每人依韵即席赋诗一首,显然是要难为岑毓英。众人诗成,催促总督题诗。岑毓英略加思索,提笔疾书,写成一首七律:

只习干戈不习诗,诸君席上命留题。
琼林宴会君先到,塞外烽烟我独知。

剪辫续缰牵战马，割袍抽线补征旗。
貔貅百万临城下，谁问先生一首诗！

　　总督之诗，开头自谦说不擅文墨。第二联则喻讽文人，说他们宴会捷足先登而于疆场烽烟一无所知。第三联更是妙联绝对，以"剪辫牵马"和"割袍补旗"的细节，描绘了军人艰苦卓绝的战争生涯，生动形象，奇思传神，为古今罕见。最后嘲笑说大敌当前的时候，是没有人理会秀才们的诗句的。该诗大气文雅，妙句奇想，幽默风趣，使得本来要看将军笑话的文人们无地自容。

　　上述将军诗词所以高明，在于他们的素养、功底、襟怀，尤其是作为军人出生入死的履历，锤炼了开阔坚韧的品格。战争使之大气恢弘，加之对战争环境的深刻认知和悟性，就能够写出一般文人不及的作品——生活是第一位的。毛泽东、朱德、陈毅、叶剑英等元勋的诗作也是如此。例如朱德元帅有一则抗战短诗" 伫马太行侧，十月雪飞白。战士仍衣单，夜夜杀倭贼。"寥寥二十字，苍凉超拔，塑造出八路军战士艰苦抗击日本侵略者的形象。

　　当今，我们亦看到不少军人或将军的诗词作品。有些篇章相当精彩。

　　如高立元少将《中秋写给红其拉甫边防哨所官兵》是这样描写的：

玉门西去过楼兰，扎寨昆仑接广寒。
云锁乡关千万里，雪埋哨所两三间。
霜凝青剑倚天举，旗映丹心向日悬。
尽洒边陲诚与爱，一轮明月任亏圆。

　　此诗慷慨深沉，章句精工，结句奇特，广受好评。李栋恒中将一首记山村乒乓球活动的七律云：

水泥台面带残冰，楚汉相分一草绳。
陋拍锯磨粘贴就，瘪球烫复往来仍。
露天时有风参战，入暮唯凭月作灯。
莫笑抽拉姿不雅，兴如奥运各逞能。

细节生动，风趣佳作！

也有一些军旅作者，从来没有经历过血火硝烟，不知战争为何物，又要表示军人气魄，难免在豪言壮语后面现出底气和蕴力的不足，这是环境使然，不能苛求于他们的。至于只靠写歌词和歌唱而成为将校的文人或美女们，自然与真正文武兼备的将军不可同日而语。

漫说宫女题材诗

宫女是皇权社会中一个奇特现象。作为社会架构中命运最悲惨者，宫女地位远在才人之下，身份与奴隶无异。她们虽然一般衣食无忧，但终日劳碌，不得与亲情与外边的世界沟通。没有机会得到爱情，只是耗费青春，精神生活极为痛苦。因此，宫女题材在唐诗中占有一定比例，内容多是同情她们处境，批判社会和皇廷黑暗的。其意义和影响远远超越了高大的宫墙禁围。

"寥落古行宫，宫花寂寞红。白头宫女在，闲坐说玄宗。"这是中唐诗人元稹的咏行宫诗（一说作者王建）。描写宫女头发已白，身居寥寂的旧宫，不得接近外边世界，只能在无聊中闲坐谈天，回忆当年风流天子唐玄宗的往事。衬托出无名的寂寞和悲凉。张祜的"何满子""故国三千里，深宫二十年。一声何满子，双泪落君前。"写宫人从千里之外入宫，已经二十年了；宫禁似海，故土遥遥，亲情难叙，无奈寄托于何满子的曲调。但一歌未竟，已是双泪满腮、泣不成声了。之于痛苦，是一种有声表达。

宫廷是禁锢宫女爱情的地方，但无法泯灭对爱情的向往。风花雪月，春秋轮值，触景生情，只不过极少人敢于冒死表达罢了。宣宗时代的宫女韩氏便是勇敢者。秋天，红叶随流水漂来，韩氏在叶上题诗一首："流水何太急，深宫尽日闲。殷勤谢红叶，好去到人间。"将外界视为"人间"，足见对宫廷非人生活的无奈。她将感伤和企盼托于一叶，看着它缓缓漂出宫墙。正好，外边散步的于佑（一说卢偓）捡得此叶，感而藏之。后来，一批宫人从宫中放出嫁人，于佑娶得其一。正是题诗的韩氏，真乃巧合天成！

宫廷与外界社会是难以完全隔绝的。其间的活动和动向，都是封建王朝社会事态的集中反映，比如战争，当前线需要的时候，宫人还要缝制衣被支援前方。而缝制与包裹，又是她们与外界沟通的机会。玄宗开元年间，有边疆战士在分发战袍中得到一诗："沙场征戍客，寒苦若为眠。战袍经手作，知落阿谁边。蓄意多添线，含情更著棉。今生已过也，结取后生缘！"一首词意均佳的五律，于温情脉脉中，深含着对边塞战士的牵挂和对爱情的渴望。士兵得袍向长官报告，长官又奏报朝廷追查。唐明皇"以诗遍视六宫，一宫人自称万死。明皇悯之，以妻得诗者，曰：朕与尔结今生缘也！"宫女的幻想变成了现实，与士兵成就了难得姻缘。这样的例子亦在僖宗时发生过，都是冒险之后花好月圆，皆大欢喜。宫女的勇敢和皇帝的人性化宽容，被人们传唱至今。

王冷斋抗战的"史"与诗

"七七事变"已载入史册。抗战胜利的纪念日来临,但历史的烽烟并未消尽。而别有意义和韵味的,是一组"卢沟桥抗战记事诗",以独特的视角和诗的语言,记录了当年惊心动魄的一幕,作者是原全国政协委员、中央文史馆馆员王冷斋先生。

王冷斋(1892—1960),笔名冷公,福建闽侯人。早年参加辛亥革命,参与北伐。曾任亚东通讯社总编辑,创办远东通讯社和《京津晚报》。1936年任河北省第三区行政督察专员兼宛平县长。1937年7月7日事变,王皆首当其冲,历之记之。日军的挑衅、侵略,两方谈判,两军激战,见之于其日记性质的十五首诗,往事如刻,历历如昨……

七月七日夜十时许,王冷斋接行政公署许处长来电,据日方说,他们的一名演习兵被宛平的华兵捉进城去。他们要进城搜查。王冷斋判断:"此夜月黑大雨,日军竟到卢沟桥警戒线内演习,明明是企图偷袭宛平城。"

"一声刁斗动孤城,报道强邻夜弄兵。月黑星辰烟雾起,时当七夕近三更。"这是第一首。作者注曰:"民国二十六年七月七日之夜,近十一时,枪声忽作于宛平城外,后查之为日兵所发。"记载了日军挑衅的第一枪,时间地点明明了了。

枪声紧,军情急,中方战士闻风而动,"报国歼仇正此时,纷纷将士尽登陴。十年我亦曾磨剑,安敢军前后健儿!"作为中方的军政长官,王冷斋身先士卒,不甘落后。

日军借口一士兵失踪事件,同中方接洽谈判。王冷斋记载说,"我方代表为予,外交代表委员林耕宇,绥靖公署交通处长周永业三人同往……"

城外谈判，突然，日军辅佐官寺平现场绑架了王冷斋。且摆开机枪阵，要挟中方开城，"以危言胁迫，予置若无事。""挟持左右尽弓刀，谁识书生胆气豪！谈笑头颅拼一掷，余生早已付鸿毛。"王冷斋据理力争，威武不屈。日军只好放行。"脱身单骑纵归来，未格蛮心尚费猜。激励三军坚壁垒，任教强敌也难摧！"而后，敌人果然大举进攻，"炮弹命中专员公署。房屋尽毁。伤兵民甚多。"

守城的中国军人是勇敢者。"八日九日两夜，夜战极烈。我军大刀队突袭敌阵，斩馘无数。"

王冷斋诗曰："暗影沉沉夜战酣，大刀队里出奇男。霜锋闪处寒倭胆，牧马胡儿不敢南。"

"敌既失利，乃急言和"，两方商定：一、双方即日起停止射击；二、日军撤退丰台；我军撤向卢沟桥西……王冷斋心里明白："三张约法且言和，令下前锋共止戈。毕竟蛮夷无信义，撤兵意少缓兵多。"

中方将士挫了倭寇威风，但毕竟难改强弱攻守的格局。几天谈判和象征性停火之后，日寇撕毁协议大举进犯，并有飞机大炮助战。战斗极其惨烈："东倾雉堞北崩墙，血肉长城筑更强。众寡悬殊攻守异，孤城屹立岂寻常！"

国际友人同情和支持中国人民。在京的欧美人士多次冒险到宛平城慰问我军民，在王冷斋的陪同下到卢沟桥考查。战争气氛中，一位欧籍友人抚摸着栏杆石狮对王冷斋说："睡狮今已醒矣！"令王冷斋感慨不已："睡狮一吼震寰瀛，伐木丁丁见友声。博得同情人共赞，不辞艰辛到危城。"

军方交战和高层谈判交替进行。但日军祸心昭昭，两方力量悬殊。中方高层的和平幻想只能是画饼充饥。"中枢大计决机筹，指示周行定远谋。维系和平成绝望，牺牲今已到关头。"其悲凉感慨，无可奈何的情绪，溢于笔端。

经过二十余日危急坚守，最后，王冷斋和部队奉命撤离。有人为王冷斋全身而退庆幸，而王先生却愤然说："予则以为不能与城共存亡为不幸也！"

这是一页珍贵的历史。王冷斋，在关键的位置、风口浪尖的时刻扮演了重要的角色。他是历史事件的重要当事人，最有资格的忠实记录者。

王冷斋是睿智的，虽然受挫退让，但他坚信中国还有正义不屈的力量。"延安奋臂起高呼，合力前驱原执殳。亿万人心同激愤，山河保障定无虞。"王先生寄希望于延安，寄希望于共产党和广大民众，最后和他们同程汇入历史洪流，迎接了抗战胜利和新中国的诞生。

诗是人灵魂的写照。文武兼备，诗史交融。以诗记事，以史入诗，这就是王冷斋先生。虽然七十年过去，其凛然风骨，慷慨诗家形象，炯然纸上，长久令人敬佩！

诗律非戒律

古体诗词有一定的程式要求,例如平仄和押韵。是习作者应该掌握的基本要素。有的没有掌握基本要领,随便把自己的作品冠以"七律"或"七绝"之类,或者把出格的作品说成是"突破",殊不可取。试问,没有入门,何来突破?

但是,古代尤其是唐代诗人有相当的自由空间。诗人们一般遵守规范或约定俗成,但又不将格律作为清规戒律一味遵守、而时有突破和创造。

我曾经将《唐诗三百首》所选五律80首、五绝29首逐一进行了格律分析。若以清人王渔洋表述的、现今普遍秉承的《律诗正体》"正格"衡量,《唐诗三百首》五律和五绝,出律和破格的居然占到半数之多。

例如五律:

孟浩然"八月湖水平""湖水"平仄颠倒。"人事有代谢"四仄相连。王维的代表作《终南别业》:"中岁颇好道,晚家南山陲,兴来每独往,胜事空自知,行到水穷处,坐看云起时,偶然值林叟,谈笑无还期。"第二句平仄失调且三平,第四句平仄失调,末句又是三平。五律选王维9首,其中4首正体,5首变格,超过半数。

李白《夜泊牛渚怀古》:"牛渚西江夜,青天无片云,登高望秋月,空忆谢将军。余亦能高咏,斯人不可闻,明朝挂帆去,枫叶落纷纷"。细看无一严对。僧皎然《寻陆鸿渐不遇》为:"移家虽带郭,野径入桑麻。近种篱边菊,秋来未著花。扣门无犬吠,欲去问西家,报道山中去,归来每日斜。"更是行云流水,通篇无对。

再看五绝：

五绝平仄不合和失粘等更为普遍，更为灵活。在29首中占16首。

五绝首篇是王维的《鹿柴》："空山不见人，但闻人语响，返景入森林，复照青苔上"，失粘；《杂诗》"君自故乡来"押仄韵，也是通篇失粘；孟浩然的"春眠不觉晓"也是如此。李白唱响千古的"床前明月光"，粘连与平仄都不规范，但读来毫无不和谐、不顺畅之感。

由此可见，诗的"出律"和"出格"不足为奇，有时甚至有意为之。其实，作为行家里手，寻找一个完全符合格律的字词并不难，难在创意和真情。突破往往是合理和必要的，是不得已而为之。

一般认为，沈德潜的《唐诗别裁》是《唐诗三百首》的母本。沈德潜的诗论被认为是保守的，但他却在《唐诗别裁》"凡例"中说："然所谓法者，行所不得不行，止所不得不止。……若泥定此处应如何，彼处应如何，则死法矣！……试看天地间，水流自行，云生自起，何处更著得死法！"沈德潜尚不拘泥，后人何必固守"死法"！

结论是：诗律非戒律，律外有好诗。不以词害意，莫作茧自缚。

大处着眼与细部着手

大千世界，茫茫人生，纷繁事务，情感万端，都可以入诗。千头万绪，从何下手？

有诗友说，我的作品干瘪枯燥，不生动感人，症结在哪里？

答案是：大处着眼，细处着手，以小见大，见微知著，方是功夫。更是古来诗人成功的要诀之一：

诗经"窈窕淑女，君子好逑"写爱情也；谢灵运"池塘生春草，园柳变鸣禽"写初春也；刘禹锡"朱雀桥边野草花""旧时王谢堂前燕"写变迁也；辛弃疾"七八个星天外，两三点雨山前"写春夜也；毛泽东"弹洞前村壁"写现代战争也；"马蹄声碎，喇叭声咽"写行军也。尤其是孟郊的《游子吟》："慈母手中线，游子身上衣。临行密密缝，意恐迟迟归，谁言寸草心，报得三春晖"，以细线、寸草寄情，以"密密缝"写母爱，朴实真挚，深刻动人，千百年来为人们喜爱。细节的魅力同样显现于当代。红豆诗词大赛获奖作品"夕阳一点如红豆，已把相思写满天"，夕阳红豆，是具体而高妙的描写和意象，曾见到另一首《月下红豆》诗是："窗下锦书和泪写，天边秋雁带霜飞。腰襦红豆无尘芥，又对清光拭几回。"每句都是细节描绘，其深情思念的感人力，要比喊一千遍"爱你，想你"深沉得多。

织锦绣花，以细得之。写诗亦然。宜尽量用具体的形象的语言说话，营造氛围和意象，而不用或少用概念性语言。当今时代，国泰民安，形势好，节庆多。有关节庆和纪念题材的诗，易将事件和政策术语入诗，易生豪言壮语，易搬用标语口号和套话，成为"伟大的空话"，这其中有时代的因素，或者叫做"盛世诗病"。政论可以如此，报告可以如此，外交辞令可以如此，但诗词则断不可以如此。毛泽东早就说过，"我们的要求则是政治和艺术的统一，内容和形式的统一，革命的政治内容和尽可能完美的艺术形式的统一。缺乏艺术性的艺术品，无论政治上怎样进步，也是没有力量的。"没有形象细节、没有艺术感染力的诗词，毫无创意可言，当然不会有生命力。遗憾的是，当前这类作品较多，甚至包括一些大赛中获奖的作品。回看毛泽东的词作，小到《忆秦娥·娄山关》的"西风烈，长空雁叫霜晨月"，大到《沁园春·雪》，其中何曾有"革命""红军"等政治词语！但其间包括着浓烈的革命、胜利和光明的内涵。是用艺术形象而不是用概念说话。就写诗而言，立意高、气魄大和具体描写非但不矛盾，反而是依赖于具体、鲜活的描写。所谓出彩，就是鲜活，就是形象，没有细密笔墨，没有姹紫嫣红，何来出彩！

　　历史上，李白、杜甫这样的大家，其视野开阔和气魄宏大，也离不开细腻的具体的描写和刻画。李白的"地上霜""三千尺""捣衣声"等都是细描，其"蜀道之难难于上青天""明月出天山，苍茫云海间"，虽然高阔大气，却是形象不空；杜甫说"晚节渐于诗律细"，不但是格律讲究，更是选取细密、具体典型的事物入诗，"细草微风岸，危樯独夜舟""白头搔更短，浑欲不胜簪"，都是具体形象，以此准确地表示环境和心境。李煜和李清照诗词所以具有亲和力，就在于他们是细部描写的高手。而要如此境界和如此效果，就须注意观察和提炼，抛弃空洞和生僻，寻找恰当的视角和准确的词语。注意从熟悉的身边事写起，力争贴近生活。要言之，见微知著，源于生活，心平气和，眼高手细。多打磨，重创意，就能写出感人的诗篇来。

崔莺莺：其人其戏与诗文

莺莺本事

说起崔莺莺，就想起《西厢记》。关于西厢记，人们多以为是传说。其实，西厢的故事人物，皆有所本。崔莺莺就是生长于唐代中期的历史人物。尤其，崔莺莺是吾人老乡，便更有正本溯源的责任了。

崔莺莺是博陵(今河北省安平县)黄城村（过去叫凤凰里）人。唐朝礼部员外郎崔元翰之女。她与中唐诗人元稹（zhěn）系姨表兄妹，二人曾有爱恋之情，后被元稹写成《会真记》传奇风行于世，又被金、元人作《西厢记》而流传于后。

说起崔莺莺身世，确是缙绅大家。唐代，博陵崔家是一大望族。莺莺生于公元784年，字双文，莺莺是其小名。祖父崔良佐，是齐国公崔日用的堂弟。父元翰，名鹏（729—795），通经史、工诗文，举进士时已年近五十。唐德宗建中二年（781）辛酉科状元及第。中状元后，博学鸿词科、贤良方正科、直言极谏科又皆第一，人称"崔四头"。贞元七年知制诰。有典诰之风范。然而他"生性太刚褊简傲，不能取容于时"，故掌诰二年而罢。66岁逝世。其弟崔敖、崔备亦与他同进士科，兄弟三人名列一榜，传为佳话。

莺莺的母亲是睦州刺史郑济之女，784年生莺莺，莺莺还有一弟。其姨母颇有文才，779年生子元稹，长莺莺5岁，稹为中唐著名诗人。

莺莺的父亲元翰在长安病逝，郑氏携子女扶柩归葬博陵。守孝三年后，因在博陵无所依靠，贞元十五年决计返回长安。途经蒲州时，正遇丁文雅兵变，母女投奔河中府普救寺避难，恰遇元稹。元稹退去乱兵，救了郑氏母女。又见莺莺俊美，乃生仰慕之情，乃托莺莺的婢女从中撮合，二人在西厢终成百年之好。但好景不长，元稹后来赴京赶考不归，另寻新欢，抛弃了莺莺。此为史实。

元稹对莺莺始乱终弃，心事怏怏。于是以事实为本，写成传奇小说《莺莺传》（即《会真记》），故事中，青年相公张生，出游蒲州寓居普救寺，恰郑氏携莺莺赴长安，途经此地。张生请蒲州守将击退乱兵，郑母女得救。郑母感张生之恩，置酒酬谢，并叫莺莺与张生兄妹相称。经过一番曲折，二人结合。但好景不长，张生赴京赶考不归，另寻新欢，抛弃了莺莺。莺莺又改嫁了他人。以后张生探亲，欲旧梦重圆，遭到莺莺的拒绝。张生恼羞成怒，在洗白自己的同时贬损莺莺。

戏剧编演

《莺莺传》在唐后期已广为流传。后世文人对莺莺故事作了艺术的创作和改编，制成戏剧作品。李绅的《莺莺歌》，金人董解元的《西厢记诸宫调》，元人王实甫编为杂剧《西厢记》，都是古代讲唱文学和戏剧的优秀作品。《莺莺传》和《西厢记》带有传记性质，这是学术界所公认的。因此，莺莺人史皆实，张生名虚史实。张生，原形即元稹也。

《西厢记》塑造了莺莺的光彩形象。她聪敏貌美，善良温柔，对爱情大胆追求，忠贞不渝，且有较高的文化修养。其相关诗词亦委婉动人。如《明月三五夜》云：

待月西厢下，迎风户半开。
拂墙花影动，疑是玉人来。

这是一首脍炙人口的约会诗，明月初照，园门半开，花影摇曳,张生应约而来,二人相会甚欢。

后来,再婚的张生又曾前往崔家,要求以表兄的身份见莺莺。被莺莺拒绝。莺莺还写了一首《寄诗》道:"自从销瘦减容光,万转千回懒下床。不为傍人羞不起,为郎憔悴却羞郎。"

张生无奈,自觉没趣而去。莺莺又赋《告绝诗》曰:"弃置今何道,当时且自亲。还将旧来意,怜取眼前人。"诗中表达了莺莺对负心郎张生的怨艾和讽刺。

元稹其人

元稹(779—831),字微之,别字威明。河南洛阳人,中唐著名诗人。北魏拓跋部后裔。魏孝文帝时推行汉化政策,改拓跋姓为元姓。老夫人不同意莺莺和元稹的婚姻,可能和元稹的姓氏有关。在那时的世族观念下,崔为望族,而元姓则为老夫人所看不起。

元稹对莺莺始乱终弃,不仅不自我反省,还在文中贬毁莺莺的纯真。愈是如此,人们对莺莺更是同情。鲁迅先生在《唐宋传奇集》里就批评元稹的《莺莺传》"文过饰非,遂堕恶趣"。金代和元代,董解元的《西厢记诸宫调》(世称《董西厢》)和王实甫的《西厢记》(世称《王西厢》),都摒弃了元稹对莺莺的诋毁之词,着力塑造莺莺的光彩形象,并在群众中广泛流传。

对于莺莺,元稹扮演了负心郎的角色。然而,元稹又确是中唐一位颇有才情的诗人,戏剧中崔莺莺的某些诗句,亦可能本自元稹之手。同时,元稹和白居易同为新乐府运动的倡导者。世称"元白"。

更为突出的是,元稹的悼亡诗,言浅情深,艺术成就很高。甚至可以说是古代同类诗作的佼佼者。例如《遣悲怀其二》是这样写的:"昔日戏言身后意,今朝都到眼前来。衣裳已施行看尽,针线犹存未忍开。尚想旧情怜婢仆,也曾因梦送钱财。诚知此恨人人有,贫贱夫妻百事哀";其三则写道:"同穴窅冥何所望，他生缘会更难期。惟将终夜常开眼，报答平生未展眉。"这三首一组悼亡诗，是作者写给已故妻子韦蕙丛的。作者从夫妻朝夕相处的细节写起，道出"悲怀"二字，酣畅淋漓，其情痴，其语挚，感人至深。人们所乐道的"曾经沧海难为水，除却巫山不是云"，亦是出自元稹的手笔。

先后不一，有忠有弃，反差如此，对于封建社会中的才子文人亦不为怪。

附带说明：在旧社会的安平黄城村，人们是不允许演看《西厢记》的。这与民间"老不看《三国》，少不看《西厢》"有一定的关系，意为《三国》多权术，《西厢》多淫色。加之儒家正统思想的影响，崔姓后人，不愿意看到祖上女性被戏说或侮慢，因此禁演。细品之，《西厢记》对人物刻画和处理是很成功的，爱憎和褒贬是分明的。崔莺莺的形象和故事，理所当然地为人们长久喜爱。

（本文参考了河北安平县张宪先生的相关资料，特表谢意）

冯玉祥和他的"丘八诗"

冯玉祥（1882—1948）是中国近现代史上著名的政治家和军事家，中国共产党的亲密朋友。在戎马生涯中，他共写诗一千多首，并以"丘八诗人"而著名。

冯玉祥出身穷苦，只读过一年多私塾，11岁当兵。他在军营里读书、学写字，因为穷，就用细竹筒缠上麻丝，蘸着泥在铁片上练字。他一生辗转坎坷，但好学不辍，即使在戎马倥偬中仍手不释卷。书读多了，就动手写诗，他自称所写的诗是"丘八诗"。他说，我是一介武夫，是个大兵，将兵字上下拆开，就是"丘"字和"八"字。周恩来也亲切地称他为"丘八诗人"。

冯玉祥诗有着鲜明的特色。其诗都是有感而发，平白质朴，感情炽烈，憎爱分明。他曾自谦地说："我的诗，粗而且俗，和雅人们的雅诗不敢相提并论。"其实，他另辟蹊径，坚守本色，用口语体写作，散而不漫，放而有收，通俗而不浅薄，继承了传统诗词与民间和民歌交融的优良传统，颇具个性和光彩。

冯玉祥每到一地，必寻地方志仔细阅读。1944年3月，他为抗日募捐到了四川合江，当晚便找来《合江县志》。看到全县有寺庙408座，1931年以后，又增修了198座，心绪难平，极感普及科学知识的紧迫，并写诗一首："我读合江县志书，一夜未曾合眼珠。原有大庙四百座，增修一百九十处。我们科学不进步，这样迷信太马虎。看重空想不实际，何时才能收失土。此事革命应当做，敷敷衍衍太糊涂。"

1938年春夏之交，冯玉祥到抗日前线，看到抗日英雄吴荣保壮烈牺牲的战报，作诗《铜山烈士吴荣保》一首："大英雄，吴荣保，我民众，好师表；家住铜山两山口，敌陷故乡不逃跑。

我军反攻，他作向导。不怕敌军炮火猛，侦探敌情来报告。不料一日被敌擒，身受敌兵数十刀；鲜血淋漓衣尽赤，吴君宁死不屈挠。临死之时犹高唱：'杀死日本鬼，中国永不亡！'烈士为国死，万世流芬芳。同胞奋起报仇恨，为我民族争荣光。"激越与敬佩之情，溢于笔端。

冯玉祥歌咏的题材，同他的生活密切相关。冯玉祥经常带领官兵广植树木，有"植树将军"之称。他爱树如命。在徐州时，曾作护林诗一首："老冯驻徐州，大树绿油油，谁砍我的树，我砍谁的头。"其爱树之情，痛快真切。抗日战争胜利后，冯玉祥为反内战到了美国。他呼唤民主，揭露批评蒋介石，同时不忘绿化。他打电报回乡，号召父老乡亲多植树，并作《森林》诗一首："森林密层层，独自慢慢行；红叶和绿叶，天然画图成。"短短四句，意象俱佳，颇具风韵。足见其诗的功底不浅。

国际友人白求恩病逝后，冯玉祥写诗《悼白求恩大夫》，赞道："一位外国人，名叫白求恩。来自加拿大，不辞苦和辛。为我独立战，矢志献其身。服务在前线，救伤又治病。意志何坚毅，博爱火热心。医术也高妙，着手即回春。"对这位伟大的国际主义战士表现出敬仰之情。

冯玉祥是性情中人。对于日寇和汉奸投降派，他毫不掩盖其痛恨与鄙视。汪精卫从重庆经昆明叛逃，发表艳电公开投靠日本。冯玉祥怒不可遏，在国民党中央会议上力主开除汪精卫的国民党党籍，下令通缉。蒋介石却表示只开除党籍，留有余地。冯玉祥为此写了120句的长诗《菜花黄》，诗句中说："此花有傲骨，胆敢战风霜。前方正抗日,汪贼竟投降。""平素空谈论,离奇又狂妄。""岳飞是军阀,秦桧是忠良……黑白多不分,实已昧天良！""行年已半百,晚节末路忘,只知富与贵,不替民族想……千年万岁后,精卫恶名长！""呜呼汪精卫！心肝必丧亡！呜呼汪精卫！不如菜花黄！"

冯玉祥生活俭朴，有强烈的民本意识。驻江津的国民党军队因看戏不买票引发争执，某连长竟用机枪横扫大街，打死无辜百姓。死者的母亲知道冯玉祥来江津，就在大街上拦车喊冤。冯玉祥为此写下了《喊冤妇》——喊冤老太婆，一把抓住我。冤枉又冤枉，叫我听她说：机枪满街扫，儿子被打死。一家靠谁养？泪水一沱沱。当兵不抗日，这是为什么？养兵打百姓，天理是如何？

在江津的21天，冯玉祥深为广大民众的抗日热情激动，每天诗泉如涌。21天共创作出46首诗歌，且言之有物，篇篇不俗。这样的创作激情，在古今中外的军旅诗人中罕有其匹。冯玉祥的诗有感而发，针砭时弊，憎爱分明，通俗自然，晓畅易懂，形式活泼，不拘格调，朴实有华，别具风采。

1948年下半年，应中共之邀，冯玉祥一家乘苏联"胜利号"轮船从美国返回祖国，9月1日，途中船泊黑海，轮船突发大火，将军不幸罹难。国内外为之振动。次年，中共在北京召开纪念会以示哀悼。毛泽东送了花圈，周恩来致悼词充分肯定了冯玉祥的历史功绩和诗作。冯玉祥的一生，是追求光明进步的一生，也是军旅诗人慷慨歌吟的一生。

冯玉祥在"胜利号"轮船殉难，是一大历史谜团。五年前的2007年，冯将军的女儿、海军医院副院长冯理达筹备纪念冯玉祥遇难50周年活动，探求失火事件真相。整理和研究其诗词是其中的重要部分，我曾参与其中，深受教益。展读其诗篇，便看到一个活生生的、痛快淋漓、不失平民本色的大汉，身居高位不忘百姓，危难之中憎爱分明，心中永远激荡着滚热的诗句。诗人最为可贵的是真情和赤子之心。他为人们喜爱和怀念，是理所当然的。不料，冯理达阿姨中途因病于2008年初逝世，此事戛然而止，留下长长的遗憾和叹惋。

郑板桥诗词的思想锋芒

"咬定青山不放松，立根原在破岩中。千磨万击还坚劲，任尔东西南北风。"

这是清代著名诗人、书画家、名列"扬州八怪"之一郑板桥的题画诗。短短四句，勾画出石中之竹坚忍不拔、不怕孤立的形象品格，也是郑板桥本人性格和思想风貌的真实写照。

郑板桥(1693—1765)，名燮，字板桥，"康熙秀才，雍正举人，乾隆进士。"他生当清朝前期社会发展跌宕而矛盾显露的时代。仕途不顺，钟情艺文，诗书画皆佳。其诗词更如同其文章书画一样，棱角鲜明，个性张扬。尖锐深刻，锋芒毕露。充满批判主义的色彩。

作者从历史深处走来。其咏石头城的"念奴娇"写道："悬岩千尺，借欧刀吴斧，削成城郭。千里金城回不尽，万里洪涛喷薄。王浚楼船，旌麾直指，风利何曾泊。船头列炬，等闲烧断铁索。而今春去秋来，一江烟雨，万点征鸿掠。叫尽六朝兴废事，叫断孝陵殿阁。山色苍凉，江流悍急，潮打空城脚。数声渔笛，芦花风起作作。"此词，居高临下，纵横千古，对石头城南京的历史作了别具特色的描绘。刀削斧斫，意象拔俗，苍凉感慨，溢于笔端。结句又以"渔笛，芦花风起"反衬，余音袅袅，意味悠长，堪称佳制。作者写到莫愁湖，则以委婉蕴藉笔调。他从莫愁的传说落笔，摹写弱势女子的真正爱情："鸳鸯二字，是红闺佳话，然乎否否？多少英雄儿女态，酿出祸胎冤薮。前殿金莲，后庭玉树，风雨催残骤。卢家何幸，一歌一曲长久！即今湖柳如烟，湖云似梦，湖浪浓于酒。山下藤萝飘翠带，隔水残霞舞袖。桃叶身微，莫愁家小，翻借词人口。风流何罪？无荣无辱无咎。"热忱赞美爱情，直言风流无罪，为莫愁和有情人鸣不平，立意和下笔都相当别致。

郑板桥出身贫苦,有着鲜明的民本思想,公然声明自己就属于小民阶层。他说过:"天地间第一等人,只有农夫。……苦其身,勤其力,耕种收获,以养天下之人。使天下无农夫,举世皆饿死矣!"由此一贯关注民瘼,为之呐喊。更为可贵的是,当其得到一官半职之后,真情不改,还是牵连民众疾苦的痴心。其《潍县署中画竹呈年伯包大中丞括》写道:"衙斋卧听萧萧竹,疑是民间疾苦声。些小吾曹州县吏,一枝一叶总关情。"枝叶关情,一以贯之,足见情怀。

生当不平社会,郑板桥对社会的批判和不满的表达深刻痛切,与众不同。《沁园春·恨》是这样写的:"花亦无知,月亦无聊,酒亦无灵。把夭桃斫断,煞他风景;鹦哥煮熟,佐我杯羹。焚砚烧书,椎琴裂画,毁尽文章抹尽名。荥阳郑,有慕歌家世,乞食风情。单寒骨相难更,笑席帽青衫太瘦生。看蓬门秋草,年年破巷;疏窗细雨,夜夜孤灯。难道天公,还箝恨口,不许长吁一两声?颠狂甚,取乌丝百幅,细写凄清。"

这简直是令人瞠目结舌、惊心动魄的宣泄,毫无顾忌和遮拦。在作者眼里,花、月、酒不再美好,桃花都要砍断,鹦哥也要煮熟,砚书琴画文章都要统统毁掉,一切虚名也统统抛弃。几乎所有美好和值得怀念的东西,都成了怀疑和发泄的对象。甚至诘问老天,斥其不平。作者离经叛道,大反传统,对以往和同代文人更是大大逾越。艺术张力之强到了极致,给人的印象难以磨灭。

在艺术主张方面,板桥一生刻意追求的,是内容和形式的出新,不断实施突破。无论社会人生,树木花草,都力图塑造新的形象,赋予新的内容,倾注别样感情,开拓出崭新的艺术境界。例如《咏雪》:"一片两片三四片,五六七八九十片。千片万片无数片,飞入梅花都不见。"信手拈来,活泼洒脱,不落窠臼,颇有动感,完全摆脱了格律的束缚。给人面目一新的之感。

在《题画竹》中，作者径直表达自己的艺术主张。"四十年来画竹枝，日间挥写夜间思。冗繁削尽留清瘦，画到生时是熟时。"板桥还在一幅对联中说过："删繁就简三秋树，领异标新二月花。"去掉繁缛，突出个性，作者的书画如此，思想如此，诗词本身何尝不是如此呢！板桥的艺术实践证明：艺术就是要与众不同，就是要写人人心中所有，笔下所无，道古人今人所未曾道，不断实施创造，成功必在其中。

一般认为，有清一代，郑板桥未必是诗名最著。但"板桥有三绝：曰画曰诗曰书。三绝之中又有三真：曰真气，曰真意，曰真趣。"（见马宗霍《松轩随笔》）其作品流传广泛被经常引用者，是"扬州八怪"其他人所不及的。究其原因，一方面由于他生活深厚，贴近民众，为民歌哭的真情；一方面就是锋芒新锐的真意。多警句，富哲理。其出新创意的理论和实践，对诗词创作是很有价值的借鉴。

皇帝诗漫谈

古代皇帝凌驾亿万人之上，当属文武全能。当然少不了舞文弄墨。其中颇有胸襟和才情者，多是开国或盛世之君。由此留下不少精粹的诗篇。

有确切记载出于皇帝手笔的诗歌，最早当是汉高祖刘邦的《大风歌》。原诗为："大风起兮云飞扬，威加海内兮归故乡，安得猛士兮守四方！"短短三句，不但慷慨雄健，且开七言诗和柏梁体之先河，在诗歌史上具有独特的意义。然而，刘邦的爱才任贤未能彻底，天下初定便诛杀了韩信等功臣。清朝的黄任就说，"天子依然归故乡，大风歌罢转苍茫。当时何不怜功狗，留取韩彭守四方！"

到了汉武帝刘彻的时代，一首《秋风辞》则更显示了这位文韬武略皇帝的才情。汉武帝在位五十多年。有雄才，能诗文。前113年，他到汾阳祭祀后土，得到平定南粤的喜讯，即命当地为"闻喜"县，并置酒高歌："秋风起兮白云飞，草木黄落兮雁南归。兰有秀兮菊有芳，怀佳人兮不能忘。泛楼船兮济汾河，横中流兮扬素波，箫鼓鸣兮发棹歌，欢乐极兮哀情多。少壮几时兮奈老何！"

这首诗歌，以秋风、白云、归雁和兰、菊比兴，涵蕴颇深。其特别意义在于，皇帝没有沉浸在喜悦之中得意忘形，而是展现了与君临天下、俯视四方相反的另一面：乐极生悲，突发幽情，颇为动人。眼前的繁华尊贵终有尽时，即便君王也不免生老病死。人生易老，一切都会随着时间的推移不复存在，又怎能不发出"少壮几时兮奈老何"的感叹呢！此诗寄物抒情，调动形象，一波三折，写得曲折缠绵。沈德潜在《古诗源》中甚至认为是

"《离骚》遗响",有承前启后之功。就艺术形式和文辞而言,沈德潜的评价是切实中肯的。

隋朝的亡国之君炀帝杨广,是一位有才华、颇自负的家伙。他在位14年。开运河,增长城,征辽东,巡河西,举办万国博览会。尽管多有建树,却毁多誉少。人们尽管谴责其专权的暴虐,却不能抹杀他对于诗词的贡献。杨广存诗50余首。其关于征讨朝鲜和辽东的一组《纪辽东》,被研究者认为是词的真正源头:"辽东海北翦长鲸,风云万里清。方当销锋散马牛,旋师宴镐京。前歌后舞振军威,饮至解戎衣。判不徒行万里去,空道五原归。"

五七句式,长短调换,平仄有序,已经全现词之本色。词始于杨广几成共识。只是他名誉欠佳,后世没有多少人依照这个词牌与之唱和。

创造了贞观盛世的唐太宗,深知人才对于事业的重要性。胜利之后,依然重视群臣的作用,给以信任和赞誉,他评价功臣萧瑀以四句诗概括:"疾风知劲草,板荡识臣诚,勇夫安识义,智者必怀仁。"首句是从《后汉书·王霸传》脱来。虽然文采一般,但道理深刻,表现了其知人善任的智慧和胸怀。

中国历史上唯一的女皇帝武则天,颇负才情,她的一首《如意娘》绝句是:"看朱成碧思纷纷,憔悴支离为忆君。不信比来长下泪,开箱验取石榴裙。"作者以少妇口吻,抒发怀念爱人的情思。红绿纷呈,春色撩人,与离愁别绪和红颜憔悴形成鲜明对照,不由落下泪来。此诗由远及近,睹物思人,写得情意绵绵,深沉含蓄。武则天不但动笔写诗,更鼓励群臣赛诗竞争,有"夺袍赐予"的佳话,推进了一代文章与诗词的繁荣。

身为皇帝为诗人写诗哀悼的,是唐代中期的宣宗李忱。李忱喜好文辞,有一定修养。大诗人、文坛领袖白居易病逝,唐宣宗写诗吊唁,诗云:"缀玉联珠六十年,谁教冥路作诗仙。浮云不系名居易,造化无为字乐天。童子解吟《长恨》曲,胡儿能唱

《琵琶》篇。文章已满行人耳，一度思君一怆然！"全面概括了白居易的文学生涯，称赞其作品的广为传扬和深刻影响，并给以"诗仙"的高度评价。皇帝没有居高临下，好像是一位诗友，表达对名满天下的诗人惋惜和悼念，倒也真切动人。而诗人能获此殊荣，也可算极尽哀荣、含笑九泉了。

毛泽东曾经说过"唐宗宋祖，略输文采。"宋太祖的文采与唐太宗大体相近。南唐主李煜派使者徐铉出使北方，请求不要武力征讨。赵匡胤回绝，并问李煜究竟有何才能。徐铉回答说，"秋水之篇，天下传颂。"赵匡胤淡淡一笑，说："那只不过是落魄文人的惨淡文辞，不足一提。"徐铉斗胆反问赵匡胤有什么名篇佳作。赵说，我当年贫寒时，从秦川路过华山侧，醉卧道旁，正好月亮东升，做咏月诗一首，记得其中两句是："未离海底千山黑，才到天中万国明。"语惊四座，徐铉更是大为叹服！宋祖气魄胸怀，确实与凄凄切切的李煜不可同日而语。

朱元璋是历史上唯一的草根皇帝，由穷苦农民、僧人而成为大明开国之君，有着不一般的胸怀和韬略，亦不乏文采。宋濂说他："仰瞻挥洒之际，思若渊泉，顷刻之间，烟云盈纸，有长江大河一泻千里之势"。虽属吹捧，却并非没有根据。鄱阳湖大战，朱元璋以少胜多击败陈友谅百万大军。次日拂晓，微服私访至一寺院。住持说看其煞气很重，要帮解其煞气，打探其姓名。朱元璋不语，在寺院墙壁上题诗一首，扬长大笑而去。诗云："杀尽江南百万兵，腰前宝剑血犹腥。山僧不识英雄汉，只顾哓哓问姓名。"狂扬自得，确是不凡。朱元璋的《拂晓行军诗》另有韵味："忙着征衣快着鞭，回头月挂柳梢边。两三点露不成雨，七八个星犹在天。茅店鸡声人过语，竹篱犬吠客惊眠。等闲推出扶桑日，社稷山河在眼前。"浅显通俗，流畅洒脱，信心和英气洋溢其中。他的另外一首则极事夸张："天为帐幕地为毡，日月星辰伴我眠。夜间不敢长伸脚，恐踏山河社稷穿。"意象生动，幽默大气，粗中有细，平中见奇，令人喜爱。朱元璋证明了诗以意为先、气为要的道理。有此，文化不高的人也可以写出好诗来。

有清一代，满族皇帝迅速汉化，附庸风雅居多。康熙皇帝雄才大略，亦精通诗文，在位时收复了台湾，平定了噶尔丹部，为稳固大清版图做出了杰出贡献，且俱有诗为记。其收复台湾时所作《中秋日闻海上捷音》云："万里扶桑早挂弓，水犀军指岛门空。来庭岂为修文德，柔远初非黩武功。牙帐受降秋色外，羽林奏捷月明中。海隅久念苍生困，耕凿从今九壤同。"

康熙亲征噶尔丹，所作《瀚海》诗为："四月天山路，今朝瀚海行。积沙流绝塞，落日度连营。战伐因声罪，驰驱为息兵。敢云黄屋重，辛苦事亲征。"不远万里，不辞辛苦，以诗记述重大事件，意义不凡。

乾隆在历代皇帝中作诗最多，其名下竟有4万多首。但近臣代笔的不少，充满了富贵气和套话，诗味不多，难以流传。作者前年去河北省文安县，在文安洼看到乾隆巡河御碑，眼前一亮，那铭文是一则五言诗，记述皇帝巡视河道的盛状。乾隆对两厢下跪的百姓说，"叩谢尔莫亟，吾犹抱歉哉"，意思是不要急着跪拜，皇帝对于百姓连年遭受水灾表示歉意。不怪天，不怨地，主动承担了领导责任。话很朴实，出自皇帝之口，刻于永久之碑，显得难能可贵。我于此颇有所感，口占一绝云：

九河汇聚水灾频，碑刻模糊意味深。
百姓莫施惶恐拜，君王当自愧于民。

诗僧与禅诗趣谈

佛教约在公元前30年左右传入中国。作为一种文化现象,其对中国传统诗歌带来了重要影响。诗人还与名僧交往、郊游、酬唱。不少名僧"能文善诗及歌词,皆操笔之就",中国诗坛上的诗僧和禅诗,别有境界。在中国诗歌史上占有重要一席。其中,较为著名的有王梵志、寒山、拾得、皎然、贯休、齐己以及佛印等。

王梵志生当隋唐之间,有"通玄学士"之称,其诗"或咏歌至道,或嗟叹凡迷,或但释义,或唯励行,或尼罗诸教",多方涉及,包罗甚广。多以宣扬佛教、劝人为善为主,也有对世态炎凉、人间冷暖的描写与讽刺,带有浓厚的醒世箴言和世态风俗画的性质。王梵志诗风格绝属"另类",在民间流传甚广。大概是由于语言"粗陋",难登大雅之"唐",唐代以至后世的许多诗集均拒绝录入。但后来于敦煌曲子却发现甚多,足见不当埋没。应当说,王梵志是"白话诗"或"口语化"的大师,可以说前无古人,后少来者。甚至可以称之为"王梵志体"。

王梵志虽然是出家人,但思想和语言未能免俗,与"文质彬彬"更是格格不入甚至故意"俗化"。他致力于句句写实,深入浅出。例如:"他人骑大马,我独跨驴子。回顾担柴汉,心下较些子。"是啊,骑着一头破驴,与那些骑高头大马的权贵相比,心里肯定不平,但回头再看那些光着脚担柴的汉子,就觉得应该知足。知足常乐,所以王梵志是个十足乐天派。即使说到死,他也乐观豁达:"城外土馒头,馅草在城里。一人吃一个,莫嫌没滋味。"这比喻奇特而贴切,土堆的坟头儿在荒郊摆列,像一个个馒头。活着的人迟早也要进去安息,无一例外。该诗可谓通俗诗中之佳品，一直为后人所称颂。王的叛逆性格在一首近乎"自传"的诗中大加发挥："我昔未生时，冥冥无所知。天公强生我，生我复何为？无衣使我寒，无食使我饥。还你天公我，还我未生时！"不知道天公为什么生我，让我受尽苦难。我要求天公让我回到没有我的过去。这简直是对自然苍天的质问和叫板，其间也包含了他诙谐而玄妙的生命哲学。

在《吾富有钱时》诗中，王梵志又生动描绘了世态炎凉："吾富有钱时，妇儿看我好。若吾脱衣裳，与我叠袍袄。吾出经求去，送吾即上道。将钱入舍来，见吾满面笑。绕吾白鸽旋，恰是鹦鹉鸟。邂逅暂时贫，看吾即貌哨。人有七贫时，七富还相报。图财不顾人，且看来时道。"该诗以通俗的语言，凝练的笔触，把世事人性与金钱的关系揭露得淋漓尽致，并且运用佛理，警告那些贪财的不义之徒会得报应。在诗史和禅诗史上，"王梵志体"闪烁着黝黝独特的光芒。

僧皎然是唐中后期的著名诗僧。他是吴兴人，俗姓谢，字清昼，为南朝诗人谢灵运十世孙。皎然多具才情，著述颇丰，诗风洒脱明丽。被誉为"茶圣"的陆羽是其挚友。其五律《寻陆鸿渐不遇》，别有章法："移家虽带郭，野径入桑麻。近种篱边菊，秋来未著花。扣门无犬吠，欲去问西家。报道山中去，归来每日斜。"陆鸿渐散淡于山野之间。作者通过寻找其家，描绘了被访者的环境和动态，逐步接近和深入，层次分明，有条不紊，联贯无痕。虽未得见，但从侧面反映出其悠然散淡的性情。全诗形式上无一对仗，但其平仄皆合诗律。

晚唐间，齐己也是颇有成就的诗僧，其早梅诗，更因"一字师"著名："万木冻欲折，孤根暖独回。前村深雪里，昨夜一枝开。风递幽香出，禽窥素艳来。明年如应律，先发望春台。"齐己俗名胡得生，潭州益阳人。诗风古雅，格调清悠，诗作高产且多佳作。齐己把这首咏梅求教于诗人郑谷，郑谷建议把"数枝"改为"一枝"，从而使梅"孤"的意象效果更加突出。冰天雪地，万木萧疏，一梅独放，自然为人赞赏和感叹,且希望明年在望春台开放，让更多的人看到和欣赏。就律句的形式而言，诗人对首句的五仄视而不改，说明那时对起句的三仄尾以至五仄尾是普遍认同，没有异议的。

佛教经典与诗多有相通之处。其重要原因，从体裁的角度而言，佛教典籍中的"偈颂"，就是有韵味韵律的短句，体制严格，节律固定，与中国律诗相类。故此，不少诗僧常以"偈颂"的形式来改造诗，或以偈为诗。正如唐僧拾得所说："我诗也是诗，有人唤作偈；诗偈总一般，读时须仔细。"寒山、拾得就是偈诗高手。寒山因长期住于天台山寒岩而得名；拾得本为孤儿，相传为天台山和尚封干拾于路旁，故名。寒山、拾得常郊游于山间林下，吟诗作偈，流传甚多。他们的诗晓畅如话，通俗易懂，宣说佛理之外，也描写世态人情，山水景物。诗风幽远，别具气格。如寒山诗《杳杳寒山道》："杳杳寒山道，落落冷涧滨。啾啾常有鸟，寂寂更无人。淅淅风吹面，纷纷雪积身。朝朝不见日，岁岁不知春。"句句叠字，自然清丽，令人击赏。

晚唐的名僧贯休擅长景物描写，于自然景物中流露出盎然禅机。例如《春晚书山家屋壁》："柴门寂寂黍饭馨，山家烟火春雨晴。庭花蒙蒙水泠泠，小儿啼索树上莺。"此诗写晚春山家景物，由景及人，由景及情，活脱自然。唐代还有一比丘尼，也是禅诗之高手。他的《寻春》诗："尽日寻春不见春，芒鞋踏遍陇头云。归来笑拈梅花嗅，春在枝头已十分。"该诗意象丰满，极其生动，喻理深刻。诗的本身是要宣扬禅学，亦即学道求法，不可离开自身、自心而四处寻觅。重要的是要领悟"此心此体本来是佛"，通过明心悟道，即可发现自我之"本来面目"而无须四处寻找。从哲理的角度，同"踏破铁鞋无觅处，得来全不费功夫"有异曲同工之妙。此类禅诗对后世的诗作影响深远。

五代时的布袋和尚，善写通俗禅理诗，其描写农夫插田的小诗云："手把青秧插满田，低头便见水中天。心地清净方为道，退步原来是向前。"名为写农夫插秧，但其"低头见天""心地清净""退步向前"则生动贴切，深含着佛理禅机。

及至宋代，诗僧活跃，诗人与名僧相交游，留下不少诗篇和趣闻。苏东坡欲访佛印禅师，行前先致信给佛印，说佛印无须出门，可睡床不起。但当苏东坡快到寺院时，远远就看到佛印在门口迎接。苏东坡嘲笑佛印，禅师口占一偈曰："赵州当日少谦光，不出山门见赵王，争似金山无量相，大千都是一禅床。"说我出门并没有离开禅床，因为禅床就是整个大千世界。苏东坡很是叹服。

南宋僧人志南的"古木阴中系短篷，杖藜扶我过桥东。沾衣欲湿杏花雨，吹面不寒杨柳风"也很有名。诗的后两句尤为精彩："杏花雨"和"杨柳风"，比"细雨""和风"之类更柔美和更富诗意。"沾衣欲湿"形容雨丝似有若无；且春风和煦扑面，无有一丝寒意，实在是一幅惬意自得的春游画图，历来被人们喜爱传唱。

"杏花村"遥指何方？(外一则)

每当清明节至，人们便不由朗诵起唐代诗人杜牧的那首脍炙人口的《清明》诗来，"清明时节雨纷纷，路上行人欲断魂。借问酒家何处有，牧童遥指杏花村。"当代，由于"杏花村"已经成为有相当价值的酒文化品牌，带有商业色彩的争当正宗的论战至今不衰。

杜牧诗中所指"杏花村"究竟在何方？据不完全统计和专家们寻查考证，我国有"杏花村"名称的村落80个以上，名声稍著的有20多个，其中最著名的有六七个之多。

山西省的杏花村。村在汾阳县东部。南北朝以来，该地就以产酒著名，至唐代最兴盛时，全村有烧酒作坊72家。汾酒是其名牌，那里有历代文人雅士赞誉佳酿的题诗碑刻。至当代，其杏花村品牌的汾酒名声最大，列入全国名酒序列。

山东的杏花村，其地在梁山脚下黑风口，就是108名水浒好汉出没的地方，其地丘陵连绵，水草丰茂，村庄掩映其间。每当阳春时节，遍野杏花怒放，有"杏林飞霞"之称。

江苏的杏花村，大概位置在南京市城西南凤凰台一带。这里岗峦叠翠，绿水环绕，前面大江，后倚秦淮，为南京的风景名胜之地，又称之为"金陵杏花村"。

江苏还有徐州杏花村，在今徐州丰县，北宋大文学家苏轼有《朱陈村嫁娶图》诗云："我是朱陈旧使君，劝农曾入杏花村。"另外，江苏宜兴龙潭也有杏花村的名称……

湖北也有杏花村，在麻城县岐亭附近，历史上也以产酒驰名。因为有酒的缘故，有人认为，杜牧诗中的杏花村就指此地。当地有一首民谣唱道，"三里桃花店，四里杏花村。村中有美酒，店中有美人。"

安徽的杏花村，位于长江南岸的贵池县城西，历来以产酒名闻遐迩。重要的是，杜牧在这里任过池州刺史。据说杜牧曾常来这里饮酒作诗。据此，较多史家和诗人认为，此处才是杜牧诗中"遥指"的杏花村。

以上诸村，都以当地清明时节风貌与杜牧所说相似，努力把正宗的桂冠戴在自己头上。但据史学家缪越所著《杜牧年谱》载，杜牧诗句"欲把一麾江海去，乐游原上望昭陵"，其为官的生涯一直在南方。且一生从未到过山西和山东。于此，该诗的杏花村当与山东、山西无缘。

杜牧是个好游历之人，"落泊江南载酒行"，其踪迹涉及南方几个杏花村地域。就又很难确定是此非彼。较多意见倾向安徽贵池，理由有二：一是杜牧曾经在那里任刺史两年之久，二是那里至今保有唐代"吉井酒圩"的遗址。清代郎遂曾经编写过《贵县杏花村志》，讲述杜牧同其村的干系。贵池地方志也说，"杏花村"是"十里杏花，十里酒肆"，酒家首推"黄公酒垆"，并称牧童遥指的就是这一家酒店。

当然，诗是浪漫的艺术，贵在夸张想象，诗人的眼界和思维是广阔而跳跃的。笔者以为，杜牧的"杏花村"很可能是泛指。因为中国之大，像杏花村这样美好所在实在太多了。我们不妨把他看作对诗情画意的广大农村的讴歌吧。

众说纷纭溯词源

传统文学形式中,诗词曲并列相连,且各有特色和品格。一般认为,词是在诗基础上的丰富与发展。是为了表达更曲折、错落的情感内容,与乐奏有着密切的关系。关于诗的起源,一般认为是尧的《卿云歌》,至《诗经》则成气候。也可以认为《诗经》是诗的源头。此论争议不多。但词的起源则众说纷纭,相距甚远。其年代更是差了千年。

第一种说法是诗与词同时同源。理由是《诗经》三百篇里已有不少参差不齐的长短句。清代著名诗人纳兰性德就是如此主张,他说,"词源远过诗律近,拟古乐府特加韵。句诗参差三百首,已是换头兼换韵。"清代词论家汪森进一步举例说,周颂31篇中,长短句就有18篇,结论是,"自有诗,而长短句即寓焉。"

第二种说法是起源于汉代乐府。宋朝王灼认为,古代的诗歌演变为乐府,乐府又演变为曲子,曲子即是词,是从乐府脱胎出来的。因此乐府乃词之源。

第三种意见是齐梁隋时代。因为那时,沈约等人已经探讨归纳汉字四声和诗歌平仄的规律。从皇室到民间的演唱已相当普遍。而梁武帝萧衍和隋炀帝杨广都有曲牌创作并在宫中演唱。萧衍的代表作是《江南弄》:"众花杂色满上林。舒芳耀绿垂轻阴。连手躞蹀舞春心。舞春心。临岁腴。中人望。独踟蹰。"隋炀帝代表作则是《纪辽东》:"何时或可翦鲨鲸,奔流鸭绿清。辨壤别原知豆谷,几度考西京。但惊恶梦助谁威,重披铜甲衣。山拥鸡林成故事,空自雪途归。"

不难看出,萧衍的《江南弄》和杨广的《纪辽东》已经全现词的本色。中国社会科学院文学所的《中国文学史》以及刘大杰的《中国文学发展史》都持这种观点。今人张福有对隋炀帝征讨辽东、朝鲜的史实、创作、唱和等进行了较为全面深入的考察研究，进一步说明了隋炀帝《纪辽东》对词起源的贡献。其说愈来愈得到学界的认可。

第四种意见是起源于唐前期。理由是近体诗的成形为词提供了严密的平仄声律，而燕乐的出现要有专门的歌词与之配合。从音乐发展的视角，唐以前是按诗谱乐或采诗入乐，到了唐代才倚声填词，这才是词最本质的特征。

久副盛名、记在李白名下的是《忆秦娥》和《菩萨蛮》两首词："箫声咽，秦娥梦断秦楼月。秦楼月，年年柳色，灞陵伤别。乐游原上清秋节，咸阳古道音尘绝。音尘绝，西风残照，汉家陵阙"（忆秦娥）；"平林漠漠烟如织，寒山一带伤心碧。暝色入高楼，有人楼上愁。玉阶空伫立，宿鸟归飞急，何处是归程？长亭更短亭"（菩萨蛮）。二词气象宏伟、深沉，情景交融，有"百代词曲之祖"的美誉。但关于这两首词的作者和年代，历来争议颇多。置疑李白的，认为李白之后百年文人创作的只是小令，而如《菩萨蛮》那样恢弘曲折和《忆秦娥》那样远慕深沉，似乎不应出现在盛唐。且《菩萨蛮》的来历是唐宣宗时女蛮国进贡，她们饰以危髻金冠，绚丽华彩如佛，故称之为《菩萨蛮》，而李白生活的开元、天宝时代不可能有此；肯定李白所作的主要从气象论，认为这样大气、高绝的巨制合于李白的风格，他人不可能有此手段，并论证盛唐时代新型乐曲蜂起，开元时崔令钦的《教坊记》中即有了《菩萨蛮》的名称。说是李白的创作顺理成章。今人杨宪益更通过考证，认为《菩萨蛮》是古缅甸的音乐名称。李白生长、活动在四川和西部，熟悉西南和境外音乐文化。当其流落荆楚时，在湖南鼎州沧水驿楼触景生情，而有此作。两种意见争论至今未息，双方都没有彻底驳倒和说服对方。但这不影响我们对词起源的探究和判断。应该看到，任何文学艺术样式都有着发生发展的过程。不可能骤然产生，迅速完备。从格式化、音乐化等方面考量，不宜将初期的、句式尚未齐整的诗歌当词看待。将其定在梁隋之间较为适宜。其代表作则是萧衍等人的《江南弄》，尤其是杨广的《纪辽东》。作者的认识倾向于此。

杜甫律诗的"拗体"探索

　　诗有定式。细究之,定式或正体属约定俗成。律、绝的所谓"正体"或"定体",是根据大部有代表性的作品概括出来的。例如,平水韵是后人根据唐诗总结出来的,而决非是唐人按照宋人的规矩写诗。共识之外,不少诗人致力有所探索,有所变法,即尝试突破"正体"。究其原因,主要是为了更好地表现内容,不以格害义。试想,老按着"正体"模式作诗,难免给人以"套路"和"圆熟"之感,久而生厌生疲,有胆识的诗人有意用"拗字"、"拗句"和"拗式",创造一种生疏峭拔的格式。杜甫,作为成就最高的近体诗集大成者,既是正体的典范又是追求变体的代表。其晚年的一些破格探索,具有开拓性和示范性意义。

　　杜甫"诗律细"达到极致的同时,很专注地投入变体的创造。如七律《登高》,通篇之中,句句对仗谐律。一气呵成,胡应麟说他"通章句法字法,前无昔人。后无来学"。不仅应当是唐人七律第一,而是古今七律第一。这"第一"中,就包含着超越常规的大胆创制。

　　据统计,杜诗七律共一百五十九首,其中拗体二十八首。其名句有"一双白鱼不受钓,三寸黄柑犹自清";"落花游丝百日静,鸣鸠乳燕青春深"等。公元768年(唐代宗大历三年)杜甫57岁,寄居湖北公安。作《暮归》诗云:

　　"霜黄碧梧白鹤栖,城上击柝复乌啼。客子入门月皎皎,谁家捣练风凄凄。南渡桂水阙舟楫,北归秦川多鼓鼙。年过半百不称意,明日看云还杖藜。"此诗,第一、二、三联对仗平仄皆不合,其中第二联为三平调对三仄尾。三、四联之间则有意失粘。但读来却觉得联贯自如,无斧凿痕迹。《白帝城最高楼》更是变体"拗律"的极至:"城尖径仄旌旆愁,独立缥缈之飞楼。峡坼云霾龙虎卧,江清日抱鼋鼍游。扶桑西枝对断石,弱水东影随长流。杖藜叹世者谁子?泣血迸空回白头!"叶嘉莹教授认为,杜甫去蜀入夔以后的拗律,"由尝试而真正达到了一种成熟的境地,以拗折之笔,写拗涩之情,然有独往之致,造成了杜甫在七律一体的另一成就,而《白帝城最高楼》一首,就正可以为杜甫成熟之拗律的代表作品"。

其实,杜甫自早年起一直没有停止拗律的尝试,《郑驸马宅宴词中》和《江畔独步寻花七绝句》以及"王杨卢骆当时体"都是。据传,老杜某日写下一篇非古非律、亦古亦律的七言诗《愁》后,题注为"强戏为吴体"。接着他又陆续写了十七八首这样的"吴体诗"。《暮归》和《白帝城最高楼》正是吴体七律的代表作。两首都是日暮惆怅,杖藜兴叹,晚年情怀,艺术追求,亦非巧合。

应当指出,《白帝城最高楼》《暮归》那样的拗律,并不是随便写出来,而是诗人有意的追求(不似我们有些人规范七律凑不成,就含混地自称"变格")。是"晚节渐于诗律细"之后,在夔州创作完成的,决非仓促之作。董文涣在《声调四谱图说》认为,老杜的"拗"是有讲究的。既有律诗的韵调,又有工整的对偶,仍不失为七律。宋人范晞文则探讨变体的缘由,指出:"贴妥太过,必流于衰。苟时能出奇,(五言)于第三字下一拗字,则贴妥中隐然有峻直之风。"(《历代诗话续编》上册,中华书局1983年版,第418页)其实,老杜为了避免"贴妥太过而流于衰",不止"下一拗字",而是一首之中拗数字、数句乃至故意失对、失粘,屡见不鲜。超越守成,求变求新,是诗歌创作的规律,是诗词大家的追求。杜甫七言拗律创作叠出,追求变化,至《白帝城最高楼》而至高峰。由此可作结论:杜甫所说的"诗律",兼容了诗歌创作的艺术规律即我们所说的"格律"。律、绝"格律"的守成和变化,从属于诗歌创作的艺术规律,服从于诗人所要表达的意愿,是题中应有之意,而不是相反。

后世重视和继承杜甫变体的,以宋代黄庭坚为最著。山谷七律三百十一首,拗体多达一百五十三首,竟占半数。其诗矫健奇峭,多用拗句,如《题落星寺》:"落星开士深结屋,龙阁老翁来赋诗。小雨藏山客坐久,长江接天帆到迟。宴寝清香与世隔,画图妙绝无人知。蜂房各自开户牖,处处煮茶藤一枝。"他这样致力于拗句拗体,确有独特的艺术理念和追求,那就是:在格调平仄上力避老套圆熟,追求峭拔超俗的独特气格。

杜甫的变体是有益的探索,闪现光芒,厥有成就。但老杜没有试图创建全新的诗体。纵横捭阖,不失本色,属于"体制内"的变革。他展现了七律的灵活性和丰富性。遗憾的是,后世诗风和观念渐趋保守,多数人追随和效法的,是老杜"正中之正"的规范七律而忽略其变体,有的甚至将其当作"出格"而排除正宗之外。在我看来,老杜变法的理论意义比实践品格更重要,故应高度重视其破除陈规的创新精神。因为这是诗词承前启后、永不衰竭的源泉。

苏东坡与"乌台诗案"

大诗人苏轼东坡先生一生迭宕坎坷。但总能以乐观旷达的心境对待之。见证于他那多情且豪迈的诗词文章。而英雄亦有悲观气短之时,就是以"莫须有"的名义兴起的"乌台诗案"。此案曾使诗人丧失信心,甚至到了痛不欲生的地步。

宋神宗熙宁年间(1068—1077),朝廷重用王安石推行变法,苏轼站在反对派一边,对变法持批评态度。变法失利后,王安石又接着在元丰年间(1078—1085)实行改制。由于派别和政见的原因,元丰二年(1079)三月,苏轼被贬调湖州。在奉调时,苏轼依例向皇帝上表"谢恩"。本来是官样文章,但他知道自己被外放是新党从中作梗,便在文中写了"知其生不逢时,难以追陪新进;查其老不生事,或可牧养小民"的文字,略带牢骚。朝廷的公报是固定按期刊发的,类似于现在的官方公报,苏轼的文字照例惹人注意。这次谢恩表,使那些因为改制得势的人颇感不快。在乌台办公的监察御史舒亶、御史中丞李定等,开始从苏轼的诗文中寻找"政治问题",他们以苏轼的《杭州纪事诗》为证,说他"玩弄朝廷,讥嘲国家大事",更从他的其它诗文中断章取义,如:"读书万卷不读律,致君尧舜知无术。"苏轼的本义,是说自己书读得不到家,无才帮助皇帝实现尧、舜之治。监察御史们却诬苏轼是讽刺皇帝教导、监督不力;又如"岂是闻韶忘解味,迩来三月食无盐",本是生活小事,却上纲说他是攻击禁民间卖盐的政策。又如"东海若知明主意,应教斥卤变桑田",说他是指斥兴修水利。而苏轼自己在杭州也兴修水利,是不会反对和攻击水利政策的。总之,认定他讥讽皇帝、宰相和朝政,罪不容赦,应予严惩。倒是神宗皇帝较为慎重,同意拘捕他,但指示等待进一步调查。

苏轼从湖州任上押解京城,关在御史台的监狱。时任提举司天监,也就是《梦溪笔谈》的作者沈括揭发说,苏轼歌咏桧树的诗句"根到九泉无曲处,世间惟有蛰龙知"是在隐刺皇帝,你看,皇帝如飞龙在天,苏轼却要向九泉之下寻蛰龙,新党进而指控苏轼"大逆不道",要置其于死地。御史台上报苏轼诗案的审理情况,其中有苏轼上万字的交代材料,还牵连到司马光、范镇、张方平、王诜、苏辙、黄庭坚等二十九位大臣和名士。李定、舒亶等急欲置苏轼于死地,而神宗则犹豫再三。

苏轼无端受难,心境凄惨。审讯者对他威逼辱骂。诗人生死未卜,一日数惊。在等待最后判决的时刻,其子苏迈每天去监狱给他送饭。因为狱中与世隔绝,苏轼事先与家人约定,送饭只送肉食和蔬菜;如果送鱼,就是大祸临头的坏消息。过了几天,苏迈出城去别处借钱,把送饭的事托给朋友,却忘了告诉送饭的约定。恰巧这位朋友给狱中送的是一条熏鱼。苏轼大惊,以致绝望。当下给弟弟苏辙写了诀别诗。其一:"圣主如天万物春,小臣愚暗自亡身。百年未满先偿债,十口无归更累人。是处青山可藏骨,他年夜雨独伤神。与君今世为兄弟,更结来生未了因。"其二:"柏台霜气夜凄凄,风动琅珰月向低。梦绕云山心似鹿,魂飞汤火命如鸡。额中犀角真君子,身后牛衣愧老妻。百岁神游定何处?桐乡应在浙江西。"冤屈凄惨之状,溢于句读之间。 按照规矩,狱吏要将诗篇呈交皇帝。宋神宗读到苏轼的两首绝命诗,受到感动,心下也爱惜苏轼的才华。不少人为苏轼求情,王安石也劝神宗说:"圣朝不宜诛名士"。神宗也感到有点小题大做,宽解地说,"诗人之事,安可如此论!彼自咏桧,何与朕事!"遂下令对苏轼从轻发落,贬为黄州团练副使(贬居黄州时居东坡,始有"东坡"之号)。轰动一时的"乌台诗案"即告完结。此案由监察御史告发,且在御史台审理。乌台是御史台的别称,汉代时御史台外有柏树很多,乌鸦群集,人称御史台为乌台，故此案称为"乌台诗案"。苏轼出狱，当天又写了两首诗，其中一首是："平生文字为吾累，此去声名不厌低。塞上纵归他日马，城东不斗少年鸡。"诗中依然带刺，因为"少年鸡"指斥的是谄媚皇帝的得志小人。但朝廷无意、权臣无力，也就不再行追究了。

"乌台诗案"，反映了封建制度发展到下行阶段，思想文化专制的强化。而回溯唐朝，宽松的社会环境和开放的文化政策下，文人和诗人思想解放，题材和内容无所拘束，甚至可以直接指斥皇帝得失，或以皇室事件(如白居易的《长恨歌》)为创作原本；及至苏东坡所在的宋朝，思想保守，禁忌渐多。权臣生事，文人受难。好在神宗皇帝最终还算明白，放了东坡一马，故"乌台诗案"在当时没有造成太大的后果。但却开了因文章诗词获罪的先例，更是清朝文字狱的先河。后世的文字狱愈演愈烈，往往是由皇帝亲自发动，就难免造成更多的错案冤案。其间的深刻教训，是应当为后人所记取的。

诗词史话

《沁园春·雪》引发大论战

一首词作的发表掀起轩然大波，震动九州，牵动两党，影响国是，引发论战，在中外文化史上罕有其匹。这就是毛泽东《沁园春·雪》及其引发的诗词和文化大论战。

毛泽东到达陕北之后，第一次见到北方雪景，有感而作《沁园春·雪》，时间是1936年2月。重庆谈判期间，1945年9月6日，毛泽东和周恩来前往沙坪坝看望柳亚子，柳亚子正在编选一本《民国诗选》，拟将毛泽东的七律《长征》收入。毛说还有一篇沁园春，并在柳的纪念册上草写。重返延安前夕的10月7日，毛泽东又正式书写寄赠柳亚子。柳亚子在毛泽东为他题写的《沁园春·雪》"附记"中说："1945年重晤渝州，握手惘然。不胜陵谷沧桑之感。余索润之写《长征》诗见惠，及得其初到陕北看大雪《沁园春》一阕。"

初见毛泽东词，柳亚子连呼"大作，大作"！对其词极为喜爱和推崇。他和了一首，并原词一并送重庆的《新华日报》。报社说须得延安方面同意才能发表。根据柳亚子建议，先行将柳词发表，时间为10月11日，即毛泽东返回延安的日子；其词曰：

"廿载重逢，一阕新词，意共云飘。叹青梅酒滞，余意惘惘，黄河流浊，举世滔滔。邻笛山阳，伯仁由我，拔剑难平块垒高。伤心甚：哭无双国士，绝代妖娆。才华信美多娇，看千古词人共折腰。算黄州太守，犹输气概，稼轩居士，只解牢骚。 更笑胡儿，纳兰容若，艳想秾情着意雕。君与我，要上天下地，把握今朝。"

报上只见柳的和词而不见毛泽东的原作，引起重庆各界好奇和打探。柳亚子便把毛泽东词在友人中散发。当时在重庆《新民报》编辑副刊"西方夜谭"的文学新秀吴祖光，先从黄苗子处抄得毛泽东词稿，黄苗子则是从王昆仑处抄得，抄稿中遗漏了一些字句，但大致还能理解词意。吴祖光连找了几个人，把三个传抄本综合对照，终于得到了一首完整的《沁园春·雪》。11月14日，《新民报》第二版副刊"西方夜谭"上发表了毛泽东词《沁园春·雪》：

"北国风光，千里冰封，万里雪飘，望长城内外，唯余莽莽，大河上下，顿失滔滔，山舞银蛇，原驰蜡象，欲与天公试比高。须晴日，看红妆素裹，分外妖娆。江山如此多娇，引无数英雄竞折腰。惜秦皇汉武，略输文采；唐宗宋祖，稍逊风骚。一代天骄，成吉思汗，只识弯弓射大雕。俱往矣，数风流人物，还看今朝。"

吴祖光还在后面写了一段热情推崇的跋文作评语："毛润之能诗词似少为人知。客有抄得其沁园春咏雪一词者，风调独绝，文情并茂。而气魄之大乃不可及。据毛氏自称则游戏之作，殊不足为青年法，尤不足为外人道也。"

毛泽东词公开刊登，轰动山城，一时成为人们谈论的中心。重庆各种报刊纷纷发表和词与评论。而当时的"国民政府主席"蒋介石看到这首词后十分恼火。他问身边的陈布雷："你看毛泽东的词如何？"陈布雷如实答道："气势磅礴、气吞山河，可称之精品……"蒋介石则打断说："我看他毛泽东野心勃勃，想当帝王称王称霸，想复古，想倒退。你要赶快组织一批人，写文章批判他。"

一位"老酸丁"作了批判毛泽东的先锋。《合川日报》12月1日发表署名"老酸丁"的诗文，说毛泽东"风流自赏，忍作内乱"。词中有"万里长征，八载兵侵，一意萍飘。恁延安内外，恶意草草，大江南北，祸水滔滔，袭击国军，坐收渔利，强向尊前共论高。媚晴日，愿红装素裹，卖弄妖娆。"纯粹是政治术语，一片谩骂。而《大公报》则刊出王芸生的长文《我对中国历史的一种看法》，指责毛泽东词"复古、迷信"和"帝王思想"，并在上海、天津两地《大公报》转载。其它一些文章也攻击毛泽东是"封建余孽""英王霸主"，显然是国民党方面统一的调门。

在周恩来的指导下，重庆进步文化界迅速反击。郭沫若首当其冲，作词两首，在《客观》1945年第8期上发表沁园春，对王芸生的"学术文章"以及其他词作者进行反驳。

"说甚帝王，道甚英雄，皮相轻飘。看古今成败，片言狱折；恭宽信敏，无器民滔。岂等沛风，还殊易水，气度雍容格调高。开生面，是堂堂大雅，谢绝妖娆。 传声鹦鹉翻娇，又款摆扬州闲话腰。说红船满载，王师大捷；黄巾再起，蛾贼群骚。叹尔能言，不离飞鸟，朽木之材未可雕。何足道！纵漫天迷雾，无损晴朝。"除盛赞毛泽东咏雪词"气度雍容格调高"之外，郭词又揭露了御用文人"鹦鹉学舌"的丑态。

1945年底，聂绀弩在《客观》发表《毛词解》指出，"今天的中国，新文化和旧文化，新思想和旧思想，已截然分为两道……一阕'沁园春'不过百余字，就像一条鸿沟，把旧时代的骚人宴客都隔住了。"聂绀弩词是："谬种龙阳，三十年来，人海浮飘。忆问题丘九，昭昭白白，扬州闲话，江水滔滔。惯使倒车，常骑瞎马，论出风头手段高。君左矣，似无颜对镜，自惹妖娆。时代不管人娇。抛糊涂虫于半路腰。喜流风所被，人民竟起，望尘莫及，竖子牢骚。万姓生机，千秋大业，岂惧文工曲意雕。凝眸处，是谁家天下，宇内今朝。"

著名民主人士、中共领导人王若飞的岳父黄齐生，1946年3月代表延安各界赴重庆慰问在"较场口事件"中受伤的民主人士，从报上读到一些人对柳亚子的攻评之作，也步韵填了一首："是有天缘，握别红岩，意气飘飘。忆郭舍联欢，君嗟负负，衡门痛饮,我慨滔滔。民主如船,民权如水,水涨奚愁船不高?分明甚,彼褒鄻姐笑,衹解妖娆。何曾宋子真娇,偏作势装腔惯扭腰。看羊尾羊头,满坑满谷;密探密捕,横扰横骚。天道好还,物极必反,朽木凭他怎样雕。安排定,看居邠亶父,走马来朝。"

这首词,是1946年4月6日黄齐生返回延安前两天,到郭沫若家辞行时书赠郭沫若的。黄齐生强调民主政治首先要保障公民的政治权利。可惜的是,4月8日,在返回延安途中,黄齐生因飞机失事在黑茶山遇难。

《民主星期刊》在这次笔战中,也一时成为进步人士的战斗营垒。该刊发表了一首署名"圣徒"的和词,粗放且犀利:

"放眼西南,千家鬼嚎,万家魂飘。叹民间老少,饥寒累累;朝中上下,罪恶滔滔。惟我独尊,至高无上,莫言道高志更高。君不见,入美人怀抱,更觉妖娆。

任她百媚千娇,俺怒目横眉不折腰。我工农大众,只求生活;青年学子,不解牢骚。休想独裁,还我民主,朽木之材不可雕。去你的,看人民胜利,定在今朝。"

"圣徒"到底是谁?已无可考。其词中"惟我独尊,至高无上,莫言道高志更高。""休想独裁,还我民主,朽木之材不可雕",道出民主政治已是世界潮流,是进步的人们的共同希望。

在共产党阵营,一位文人和一位武将更径直参与论战,这就是陈毅和邓拓。邓拓词下半阕是,"当年血雨红娇,笑多少忠贤已屈腰。幸纷纷羽檄,招来豪气,声声棒喝,扣去惊骚。韬略无双,匠心绝巧,欲把山河新样雕。而今后,看人间盛事,岁岁朝朝。"

将军诗人陈毅一连串写下三首沁园春,其一是:"毛柳新词,投向文坛,革命狂飙。看御用文人,谤言喋喋,权门食客,谗语滔滔。燕处危卵,鸿飞寥廓,方寸岭楼怎比高!恨尔犟,真根深奴性,玷辱风骚。自来媚骨虚娇。为五斗纷纷竟折腰。尽阿谀狂夫，颂扬暴政，流长飞短，作怪兴妖。革面洗心，迷途知返，大众仍将好意招。不如是，看所天倾覆，殉葬崇朝。"……

俱不完全统计，沁园春引发的论战，攻方发表诗词31首，其中纯属谩骂者21首；此方诗词、文章亦数十件，有趣的是，蒋方的大量和诗根本无法和毛词抗衡。蒋先生甚至对陈布雷发怒，骂那些御用文人不中用。陈布雷软中带硬地回答，"人家毛泽东是自己写的"。而此方共产党方面，虽然翘楚参战，蜂拥而上，但文采气度与毛词确逊风骚，不可比肩。至于后来有人说毛词是胡乔木代笔，更是荒诞。须知，胡乔木是1937年7月才到延安和毛泽东见面的，怎么可能呢？且胡解放后向毛泽东学写诗词，其风格偏重婉约。明眼人一望便知，此是后话也！

道是海棠香有无

海棠属名花之列，有"国艳"之名，更有"花中仙子"之称，为世代文人所重，当然是吟咏的对象。但在传统唐宋诗文中认为"海棠无香"，视为憾事。据说金圣叹曾经为海棠无香婉惜不已，著名女作家张爱玲也将"海棠无香，鲥鱼多刺，红楼未完"作为三大恨事，不能释怀。

唐代人吟咏海棠，但还不曾展开海棠有无花香的辩论。四川海棠古称"天下奇绝"，唐代薛能有"四海应无蜀海棠，一时开处一城香"诗句。宋朝大文豪苏东坡对海棠情有独钟，"东风袅袅泛崇光，香雾霏霏月转廊。只恐夜深花睡去，故烧高烛照红妆"。诗人恐怕海棠花夜间瞌睡，要点燃蜡烛让它保持清醒状态。此处的"香雾"，不是指海棠之香而是蜡烛的香烟。其实，东坡先生是外行的痴情者，须知，花开花落有时，不因人的意志。尤其娇嫩的花朵，是经受不起银烛的烟雾与热气的。本欲爱之，实则害之，只是我们不可苛求古人罢了。到了宋朝，海棠无香论似乎占了上风。以至大诗人陆游为此愤愤不平："蜀地名花擅古今，一枝气可压千林。讥谈更道无香处，常恨人言太刻深。"只是不平，并没有试图推翻无香的结论。海棠之花香有无？

一般人的观念中，花和香总是连带一起。断言海棠无香者多是拘于一己的见闻，并非作过认真普遍的调查。宋代诗人薛季宣写过《香海棠诗并序》，他说，"旧闻海棠无香，唯昌州海棠有香，验之蜀道，信然。以为不易之论。药圃有棠三本，其花亦香，乃知非蜀棠独香。香棠自有种矣！"薛先生入川调查，应该说清楚了有香的种类。但可能是人微言轻，没有引起广泛注意和认同。元明两季有多人写过海棠有香，元朝刘诜海棠诗云："蜀州海棠锦成畦，昌州海棠气芳菲。"明代孔迩《云蕉馆纪谈》记载重庆制作海棠花茶的过程，"取涪江青麻石为茶磨，令宫人以武隆雪锦茶碾之。焙以大足县香菲亭海棠花，味倍于常。海棠无香，独此地有香。焙茶尤妙。"

据明代《群芳谱》记载：海棠有四品，皆木本。四品是：西府海棠、垂丝海棠、木瓜海棠和贴梗海棠。其中只有西府海棠既艳且香，为上品。其花未绽时，嫩蕾红艳，似胭脂点点，开后则渐变粉红，挥挥洒洒，有如晓天明霞一般。

海棠公案，林林总总。总体情况是：认为无香的多，有香者少；传闻者多，亲见者少。千古以来，成为文人墨客关注的话题。当代著名书法家、诗人林岫女士对此特为热心，她搜奇爬梳，广为探索，还专门去北京植物园请教园艺专家。其回答是："在海外，海棠有无香和有香两种。且出国考察过。非土尽然，固有种耳。"只是当今国内，还没有见过海棠有香的记录和诗文。

巧合的是：吾人所居乡间，亲手所植海棠两株，第六年始见花簇，今年娇花满枝，且放出浓郁别致的馨香来。

壬辰之春，时当谷雨，北京恭王府邀文人作海棠雅集。吾驱车百里，从顺义农村携一簇海棠参会。适逢王府海棠落尽，来自村居的海棠，香动四座，大展风姿，古来海棠是否有香的疑案，刹那间以眼前的实物作结了。故吾有诗一组。

谷雨清明荞麦风，桃花李杏各匆匆。
海棠不受宫墙掩，十里村头抹粉红。

娇红簇簇沐春光，公案千年费思量。
它处海棠姑不论，我家朵朵有馨香。

一年一度海棠红,寒暖悲欢共老农。
草木之心在泥土,原香带不到城中。

海棠有香、雅集及相关诗作,成为一段佳话,激起诗界热情。我老师刘征先生,认为是诗界珍闻,建议诗文策划,遍使周知。青年诗人林峰作为现场见证者,为此事撰写诗话,老友杨逸明先生则对我短信海棠诗唱和两首:

其一

京城春色满篱墙,骚客看花意兴长。
我读手机传好句,诗中还带海棠香。

其二

何曾江南绿映红。北方亦自有花农。
我知一个诗人李,忙碌京郊小院中。

至于我家海棠的来历,如同我所居的乡间花草一样,实在是再平常不过,是当年我在农村街头向一位老农购得。模糊记得,因为限期从宅院搬家到统建的楼房,老人忍痛处理全部花木,其中对海棠尤为不舍,一再嘱咐我珍惜善待,如同托付子女一般。至于它是何品种和来历呢?不知道;香气是原来就有还是我居环境土壤所致呢?不知道。倘若再移植他处,是否还会保留其香呢?不管!反正,海棠有香,登大雅之堂,人所共赏、共见、共鉴之。足矣!

"武当说诗"

——在"武当山杯"诗词大赛颁奖仪式上的讲话

由中华诗词学会主办的"武当杯"诗词大赛圆满结束。这次大赛,通过精心策划、组织实施,经过各方面的努力和广大诗友的参与,办得有声有色,十分成功。相当数量和较高质量诗词作品,展现了中华诗词的风采。也是诗文化和山文化的密切合作。山为诗增光,诗为山添色,山诗辉映,相得益彰,成为这次活动的一大特色,也是山文化和诗文化的携手和拥抱。

武当说诗,在山言诗。此间,我想就诗与山的关系,也就是诗文化和山文化的关系,说几句自己的见解。

诗与山结缘久矣!山与诗密不可分。没有哪座名山不和诗相关联。李白"一生好入名山游",杜甫"会当凌绝顶,一览众山小",苏轼"横看成岭侧成峰",毛泽东"莽昆仑,阅尽人间春色",无不是山、诗相谐的华章。关于山文化和诗文化的共同之处,我以为有三:

一、人文积淀。好山和好诗都是人文素养和历史积淀的结果,是天人和谐、人文和谐的结晶。武当有名,非止山势,而更在于历史深厚,人文积淀,融汇了皇廷文化、武当功夫等多元文化。诗词和诗人也是如此。一个诗人,应当注重吸收古人和今人的优秀文化艺术营养。广泛涉猎,博采众长,使自己具有相当的文化历史知识和修养。土之肥沃,方有艳花;知识丰厚,写诗才有底气。

二、拒绝平庸。山与诗的魅力在于特点和个性。特色是生命,创新是灵魂。由此,山和诗都不喜平庸。文似看山不喜平,诗更如此。无限风光在险峰，要向不平觅好诗。

三、持正知变。持正，是坚持本真，坚持特色；知变，是与时俱进，敢于创新。

事物都是发展变化的。六百年前的武当山和今天的武当山有所不同；六百年前的诗词和今天的诗词也有所不同。但这种变化不是面目全非，失去自我，而是在变化中丰富了自己，更有特色和魅力。清朝叶燮说过，"数千年诗之正变，盛衰之所以然。"就是正确处理继承与创新的关系。人文风物变了，思想情感变了。诗词必得跟随时代。例如"暮砧""刻漏""薰炉"之类的语言，"女子难为养也""忠孝不能两全"等观念，似已不合时宜。在用韵方面，历代韵书、韵谱的变化，都是时代用韵和语言演变的反映。因此，我们提倡新韵，主张双韵并行。等等。"长江后浪推前浪，浪叠千重见大观。"从历史发展进程看，诗歌（包括诗词）是个不断"持正知变""求正容变"的过程。诗体不会一成不变，总要有所出新。新诗体是可能的，可期待的，应该欢迎的。但是，文化史和诗词史告诉我们，一种新样式的产生并不以旧样式的灭绝为前提。例如，词产生了，诗没有灭亡；曲产生了，诗词没有灭亡，且都相当可观。因此，尽管我们还没有见到新的诗体的曙光，不能描绘未来诗体的轮廓，但，我们可以断言或预见，新诗体的产生不是现有诗词曲和新诗的灭亡。如果它能够得到验证、融入社会和大众的话，也会是中华文化百花园中的一支，与其他样式的诗词共存共荣，成为文化和谐、诗词和谐的有机部分。历史已经证明并还将证明，诗词不会消亡，而会继续扮演独具魅力的人们喜闻乐见的角色。

关于山文化和诗文化关系的一点思考和一得之见，为抛石引玉，乞望指正。

2012-9-27 武当山

从顾炎武《海上》诗说开去

这是顾炎武老人的一首咏史诗：

海上

> 海上雪深时，长空无一雁。
> 平生李少卿，持酒来相劝。

这是歌颂苏武气节的咏史诗。汉武帝时，苏武出使匈奴，遭遇事变被扣，宁死不降。在北海（今贝加尔湖）牧羊十九载。李少卿即李陵，是苏武的朋友。兵败降敌。屡次劝降苏武被拒，但始终敬慕和关照苏武。

此诗，写在康熙十八年（1679）。时当明史馆总裁叶方蔼邀请顾炎武参与修明史，为顾坚辞。诗人以苏武自比，拒仕清廷，坚守了独立品格和气节。

这里，我们有必要回顾一下苏武事迹，还原真正的不受删改、不受曲解的历史事件和人物原貌。

汉武帝天汉元年（公元前100年），汉匈议和。苏武以中郎将出使匈奴。在匈奴期间，发生一件重大事变，即苏武使团的副将张胜和原已投降匈奴的虞常勾连，密谋劫持单于的母亲（大阏氏）归汉，继而胁迫单于。阴谋未发而败。苏武虽然不知情、未参与，但难以免责。在被动不利的情况下，苏武正义凛然，拒不投降，继而是流放十九年的故事。而后汉匈又和，苏武得归。苏武坚忍不屈，保持气节，理当彪炳史册，受到称赞。但是，为了使苏武的形象"高大全"，后世史家或学者乃至官方对苏武事迹做了删节或篡改。

我们看到，一些中学课本，以及其它读本，对《汉书·苏武传》做了不当删节。文字皆止于"武留匈奴凡十九岁。始以强壮出。及还，须发尽白"。而本传末尾一段文字：

> 武年老，子前坐事死，上（宣帝）闵之，问左右："武在匈奴久，岂有子乎？"武因平恩侯自白："前发匈奴时，胡妇适产一子通国，有声问来，愿因使者致金帛赎之。"上许焉。后通国随使者至，上以为郎。又以武弟子为右曹。武年八十余，神爵二年病卒。

这段文字，记述了苏武老年，皇帝探问其在匈奴期间是否娶妻生子，苏武据实以报：有一个儿子在匈奴，名叫通国。皇帝派人赎回，安排作小武官。

这就还原了苏武事件的历史：

一是事出有因。

当初，苏武副将张胜同匈奴叛将勾结谋反，使苏武处于极端被动地位，对方杀之不过。而匈奴只是劝降不成，继而流放。苏武的故友李陵（字少卿，战败投降匈奴封为右校王）苦劝苏武归顺被拒，而后经常接济苏武的生活。

二是匈奴无过。

回顾苏武从出发到归来整个过程。匈奴单于并非蛮不讲理，青面獠牙；而汉朝皇帝杀李陵全家，质疑苏武的贞节，苏家几至家破人亡。其处置亦有不当。

三是逆境可存。

苏武的生存环境究竟怎么样呢？坚持气节、孤独痛苦自不待言。但持节牧羊的苏武在流放中受到照顾，生活得还算不错。贝加尔湖是水草丰美的地方，李陵经常送去酒食物品。苏武在那里娶胡女生子，子名"通国"。苏武暮年苏通国从匈奴归汉任武官。此苏家一脉自然有匈奴血统,等等。

为此,我有一则七律记述"苏武事迹":

骤起惊雷叹数奇,兄亡弟殁杳难知。
李陵规劝先啼泪,卫律威逼徒费辞。
水草丰盈大泽畔,胡妻柔顺洽欢时。
子卿北地留余脉,通国归宗擎汉旗。

在历史的传承和教学中,怎样看待历史上民族、国家之间的侵扰、吞并、掠夺,怎样看待抗击外来侵扰的历史人物?

首先,我们赞赏非攻及和平主义。如孟子、墨子、屈原、蔺相如,以及孟尝君、平原君、信陵君和春申君四君子等,主张非攻,主张各国之间和睦共处,相安无事,应当肯定。而如果真正做到非攻与和平共处,就没有争战、伤亡和人民的痛苦。

但这只是一厢情愿的理想境界。非攻不成,和平难得。中国乃至全人类的历史,经过了战争掠夺、吞并压迫。

说到屈原,我们一般表述为爱国主义,这基本无错。我们对屈原、苏武、岳飞、文天祥、史可法,以至王夫之、黄宗羲、顾炎武等,皆应该从当时当地的具体环境和历史走向作全面考察。我们认为,一个国家、王国,或一个民族地域的人们,无论是君主、大臣、文人和普通百姓,无论强大或弱小,都应该热爱自己的国家和群体,抵御外来的侵袭。因为外来的侵扰,破坏生产、生活,践踏疆土,侵夺人民的财富,甚至掳民为奴。反对和抵御外来侵略,保卫国家和家园,无疑具有正义的性质,应当肯定或歌颂的。其抗击行动,于国于民,皆有其功。无论成败,皆为英雄。黄宗羲在《原臣》中说过,"为天下,非为君也;为万民,非为一姓也。"而当大局已定,天下统一,难以逆转,就不再抗争。不为别的,为了民生。南明福王小朝廷,一开始就腐败不堪。翦伯赞指出,"所谓福王政府,不过是一群阉党余孽和无耻之徒的政府，这个政府不但与当时明朝的人民没有关系，而且与明朝的士大夫也没有关系。"（《中国史论集》合编本"南明史上的弘光时代"）此指南明小王朝的本质和主流。主战的史可法、陈子龙及顾炎武等实际被排斥，所以小朝廷没有真正的根基，得不到群众的支持。没有出现如顾炎武所期盼的"须知六军出，一扫定神州"的可能。总之，我们肯定明末清初的文武抗争，但不同情南明小朝廷，不主张民众为覆灭的王朝殉葬。老舍在《茶馆》的一句台词道出贫苦百姓的心声："我爱咱的国，可谁爱我啊？"

总之，从历史大势着眼，我们一方面肯定一个民族、国家的自卫，肯定他们的爱国主义；一方面又要肯定统一意愿的代表和实施。无论其出发点如何，从大局和历史发展考量，都要肯定他们对社会发展所作的贡献。这就是历史唯物主义的两点论，即公说公有理，婆说婆有理，可能两边都有理。秦统一中国，我们既肯定屈原的爱国情怀、文学成就，又肯定秦始皇统一中国的政治功绩。既肯定文天祥、张世杰、陆秀夫誓死护卫南宋王朝，也肯定蒙古成吉思汗、忽必烈的文治武功。既肯定康熙对新疆、台湾的统一及和平定中国，也肯定史可法、顾炎武、黄宗羲、王夫之的抗清斗争。在不同层面和侧面，他们都是伟大的历史人物，而不是绝然对立。具体到有清一朝，亦有值得肯定的地方，如中华民族的形成，中国广大疆域的确定，清廷厥有其功。明的疆界在关外不远。没有清兵入关，就没有东北几百万平方公里土地纳入中国版图；没有满清和蒙古贵族的长期媾合，就没有内蒙古和新疆的疆域。我在恭王府雅集诗中评论清朝功过时说："并来东土八千里，输却西洋二百年。"就出于此。

回到原题。历史应当给后人以客观真实的事件和人物。

纽约诗情红胜火

——赴美诗词讲学漫记

虽然远隔重洋,纽约和北京之秋有着一样的节奏和色调。而诗情甚至比北京更要炽烈。这是我飞抵美国在机场降落的第一感觉。

我此番访美,是应纽约石溪大学和纽约诗词学会之邀专题做诗词讲学的。其间出席纽约书画琴棋协会和纽约诗词学会二十年和十年庆典。庆典在紧锣密鼓地筹备,据说将有八百人参加庆祝晚会。纽约诗词学会会长梅振才先生亲自驾车到机场接我,而年近八旬的老诗人卢信在机场出口一眼就认出了我,我们此前还没有见过面呢。而在晚风中的餐馆,九十四岁的谭克平老人已经等待两个多小时为我接风,这使我兴奋且有些不安。

客随主便。主人为我先安排东部三日旅行,大巴团队方式。驱车穿越雨潇湘,此岸黎明彼未央。深秋的美国东部别有风韵。树色斑驳,黄肥红瘦,天蓝云少,大自然是一切的主体。别墅、人和牛羊,散落如画,看去不过是原野和森林的点缀而已。

费城,独立宫。1776年7月4日通过了由杰克逊起草的《独立宣言》而宣布脱离英国,建立"自由独立的合众国"。独立宫作为美国独立的象征,在夕阳下洋溢着淡淡的怀旧情绪。白宫因政府关门更显冷清,华盛顿小雨淅沥,街巷宁静,似乎进入深层的思考。美加边境上的尼亚加拉瀑布和千岛湖似乎失去了原有的野性,乖顺地杂错在高楼和别墅之间。这样的布局和建筑,在今天的中国也可能引发破坏环境的非难。好在人们游兴方炽,并议论着美政府关门对百姓似乎没有什么影响。但几位来自上海的游客愤愤不平:"万里之遥到美国,不让看自由女神和黄石公园!公园景点碍着你驴象相争什么啦!"不管如何解释,总是一种缺憾。行程中印象最深的是中国旅游阵容的强大。似乎景点主要都为中国人准备的,我有诗描写说:"山低泰岳许多尺,月灿京华好几分。异域风情谁做主,六成游客是华人。"算是友好的调侃。

返回纽约就是庆典晚会,在纽约最大的金丰宾馆。10月12日晚,800人,80桌。庆典颁奖,歌舞吟唱,悠雅的广东音乐和原汁原味的京剧折子戏。诗情激荡,目不暇接。我代表中华诗词学会致辞祝贺,被雷鸣般的掌声所淹没。

大洋彼岸的诗词发展和活跃给人以强烈的冲击力。纽约诗画琴棋协会及纽约诗词学会成立以来,团结在美的各界人士,弘扬中华诗词文化,沟通联络国内和世界诗坛,进行了适合居住地的有特色的诗词创作,阵容强大,成就斐然,令人刮目相看。学会成员数百,坚持每周一次活动。或交流,或讲座,或比赛,或采风。繁华下面有深沉,数量后面是质量。就而察之,谭克平老人年轻时"折取一支城里去,教人知道已春深""琴剑云涯常顾影,鱼书灯下每怜卿"等句,风流蕴藉,与之老年金戈铁马的铿锵,构成豪婉兼容的完美乐章。女诗人程燕《回乡有感》写到:"访旧情悲喜,乡容日渐娇。逛街知物贵,问策见官骄。难解新潮虑,应防道德消。抚心何所以,默默立中宵。"细心地观察体味,准确地把握,切中时弊,一咏一叹,入木三分。纽约诗词学会会长梅振才先生,身在彼岸不忘中华文化之责,"游子心牵故国,难忘旧日云烟。"以总结历史教训为主旨,搜集整理"文革"诗词,费尽心力,笔耕不辍。其人其诗,皆慷慨深沉。等等。大略观之,纽约的诗词,风格多样,流派纷呈,豪婉相济,蔚成气候。构成了纽约以至北美的诗词大观园。这,既是诗词生命力的体现,也是诗词走向复兴的见证,更是对美国文化和世界文化的一份特殊贡献。

石溪大学是杨振宁教授任教的学府，我在石溪大学讲座的题目是《世纪之交的中国诗词与诗坛》，反映热烈出人意料。该校东亚文化中心的何教授专致感谢信给我，说"对诗词当代的发展状况，存在的问题与对策等都作了深入浅出的阐述。李先生的演讲例证丰富、平易亲切而不失幽默睿智。此次演讲增强了同学们对古典诗词的了解，还引出了古典诗词与现代新诗孰优孰劣的大讨论。此次演讲大大开拓了学生视野，丰富了学生知识，激励学生们到实践中学习、在实践中成长，取得了良好的效果。特致以最诚挚的感谢"！

纽约策划中心的听众对象则是纽约诗词学会成员和爱好中华文化的中老年人。讲座介绍自毛泽东《沁园春·雪》发表半个多世纪以来，诗词经过"文革""四五"运动至改革开放的历程，介绍和分析了诗词"经过复苏、走向复兴、初见繁荣"的态势，阐述了传统诗词优势、角色及走向，指出诗词完全可以适应和反映时代生活，并对创新理念和方法进行了探讨交流。

我讲座的纽约人瑞中心，是一家老人福利机构。其敬老观念和所体现的保险机制令人印象深刻。中心由纽约华人经过努力争取，由政府出资置办，设在某豪华大楼的底层。包含有文化、体育、电脑、阅读多项设施，硬件软件优越，老人随意参加。且对老人提供午餐（三菜一汤，象征收费美元0.5元）；社区老人亦普遍享有专门护理服务（人员及工资由政府提供），服务员担负做饭以致陪伴散步等服务，可以说充满人性化，无微不至。

讲座交流的同时，我会见了纽约诗词文化及文物收藏界著名人士，包括夏志清、谭克平、林缉光、梅振才、方书久、王星、郑京生等，谈话中几乎离不开诗词文化。使我受益匪浅。

返程的一件小插曲，更印证了美国式的尊老。司机送我到机场A航站楼，方知我应在C楼登机，两地有些距离，如同北京机场。柜台见我不谙英语，且年过六旬，便派一黑人小伙手推四轮车载我，一路畅通无阻，如诸葛亮巡视军营一般。经过几处上下电梯，又坐上航楼间摆渡电车。我几次欲下未允，直至抵达C航站，小伙子推我经过安检，穿鞋、系腰带都动手帮忙，令我颇有些不好意思。一直到C110登机口方止。我得到的是老人特别通行的优待，也是我在美最温馨的美好记忆。

　　机舱里十多个小时，我脑海中依然浮现的是大洋、中美、政府关门、云霾弥漫、诗词诗友。展看纽约三大华文报纸对我的报道，侨报社区专版还上了头条。媒体和诗界朋友说我此行是诗词的"破冰之旅"，实际是有霾雾而无冰雪。霾不受欢迎，有天时和人力的原因。唯期霾雾全消散，朗朗乾坤湛湛秋。天如此，诗亦如此。

漫论诗词"老干体"

——老干体的是与非

当今诗坛,"老干体"为人诟病。其实,人们并没有为"老干体"准确定义,其批判也不免无的放矢,或将打击面扩而广之。

著名诗词家施议对认为,"当代大陆诗坛时兴干部体,盖源自五四时期胡适所提倡的白话词。既注重选材,表现时代精神,具生活气,又力求达到声情称调的效果。"(见《胡适诗词点评》中华书局2006年版)其定义显然偏于褒义。其举例则是安徽女诗人、1945年参加革命的老干部宋亦英作《沁园春·喜安徽省诗词学会成立》:

时近中秋,月魄流辉,桂子飘香。正盛典京华,欢腾薄海,斯文雅集,快聚庐阳。旷代风光,人间正道,国运隆时文运昌。诗世纪,看珠联玉唱,风起云扬。吟坛一帜新张。愿余热余霞再发光。倩赋笔吟笺,为歌四化,流风遗韵,来继三唐。团结是期,他山共勉,收拾烟云入锦囊。风流甚,是千秋事业,大块文章。

此词基本口语,不乏术语、口号。但善于铺排,层次有致,议论得体,显得庄重、典雅,以词贺会,相当得体。理应肯定和受到欢迎。

施氏将老干部体界定为"白话词"并不准确,因为直白和口语不是"老干体"的主要特征,李煜、李清照的词作口语直白而典雅，与老干体迥无干系。而当代批评者矛头所向，一般是指缺乏细节与形象，空泛概念，政治术语和口号入诗。从这样的视角，所谓老干部体，可概括为：白话、直话和大话。偏重豪放而不见幽婉，确实可以和胡适先生挂上关系。

胡适25岁时，作《沁园春·誓诗》：

更不伤春，更不悲秋，以此誓诗。任花开也好，花飞也好；月圆固好，日落何悲？我闻之曰，"从天而颂，孰与制天而用之"！更安用为苍天歌哭，作彼奴为！文章革命何疑？且准备搴旗作健儿。要前空千古，下开百世，收他臭腐，还我神奇。为大中华，造新文学，此业吾曹欲让谁？诗材料，有簇新世界，供我驱驰。

此词，胡适自认为是"文化革命宣言"，亦被称为"文章革命范例"。

其又有《沁园春·新俄万岁》：

客子何思？冻雪层冰，北国名都。想乌衣兰帽，轩昂少年，指挥杀贼，万众欢呼。去独夫沙，张自由帜，此意于尽果不虚。论代价，有百年文字，多少头颅。冰天十万囚徒，一万里飞来大赦书。本为自由来，今同他去；与民贼战，毕竟谁输！拍手高歌，新俄万岁！狂态君休笑老胡。从今后，看这般快事，后起谁欤？

胡适白话入诗作品甚多，如老年诗：

不作无益事，一日当三日。
人活五十年，我活百五十。

有人说毛泽东《沁园春·雪》受了胡适影响，没有确证。若从大气宏阔，议论时事，豪言壮语看，确有共同之处。而毛泽东沁园春之恢弘，其中的风物形象、细节描写和气格，已超越胡大师多矣！

当代另外一位"革命老干部"是蒋介石。1909年其《述志》诗云：

腾腾杀气满全球，力不如人万事休。
光我神州完我责，东来志岂在封侯！

1925年初，蒋介石率军东征陈炯明，连克东莞、石龙、常平。2月10日，作《常平站感吟一绝》：

亲率三千子弟兵，鸱鸮未靖此东征。
艰难革命成孤愤，挥剑长空涕泪横。

1926年北伐时期，《江西日报》创刊，应江西省主席李烈钧之请，当时的国民革命军总司令蒋介石作诗志贺：

呀！好革命的怒潮啊！
呀！这掀天倒海的潮流，竟已仗着自然的力，
挟着它从珠江来到长江了。
潮流是什么，是什么？
不是绿的水，是红的血和黑的墨。
今天我们的血已染红庐山的面，鄱阳湖的口。
这黑的墨，正拌着那红的血，
向着长江的水流去。
这新诞生的《江西日报》，
就是挟着这墨的力和着那血的力，
一直冲向黄河流域去。
呀！好革命的怒潮啊！

呀！好革命的势力！

这是纯粹的白话新诗，激烈而狂热。如果不看作者，很容易以为是郭沫若先生的作品。

如果说直抒胸臆，理论政治，呼喊口号就是"老干体"，我们穷本溯源，又可追溯到屈原的《离骚》，请看：

> 彼尧舜之耿介兮，既遵道而得路。
> 何桀纣之昌披兮，夫惟捷径以窘步。
> 惟夫党人之偷乐兮，路幽昧以险隘。
> 岂余身之殚殃兮，恐皇舆之败绩！
> 忽奔走以先后兮，及前王之踵武。
> 荃不查余之中情兮，反信谗而齌怒。

以时事入诗，直抒胸臆，号呼呐喊，离骚是政治诗，时事诗。

再看李世民赐萧瑀诗：

> 疾风知劲草，板荡识诚臣。
> 勇夫安识义，智者必怀仁。

唐太宗此诗，也是讲政治、说大道理的篇章。居高临下，皇帝气派，级别又高于老干部。

屈原是古代高官，李世民是皇帝，蒋介石、毛泽东无疑是当代级别最高的干部。胡适也是部长级，除做过驻美大使外还是民国政府总理的人选。他们的诗，能够统统冠之以"老干部"体吗？

关于老干体，涵义混乱，是耶非耶。有些老干部不写老干体，有些不是干部爱写老干体。有些老干体质量不错，有的非老干水平不高。

公平言之，老干部不乏精彩的篇章。毛泽东诗词自不待言，其他"老干"的作品亦有光彩之处。

朱镕基任总理时，在湘西留诗一首：

> 湘西一梦六十年，故地依稀别有天。
> 吉首学中多俊彦，张家界顶有神仙。
> 熙熙新市人兴旺，濯濯童山意快然。
> 浩浩汤汤何日现，葱茏不见梦难圆。

直言之，此律诗技巧不算高明。但情真意切，见亲民，见胸怀。在干部体中是言之有物的。九秩诗翁欧阳鹤，是中华诗词顾问，朱镕基同窗，写过长诗《镕基赞》，其七律《壬辰春韵》云：

> 环宇阴霾布满空，神州今喜又迎龙。
> 五千年史资通鉴，十亿人心向大同。
> 雷电交加需善策，恫瘝在抱唤春风。
> 任他诡谲征程险，我自扶摇上九重。

格律严整，气韵铿锵，给人以昂扬向上的力量。如果说是老干体，也是好诗。

旅美华裔诗丈谭克平，青年时代是飞虎队成员，曾任美国退伍军人联合会主席。可视为国际"老干部"。其《美大选的颜色革命》云：

> 红黄黑白皆良材，满腹经纶堪夺魁。
> 既有蛟龙身尽皙，岂无豪杰貌如煤。

诗人以黑人奥巴马当选总统为题，直击白描，却新鲜可读，颇有韵味，等等。

实际上，自从有了诗，就有白话（当时的语言）入诗、口号入诗、直论时事入诗；自从有了官，就有了官气的文字和诗词。我们当然不是要把《离骚》等归入"老干部体"。只是指出，这一诗法源远流长，早就是文章及诗词的一种手段或流派。

老干部体非是老干的专属品。毛泽东、陈毅、叶剑英等，其难能可贵之处在于，身为高干，尽力抛却概念套话，用风花雪月、红叶青松，残阳如血、胜似春光之类的形象元素装点自己的诗词，从而不同凡响。

中国人似乎憎官恨官，其实更爱官、羡官、想当官。"官本位"观念根深蒂固。往昔摆官架子说官话，做官样文章，在社会中是家常便饭或者时髦。官员说话和写文章，有意无意地显示气派和高度。再如今日之网络，企业团体甚至个人，本非官方机构，却统统说自己的网站是"官网"；我们的大众包括诗人虽然不是什么官，却常常以和某官攀上关系自豪，说话、写文章和作诗词，官气颇大，架子不小。这是"老干体"的社会基础，是社会浮躁、人心浮躁、文化浮躁的反映。诗词亦在所难免。

就诗词手段而言，豪言壮语，概念口号，古已有之，不妨有之。不是不可，而是要有创意，讲出新道理，唱响新口号，令人耳目一新。如能和形象细节结合，便刚柔相济，熠熠生辉。

总之，老干诗词源远流长。非当代中国特有。其长短互见，参差不齐，亦有佳作好句，不宜一言一蔽之，全盘否定。而应作客观的分析，对于其不足或弊病，需对症下药，就是：大处着眼，细部着手。以小见大，见微知著，小题大做，大题细作。用细节和形象说话，是古来诗人成功的要诀之一。

2013年小寒 于京西云闲斋

诗词大奖旁观者言

2013年度中国作协《诗刊》年度颁奖大会。奖金三十万元的《子曰》诗词大奖为吴小如先生所得，评价是："国学名家，学问精深，温厚儒雅，声誉卓著。他的诗词作品，历尽沧桑而愈见深邃，洞悉世事而愈见旷达。深刻地表现了饱经风雨的知识分子的人生感悟，展示了一位当代文人刚正不阿的风骨和节操。"

现场录像播放的吴先生获奖感言，真实谦逊，文人性情，感动了所有与会者。

大奖这东西，乃现代社会产物，堂皇热闹，不可认真。国内外无论和平奖、文学奖之类，沸沸扬扬，而获奖者未必居于顶端，未获奖者未必就不高明。得大奖，有各种原因，有的确是实至名归，有的是请托周旋，有的是照顾平衡，有的是领导指定，也有是评委走眼。时下有些文人过于热衷追逐，往往是自寻烦恼。与文人风骨相去万里。想开点，李白、杜甫从没有得过什么大奖，甚至连稿费也未曾领取过呢！

回到本题。吾人曾就读北大学史。吴小如先生执教北大，为文史大家，是我的前辈、师长。吾尊而敬仰之。但祝贺之余，亦认为此次颁奖有分量不足和导向有差的缺憾。诗词当随时代。从当今中国诗词界着眼，名家、佳作层出叠现。更有一批年轻诗人展露才华。十分了得。恕我直言，无论诗作还是诗论，吴先生还不是引领潮流居于峰巅的代表人物。先生曾经领衔签名反对使用新韵。在其诗论中，认为"黄河一去不复返""坐地日行八万里"是"孤平"；崔颢七律《黄鹤楼》作为例外"不宜取法""不可以通融"；李白的《夜泊牛渚怀古》不够"律诗标准，因为通篇无一对仗"。还说"因为他是李白"可以，而我不可（当然后人亦不可），这些有些是概念偏差，有的就显得过于偏颇和守旧了。故吾人有打油诗云：

> 卅万奖金连颂声，诗坛回望不曾经。
> 荣归耆宿诚当贺，卓立潮头是后生。

叶燮的诗词"正变观"

叶燮（1267—1703），清文学家，江苏吴江人，字星期，号已畦。世称横山先生。康熙进士，曾任宝应令。因忤抵上司被削职。叶燮是清代著名诗人和诗词理论家。《唐诗别裁》编纂者、主张"格调说"的沈德潜就出其门下。叶燮的《原诗》洋洋三万言，涉及诗史和创作诸多方面的问题，在诗论或诗话中堪称巨著。其对诗词三千年历史溯流寻源，详为考辨，纵横捭阖，寻找规律，阐述正变，褒贬人物。于诗词理论多有发扬。其中，强调正变、主张出新，是其说的基调。

叶燮首先指出，"诗之源流、本末、正变、盛衰，互为循环"，高潮过后是低潮，然后又是高潮。循环意味着变在其中，盛衰与"正变"息息相关。从而提出"数千年诗之正变盛衰之所以然"的著名论断。

古云："天道十年一变。此理也，亦势也，无事无物不然；宁独诗之一道，胶固不变乎？"叶燮发问，天道既变，诗道焉有不变之理？

叶燮提出"诗变而仍不失其正"，什么是正，就是诗的基本属性和基本传统；变，就是接续传统在新形势下的发展创新。具体内容涉及"体格、声调、命意、措辞、新故、升降之不同"。

叶燮正变说的着眼点在于创新。变，当然是前进而不是后退。而古今中外一切所谓复兴也不是回到过去和原点。他说，"诗，末技耳，必言前人所未言，发前人所未发，而后为我之诗。若徒以效颦效步为能事，曰：此法也。不但诗亡，而法亦且亡矣。"若胶固不变，无异于像王莽变法回复周礼那样，最后一塌糊涂，身败名裂。

因此要抒写性情，展示自我，反对模拟。

叶燮提出了"才、胆、识、力"的概念，解释了其间的相互关系。"人无才，则心思不出；无胆，则笔墨畏缩；无识，则不能取舍；无力，则不能自成一家。"诗贵创新，即使精词佳句，新鲜比喻，价值只体现于首创者，若他人不断借用，"则益不鲜；陈陈踵见，齿牙余唾，有掩鼻而过耳。"这是今人值得警惕的。

叶燮极力推崇杜甫和苏轼，主要就是因其是创新之人。他认为唐诗，"大变于开元、天宝、高、岑、王、孟、李。此数人者，虽各有所因，而实一一能为创。"而集大成就是杜甫。杰出的如韩愈，专家如柳宗元、刘禹锡、李贺、李商隐、杜牧、陆龟蒙等，"特立兴起"，各显性情；及宋，"如苏轼之诗，其境界皆开辟古今之所未有，天地万物，嬉笑怒骂，无不鼓舞于笔端。"

《原诗》涉及宏观和微观的诸多方面。且注意小处与大体的关系。例如，大家作品不可求全责备，"词组只字，稍不合，无害也。"他例举杜诗几十处"不合理""不工"之处后，强调这丝毫无损杜诗的恢弘。而求全责备则无诗。必欲求其瑕疵，则古今难免，无所适从。

叶燮对诗词史上一些传统说法提出质疑，例如唐宋风格不同的问题，他说"有谓唐人以诗为诗，主性情，于三百篇为近；宋人以文为诗，主议论，于三百篇为远。何言之谬也！唐人诗有议论者，杜甫是也，杜五言古，议论尤多。长篇如赴奉先县咏怀、北征及八哀等作，何首无议论！而以议论归宋人，何欤"！确实，赋比兴方式，诗中议论说理，本是古来传统，自《诗经》《离骚》以降，比比皆是。叶燮的判断是客观务实的。

当今之世，关于正变，不少诗人和评论家有不少论述和探讨，有"持正知变""求正容变""知正求变"等不同表述。虽角度有异，但皆在阐释诗词继承与创新辩证关系。吾人主张的是

"持正知变",因为,"正"已有共识,无需去求;变,也是诗之传统。知之持之,容变自在其中。但若从诗词长河看,从大处着眼,古今诗人这些变,不过是在基本规则(格律平仄)基础上的灵活调整。是小变、小数也。亦在传统范畴之内。从这样的意义上说。我们所做所写(毛泽东似可除外)都没有超越,都算不得创新。只不过是小动作和技巧,至多是出新而已。而真正的创新应是出现新的诗体,是改弦更张、变法图新、惊天动地——遗憾的是,我们至今还没有看见这样变革的端倪和曙光。

"实话诗说"

——作者在中华诗词青春诗会上的发言摘要

诗词，怎样成为反映现实又充满灵动的作品？我们提倡"实话诗说"。

诗词如同一切文化艺术，是社会生活的反映，即源于现实。实话，就是不离现实。其所写的世事、人物、景物、事件及事物之间的关系都来自生活。尽管调动了各种艺术手段，但皆有所本，真实不虚。石涛"笔墨当随时代"和白居易的"诗歌合为事而作"就包含这样的蕴意。

诗词，又如同一切文化艺术，不可等同于现实而是现实生活的提炼与升华。放飞性灵，奇思妙想，浪漫情怀，又是一切文学艺术的属性，更是诗的本征。作诗，无疑是将生活艺术化、诗化，即须借助于想象和夸张等手段。只要起意为诗，浪漫就在其中了。无论兴观群怨，悲欢离合，豪放婉约，概莫能外。由此，缺乏想象与夸张的描述，缺乏形象与细节的语句，无论怎样真实、正确，都是没有艺术感染力的。由此，作诗不可拘泥实态存在，不必毫厘不差地准确叙述，而当以艺术的手段应之，即诗的意象，诗的语言，诗的韵味，这就是"诗说"。

"实话实说"诚然不错。做人做事当如此，文书档案应当如此，而作诗不必如此。像"认真贯彻中央策，协力齐心奔小康""东洋要占钓鱼岛，中国人民绝不饶"之类的句子，正确无疑。但未免过实过拙，以致走向概念化、口号化。与艺术感染力相距甚远。

我们提倡"实话诗说",就是按照诗的规律写诗,以形象和细节为要,这也是中华诗词的古来传统。杜甫《月夜》思念妻子的"今夜鄜州月,闺中只独看。遥怜小儿女,未解忆长安。香雾云鬟湿,青辉玉臂寒。何时倚虚幌,双照泪痕干"。通篇都是在想象,充满浪漫和柔情,是所见的古人写妻子形态最直描的唯美诗句。孟郊《游子吟》所以享誉千秋,就是以小小针线譬喻母爱的深伟,细节见长,小中见大。而当今能够"诗说"者就相对稀缺可贵。如纪念建党征文作品,多是从嘉兴红船经井冈山、遵义、延安、西柏坡,洋洋洒洒写到北京建国。而一则《天净沙·航船》就别开生面:"乌云密布江南,嘉兴湖上风帆,尽处青山辽远。心中有岸,管它多少礁滩!"一只航帆,蕴意无限。一首以双箸譬喻银婚的"结婚如双箸,同坚莫一弯。还需桌几上,共品苦甜酸"!小小筷子一双,寄托深深情怀,令人慨叹再三。再如"夕阳一点如红豆,早把相思写满天"的夸张,"大江一去三千里,总在诗人心上流"联想、"说好不为儿女态,你回头见我回头"的细婉,皆因其浪漫与灵性为人喜爱。

从创作层面看,纵观当下诗词,浮躁有余而浪漫不足。实在有余而灵性不够。"实话实说"作品司空见惯,过于直接,偏于粗放,囿于实在,因而过于表象,难以深化,难以动人。

诗是真实的,更是艺术的。古来现实主义和浪漫主义总是相辅相融的。但愿诗人们解放思想,放飞双翼,调动诗的意象与语言,善用形象和细节。表层少些,深沉多些;直截少些,曲婉多些;口号少些,哲思多些。创意出新,浪漫写真。小题大做,大题细作。大处着眼,细部着手。让自己的灵性和魅力展现出来。

女性诗词漫谈

《漱玉词》是宋朝著名女诗人李清照的诗词集名称。后人常以"漱玉"代表女性诗人的作品。中国历史上女诗人的数量虽不及男性,但亦有相当数量的精彩篇章,在文学史和诗词史上具有不可替代的地位。

上篇　述古

西汉卓文君是著名才女,其与文学家司马相如自主结合,有诗数首传世。相传文君不满相如后来的移情别恋,写下《白头吟》铭志,其中有"竹竿何袅袅,鱼尾何簁簁!男儿重意气,何用钱刀为!"的句子,谴责男人的用情不专、不能始终。东汉末年的蔡文姬屡遭磨难,使得蔡文姬的视野和笔触更加广阔。其作品直描那个战乱时代和人民的痛苦。例如"汉季失权柄,董卓乱天常。志欲图篡弑,先害诸贤良。逼迫迁旧邦,拥主以自强。……卓众来东下,金甲耀日光"。尤其是"马边悬男头,马后载妇女"的句子,令人惊心动魄,不忍卒读。蔡文姬个人遭际是远嫁匈奴,生儿育女,生死离别,留下了著名的《胡笳十八拍》倾诉自己的悲苦:"为天有眼兮何不见我独漂流?为神有灵兮何事处我天南海北头?我不负天兮天何配我殊匹?我不负神兮神何殛我越荒州!"十八章节,千字以上,泣血悲鸣,哭天抢地,幽怨深沉。

五代末的花蕊夫人,姓徐氏,青城人。幼能文,尤长于宫词。得幸蜀主孟昶,其宫词描写的生活场景颇为丰富,不乏清新朴实之作,如"三月樱桃乍熟时,内人相引看红枝。回头索取黄金弹,绕树藏身打雀儿"生动活泼,富有生活情趣。后蜀亡,被掳入宋宫,深得宋太祖宠爱。其《述国亡诗》却是感慨大气,出语不凡:"君王城上竖降旗,妾在深宫那得知?十四万人齐解甲,更无一个是男儿!"以一个柔弱女子谴责屈膝投降的君王及其军队的无所作为,历来为人称道。

宋代词人李清照,号易安居士。其理论和实践都体现了"词别是一家"的主张,可谓女性诗词的集大成者,其词清新委婉,感情真挚,具鲜明独特的艺术风格,对后世影响较大,称为"易安体"。例如:

"昨夜雨疏风骤,浓睡不消残酒。试问卷帘人,却道海棠依旧。知否?知否?应是绿肥红瘦"的理性观察;"莫道不销魂,帘卷西风,人比黄花瘦","此情无计可消除,才下眉头,却上心头"的深婉细腻等,至今为人称道。其夏日绝句"生当作人杰,死亦为鬼雄。至今思项羽,不肯过江东"。更是以歌颂霸王项羽的气节作比兴,指斥匆忙逃跑的赵宋廷及大员,表现了其风格的另一面——雄豪。

值得一提的是宋朝风尘女子严蕊。在其被污蔑、迫害的时候义正辞严,写下一首《卜算子》自白:"不是爱风尘,似被前缘误。花落花开自有时,总赖东君主。 去也终须去,住也如何住?若得山花插满头,莫问奴归处!"一个身陷逆境的女子,不为权势所屈;尽管薄命如纸,依然不亢不卑,意欲寻一清白之地托付余生,语调凄婉而倔强,颇有性格,让人不禁同情和钦敬。

明清之际有一位女诗人郭纯贞,湖南桃江人。是明江西巡抚郭都贤的二女儿。她熟谙经史,长于诗文。明清鼎革之际,父亲为她许婚黔国公沐天波的儿子沐忠亮。不久,明朝覆亡,沐忠亮投靠南明唐王,率部败走广东转入缅甸,客死异乡。郭纯贞与沐忠亮的联系隔绝,忠于爱情,誓不再嫁。其父因忧世伤时,出家为僧,纯贞亦遁入空门终老山林。

最值得称道的,是郭纯贞的爱情诗。其以"驿梅惊别意,堤

柳暗伤情",作拆字诗十首,例举其三:

其一

马蹄踏破板桥霜,四顾无人暗断肠。
幸有香魂萦妾梦,驿门深锁五更床。

其八

日渐西驰事渐遐,立盟空复待年华。
音书一断鱼沉海,暗地思君哭落花。

其九

人间何必辨春秋?人死人生总是愁。
易理既明休问卜,伤心唯听泪珠流。

坚而韧、"秀而雄"。郭诗颇有风骨。

历史上第一个为正义和进步牺牲的女诗人是秋瑾。为着推翻封建统治,秋瑾投身革命,高唱"身不得,男儿列;心却比,男儿烈!算平生肝胆,不因人热"(满江红)。秋瑾的《对酒》诗,更有超越男儿的豪爽和胆气:"不惜千金买宝刀,貂裘换酒也堪豪。一腔热血勤珍重,洒去犹能化碧涛。" 秋瑾最后慷慨就义,血染神州,成为世人敬仰的"鉴湖女侠"。

下篇　揽今

当今时代,男女平等。九州诗坛,百花争艳,已经形成一个巨大的女诗人群体,其作品的数量和质量已堪与男性匹敌。尤其是爱情感情诗词,对以往历史有明显超越,爱情及观念的"深、广、新"，使得爱情和情感诗的内涵与表达方式新局大开，好句叠出。

一、万紫千红

"南国春风路几千，骊歌声里柳含烟。夕阳一点如红豆，已把相思写满天。"形象而宏大，色调斑斓，有很高的美学价值；

"夜阑转向街头去，怕见单人怕见双。""说好不为儿女态，你回头见我回头"等，皆是佳句。

古代社会不可能涉足的失恋题材，在女诗人笔下别有韵味，其《清平乐·失恋之后》云：

"晓风吹送，回首些些痛。燕婉深盟终底用？不过槐安旧梦。

城郊紫陌荒寒，因缘世界三千。扫取颓枝怨叶，烧成一个春天！"

尤其是下半阕和结句，既有新诗的意象和风格，又是规范的诗词形式。有什么样的爱情，就有什么样的诗句。这些，或以情胜，或以细微胜，俱独到有致。超越以往，充满时代气息。

二、创意迭出

近见女诗人可儿自制"安排令"一阕，俏丽温雅，颇有风致，婉尔可喜。且附和者甚众，显示了一定的合理性。兹摘录一篇，以斑窥豹也！

可儿：

安排花睡，安排风睡，安排明月向西坠。安排不了、诗心碎。

留她花里，留她风里，留她新月眉弯细。留她夜夜、灯如水。

和可儿：

　　安排春雨，安排秋雨，安排花落几多许。安排寂寞、愁千缕。
　　难听莺语，难听燕语，难听道不如归去。难听最是、相思句。

三、乡愁取胜

陕西汉中女诗人张小红，参加笔会报名径直填写"农村妇女"，其所写都是些离情别恨，当代乡愁。其他新锐青年诗人的笔触，一会儿天下一会儿地下，一会儿山水一会儿怀古，而主打乡愁恁是让张小红展现了特别出色与优势，获得"乡愁小红"的赞誉。

"玩具岂能消寂寞，新衣岂可替温柔。"留守儿童已不缺吃少穿，而精神亏欠难以弥补，这是新时代的乡愁；"强支病体村头立，独羡临家小麦青"，农民打了工挣了钱，病了身，荒了田，是新的困窘；更有"一文不值是相思"！痛恨忙于打工赚钱而荒废爱情！一语七字，含血带泪，爱恨交加。痛哉斯言，愤哉斯语！独树一帜。这是盛世的乡愁，新生的哀怨。小红之愁句，以往所无有，他人道不出也！故奇。

一般说来，女性更内敛、含蓄、幽婉，感情细腻，表述曲折，多做长短句，是其所长也。

毛泽东与《咏蛙》诗

有一首青蛙诗相当有名,流传甚广:

独坐池塘如虎踞,绿荫树下养精神。
春来我不先开口,哪个虫儿敢作声!

有人将这首诗归于毛泽东名下,甚至某些正式出版物将其列入"毛泽东诗词"。认为其作于1910年。有解释说,小小青蛙居然如此口气,显示毛泽东自小就具有不羁性格,霸气或造反精神。然而,这首诗却不是毛泽东所作,尽管毛泽东显然熟识并欣赏这首诗,背诵或引用过。

青蛙诗久已有之。据传,唐朝的李世民,明朝的薛瑄、严嵩、张璁,清朝的郑正鹄都有咏青蛙诗,虽然版本不同,却大同小异。

相传最早写《咏蛙》诗的,是唐太宗李世民(公元598—649),其幼年时作:

独坐井边如虎形,柳烟树下养心精。
春来唯君先开口,却无鱼鳖敢作声!

明朝薛瑄的版本则是:

蛤蟆本是地中生,独卧地上似虎形。
春来我不先张嘴,哪个鱼鳖敢吭声!

明朝严嵩的青蛙诗是这样的：

独坐池边似虎形，绿杨树下弹鸣琴。
春来我不先开口，谁个虫儿敢出声！

又有民间流传，咏蛙诗是明代张璁所做。说其年少在学堂犯错，被老师池边罚跪。见水边有青蛙端坐，老师命其以青蛙为诗，做出则免罚。张璁略加思索，随口吟道：

独蹲池边似虎形，绿杨树下养精神。
春来吾不先开口，那个虫儿敢作声！

老师赞叹张璁小小年纪，做出这样的诗很了不起。便笑着对张璁说："诗倒做得不错，只可惜押出韵了，三个韵脚押了三个韵部。快起来，以后要好好学习！"

咏蛙又一说为清末湖北名士郑正鹄所作，郑正鹄的原诗是：

小小青蛙似虎形，河边大树好遮阴。
明春我不先开口，那个虫儿敢作声！

此说见于湖北《英山县志》算是有点"官方"根据。据说郑正鹄身材短小，常遭人讥笑。任天水县令时，当地官绅赠送《青蛙图》一幅给其题字，映射郑正鹄形似青蛙。于是郑正鹄题写《咏蛙》诗反击。

青蛙只是一种很普通的小动物，但坐姿威武，跳跃矫健，在害虫前面，就像老虎一样威严。我认为，青蛙诗流传如此广泛和持久，极有可能发端于民歌或民谣，为众人喜爱。那些"作者"们，只是根据自己的理解和喜好，任性发挥编演就是了。

审视青蛙诗用韵，这些都是同一首诗词用了不同的韵。如张璁的老师指出的"三个韵脚押了三个韵部"（按平水韵，"形"在青部，"神"在真部，"声"在庚部）。毛泽东使用的版本，其平仄已经是规范的七绝。但也在同一首诗中使用了不同韵部的字"神"和"声"。看来，毛泽东是认可这种用法的，毛泽东后来甚至几次一诗词两韵，如1936年《临江仙·赠丁玲》：

壁上红旗飘落照，西风漫卷孤城，保安人物一时新，洞中开宴会，招待出牢人。

纤笔一枝谁与似，三千毛瑟精兵，阵图开向陇山东，昨天文小姐，今日武将军。

其中，"城""东"及"新、人、军"分属三个韵部。一诗不同韵部的还有：1955年《五律·看山》的"三上北高峰"和"冷去对佳人"，"峰"与"人"；1958年《七绝·刘蕡》"千载长天起大云"和"万马齐喑叫一声"，"云"与"声"等。对于有人责难《蝶恋花·答李淑一》中"酒"与"雨"不同韵，毛泽东干脆回答"上下两韵，不可改，只得仍之"。其实，这种情况古已有之，例如诗圣杜甫的《泸州纪行》也同时使用"名""情""生"和"身""人"，一诗两韵：

自昔泸以负盛名，归途邂逅慰老身。江山照眼灵气出，古塞城高紫色生。

代有人才探翰墨，我来系缆结诗情。三杯入口心自愧，枯口无字谢主人。

凡此种种，不一而足。

咏蛙诗的流传及演变告诉我们，诗词应当从民间和民歌中汲取营养；各种版本咏蛙诗的用韵，从一个侧面印证了过去时代写诗允许宽泛。反映出当时官方语言、社会语言、方言或学堂语言中，形、声、人、云这些字的发声用韵相同或相近（也可能理解为使用方言。西北、四川发音现在也是如此），因而通用有据。而那位先生指出按平水韵不在一个韵部，足见韵书与现实用韵的矛盾由来已久。这种情形给我们的启示至少有二：一是诗词用韵不宜固守以往，要继承创新，与时俱进；二是诗词教育要着眼于大众尤其是学生。具体到今天说来，就是以语言文字法为本，以社会语言为基，以普通话为范，在诗词写作中提倡新韵，同时允许使用旧韵和方言。

桃花源诗文趣谈

《桃花源记》是累代传诵的古文名篇,陶渊明写道:

晋太元中,武陵人捕鱼为业。缘溪行,忘路之远近。忽逢桃花林,夹岸数百步,中无杂树,芳草鲜美,落英缤纷,渔人甚异之。复前行,欲穷其林。林尽水源,便得一山,山有小口,仿佛若有光。便舍船,从口入。初极狭,才通人。复行数十步,豁然开朗。土地平旷,屋舍俨然,有良田美池桑竹之属。阡陌交通,鸡犬相闻。其中往来种作,男女衣着,悉如外人。黄发垂髫,并怡然自乐。见渔人,乃大惊,问所从来。具答之。便要还家,设酒杀鸡作食。村中闻有此人,咸来问讯。自云先世避秦时乱,率妻子邑人来此绝境,不复出焉,遂与外人间隔。问今是何世,乃不知有汉,无论魏晋。此人一一为具言所闻,皆叹惋。余人各复延至其家,皆出酒食。停数日,辞去。此中人语云:"不足为外人道也。"

......

寥寥数百字,描画出一个与世隔绝、没有战乱、没有污染、平等谐和、怡然自乐的天地,令人向往。

其实,陶老先生桃花源记是为桃花源诗写的序言,作者的本意以诗为主,以文为辅。陶渊明的诗有160字内容与序言相同,其中写道:

"嬴氏乱天纪,贤者避其世。黄绮之商山,伊人亦云逝。往迹浸复湮,来径遂芜废。相命肆农耕,日入从所憩。桑竹垂馀荫,菽稷随时艺。春蚕收长丝,秋熟靡王税。荒路暧交通,鸡犬互鸣吠。俎豆犹古法,衣裳无新制。"结句是,"愿言蹑清风,高举寻吾契。"表示这里是他景仰的境界。与他的理想契合。

也许是深有寓意,别有寄托,陶渊明的诗,文字艰深,诘屈难懂，与明快天然、如诗如画的序言相比大不易读。后来，人们便择宾舍主，流传其文而几乎忘却其诗。甚至把它放在《古文观止》里独立成篇。

桃花源记虽是虚构，但仿佛实有其人其事。全文以武陵渔人行踪为线索，生动地描述了溪行捕鱼、桃源仙境、重寻迷路三段故事。"山有小口，仿佛若有光"，暗示定非寻常去处；及至通过小口狭道，则"豁然开朗"，柳暗花明。进入桃源仙境之后，先将土地、屋舍、良田、美池、桑竹、阡陌、鸡鸣犬吠诸景一一写来。然后由远而近，由景及人，描述桃源人物的劳作往来、衣着装束和怡然自乐的生态，勾出一幅理想的田园生活图景。最后写桃源人见到渔人的情景，由"大惊"而"问所从来"，由热情款待到临别叮嘱，写得情真意切。第三段写渔人在沿着来路返回途中"处处志之"，暗示其有意重来。"诣太守，说如此"，其违背了桃源人"不足为外人道也"的叮嘱。结果是仙境难寻。

陶渊明的理想国个性迥然：在那里生活着的是普普通通的人，一群避难的人，而非神仙奇人，他们只是避世之乱，没有世间的角逐争斗，坚守的是天性善良和真淳；他们淡然、宁静，通过自己的劳作，自给自足。而一般的仙境和人物，不是充满奇珍异宝，就是长生不老，法力无边。桃花源里既没有长生不老也没有奇珍异宝，只有一片怡然自乐的农耕景象。能提出和刻画这个"乌托邦"十分可贵，在人类思想史上亦有相当地位。

由于不堪世间战乱和痛苦，不少人还是宁愿相信真有世外桃源并希望自己找到他。例如史学大师翦伯赞，其家乡就在桃源县枫树林村。翦伯赞十来岁的时候读到桃花源记，大为感慨。心想，迷踪千年、无人问津的桃源就在附近，何不亲自探寻？于是，他背着家人，默念着那篇文章，沿着小溪，步入山林，边走边做下记号，直至忘路远近，眼花腿软，也没有见到那幽密的洞口。后来，他又邀几个小伙伴走得更远，一直到了沅江边。听到渔人和樵夫的劝告，翦伯赞才得到结论：根本没有什么理想的桃花源。他们所在的只是暴政横行、百姓苦难的环境。后来走向追求光明之路。

当然,湖南桃花源景区与桃花源记所描写的境况最相契合。你看,一片山水,明丽天然,面临悠悠的沅江,倚靠巍巍的山峰。走过桃花源牌坊,就是桃花溪水。沿着溪水前行,有一大片桃林,"中无杂树,芳草鲜美,落英缤纷"。桃林深处有一座桥,过桥不远,就能看见秦人的古洞,进洞行走数十步,眼前就"豁然开朗",看到"土地平旷"的耕田,"屋舍俨然"的豁然轩。而千丘池旁的"延至馆",则是桃花源中人宴请渔人的地方。

根据历史的记载,这里早在汉代就以风景秀丽著称,晋朝以后建立了桃川宫等人文景观。大约在北周时代,人们认为这与陶渊明笔下的桃花源十分相似,就改名为"桃花源"。唐朝专门开辟了桃花源游览区。到了宋朝,从沅江畔到桃花山,形成巨大的建筑群,惜在元末时被火灾所毁。明初复修,明末又被烧掉。清朝光绪年间,桃源县的县令重新修建了陶渊明的祠堂,沿山配置了亭台楼阁:问津亭、延至馆、穷林桥、水源亭、豁然轩、高举阁、寻契亭、既出亭、问路桥等景致。历代以来,孟浩然、李白、韩愈、苏轼等大文豪都曾到过这里并留下墨宝。

由于桃花源广泛长久的影响,我国不少地方都自称桃花源,据不完全统计有30处之多。陶渊明家乡庐山的康王谷,重庆酉阳县峡谷,亦自以为是桃花源的原型。还是苏东坡解得透,他说"世传桃源事,多过其实。考渊明所记,止言先世避秦乱来此,则渔人所见,似是其子孙,非秦人不死者也。使武陵太守得至焉,则已化为争夺之场久矣"。说得再直接一些:本无桃花源,何必欲争之?

历来关于桃花源的诗文甚众。李白诗有"昔日狂秦事可嗟,直驱鸡犬入桃花。至今不出烟溪口,万古潺湲二水斜"。大诗人王维更是不甘于古诗的深奥,自己另作《桃源行》诗:

> 渔舟逐水爱山春，两岸桃花夹古津。
> 坐看红树不知远，行尽青溪不见人。
> 山口潜行始隈隩，山开旷望旋平陆。
> 遥看一处攒云树，近入千家散花竹。
> 樵客初传汉姓名，居人未改秦衣服。
> ……
> 当时只记入山深，青溪几度到云林。
> 春来遍是桃花水，不辨仙源何处寻。

王维以"春来遍是桃花水"仙源无处可寻作结，也是契合了事实与陶渊明老先生的本意。清朝文士翁方纲在《石洲诗话》说，"古今咏桃源事者，至右丞而造极，皎然有晚春寻桃花观，韩玉有桃源图，刘禹锡有桃源行，杜牧有酬王秀才桃花园见寄，王安石有桃源行，苏轼有和陶潜桃花源诗等。皆是武陵寻梦之绝唱。"这里就不一一举例了。

数年前，本作者亦得造访武陵桃花源，写成七律一首：

> 画廊十里画难成，鬼斧神差未此工。
> 溪水柔如初嫁女，松石苍若老渔翁。
> 林间细雨缠绵绿，岭外残阳寂寞红。
> 欲避桃源人迹乱，武陵空忆采菊公。

今日，前贤笔下的桃源人声嘈杂，摩肩接踵，非复"鸡犬之声相闻，老死不相往来"之宁静。全中国、全世界的景点皆是熙熙攘攘，无可奈何！

胜境人皆向往。但最重要的是把现实世界经营好，即实现非攻和平等，保护好自然和生态。让百姓生活得到改善，安居乐业。如此而已。

爱情诗与青老年

爱情诗词大赛入题。爱情是永恒的主题。新时代新的拓展极大丰富，在各种题材中，最有可能超越前人。

时代不同了。五十来岁在唐宋就是老诗人如东坡，当代就是年轻诗人。如江岚、了凡、弄影，我则是半青不老，退休时自以为老，别人也以"老李"相称。好家伙！一到中华诗词学会，满座多白发，七十八十还有九十，顿时不敢作声，又庆幸找到比较年轻的感觉，诗曰："平平仄仄平平仄，老人堆里显年轻。"

爱情是你们的，也是我们的。爱情诗创作是我们的，但归根结底是你们的。当代，可以演绎出五彩缤纷五光十色或五花八门的爱情，并写出多彩的诗词。

写诗无诀窍，无非多读多写多思而已。我主张"创意，细节，浪漫"，浪漫就是想象夸张，通过细节来表现，如四大名剧和《梁祝》等。

寄语：人生际遇好，社会感悟深。

　　　　大路古人开，花树后人栽。
　　　　人生莫辜负，写出好诗来。

三编 观潮诗话 下

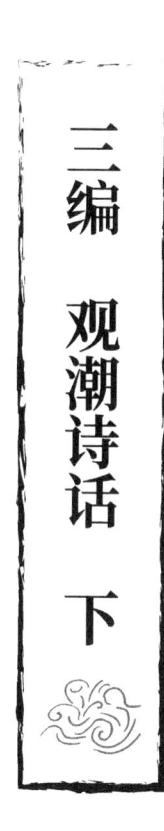

诗词漫话之一

忘韵

袁枚子才曰："忘脚，鞋之适也；忘韵诗之适也"。写诗要求字字合律，是初入门者；编诗先看平仄，是实习编辑。我常对某诗词杂志的编辑说，李白的"床前明月光"，杜甫《石壕吏》"暮投石壕村，有吏夜捉人"，到你们编辑部那儿，第一轮就淘汰了！而《唐诗三百首》中，《静夜思》是放在五言绝句里边的，《石壕吏》更是千古名篇。

诗坛漫话之二

"锄禾日当午"不简单

在江苏某个诗教先进小学，我面对一群孩子"背诵"一首诗："锄禾日当午，汗滴禾下土。穷人吃肥肉，富人啃白薯"。话音未落。孩子们大声纠正道："不对，不——对！"

我说，背对了两句，能不能给50分？孩子们又异口同声地说，"不给！这太简单了。"

这是孩子们最熟识的古诗。也是中国孩子最早接触的道理深刻而简单的古诗。我又问作者是谁？"李绅！"孩子们没有一个迟疑。

李绅（772－846），字公垂。他在唐朝是做过宰相的。当时与白居易、元稹被称为"三杰"。李绅身材矮小，人送绰号"短李"。他这首悯农诗，见识高远，情感深长。寥寥数语，充满了对农村农事的重视和对农民的同情。有人说，身居相位能如此体谅农人的疾苦，很难得！况且这首诗是李绅发达之前所写，一说他当时才二十多岁。当时即有人赞许说，难得如此心怀，将来可居相位。

有趣的是，人们并不太记得宰相李绅内政外交有何建树，有过多少亮点，而是由于这首诗记住了他。人以诗著，名以诗传，足见诗的蕴力魅力与影响力，是远在官位头衔之上的。

诗词漫话之三

"人面桃花"与诗人崔护

巧得很！这里要说一位诗人竟与李绅同年出生同年去逝，也是诗名远在官位之上的，就是我的老乡博陵崔护。他的名作便是，"去年今日此门中，人面桃花相映红。人面不知何处去，桃花依旧笑春风。"

崔护（772—846），字殷功，唐代博陵人，即今河北省安平县人。古时安平县长时间是博陵郡首府，而崔家则是名门望族，出了十多名宰相，至今有省级重点文物保护单位崔氏陵墓群。而定州只是短时间为博陵郡首府，故有说其是定州人应属误解。

崔护天资聪颖，官运亨通，曾做过京兆尹和御史大夫，最高为广南节度使相当于"副国级"了。崔护诗风精练婉丽，语言清新。以题城南庄的"人面桃花"最为著名。这首诗后来还改编为京剧、评剧多种形式，广为流传。崔护也是以诗知名于世，而没有多少人知道他当过那么大官。

解放前，在我们老家崔护那个村子，是不准唱人面桃花的。试想，崔家的先祖作为文人郊游遇艳，与农村少女产生激情，要死要活的，成何体统！而现在，崔护和人面桃花故事已成为足以夸耀的美谈，可见人心世风变幻之巨！

诗词漫话之四

诗贵平白

古人云："用意要精深，下语要平淡。"盖精深方有韵味，平淡读者才懂。作诗给人看而无人懂，有何意义？诘屈艰深而自以为是者，视读者为敌也。清季有偏僻为诗者自矜者道：吾诗待五百年后自有人懂。袁枚讥之曰：五日内尚无人可懂可传，何五百年耶！有大学生王某自称吾弟子，每诗必词语深奥，用典隐晦，吾讥之"须抱字典读"。其诗后面广为注释，乃至一绝句注数百字。吾道：用大堆文字解释一首七绝，说明你没有本事在寥寥四句中表达出你的意思。智者不为也！遂渐改。

故曰：细数流传千古句，皆从平白语中来。

诗词漫话之五　　诗坛轶趣

"要饭三巡后，收诗半夜时"

侯孝琼大姐，国内知名诗人，大学教授。某年采风团前往湖北恩施，吾与大姐皆在其中。而带队者为中华诗词执行主编王先生者。诗人采风，自当写诗，原约定回程后十日交诗不迟。但由当地于领导发话，地方报纸要提前发诗。亟待提前交稿。是夜晚，王主编奉命催稿，行色匆匆，一一敲开诗人房门，沉着面孔，说："我来收诗也！"十余人一一收毕，主编身心疲惫，瘫倒沙发，叹口气道："大家的诗收完了。谁来收我的诗呢！"吾人笑之，得一语曰："收诗夜半时。"数月后，吾一行赴湖北黄石考察诗词。身为湖北诗词学会副会长的侯大姐在列。某日宴会，佳肴罗列，推杯换盏，主客任性畅饮，而大姐不沾酒也。一再要求主食，连喊"要饭、要饭。"吾在其侧，暗笑不已，遂得一句："要饭三巡后",与前句拼成一联"要饭三巡后,收诗半夜时"。众人以为佳对也,不胫流传。尔后每与大姐见面,不须寒暄,一人先道"要饭三巡后",另一位必道"收诗夜半时",传为佳话也。

诗词漫话之六

剪辫续缰句 化自古人诗

清末,云贵总督岑毓英在昆明,士绅文人欲考其文墨,席间依韵赋诗。岑略加思索,吟道:

素习干戈不习诗,诸君席上命留题。
琼林宴会君先到,塞外烽烟我独知。
剪辫续缰牵战马,割袍抽线补征旗。
貔貅百万临城下,谁问先生一首诗!

一首出彩的七律,苍凉细微兼备,令士绅汗颜。尤其颈联以"剪辫"和"割袍"描写战场的血火搏杀,精彩传神!

其实此联,亦非原创。袁枚《随园诗话》卷六记述了,当时江宁都司为明末武将"刘大刀"(刘铤)的后人。当众诵读先人诗句云:"剪发接缰牵战马,拆袍抽线补征旗。胸中多少英雄泪,洒上云蓝纸不知。"此中来历,岑帅自知而士绅不知也。岑毓英化"剪发"为"剪辫","割袍"较似"拆袍"更为爽利。为诗作打上了清代印记。即席入诗,一挥而就,章法协调,亦无愧能诗者也。

诗坛漫话之七

朱元璋诗化古人

朱元璋曾有嘲笑寺僧诗:"杀尽江南百万兵,腰间宝剑血犹腥。山僧不识英雄主,犹自哓哓问姓名。"粗粝慷慨,不可一世。其实此句原非初创,其后二句源于宋代抗金名将刘锜也。刘锜的七律《题壁资福寺》云:"迅扫妖氛六合清,匣中宝剑气犹横。夜观星斗鬼神泣,昼会风云龙虎惊。重整山河归北地,两扶圣主到南京。山僧不识英雄汉,只管滔滔问姓名。"古人佳句,可化用,可引用,可剥用。细品可知高下得失也。朱皇帝文墨非厚,其变"汉"为"主",更见霸气,应属不俗。

诗词漫话之八

铁岭诗词不可小觑

在"著名大城市"辽宁铁岭"那疙瘩",文化并非赵本山的小品二人转独领风骚,还有一支更典雅更有后劲儿的青年诗词方阵,其创作活动的规模和质量,初成气候,令人刮目。我所接触的青年诗人,就有耶律、神韵、无门等数十人,他们充满朝气,诗情纵横,手段出新。例如耶律的"欲寄一枝春色去,恐君转手送佳人";无门的"一望大江开,孤舟破浪来""几番梦里常相聚,大手还将小手牵"(《怀念母亲》);皓月的"水涌千朝凭海塑,云衣万种任风裁"等,各具意像,新风扑面。

回看文化史上的艺术样式,无论是戏剧、小说和诗歌,始终是典雅和通俗、庙堂和草野即阳春白雪和下里巴人并存互补,盖两者都有着自己的底蕴和优势。铁岭的二人转和格律诗共处消长,也是文化多样性和社会和谐的生动注脚。为此赋小诗《铁岭印象》一首：

> 山野二人转，清秋格律诗。
> 大俗谐大雅，文事盛如斯。

诗坛漫话之九

农村诗人"二张"

民间有好诗，信然！

一、张玉旺，居于河北大厂县的农民诗人。其诗清新不俗。《家书》云："千里家书字字情，遥听老母复叮咛。乌纱虽小民生系，至孝莫如两袖清。"

诗以农村农民农事为吟咏对象。尤其是《家书》，是一首从农村角度写反腐倡廉的好诗。作者从老母给儿子写信说起，娓娓道来，说破一个"乌纱虽小民生系，至孝莫如两袖清"的大道理。质朴的语言，真挚的感情，独特的视角，表现了反腐倡廉是民心所向这一重大主题。而最后一句既是点睛之笔，更是醒世佳句、警语，既述说了家事，又涵盖了民意和国是两个重要方面，将孝、忠、廉三者有机联系，浑然一体。此诗一亮相，就不胫而走，广受好评，应该是反腐倡廉在诗词领域的亮色收获之一。

二、张小红。陕西汉中女诗人张小红，参加笔会报名径直填写"农村妇女"，其所写都是些离情别恨，当代乡愁。其他新锐青年诗人的笔触，一会儿天下一会儿地下，一会儿山水一会儿怀古，而主打乡愁恁是让张小红展现了特别色彩与优势，获得"乡愁小红"的赞誉。

"玩具岂能消寂寞，新衣岂可替温柔。"留守儿童已不缺吃少穿，而精神亏欠难以弥补，这是新时代的乡愁；"强支病体村头立，独羡临家小麦青"，农民打了工挣了钱，病了身，荒了田,是新的困窘;更有:"一文不值是相思"!痛恨忙于打工赚钱而荒废爱情!一语七字,含血带泪,爱恨交加。痛哉斯言,愤哉斯语!独树一帜。这是盛世的乡愁,新生的哀怨。小红之愁句,以往所无有,他人道不出也!故奇。

诗词漫话之十

《诗词格律》(王力)之误

王力先生,字了一,为当代语言大师、诗韵大师。亦吾师也。五十年前,余在北大受业,课读《古代汉语》,即先生主编,其第二册讲解格律甚细。南山北斗,谁敢疑之!不意近见先生署名的精装小本《诗词格律》颇有舛误。如讲到孤平的禁忌,竟说"在唐人的律诗中,绝对没有孤平的句子"(见第49页)。误矣!余至今保存先生主编的《古代汉语》原版,讲到唐人孤平即举了老杜"将军胆气雄,臂悬两角弓"的例子。杜诗中亦有"夜深露气清,江月满江城"之句。如何矛盾如此!据余揣测,了一师不当如此之误。误者可能为其学生或责编率意为之。因为此书的集结出版,已是先生仙逝多年之后了。

去年深秋,余讲学广西,访博白县,王力先生故乡故居之土也。小镇之侧,清流潺潺,灰瓦白墙,在杂花中掩映。故居鲜有访者,极为幽静,旧物图片,诉说以往风云,如何从小村小院走出伟大的语言学家。吾辈之诗海小舟,先生诗韵为导航也。面对先生遗像,吾恭行学生之礼,缅怀良久。感慨之中,呈以小诗,曰:

> 早年负笈仰高山,"文革"斯文寂寞闲。
>
> 最忆燕园一勺水,和声和律润诗坛。

诗坛漫话之十一

诗言不赘 意尽而止

祖咏是洛阳人,盛唐开元十二年(725)赴长安应考。规则为五言六韵,就是十二句六十个字。类似五言长律,诗题为《雪霁望终南》。祖咏略加思索,一挥而就:

> 终南阴岭秀,积雪浮云端。
> 林表明霁色,城中增暮寒。

只作了四句,祖咏即起身交卷。考官疑问,诘之,对曰:"思尽。"或曰"意尽。"就是说所思考的和要表达的,都在里边了,无须赘言。考官细品其诗,果然意象俱佳,俊秀峭拔。连连称是。由此留下诗坛一段佳话,令人称道、回味。盖诗文以创意为要,以精短为上。文字表达,意到而已。即讲究锤炼升华之功也。诗词是精练的艺术,其样式特征拒绝冗长拖沓。当今之世,为何诗词独具魅力、在社会中广为认同?就在于其精短概括,易于理解,便于传播。而其它的传统艺术样式,尽管历史上曾经辉煌过,但在快节奏的现实社会中渐觉沉重,有动转不灵之感。直言之,节奏加快,人心尚短,长则不灵,包括长篇小说、辞赋等。即便诗词,长诗已不叫座,词、曲中长调亦不耐人读。非其不佳,盖人心世风变幻也。

诗坛漫话之十二

诗人的"体力劳动"

诗人是脑力劳动者吗?是,又不全是。李白攀援蜀道之"扪参历井",放翁"骑驴过剑门"和绝知此事"要躬行"。陶渊明的种豆南山和林和靖的梅妻鹤子，也是需要一些田园或体力劳作的。

当今社会，对图书极重装潢，铜版材质，精装彩页，搞得一本书份量沉重，以至有的车拉船载，翻之读之不要体力吗？

做诗要动脑筋和耗费能量。吾人确有体会。黎明在榻，诗意萌发，暝思苦想或完成一两首，即使没有辗转反侧，饥饿感也会早早地光临、至有腹鸣如鼓者。吾请教诗人兼名医林峰先生"为何"，答曰："无奇，做诗费能量！"

至于唐代卢延让先生"吟安一个字，捻断数茎须"，别说数根，捻断一根，要多大的手劲儿啊！要不，诗人怎么人比黄花瘦，衣带渐宽呢，累的！

由此遐想，能否把做诗和减肥联系起来呢？诗人中好像鲜有大胖子。如能共同总结出"做诗减肥法"，那可是功德无量、与诗一样不朽呢。

诗词漫话之十三

"诗者无师"

有青年诗人尊我为师，吾坦诚拒之曰："诗者无师，为诗为友而已！"四十年前，吾写信给刘征先生，向他请教诗的问题，他回信中郑重申明："不要称我为师。以后不要提起。"他不止一次对我说，他当年称臧克家老人为师，臧老也是坚辞不受。因为，诗不同书画之处在于，写字与王羲之一样，绘画与齐白石等同，则可换钱矣。而诗若与李杜一字不差，一文不值也！历数古诗派诗群，从建安七子、竹林七贤至明前后七子、清顺治七子等，几无风格一致者。而父诗子传能续承风貌、发扬光大者，鲜矣哉！

为诗，性情也。诗性诗情，可互相启发、影响、砥砺，而非可临摹也。故曰：学而不袭，重在出新。诗贵性情，要写吾真！

诗词漫话之十四

爱情是永恒主题

爱情是文学和诗歌的永恒主题。自《诗经》的"关关雎鸠,在河之洲。窈窕淑女,君子好逑"起,始为诗之"正声"。当今时代爱情及观念的"深、广、新",使得爱情和情感诗的内涵与表达方式新局大开,好句叠出。例如:

"南国春风路几千,骊歌声里柳含烟。夕阳一点如红豆,已把相思写满天。"形象而宏大,色调斑斓,有很高的美学价值。

"夜阑转向街头去,怕见单人怕见双""说好不为儿女态,你回头见我回头"等,皆是佳句。

古代社会不可能涉足的失恋题材,在女诗人笔下别有韵味,其《清平乐·失恋之后》云:

晓风吹送,回首些些痛。燕婉深盟终底用?不过槐安旧梦。　　城郊紫陌荒寒,因缘世界三千。扫取颓枝怨叶,烧成一个春天!

尤其是下半阕和结句,既有新诗的意象和风格,且又是规范的诗词形式。有什么样的爱情,就有什么样的诗句。这些,或以情胜,或以细微胜,俱独到有致。超越以往,充满时代气息。

诗词漫话之十五

切莫"捆绑"竹枝词

竹枝词,是诗词诸体中最接近民歌、生动活泼的一种形式。其源头可追溯到唐代诗人刘禹锡。宋代黄庭坚说:"刘梦得竹枝歌九章，词意高妙，元和间诚可以独步，道风俗而不俚，追古昔而不愧。""杨柳青青江水平，闻郎江山唱歌声。东边日出西边雨，道是无情却有晴。"是竹枝词的名篇，至今脍炙人口。

竹枝词的特色表现为题材上的指向性、语言上的鲜活性，生活化和口语化，由此表现为风趣、幽默、诙谐，更兼有讽刺功能。例如今人写"风水先生总吃香，造坟起屋选山场。他言若是真有用，早已自家出帝王。"（曾明星：《风水迷信》）"有了金钱事事行，求官赎罪买前程。阎王若是也开业，多少富翁获永生。"（袁美林：《乙亥竹枝词》）两者都用假设手法，对风水迷信、买官卖官、以钱乱法等进行了讽刺。另如田昌令咏清洁工："朝朝横帚扫残星，夜夜华灯待扫明。大院侯门最难扫，浊流腐气总盈盈。"歌颂和讽刺并具，收到了很好的艺术效果。

竹枝词源自民歌，属于原生态。其平仄宽泛，本来就不存在所谓"格律"，写成七绝格式亦无不可。考刘禹锡集共有竹枝词十一首，其中九首未依七绝格式，合于七绝的只有两首包括"道是无晴却有晴"。盖因这首名气大、流传广，有人以为做竹枝词必依七绝，纯属误判！这既有悖于其初衷，也抹杀了它与七绝在样式上的区别，自然也就抹煞了竹枝词。

竹枝宽松体，不宜捆绑之！

诗词漫话之十六

贺敬之的"新古体"

贺敬之先生无疑是中国歌剧和现代诗的领军人物。曾任中宣部副部长、文化部代部长等职务。其歌剧《白毛女》和诗歌，有广泛影响。

"文革"以后，贺老热心于古体诗来。如《饮兰陵酒》：

> 太白何处访，兰陵入醉乡。
> 我来千年后，与君共此觞。
> 崎岖忆蜀道，风涛说夜郎。
> 时殊酒未似，慷慨赋新章。

再如《观海》

> 观海喜见潮，听松乐闻涛。
> 风雨寻常事，石老解逍遥。

又如七言《赠诗友》"诗心未负江山债，诗人非属江郎才"等句，颇有追求和新意。

2013年11月2日，适逢贺老九十寿辰，有关方面出版其《心歌船集》并举办座谈会。有发言认为贺创造了"新的诗体"而极力颂扬。我亦在场，面对贺老直言道，"我不认为这是体裁的创新，因为这种押韵、整齐、不拘平仄和对仗古已有之。汉十九首是也！"贺老本人谦逊地说，只是友人称之为"新古体诗"或"新古体词曲"，"照我个人想来，这二者都是我不成熟的尝试，实在当不起赋予什么正式称号的，只不过是不同于近体诗的严律而属于宽律罢了。"

我又说，在我看来，您的古体，表示了对当前新诗散文化随意化的不认可。诗，无论新旧，皆应基本押韵、大体整齐，您的诗是一种返璞归真，可否认为是对新诗偏向的矫正？

贺老微笑不答，似为首肯。

显然，贺也不想为近体诗的平仄严律所拘，也是不少当代诗人的意向，值得重视。为此，我为贺老题赠一则：

> 歌剧白毛女，诗坛马首瞻。
> 老来新古体，深意在纠偏。

诗词漫话之十七

蔡老情诗好动人

诗坛耆宿蔡厚示先生,今年正是九十大寿。前年,蔡老八十八岁时出版诗集《二八诗稿》命余作序。二八诗稿,其名其实,足见老诗人的诗心、童心和爱心。

诗如其人,大凡诗人都是性情中人,诗贵真情。蔡老被公认是诗界最多情、最真情的一位。朋友情,师生情,诗友情,襟怀坦荡,大爱无瑕。尤其是亲情、爱情,至诚至笃,刻骨铭心。我们所见集中几十首幽婉缠绵的爱情篇章,当是蔡诗中最光彩动人的部分。

> 四月芳踪竟未归,鹃声仿佛是耶非?从来天意与人违! 五十一年伤逝水,无穷余恨对斜晖。春寒恻恻渐侵衣。

(《浣溪沙·悼亡妻》)

对"十年两隔意茫茫"的发妻"梅娘",老诗人未能忘,每思量。可谓曲曲深婉,句句沾巾。当又一次走近梅娘墓,诗人已老,步履蹒跚,但痴心未泯的还是那位才郎:

"步履蹒跚卿莫笑,来前确是旧中郎。"

泫然哀婉,细微凄美,令人心动者三,以致不忍卒读。

诗词漫话之十八

唐诗精品知多少

晚清陈廷焯《白雨斋词话》卷十说,"《全唐诗》九百卷,多至四万八千首。精绝者亦不过三千首,可数十卷耳。"他有一个打算,编一部《唐诗选》,约三千首。但为什么"此举至今未果"呢?大概还是"精"得不够,不满意,选不出那么多吧。

清初沈德潜辑《唐诗别裁》收诗1900首。而后《唐诗三百首》收诗三百首。如果细读,也发觉其中颇有些平庸或晦涩之作。那么,唐诗的精品,即大家公认的、广为流传的、品位高超的也就不过三百了。绵延将近三百年的大唐有三百件精品(两宋也是三百年精品三百篇),多乎哉?不多也。诗词盛世乎?盛世也!众多的诗人,庞大的数量,少数的精品,每个诗词高峰时代都是如此。这也是我们认定当代已经出现了"新的诗词高潮"的缘由。诗人们,你我他,生而逢其时,正在大潮中。能不高兴自信吗,不该奋进有为、有所担当吗?

诗词漫话之十九

《扬眉剑出鞘》作者是谁

天安门"四·五事件"已过去半个世纪,但人们牢牢记得那首《扬眉剑出鞘》的诗:

> 欲悲闻鬼叫,我哭豺狼笑。
> 洒泪祭雄杰,扬眉剑出鞘。

它的作者又是谁呢?

王立山,一位应该大名鼎鼎又有意不显姓名的诗人。大约生于1952年。"文革"期间,作为一名知青,曾赴黑龙江生产建设兵团。1976年清明,适逢"四五运动"。他冒死把这首诗贴在天安门广场的人民英雄纪念碑上。被列为"反革命001号案"的全国通缉犯。"文革"结束,"四五"平反,人们才略知其人。媒体要采访渲染,完全可能把他塑造成一个大无畏的勇士。而王立山平静地说,"我这首诗是'四五运动'千百万首诗词中的一首,它和所有诗词一样,反映了大众的政治意识、意愿、情绪和呼声。我只是其中一员。"

据了解,王立山于1985年回到北京,经过自学、高考,获得北京大学的法律专业毕业证书。其他不详。

"四·五天安门事件"是诗词的一次大爆发和大示威,史无前例。《扬眉剑出鞘》这首诗似一道闪电、一缕剑光,久不泯灭。人们说起当代诗歌史诗词史,是不能没有《扬眉剑出鞘》的。然作者王立山先生,始终默默自安。以后没见写诗,没有露面,更没有张扬,也没与诗界往来。

其身寞寞于人群,其诗烁烁于诗林。诚可贵也!

诗词漫话之二十

"待到山花"与"待到雪化"

在中央文献出版社举行的《陈毅诗词选》座谈会上,两个故事,引起大家的兴趣,即两个"待到"。

一是"待到雪化时"。陈毅老总和赵朴初老人诗交甚,相互切磋,相濡以沫。赵朴老仰慕陈总诗情纵横,恣肆浪漫。但总觉得其于律不严,欲为之圆满工稳。例如《青松》诗:"大雪压青松,青松挺且直。要知松高洁,待到雪化时。"但陈老总不肯改。陈毅元帅去世后,整理出版陈毅诗词,老总夫人张茜为之呕心沥血,补充整理,赵朴老亦于一些篇章提出修改意见,还是从平仄考虑。其实不必改也。出于对原作的尊重,还是未改。(此事为陈毅之长子昊苏所言)实践已经证明了,陈毅许多精彩篇章已经脍炙人口。大雪可化,青松可朽,而陈总之诗与品格,流传可逾千年也。

一是我讲的"待到山花烂漫时"故事,言毛泽东咏梅"待到山花烂漫时,她在丛中笑",其影响之巨、之广又在陈总之上。

"文革"初期,江青在北大点名揪出历史系教师郝斌,称其"迫害李"。其实郝斌是李纳的班主任和入党介绍人。郝斌打入黑帮劳改队,于秋末冬初在北大拔草,许多人围观。中有一男孩是郝斌邻居,关系很好。郝斌趁机将一纸条塞给男孩,不巧被监管看到,喝令拿出。只见那纸条写的是:"待到山花烂漫时,方能相见也!"引用毛主席诗句,不过是希望回家,并无"三反"言行,不便批判,只好作罢。由此成为佳话。可见好诗好句之流传,不以冬春为界,不拘顺时逆时,足见生命力。

郝斌先生也是我的老师,后来任北京大学党委副书记。

现在有人把泥古不化脱离时代者称为"古墓派",显然是高抬他了,因为古墓里有历史积淀,有珍宝文物,还有盗墓者为之奔命;他,那些诗一无所取,有的只是酸腐之气,令人窒息,怎能相比?

诗词漫话之二十一

刘征与王洛宾

"西部歌王"王洛宾和诗词大家刘征的友谊,堪称文坛佳话。

解放之初,王洛宾和刘征同在北京八中。王洛宾是音乐老师,刘征是语文老师,二人相当契合。刘征为新生活写了一首歌词《卢沟桥水哗啦啦的流》,王洛宾为之谱曲,一时到处演唱。

后来，王洛宾远走大西北寻歌，老朋友天各一方。王洛宾的音乐成就与坎坷成为传奇。返正后，王洛宾到京与刘征聚会。在位于景山东侧的刘征家里，王洛宾专门唱了新发掘的古曲《西江月》，还即兴唱了刘征的几首词。歌酒之间，感慨万千！

奇怪的是，回首往事包括监狱生涯，王洛宾平和、疏淡，没有多少悲伤和抱怨。他的全部就是音乐，他所爱的就是音乐！"为送君归踏明月，夜深酒醉不留君"，这是老友月夜告别的诗句。刘征还专为老朋友写五律一首：

"曾谱卢沟水，常怀遥远歌。年华归误会，君子意如何！雨卧龙沙绿，风经鬓发多。弦歌满天下，众爱报君多。"这首诗又谱成歌演唱，成为文坛双星友情的见证。

余与刘征老攀谈，问诗中"误会"何所指？原来，回忆自己的冤狱，王洛宾说，为他平反的时候，领导跟他反复说了一句话，"是一场误会，误会，误会……"王洛宾说到此波澜不惊，异常平静，使刘征颇感诧异：生生死死二十年，"误会"二字就了结？

命运耶，性情耶？诗人文士，复何言哉！

诗词漫话之二十二

谁人雅制"安排令"？

吾人不喜创制新词牌。有自制词牌求和者，吾一概不理；至于以词牌嵌入己名以求不朽者，则嗤之以鼻！吾以为，《康熙词谱》826式已用之不尽，其常用者不过三四十调而已。曲牌新创无必要，费力不讨好也！但近见女诗人可儿自制"安排令"一式，俏丽温雅，颇有风致。

此曲附和者甚众，显示了一定的合理性。摘录数篇，以斑窥豹也。

可儿一：

安排花睡，安排风睡，安排明月向西坠。安排不了、诗心碎。

留她花里，留她风里，留她新月眉弯细。留她夜夜、灯如水。

可儿二：

安排春雨，安排秋雨，安排花落几多许。安排寂寞、愁千缕。

难听莺语，难听燕语，难听道不如归去。难听最是、相思句。

张小红：

安排月影，安排灯影，安排夜静人初定。安排心事、入词令。

问谁花命，问谁草命。问谁半世守清冷。问谁肠断、因薄幸。

老申：

其一

安排书稿，安排画稿，安排诗酒多匆草，安排红颜，谐春老。

谁知谁好，谁知何了，谁知天上人间小！谁知因果，无从晓。

其二

安排歌处，安排酒处，安排曲径通幽路。安排风雨，朝与暮。

谁人麻木，谁人悲苦。谁人颠倒秦和楚。谁人误入，迷津渡。

究竟如何？请众人评说。

诗词漫话之二十三

浪漫是诗的本性、本征

诗，既是真的，更是想象的夸张的，浪漫比现实更菁华，更集中，更深刻。从一定意义上，浪漫的真实胜于生活的真实！

如果只求真实，那就不须画家，只需摄影就是了。从鹳雀楼看得见"黄河入海流吗"？画家画不出，摄影拍不出，而诗词写得出，这就是诗词的高明！

不怕水分

写诗不求干货，难免水分。易安词那么多，概括起来就是一个"愁"字了得。其余都是铺垫，是水分。水是生灵之本，动物植物之源。鲜活灵动皆在水。你吃过西瓜干和啤酒干吗？关键是善于运用和调制。

初恋感觉

写诗久了，要找"初恋"的感觉：新鲜、幻想、浪漫。要珍惜陌生感、生涩感，尽力摆脱经验老到的老套子老路数。视读者如恋人，用新鲜、细微、含情、形象的语言打动他。

诗词漫话之二十四

毛泽东的"半字师"属子虚乌有

梅白先生,有人称是毛泽东诗词的"半字师",果有其事否?

1988年《春秋》杂志第一期发表《毛泽东几次湖北之行》,第一次说到"半字师"。即毛泽东从湖北赴湖南上韶山途中几次单独与梅白谈诗。其七律《到韶山》起句初云:"别梦依稀哭逝川",毛自觉"哭"字不协,进行反复思索。梅白当面建议试改"咒"字,毛大为赞赏,称其为"半字师",即后所见通行版本。

此说因涉及领袖诗词,兼有意趣,流传甚广。但经不起细辨、考证和推敲。时任中共中南局第二书记、湖北省委书记、后曾担任中宣部部长、也做过人大常委会副委员长的王任重对此公开否认。王于1989年第一期《春秋》杂志著文,指梅白"满篇谎言、说谎骗人"。还挑战说,"如果他有勇气,就由他自己作出说明吧"。但是梅对王文始终未作回应。而后于1992年去世。

许多专家研究和历史档案证明:第一,梅白时任湖北省委副秘书长,以他的地位,他没有可能单独与毛泽东促膝谈诗;第二,关于毛泽东行程的文件纪录和身边工作人员回忆,都不记此事一言一语;第三,毛泽东从湖北到湖南韶山,其行程细节安排,王任重是第一知情人,他对此截然否认。而梅白不可能越过王任重;第四,梅白回忆细节更有随意之嫌,例如他见到毛泽东与卡斯特罗倾谈武装革命等,纯系杜撰。卡斯特罗根本没来。这些,无可辩驳地否定了"半字师"之说。

客观地说,梅白有才。他知识较丰,有不少著述。"文革"中遭受迫害,写了不少有风格的诗。但自言毛泽东的"半字师"确难成立,且已被事实驳倒。

否认"半字师",不是说毛泽东的诗无懈可击、不可更改。毛曾多次写信给郭沫若、臧克家等,希望对自己诗"予以笔削"，也曾根据普通人的建议改过一些字词，实有几位"一字师"。此中真伪，明眼可鉴。

诗词漫话之二十五

杜审言与文人狂妄

杜审言，字必简，唐代襄阳人，《新唐书·杜审言传》说他是西晋征南将军杜预的后裔，十一世孙。

在初唐诗歌史上，杜审言算得上一个风云人物，为人也极具个性。

那是初唐时代，李峤、崔融、苏味道，加之杜审言，被称为"文章四友"。虽是朋友，但杜审言却是个目空一切不会尊重别人的角色，常常不近情理。例如，"苏味道为天官侍郎，审言集判，出谓人曰：'味道必死。'人惊问何故，曰：'彼见吾判，当羞死耳。'"意思是说，他和苏味道都写判词，但苏看了他的判词会羞愧而死。好在苏味道深知老杜狂傲，没有计较。进言之，杜审言可以说是文化史上最不谦虚的人。他曾经说，我的文章，屈原、宋玉只能当仆从；我的书法，王羲之刚好做学生，等等。

俗语说，人之将死，其言也善。杜审言则不然。病危时候，宋之问等人前去探望，杜审言居然说：

"然吾在，久压公等；今且死，固大慰，但恨不见替人耳！"意思是，我在世，名声压住你们，真不好意思；只是我死后没有人可以替代我呀！

客观地说，杜审言对于五言律诗体的形成有所贡献，诗作也不乏精品。《唐诗三百首》五律"独有宦游人，偏惊物候新"就是名句。还有一首更有名。就是七律《春日京中有怀》："今年游寓独游秦，愁思看春不当春。上林苑里花徒发，细柳营前叶漫新。公子南桥应尽兴，将军西第几留宾。寄语洛城风日道，明年春色倍还人。"尾联，写出对来年洛阳新春美好风光的期待，诗意盎然，阳光向上，琅琅上口，历来为人们传诵。今春两会记者招待会上，温家宝总理用一句诗表达应对金融危机的信心："莫道今年春将尽，明年春色倍还人。"温总理化用的就是杜审言的诗句。年末回首中国经济形势，温总理的引用和借鉴，寓意和发挥，真是绝妙精当。

值得一提的是，这位杜审言老先生是后人尊为"诗圣"的大名鼎鼎的杜甫的祖父。杜审言的儿子杜闲，杜闲的儿子杜甫。杜甫可能传承了祖父的文化基因，却没有乃祖的狂妄自大。这，也许是他更有成就攀上诗之高峰的原因吧！

文人总是自负的，但自负不等于尊大。文人可自大一点，诗人可自大两点，如果超过三点或是无限，就是荒唐和悲剧了。

诗词漫话之二十六

天道非酬勤

人们常说天道酬勤，只能是相对的。荀子说，"天行有常，不为尧存，不为桀亡。"天道无情，才不管人是否殷勤，关键看你的努力是否合于社会发展的大趋势。三国时诸葛亮不谓不勤。但劳碌一生，抱恨病终，"出师未捷身先死，长使英雄泪满襟"。其悲剧是"知其不可而为之"。诸葛治蜀时频频出祁山，伐中原，主动出击，犯了战略错误。连续征战令百姓不堪忍受，亦不符合统一的历史潮流。故吾人惋惜诸葛亮，有《成都武侯祠》诗曰：

新花旧柏各纷纷，未了千年梁父吟。
谋画隆中慷慨士，托孤白帝涕零臣。
人心向我难成我，天道怜勤不助勤。
前后出师皆不朽，终归一统胜三分。

写诗，亦非诗道酬勤。往往不是最勤奋、刻苦的人成就最高。诗，文学修养之外，主要是一种性情。照袁枚的说法就是，"真情，个性，诗才"。

诗词漫话之二十七

《唐诗别裁》创意多

清初大诗人、诗论家沈德潜主张"格调说"，有人归之于保守，其实不然。其选诗与评论均独具眼光。例如：

沈将王维"空山不见人""君自故乡来"；李白"床前明月光"、贾岛"松下问童子"、柳宗元"独钓寒江雪"以及长干曲等统做五绝，直将古绝置于五绝中；"渭城朝雨浥轻尘""故人西辞黄鹤楼""独怜幽草涧边生"皆入七绝。别裁不设乐府，为什么？沈指出，"唐人达乐者已少。其乐府题不过借古人体制写自己胸臆耳。未必尽可被之管弦也。故杂录于各体中，不另标乐府名目。"而后来的《唐诗三百首》又标出乐府，是走回头路也。别裁选有张若虚的《春江花月夜》，而三百首阙之，真乃遗珠之憾！

沈德潜反对泥守程式，他说，"若泥定此处应如何，彼处应如何，则死法矣！天地间，水流自行，云生自起。何处更著得死法！"说得透！

余1970年购得1964年版中华书局《唐诗别裁》。四十年后再读，有感、有记。

诗词漫话之二十八

"奇人"敢峰

　　周日北京秋雨连天。午后拜访老领导敢峰先生。敢峰本名方玄初。20世纪60年代创办北京景山学校时,从中宣部派任校长。"文革"后历任教育部《人民教育》杂志主编,北京市委宣传部副部长,从北京社科院院长职务离休。是大教育家、诗人、书法家、人才学创始人。60年代,即以《人的一生应该怎样度过》而名扬九州。

　　外表木讷如绵,内心如火似剑。先生个性突出,善于逆向思维,做事认定目标,便是百折不回。早年参加革命工作时有句云,"斩长鲸此去天涯,懒把桑麻细话",甚至比太白"仰天大笑出门去"更为雄阔。遇到困难时自题联道:"万斤铁锤击蚂蚁,弱弩之末穿铁板。"其行动更是特立超拔。例如花甲之年,主动从社科院院长提前退休创办力迈学校,进行教育改革的全方位实验,自称"夕阳返照工程"。年逾八旬,诗如泉涌,妙语叠出。尤为出彩是哲思和创新方面,例如《论诗》:

　　　　不明世上何为诗,却又写诗难自持。
　　　　一般规矩由它去,但效梅花入雪时。

　　敢峰出版诗集《凤岸》,诗体自由,不拘平仄。自称"涂鸦",但他的哲思和主张洋溢诗间,到处是创新的火花和对青年人的激励,使后辈深受教益。我的治学和诗词创作,是受了敢峰先生的启发和影响的。

　　昨在敢峰家中。八八米寿之年的他尚在攻研四色定理,书房上下,满是图表。夙夜奋斗,志在突破。这是世界数学难题啊!(四色定理是:任何繁复的地图板块,只须四种颜色就可分划出来。先生探索多年，已有专著）致力新的开拓，令吾辈感佩不已。赞曰：

宏图四色画方圆，白发苍苍志未删。
最是殷勤方老敢，总能红在夕阳前。

诗词漫话之二十九

孙犁先生的诗与文

孙犁，荷花淀派领军人物。先生是我河北安平的同乡，也是我尊崇的老师。每回家乡，都会油然忆起先生的音容笑貌。

先生是散文小说大师，诗词亦为高手。他一生孤高杰特，在寂寞中追求，追求文学艺术净土的境界。他的文学见解，很多是以诗的语言表述的，例如关于为文和为人，"文革"后总结出：

"与世无争，于人无憾。文士致命，青眼白眼。贫富易均，人欲难填。刻忮残忍，万恶之源。劝善惩恶，文化教养。刑法修剪，道德土壤。文化艺术，教化一端。瞻望前景，有厚望焉！"

短短数语，当为后学文人之座右铭。

先生念旧多情，他热爱和怀念故乡、故事、故人。对于先逝的没有多少文化的结发妻子，怀念至深。其题亡人遗照：

一落黄泉两茫茫，魄魂当念旧家乡。
三沽烟水笼残梦，廿年嚣尘压素妆。
秀质曾同兰菊茂，慧心常映星月光。
老屋榆柳今尚在，摇曳秋风遗念长。

先生晚年，我曾几次赴天津登门拜访。有很多共同语言。先生曾给我写信，谈及对家乡、滹沱河及环境的看法。

有一张明信片写道：

树喜同志：
收到惠寄函及赠书，至为感谢。尊著当从容拜读。
一九七一年，我也曾回安平一次。所见滹沱河情状，与尊函所描述者同。感慨系之，无可奈何。因此，对电影一事（指筹拍根据孙犁小说改编电影《风云初记》）从无过多希望，也不过问，知其必不能反映原作风貌也。
我患病多年，终日困居斗室。如来津有暇，乞到寒舍一叙。
今年春季，我曾在《散文》发表《青春梦余》一作，内中有一段对家乡河流的追念。然手下无此文。日后结集出版，当可奉寄耳。祝好。

孙犁　九月四日下午

2002年，先生以九十高龄与世长辞。我有不少怀念的文字。在白洋淀，面对千顷绿波，万杆残荷，写怀念小诗：

荷花寥落鸟空啼，蒲苇迎风踞老泥。
始信文章憎盛世，天公不再降孙犁。

抚今追昔，慨叹文章随时代。没有苦难硝烟，孙犁风骨难再。还乡怀孙犁云：

当年流水绕堤沙，十里风帆到我家。
河井于今多败朽，不知何处觅荷花。

孙犁家乡名叫孙遥城，与我村庄彭瞳俱在滹沱河畔，我在下游，相距十里。后来生态破坏，田园河池，面目全非矣。

最痛惜的是有"小黄河"之称的滹沱河，彻底偃旗息鼓，余下莽莽荒沙。那是我们无尽的痛与怀念，不因时光流逝而消竭的。

诗词漫话之三十

诗情如火郭小川

在现代中国，诗性不改、炽情如火的诗人，便是郭小川了。郭小川原名郭恩大，1919年生于河北丰宁。1933年，家乡被日寇侵占，全家逃难北平，郭小川即投入抗日救亡的学生运动，开始以诗歌作武器，名声鹊起。

1955年起，郭任中国作协党组副书记、作协书记处书记兼秘书长。1962年任《人民日报》特约记者。"文革"挨整，1970年被送至湖北咸宁"五七干校"劳动改造，1975年9月，又被关押在天津市郊团泊洼隔离审查。

作为杰出诗人，郭小川在新诗坛占有重要的一席。其代表诗作有《致青年公民》《望星空》《甘蔗林——青纱帐》《团泊洼的秋天》等，都清晰地打上了时代印记。郭小川也曾被毛泽东所关注。1959年庐山会议上，作协党组把郭小川与彭德怀挂上钩，开展重点批判。毛表示，"他跟王胡子（指王震）当过秘书，他不是反党分子。"

郭小川以新诗名世，然后来却耽于旧诗，就像闻一多所云"唐贤读破三千纸，勒马回缰写旧诗"。郭氏流传下来的旧体诗，明白流畅，韵味浓厚，颇见功力。请看五律二首：

一

原无野老泪，常有少年狂。
一颗心似火，三寸笔如枪。

流言真笑料，豪气自文章。
何时还北国？把酒论长江。

二

春来风更暖，心壮步难行。
长吟成久痼，黑线染洁容。
日边有云色，窗下笔无声。
当年越溪女，何不采芙蓉？

这两首诗，1972年写于向阳湖畔劳动生涯。

虽然郭小川是审查隔离对象，但他毕竟是著名诗人和记者，"天下何人不识君"。1971年，武汉军区"借调"他为《前进在五七道路上》纪录片写解说词，果然宝刀不老，文辞斑斓。江青发现银幕上出现郭小川的名字，勃然大怒，责问："郭小川到处乱窜，有没有人管他？"此话一出，军区领导惊慌失措，对郭态度大变，于是郭又被踢回干校。

郭小川听到"四人帮"被捕消息，是1976年10月13日，当时他住河南省安阳招待所。诗人兴奋得难以入睡，按习惯吃了安眠药。不想手上烟蒂未熄，引发火灾而丧生，终年仅57岁。惜哉！

郭小川夫人杜惠，为光明日报文艺部资深编辑，与余同事。某年夏季亦同在北戴河休养，言及夫婿小川事甚详且颇为豁达。杜惠还将家藏书画文物精品（价值数百万元）捐给希望工程。亦女中之豪杰也！

诗词漫话之三十一

沈祖棻逸事

诗坛女杰沈祖棻（1909—1977），字子苾，别号紫蔓，原籍浙江海盐，生长于苏州。初用笔名"绛燕""苏珂"，初写小说、新诗，后转而专攻古典诗词，成为词学大家。与同为文史大家的程千帆（1913—2000）同窗且结为伉俪，诗文同道。有"昔时赵李今程沈"之誉。

沈祖棻以词驰名，幽婉深沉。"文革"颠沛，词作颇寡。1977年因车祸逝于武昌。当年春天，曾作《鹧鸪天·为人题桃花画册》一首，云：

> 灼灼秾芳雨露稠，十分春色占枝头。
> 赚将阮肇迷仙境，却累刘郎谪远州。
>
> 梅自避，李难俦。菜花依旧遍田畴。
> 残红乱落无人惜，一晌繁华逐水流。

此词伤春惜红，曲折叹惋。时间为1977年春，即其因遭车祸罹难之前也。有人以"残红乱落无人惜，一晌繁华逐水流"为其遭遇不幸之谶语。吾以为属于巧合偶然，颇不信古人谶语或预兆之说。

立此存照。

诗词漫话之三十二

床即床也，我读李白"床前明月光"

关于李白《静夜思》中"床"的含义，近年冒出不少标新立异之说，虽有所本，但很少站得住脚的。以我之见，还是正本溯源，让月光回到床榻上来。

不错，床的含义，有马扎、井栏等说，但最常用的还是我们睡觉的床。

不管中国和日本，古代和现代的版本如何，对李白的《静夜思》要全面看，即看环境、意境和心境。

一说床是井栏、井台，这不合情理：深更半夜，跑到井边坐着，要跳井吗？且井栏非平，夜间的第一视觉印象应该是黑黑的井洞。能有一片如霜的月光吗？如果李白原文是"山月"（据考宋版确是"山月"），那山和井的距离更远了吧！

一说床是马扎。在我们冀中老家，人们习惯地把马扎或小板凳称为"小床儿"。但那小小马扎，方仅盈尺，无所谓前后。何来"床前"？再则，马扎久坐难稳，容易疲劳，夜深坐马扎上，是不易产生诗思、诗情的。

产生乡思、情思最自然的所在，还是睡觉的床。试想，远离家乡，孤身在屋，月光皎洁，辗转难眠，非床而何？

早在汉代，五言诗就有"明月何皎皎，照我罗床帷"；曹丕的《燕歌行》，是古代夜思题材中最早的七言诗。其中有"贱妾茕茕守空房""明月皎皎照我床"之句；阮籍《咏怀》诗"夜中不能寐，起坐弹鸣琴。薄帷鉴明月，清风吹我衿"。这些，都是辗转床榻、夜不成寐。古往今来，在床上发情思、乡思的不胜枚举！"床"即床也！这是最基本、最原始、最合理也最为大众认可的理解。

别再标新立异，让月光和情思回到床上来吧。

诗词漫话之三十三

诗不可无"我"

诗不可以无我,是一个永久性话题。诗人生于世间,经之历之,观之思之,有所感,有所得,有所构想。于是推敲锤炼而为之诗。因此,我们可以直言不讳地说:诗不可以无我。

真正的诗词无不打上"我"的烙印。古今诗词许多篇章是直接有我:《诗经》三百篇直接写我的竟有半数:"投我以木瓜,报之以琼琚""昔我往矣,杨柳依依;今我来思,雨雪霏霏……我心伤悲,莫知我哀";汉魏以后,"明月皎皎照我床,星汉西流夜未央"(曹丕:燕歌行);"自古圣贤尽贫贱,何况我辈孤且直!"(鲍照:拟行路难);李白"仰天大笑出门去,我辈岂是蒿莱人。"龚自珍"我劝天公重抖擞,不拘一格降人才"。现代毛泽东:"我欲因之梦寥廓,芙蓉国里尽朝晖"等。

有些字面没有"我"字,但分明是我:杜甫"烽火连三月,家书抵万金",白居易"最爱湖东行不足,绿杨荫里白沙堤",岳飞"抬望眼,仰天长啸,壮怀激烈",陆游"死后元知万事空,但悲不见九州同",鲁迅"横眉冷对千夫指,俯首甘为孺子牛"。虽字面无我,但非他而我,言如我在就是我。

有我,分为直接和间接两种形式。还有的行文皆无我,甚至排斥我在。看似遗世独立、不食人间烟火。如柳宗元"千山鸟飞绝,万径人踪灭。孤舟蓑笠翁,独钓寒江雪"。细细品来,作者身世环境,峻拔孤寒的品性,人生的感悟和哲思都在里边,客观描写中有主观感受,不可以说是无我。

古来诗家和评论家关于"有我""无我"有不少讨论。最典型的是近人王国维先生《人间词话》。作者认为"有有我之境,有无我之境。泪眼问花花不语,乱红飞过秋千去;可堪孤馆闭春寒,杜鹃声里斜阳暮。有我之境也;采菊东篱下,悠然见南山;寒波澹澹起,白鸟悠悠下。无我之境也"。其对无我之境的解释是:"以物观物,故不知何者为我,何者为物。"

实际上,任何诗人不可能做到纯粹的"以物观物",归根结底是以人观之。喜怒哀乐,亦发自胸臆。有主观因素在,怎能是无我呢?

我们看到,当今不少诗人喜好议论国家社会大事,将重大事件、节庆概述议论一番,把"我"丢了。倒还不如从自己身边着眼,写写亲身的经历和真实感受。将"我"置于一个合理的位置,在"我"的微观中体现时代社会变迁的宏观。

诗词漫话之三十四

我说"获奖"

当下,各类大赛大奖委实不少。对大奖的心态也五花八门。有为获奖而雀跃,有见他人获奖而悻悻,有因落选而咒骂。又有窥测方向、削尖脑袋追奖,有人兜售获奖窍门,又有人找关系、做动作请托评委。更有的交钱可以买到"大奖状"和"大头衔",等等。

有人问我对大奖的看法。我说:

想开点!李白杜甫没有获过奖,甚至没有拿过稿酬!

我还说,人心浮躁社会浮躁文化也浮躁。大赛和颁奖是泡沫的一种。社会需要泡沫,但不要为泡沫湮没。

我还说,经验证明,获奖的未必是最佳,没有获奖的未必就不成,比如一些有个性有棱角的,不附合官权意向的,不愿以词害义有好句偶而出律的。我在讲座中举例的好诗多数没有获奖,但得到了掌声。

对于真正的诗人,奖是诗外之物。为诗,展性情,去浮躁,务深沉,求创新,见个性而已。作品,倘有一句半句为人记得,有二三子真心沟通、认可,足矣!

诗词漫话之三十五

"四大美人"谁第一？

某市举行历代服饰美术展览。诸宾面对各时代的美人指指点点，提出并争论一个重要问题：古代四大美人谁第一。

有说西施来自民间，美韵天成；有说赵飞燕身材苗条，能作掌上舞；有说王昭君真容难掩，出塞和亲，女中豪杰。各展其理，莫衷一是。只好找市委书记请示，书记说："拿照片来！"一一看罢美女照，拍板说："第一杨玉环！"众人悄问其秘书所以然。秘书说："领导认为，赵飞燕太瘦，西施装束太土，貂蝉身份太低，昭君穿得太厚。而杨贵妃不止娇柔百媚，而从今天的现代观念看，贵妃出浴，一丝不挂，十分透明，当然第一。"众人点头，皆服高论。

诗曰：

美人不同代，确实难相比。

领导眼光高，第一是裸体。

诗词漫话之三十六

丰子恺挨斗贺子婚

丰子恺（1898—1975），是一位多方面卓有成就的文艺大师，曾任上海中国画院院长等职。其风格独特的漫画作品充满童心和智趣，深受人们的喜爱。

丰子恺酷爱古典诗词，在"文革"中的牛棚，常靠一本《毛泽东选集》作掩护，偷偷地作诗填词，抒发情怀。

1967年11月一个风雨之夜，其幼子丰新枚与青梅竹马的女友在上海结婚。但这天晚上,丰子恺被揪到离家很远的虹口区去批斗。新郎新娘几次到弄堂口迎候,一直等到九点多钟,疲惫不堪的丰子恺才冒雨而归。

在那险恶的环境中,老人给新人买了一点礼品——一对小镜子。这对小镜子揣在他的怀里,聆听了批斗的喧嚣。

在简陋的新房里,丰子恺亲手为新人点亮了喜烛,并即席吟了自己的贺诗《贺儿婚口占》:

喜气满新房,新人福慧双。
山盟铭肺腑,海誓刻肝肠。
月黑灯弥皎,风狂草自香。
向平今愿了,美酒进千觞。

然后,从怀中取出暖烘烘的小镜子,分送给这对新人。

批斗之后贺儿婚,画家心绪有谁知。酸甜苦辣,喜庆与凄凉,杂糅一诗。深深地打上"文革"的印记。

诗词漫话之三十七

实话"诗说"

提倡一个理念:"实话诗说"。

诗词如同一切文化艺术,是社会生活的反映,即源于现实。实话,就是不离现实。其所写的世事、人物、景物、事件及共有之间的关系都来自生活。尽管调动了各种艺术手段,但皆有所本,这就是"实话"。

诗词,又是艺术的,不可等同现实,而是现实生活的提炼与升华。放飞性灵,奇思妙想,浪漫情怀,是一切文学艺术的属性,更是诗的本征。作诗,无疑是将生活艺术化、诗化,即须借助于想象和夸张等。由此，作诗不可拘泥实态，不必毫厘不差地描绘事物、景物，而以艺术的手段应之，即诗的意象，诗的语言，诗韵手段，这就是"诗说"。

"实话实说"诚然不错，做人做事当如此，而作诗不必如此！不须"实说"要"诗说"！

纵观当下诗词的偏向，浮躁有余而浪漫不足，实在有余而灵性不够。过于直接，偏于粗放，囿于实在，缺乏灵性，难以动人。

为诗，表层少些，深沉多些；直截少些，曲婉多些；口号少些，哲思多些。创意出新，浪漫写真。小题大做，大题细作。大处着眼，细部着手。让自己的灵性和魅力展现出来。

诗词漫话之三十八

诗与"铁律"

拿到一首诗，实习编辑看合否平仄，主任编辑看有无真情，高级编辑看有无创意。眼力不同、水准不同也。

据说某诗词刊物，多年不许一处出律破格。可谓铁律当关、万夫莫开者也！回望诗史千年，个人选集诸家合集如《唐诗别裁》《全唐诗》《千家诗》，至宋元明清，李杜苏辛诸大家，无论三百首、三千首、数万首，无一如此，无此标准，无此戒律也！

社会愈来愈开放，诗词愈来愈禁忌；人越来越不守规矩，诗规矩越来越多。这公平吗！

诗词讲格律，律外有好诗。给诗词束之锁链，诸般不许，既非传统，更非创新。难矣哉！

为诗事去黑龙江肇东，走铁路，经铁岭，说铁律。凌晨，老树记于车厢也。

诗词漫话之三十九

醋瓶问题

　　尤先生和老伴相依度日，时时迸出火花。一次，厨房的空醋瓶不知何故倾倒，互相指责怀疑。老伴说："家里就俩人，我没有，那是谁？"尤同样以话答之。说着，下意识把醋瓶扶起。老伴说："是谁已经证明。"尤说："如果认为我扶起瓶子就是我碰倒的，我宁可把瓶子再推倒。"老伴不语。悄悄出去打醋回来，声明："如果以为谁买了醋就是谁碰倒醋瓶，我宁可把醋倒掉。"二人沉默一会。傍晚例行散步时间到了。二人默默走出门外，尤先生声明："如果再提醋瓶问题，宁愿今天不散步。"老伴未吭声，二人缓缓而行，归于平静。

　　于是有醋瓶歌：

我说不是我，你说不是你，
好端端的醋瓶怎么倒了呢！
你非说是我，我非说是你，
这样的官司法院不受理。
你也别上火，我也不着急，
过日子咱就得学会和稀泥。

诗词漫话之四十

中华全国省市诗（凡34首）

　　日前友人转来楹联一组，描写全国31省市加港澳台，共34则，不知作者谁。虽平仄欠工，颇新锐有趣。吾仿其意，作绝句34首。亦含"十一"祝庆之意也。

北京

　　　庄严富丽气峥嵘，浩荡皇家变废兴。
　　　容得神州千载事，环球仰望大都城。

上海

　　　沪上岂容输港台，大江东去莫徘徊。
　　　接天楼厦凌欧美，老外争相寻梦来。

天津

　　　　不辨东西南北，津门快腿名嘴。
　　　　海河九大支流，还是南方调水。

重庆

　　　火锅麻辣煮人生，苦辣酸甜俱有情。
　　　两水合龙高坝起，险滩激浪一时清。

河北

　　　一片真诚护北京，水源环境作牺牲。
　　　你中有我京津冀，造福于民近且平。

江苏

　　　居得下游争上峰，长于北进与南通。
　　　百强市县常居首，发展全凭百姓功。

浙江

> 西湖参画境，古寺拜灵隐。
> 八月大潮来，守时最有准。

安徽

> 天柱黄山久有名，民居古镇似天成。
> 也曾想过唱低调，纸墨徽商意不平。

江西

> 滕王著妙章，大浪涌鄱阳。
> 老表英雄气，红旗耀井冈。

福建

> 闽南老戏韵多娇，宝岛隔云路不遥。
> 演绎多年对台戏，乡愁老酒大红袍。

山东

> 万卷诗书仰大儒，泰山绝顶是天衢。
> 孔明孙武羲之笔，冠盖三江叹不如。

山西

> 关公义气与天齐，寒食清明悲鸟啼。
> 万众寻根大槐树，文华灿灿看山西。

内蒙古

  太祖弯弓射大雕，踏平欧亚气堪豪。
  风流云散分南北，蒙汉相谐韵更娇。

辽宁

  当羡作霖东北王，敢同日寇动刀枪。
  可怜血火英雄辈，不及歌台小沈阳。

吉林

  胜景奇峰长白山，江流一脉接朝鲜。
  恼他小子弄核武，污染时空水不甜。

黑龙江

  雪原林海水云长，累代南疆侵北疆。
  一自鏖兵珍宝岛，不教胡马渡龙江。

广东

  长风鼓浪粤之南，引领新潮走在前。
  除了四条桌椅腿，人间万物敢尝鲜。

广西

  踞守西南秋复春，民歌三姐妙无伦。
  幸而留得原生态，绿水青山胜万金。

海南

> 曰琼终不穷，海口起雄风。
> 捉鳖三沙水，擎天五指峰。

河南

> 南邻江汉北黄河，负面名声可奈何！
> 享誉全球少林寺，中原毕竟好人多。

湖南

> 辣味燎原烈火浓，潇湘妹子胜芙蓉。
> 豪歌响彻云天外，走出伟人毛泽东。

湖北

> 人脑精明鸟九头，鏖兵赤壁几曾休。
> 大江豪唱三千里，不负云霄黄鹤楼。

云南

> 如诗如画彩云南，百鸟争鸣大象闲。
> 版纳腾冲香格里，昆明四季是春天。

贵州

> 千山青翠万泉流，有地无平羡贵州。
> 一派清幽瀑布响，茅台美酒醉心头。

四川

> 九州未乱蜀先乱，天下已平蜀未平。
> 麻将声中真蕴在，每逢大难敢牺牲。

西藏

> 雪域高原别有天，五洲仰望地球巅。
> 孤家达赖自神圣，未及班禅结众缘。

陕西

> 泾渭之滨华夏源，诗人谁不羡长安？
> 华山眺望延河水，辣子泡馍最美餐。

甘肃

> 大漠荒沙带晚烟，长廊雁阵入胡天。
> 驼铃千里歌红柳，唱得群山卷巨澜。

宁夏

> 万里黄河第一弯，沙丰水富赛江南。
> 王陵苍古枸杞艳，莫怪游人不肯还。

青海

> 三江一海展缤纷，礼佛传经古寺新。
> 虫草于今全作药，仁心难抵巨贪心。

新疆

> 春风早过玉门关，达坂雪峰瓜果鲜。
> 地阔岂容分裂梦，依然虎踞与龙磐。

台湾

> 日月潭高风雨斜，百年离乱忆伤疤。
> 乱英梦想越墙去，别忘两边属一家。

香港

> 神州雪耻百年期，扬首雄鸡自在啼。
> 风雨连番紫荆艳，岂容丑类辱国旗！

澳门

> 民心国脉共亲情，故土回归万象荣。
> 侧畔新帆抛旧浪，不凭赌场论输赢。

诗词漫话之四十一

隋炀帝的"东西行"

今秋九月去东北采风，十月赴西北观光。与诗友们都说到一个人物，就是隋炀帝杨广及其文治武功。

杨广东征高丽时，写下了《纪辽东》二首：

其一

辽东海北翦长鲸，风云万里清。
方当销锋散马牛，旋师宴镐京。
前歌后舞振军威，饮至解戎衣。
判不徒行万里去，空道五原归。

其二

秉旄仗节定辽东，俘馘变夷风。
清歌凯捷九都水，归宴洛阳宫。
策功行赏不淹留，全军藉智谋。
讵似南宫复道上，先封雍齿侯。

据一些专家考证，这是中国历史上最早的定型词作，本人同意这种观点。

更值得称道的是杨广对西域的巡视与开发，且是第一届万国博览会的创始者。

大业五年（609），杨广率大队人马从长安出发，横穿祁连山，到达河西走廊的张掖郡。皇帝此行决非游山玩水。边关遥远、环境恶劣。大队人马遭遇到暴风雪的袭击。士兵冻死及半，随行官员也多有失散。尽管如此，天国皇帝的威严震动西域。在张掖，西域二十七国君主或派使臣前来朝见，表示臣服。杨广还在丝绸之路的焉支山举行了盛大的"万国博览会"，各国商人云集张掖进行贸易。中国皇帝抵达西北如此边远的地方，杨广确是特立独行，很不一般。

又及，杨广开发大运河，主要还是从政治经济及南北交通考量，实践证明其意义非凡。吾有一小词《浣溪沙·运河与长城》：

南北东西漫打量，运河宽则长城长。是非功过两茫茫。　漕运千年输水米，雄关万里跑胡狼。小隋似比老秦强。

为隋炀帝摆些文治武功。一家之言，智者识之。（寒露日写于张掖之晨）

诗词漫话之四十二

想象之奇与浪漫之特

深秋走河西，重温相关历史与诗篇，感受到雄阔、苍茫与魅力，感受各民族文化的影响与融合。匈奴、鲜卑诸游牧民族的诗篇，似雄鹰骏马，昂扬奇特，极具想象夸张的浪漫主义色彩。如：

"敕勒川，阴山下。天似穹庐，笼盖四野。天苍苍，野茫茫，风吹草低见牛羊。"寥寥二十余字，展现出北地草原的壮丽图景。诗将天比作穹庐，极其形象逼真。加之苍苍与茫茫，磅礴粗犷，有极大的艺术感染力。

匈奴战败失去了水草丰美的焉支山，其哀其叹，亦悲凉杰特：

失我祁连山，使我六畜不蕃息；
失我焉支山，使我嫁妇无颜色。

焉支山之草，可肥牛羊六畜。焉支山之花，可为妇女美容。失之不再。其悲其叹，不作概括，不发议论，而假以细节，只言对牲畜繁衍与妇女美颜的影响，即所谓"大题细作"。颇得诗之精要，故尔流传千载。

武威出土的马踏飞燕，是中国旅游的图标。马燕凌空齐飞，马蹄踏在矫燕之上，引起无边的想象。令人惊叹者久之，吾深有所感，以诗记之：

焉支山上漫胭脂，飞燕凌云马踏奇。
天似穹庐笼四野，浪漫无边有好诗。

诗词漫话之四十三

民族融合与"杂种"

中秋在河西走廊游走访古，重温中华各民族千年融合的历史，深感很难说有某个纯粹的民族了。尤其是汉族，实际是多种、多族的大群体，历史上不知演化、融汇了多少次。亦是其长盛不衰的重要原因。由此又想到我的老师汪篯先生。

汪先生作为陈寅恪教授的弟子，北大历史系教授，秉承陈教授民族融合说。记得我们第一节南北朝课，汪篯先生进入主题的第一句话是："我们大多数汉族和少数民族早已不是纯粹的了。"他公然指着自己的鼻子大声说"我就是杂种"！语惊四座，细想有理。连隋皇杨家和李唐皇家都有着少数民族血脉，谁能纯而又纯！故我有小诗云：

老师说"我是杂种"，
源在民族早混融。
一语天机君道破，
难得真话好先生。

当今，中国乃至世界民族融合依然是大趋势且正在加速，尽管不同民族、国家、宗教之间纷争不断。而正是这种争斗，加速了融合。所谓世界大同，实际上是人种的混元趋同。虽路漫漫，不可免也！

树 记于河北磁州研讨会

诗词漫话之四十四

秋访花驼岭

中华诗词研讨会采风，昨至磁县花驼岭。此是改矿山为景区的项目，山林深幽，有卧佛、美女峰等景观。其村甚古，千年柏、巨石碾皆为奇特。更有抗战时期八路军兵工厂遗迹可供观览。某户中年农民，积年收藏红色文物，有枪支地雷、八路军帽地图文件之属，数百件中不乏精品。其屋倚山，半房半洞。灯光幽暗，门窗颓然，极其艰窘。与解放前无异。问其生计，则无娶妻之力者。参观者皆深为叹惋。何扶贫工程鞭长未及也？有小诗记之。

秋访花驼岭村

曲折上高梁，山深路更长。
花驼驼日月，石碾碾秋光。
抗战藏军火，平居奔小康。
可怜有好汉，无力娶新娘。

登花驼岭和同振兄

不诵佛经不慕仙,英雄喜过美人关。
石驼峰上烽烟止,难得平民睡梦甜。

【注】
岭上有卧佛和睡美人。

登峰漫题

花驼岭上展娇颜,无赖骚人眼欲穿。
还是佛爷心性好,美人在侧不纠缠。

诗词漫话之四十五

老申怪论(灵感来自肇东八里城)

地上本来有条路。没有人走了,变作蛮荒处。
洞里本来是狐獾,拜的人多了,居然成了仙。

狐狸不爱钱,怕人更怕烟。
早已被吓跑,香客拜没完。

机会被多数人看到,被少数人抓住。
纯粹的好人和坏人很难成功。成大事者往往是好人中的坏人,或坏人中的好人。

小诗

君子知音少，人才悲剧多。

几波文字狱，湮没大风歌。

诗词漫话之四十六

诗词，出现新潮了吗？

回顾百年诗史，中华诗词经过复苏走向复兴，已经到了一个新的发展阶段。诗词出现了复兴与新潮，我们正处在新潮初起的历史阶段。

一、新的诗潮自毛泽东《沁园春·雪》始

1945年11月14日，即毛泽东与蒋介石重庆谈判之后，重庆报端发表了毛泽东《沁园春·雪》，引起重大反响。其震动文坛，引发论战，关乎国是，关乎两党，关系中国的前途与命运。一篇文章有如此效应，在中国诗词史上罕有其匹。

毛诗中包含有十分重大的题材。《沁园春·雪》之外，《忆秦娥·娄山关》《七律·长征》等，反映了社会和时代变迁。而《七律·人民解放军占领南京》，更是改朝换代的直接纪录。这是诗词史上所仅见的。

从那以来诗词，七十年间复苏和复兴，出现了全新的局面，诗词队伍的壮大，诗词活动的繁盛，诗词的数量与质量，都有新的开拓，比以往多有过之。

二、诗词获得了空前的社会支撑

新中国建立前后，毛泽东几次表达了"诗词不易学"和"不易在青年中提倡"的意见，那是基于诗词小众、多数社会成员文化水准低下的社会环境。而今天，广大社会成员的文化水平有了很大提高，大学毕业者已大量增多。人们更多地了解、喜欢和认可诗词并动手写作，诗词的受众与影响明显扩大。古诗"鹅鹅鹅"和"锄禾日当午"逐渐在广大儿童中普及。中央电视台的诗词大会获得众人称赞也是证明。由此可见，诗词获得了以往任何历史时期所未有的广泛社会支撑。

三、诗词能够反映社会生活

一种文学艺术样式有无生命力，在于能否反映时代和社会生活。当代诗词，对时代变迁、社会生活、爱情情感、山川吟咏、喻讽批判各个方面都有所表现，且都有佳作。这些，或以情胜，或以细微胜，俱超越以往，充满时代气息。

应该看到，当代已经出现了相当数量的代表人物、流派和代表作品，有些诗人和作品可以定评。

四、诗词的样式优势

中华诗词的属性特点是：简炼、概括、押韵。便于记诵，易于传播。人们沟通信息交流情感，可以便捷地利用诗词形式。这个特性，在快节奏的社会生活中非但不受排斥，反而受到欢迎。与新诗及其它样式对比则更见优势。

这些元素，构成了认定当代已经出现诗词新潮的依据。

诗词漫话之四十七

霜降之秋岳阳楼

霜降之秋，又登岳阳楼，八百里洞庭在薄雾中掩影，不甚分明，界于阴雨霏霏与春和景明，或在庙堂之高与江湖之远中间。水退湖减，人多景添，非复昔日。岳阳楼自建以来，千年之中，毁则重建，建则又毁，凡十余次，而唐宋明清之际，制式格局皆不同也。世事沧桑，一切都在变，而没有变的是范文正公"先天下之忧而忧，后天下之乐而乐"的理念，而真正践行者又有几人？想诗圣杜甫，东西漂泊，身殁洞庭。其忧国忧民，无权无力，庙堂权贵又谁能倾听诗人的声音呢！感而记诗二则：

洞庭怀杜甫

长安百代帝王州，唱到霓裳气象休。
头顶拾遗工部帽，身心漂泊洞庭舟。
烽烟藩镇连天乱，酒肉朱门带血流。
嗟我生民真侥幸，老杜肝胆为歌讴。

又登岳阳楼

范句登临旧，斯楼屡见新。
滔滔天下客，谁是践行人！

诗词漫话之四十八

人到古稀还写诗吗？

人生七十古来稀。古稀之年还写诗吗？好多古之大诗人是不写了。李杜苏辛都没活到七十岁，怎么能写呢？袁枚说，"余年过六十，屡次戒诗。而屡有吟咏。"欲罢不能，自嘲是"诗中冯妇"。袁才子活了八十多岁，不但写诗不辍，晚年还收了弟子。陆游写《示儿》诗作为遗嘱，那时肯定有八十岁了。看来，莫作一刀切，由着性情来。吾曾有言，"此身当与诗同在，一寸光阴一句诗"，诗真是生命中不可或缺的。那就有感而发，既不搞"封笔"那一套，也别倚老卖老，无病呻吟，和青年才俊争高下、争版面。对退休老人而言，就是"别忙了，也别闲着"。对否？吾有竹枝词唱道：

人生何处不登楼，累代佳篇在上头。
天无雨雪是失信，我不吟诗是负秋。

诗词漫话之四十九

莫以"规矩"吓人

诗词是讲规矩的，简言之就那么几条。变通亦有多式。历代论诗者，主张放开和主张禁戒的言论都不少。"唐人少禁忌，故尔大繁荣"。而有一种倾向，把古人主张宽松的意见全抛之云外，把禁忌的说法全都拣起，什么蜂腰、鹤膝、双声、叠韵之类，如一道道绳索束缚诗者，似乎讲的规矩越多越繁琐就越有学问。故弄玄虚，恫哄吓人，非温柔又非敦厚也！袁枚对此亦深恶痛绝，说，"必欲繁其例，狭其径，苛其条规，桎梏其性灵，使无生人之乐。"诗树老申亦言：诗词逐代开放是历史趋势。当今之世，人越来越不守规矩，弛其所为；对诗词越来越多规矩，禁忌捆绑。这公平吗？故曰：

诗词有韵律，失之有得之。
性灵为至要，律外有好诗。

诗词漫话之五十

"隔空作诗"小议

  什么叫"隔空作诗"？就是某个地方某些场景，从未去过、见过，却能为诗。甚至凭借网上资料作诗参赛得奖。吾上月参加东北某诗词大赛作终评委，其获一二等奖者皆非本地人，并从来没有亲临其地。问其所由，答曰"网上看了材料简介即可"。据我所知，已经有了隔空作诗专业户，瞄准某大赛，足不出户闭门造诗，屡有成功。难道说"读万卷书，行万里路"的古训可以作废了吗？

  诚然，人不能事事亲历亲为。各种渠道各种方式作诗为文，不足为怪。范仲淹写《岳阳楼记》时没去过岳阳，李贺写"遥望齐州九点烟，一泓海水杯中泻"也没有航天。但是，设想作者亲临现场，有实地观察感受，写出来的东西只能更好些而不是差些。从诗词离不开生活的理念看，虚拟取代不了现实，网络代替不了行走。实地考察可超过预想，更能把握本质，收获激情，迸出意想不到的火花。月初我去河北磁县深山的花驼岭采风。不至其境，不进农屋，很难想象那样美好的境界还有穷得娶不起媳妇儿的壮汉，很难发出"可怜有好汉，无力娶新娘"的感慨。袁枚说，"读万卷书，行万里路，缺一不可"（《随园诗话》补遗卷之一），是许多古今诗人所证明了的，不因现代社会信息发达而废弃。故曰：

    网络诚可用，实践价更高。
    若想求真谛，最好走一遭。

诗词漫话之五十一

诗有诀窍吗？

写诗有诀窍吗？我不知道。我不赞成搞什么诗词作法一二三、技巧ABC。当然亦有可总结借鉴之处。清朝李沂说，"学诗有八字诀：多读、多讲、多作、多改而已。"刘征老说，他的启蒙老师贺孔才先生嘱咐，"学诗之道无他，取法乎大家，熟读多作而已。"我与刘老讨论，同意再加一个"多思"，成为"熟读多作多思"。所谓读，除了熟读古之名家经典外，还要多读当今好诗。当今之世，反映时代生活的佳作不少，可资借鉴。不宜目中无诗，搞虚无主义。现在有的人不读他人诗，拿到一本杂志先看看有没有自己的名字，其他则一概省略。这是很浪费资源的。为什么还要加一个"多思"？就是深思熟虑，创意出新。自己的作品可以不成熟，但务必有追求，有特点，力争有别于前人、他人和自己，"以出新意为第一着。"多思多读多写，就能渐入佳境。好的意念、好的思维、好的词语不是憋出来而是迸发出来——诗如泉涌之谓也。

诗词漫话之五十二

桃江识得郭纯贞

日前至湖南桃江讲学，识得才女郭纯贞。郭纯贞是四百年前的女诗人，花鼓戏《桃江情》的女主人公。此剧是真人真事的艺术再现。我被邀观摩彩排，深受感染。

郭纯贞祖居桃江合水桥，是明末江西巡抚郭都贤的二女儿。她熟谙经史，长于诗文。明清鼎革之际，父亲为她许婚黔国公沐天波的儿子沐忠亮。不久，明朝覆亡，沐忠亮投靠南明唐王，率部败走广东转入缅甸,客死异乡。郭纯贞与沐忠亮的联系隔绝,忠于爱情,誓不再嫁。其父因忧世伤时,出家为僧,纯贞亦遁入空门终老山林。

最值得称道的,是郭纯贞的爱情诗。其以"驿梅惊别意,堤柳暗伤情",作拆字诗十首:

一

马蹄踏破板桥霜,四顾无人暗断肠。
幸有香魂萦妾梦,驿门深锁五更床。

二

木兰初发送云鞯,人去南州路几千。
毋谓滇池迷雁迹,梅花传信报君还。

三

苟道相期一揖归,文光遥映美人衣。
马嘶墙外君何去,惊起嫦娥泪暗飞。

四

口里嗟君梦里逢,力穷无路诉苍穹。
刀环在手凭谁赠,别锁春愁昼掩宫。

五

立傍闲庭扪翠钿,曰君曰妾两相牵。
心怀闷懑浑如醉,意拟春蚕已再眠。

六

土圭测晷度林斜,日泊西山起叹嗟。
是影是真俱是幻,堤杨高噪暮投鸦。

七

木落山空近晚秋,夕阳归雁过南楼。
耳边不听真消息,柳絮纷萦弄黑头。

八

日渐西驰事渐遐,立盟空复待年华。
音书一断鱼沉海,暗地思君哭落花。

九

人间何必辨春秋?人死人生总是愁。
易理既明休问卜,伤心唯听泪珠流。

十

心中眷恋君知我,主意仍然我与君。
青鸟已空云外信,情牵终世总无闻。

才气纵横,含血带泪,幽怨深沉,只就第一首起句"马蹄踏破板桥霜"论,凄美中有悠远雄健气,颇有超越。盖因坚而韧、"秀而雄"也。纯贞诗及画皆驰名当时。是女诗人之杰特者。就诗之水准而言,非但于湖南益阳,就整个中华诗史,亦当有一席之地。故记之。

诗词漫话之五十三

胡乔木诗词风采

新中国十七年间,中共领导人公开批量发表诗词的,毛泽东而外,就是胡乔木了。

1965年1月和11月,《红旗》杂志分别发表了胡乔木的《词十六首》和《诗词二十六首》。以激越的时代颂歌和新词丽句吸引读者、广受好评。特别是,乔木先将初稿呈毛泽东,毛对这些诗"把玩推敲",为之修改润色,并亲自推送发表。择要录之:

六州歌头·国庆

茫茫大陆,回首几千冬。人民众,称勤勇,挺神功。竟尘蒙!夜永添寒重。英雄种,自由梦,义竿耸,怒血迸。讶途穷。忽震春雷,马列天涯送。党结工农。任风惊浪恶,鞭影指长虹。穴虎潭龙,一朝空。　喜江山统,豪情纵;锤镰动,画图宏。多昆仲,六洲共;驾长风,一帆同。何物干戈弄,兴逆讼,卖亲朋,投凶横,求恩宠,媚音容。不道人间,火炬燃偏猛。处处春浓。试登临极目,天半战旗红,旭日方东。

水调歌头·国庆夜记事

今夕复何夕,四海共光辉。十里长安道上,火树映风旗。万朵心花齐放,一片歌潮直上,化作彩星驰。白日羞光景,明月掩重帷。　天外客,今不舞,欲何时?还我青春年少,达旦不须辞。乐土人间信有，举世饥寒携手，前路复奚疑？万里风云会，只用一戎衣。

菩萨蛮·一九六四年，十月十六日原子弹爆炸

其一

神仙万世人间锁，英雄毕竟能偷火。霹雳一声春，风流天下闻。　风吹天下水，清浊分千里。亿众气凌云，有人愁断魂。

其二

昂昂七亿移山志，忍能久久为奴隶！双手扭乾坤，教天认主人。　浮云西北去，孔雀东南舞。情景异今宵，天风挟海潮。

其中，"天外客，今不舞，欲何时？还我青春年少，达旦不须辞"，"霹雳一声春，风流天下闻""双手扭乾坤，教天认主人"等句，奇思峻语，别开生面，真正了得！

新中国诗坛曾是新诗的天下。就古体诗词而言，其能够鼎立不衰，毛泽东之外，胡乔木是主要支撑者，影响甚至在郭沫若之上，原因是其形象与哲思的出新，略胜一筹。因而在诗词史上占一席之地。

诗词漫话之五十四

红尘难舍

　　进入深山幽境，诗人们往往发出感叹，"要在此结庐隐居多好啊！"实际上，这些人都是两面派，他们是耐不住寂寞的。住上三五天尚可，十天半月之后就归心似箭、逃之夭夭了。我也是！

　　其实，诗人没必要和不可能看破红尘、与世隔绝。那位谪仙李白，上得了山也下得了凡，没酒没女人的日子他是受不了的。历史上几位诗界名僧实际上也没有断绝尘缘，写了不少反映社会生活的作品。唐代王梵志虽然是出家人，但其诗故意"俗化"，写人间百态，例如："他人骑大马，我独跨驴子；回顾担柴汉，心下较些子。"又如僧皎然访寻陆鸿渐不遇，写诗道：

　　"移家虽带郭，野径入桑麻。近种篱边菊，秋来未著花。叩门无犬吠，欲去问西家。报道山中去，归来每日斜。"

　　皎然寂寞了，要找茶圣陆羽喝茶聊天。今人何不如此呢？在恩施野三关，我曾写过，"欲在山中住，红尘尚难舍"。去湖南桃江，羡慕山中农民神仙似快活，写道："一路拨云还看山，羡他耕者有田园。欲来此作神仙住，难舍一平十万钱。"山居固然美，难舍城中楼房呀！花花世界多好啊，有好吃的好喝的好看的，有情有酒有朋友。有霾有雾有乡愁。由此，诗人及作品，还是不离开现实生活为好。

诗词漫话之五十五

钟家佐：伉俪情深

钟家佐，当代诗书双修、影响广泛的名家。钟老1930年出生于广西贺县，曾任中共广西自治区党委常委、秘书长，自治区政协副主席，中国书法家协会理事，广西书协主席，广西诗词学会会长。其诗书皆朴实恬淡，寓情于景，风云入怀，极富个性。

1971年秋，"林彪事件"在党内干部中传达。钟老进入会场，却不被承认是共产党员，当场驱之门外。徘徊之际，被其夫人罗女士看见，问其所以，钟答"共产党不要我了"。罗女士大声说："共产党不要，我要！"随即搀扶回家，百般劝解。夫妻互相砥砺，走过了艰难岁月。

解脱后，钟老到重庆白公馆参观，见死牢门口有石榴树一株，为共产党人许晓轩所植，卓荦牢旁，红花似火，感而赋诗：

> 带枷种石榴，洒血育根苗。
> 幼小多苦难，长大向云霄。
> 暴雨不低头，狂风不折腰。
> 扎根红岩下，挺拔向天笑。
> 牢记淋漓血，胸中怒火烧。
> 低回思烈士，肝胆两相照。
> 终见阴霾散，江山春色娇。
> 火花红满树，烈气永不凋。

这首诗，亦是其夫妇坚忍不拔品格的真实写照。

钟老幽默机警，胸怀若谷，与我是忘年之交。其八十寿辰时，我曾为其伉俪赠诗云：

"火样榴花色不磨，如磐风雨忆蹉跎。钟敲锣打叮铛曲，信是人生大爱歌。"

现在，钟老意气风发，锐气不减，昨天他打电话对我说，明年还要出国旅游呢！真心祝他老人家健康并带回好诗来。

诗词漫话之五十六

某书记"论诗"

某市领导喜好风雅，自称于古代诗人中最爱东坡诗。你看，"大江东去浪，淘尽千古风"，这两句多有气势！看到市诗词大赛获奖作品，评论道：这首"沁园春"不错。只是长了些，砍去几句就更精炼了，诗贵简短嘛！又说，时代不同了，不要老讲"平平闪闪平平闪"的（他把仄读成闪），秘书提醒是仄不是闪。书记宽解地说，对对！我从小就这样念，一个意思嘛。比如走路，闪了一下就仄歪了，仄了一下也就把腰闪了。众皆暗笑。老申曰：此公毕竟可爱。与那些只抓经济认金钱、冷落文化的领导相比还是好事，只是有待提高而已。

诗词漫话之五十七

胡乔木代笔《沁园春·雪》吗？

坊间有一说法，毛泽东的《沁园春·雪》是胡乔木代笔，事实非也！

有记者向胡乔木女儿胡木英求证，胡木英断然说：不是。父亲没参加过长征，壮丽景观没经历过，这不是凭想象就能写出来的，而且按照父亲的性格，他不会写出主席那样的气魄。

吾人八十年代初曾与胡乔木儿子胡石英同在一室办公，议论此事，石英也说，"绝无可能！"

最有说服力的证明是，女作家丁玲晚年公布了其1936年底到达保安，毛泽东在窑洞里和她谈心时，书写了八件诗词，《沁园春·雪》赫然其间。而胡乔木是1937年夏才抵达陕北，四年以后才任毛的秘书的。由此，胡乔木1944年为毛代笔的谎言不攻自破。

然而，面对无可反驳的事实，至今还有人坚持胡为毛代笔。谣言破而不灭，且与事实并存，古今皆有之，不足为怪也。

诗词漫话之五十八

什么是诗？

某日午夜三点左右，敢峰（著名教育家、哲学家）老先生发短信给我，只有三个字："何为诗？"深更半夜，可见其思也执着。我为之警醒，抛开字典定义，率意答之曰："人间万象，胸中块垒，兴观群怨。感之为情，发之为诗。赞之为歌，悲之为哭。皆本性之释放、心灵之呐喊也！"还附小诗一首：

> 友人问我何为诗，身在其中心自痴。
> 百感茫茫连广宇，为民歌哭是男儿。

当然，这是某个角度，一己之见。

关于诗，刘征老师说："抛开形式和定义，每个人体验和表达不同。我换一个角度说，诗是心的音乐。心是什么？是主观对客观的真实感受。这感受中最激动或最宁静，最深邃或最清亮，最雄浑或最飘逸，如管如弦如钟如鼓的一部分，若是得到艺术的体现，那就不管采取什么形式，都是诗。"

古之论诗者多矣！司马迁说，"盖文王拘而演《周易》；仲尼厄而作《春秋》；屈原放逐，乃赋《离骚》；左丘失明，厥有《国语》；孙子膑脚，《兵法》修列；不韦迁蜀，世传《吕览》；韩非囚秦，《说难》《孤愤》；《诗》三百篇，大抵圣贤发愤之所为作也。此人皆意有所郁结，不得通其道，故述往事、思来者。"是逆境苦难出诗人的意思。

吾人尊奉孔夫子的"兴观群怨"说。认为：诗言志，更言情。诗为心声，没有性情，没有个性和创意，就谈不到诗。无病呻吟的文字，逢迎拍马的谀词，拾人牙慧的重复，搜索枯肠的拼凑，表面似诗，但徒有其表，没有灵魂。非真正诗者也！

诗词漫话之五十九

史思明与"官大诗好"

唐代"安史之乱"的那位史思明，打到东都洛阳正赶上樱桃成熟。老史吃了樱桃，觉得味美，要送一些给在北方的儿子"怀王"史朝义。史思明又想起怀王的老师周挚，也应当分他一些。兴之所至，写了一首诗：

"樱桃一笼子，半赤半已黄。一半与怀王，一半与周至。"

"诗"写好后，左右莫不赞他笔力不俗。不过，有人实在看着别扭，硬着头皮说："诗固然极好，但是如果把后两句颠倒一下，写成'一半与周至，一半与怀王'，就更加合辙押韵了……"

史思明闻言大怒，斥道，"我儿岂可在周至之后？"

实际上，这是个很简单的问题。就押韵而论，第二句改为"半黄半已赤"也可就顺谐了。

由此提出一个问题：官大就诗好吗？非也。现在有些诗词会议，一律按官阶排座次。有些刊物目次，总是让会长和领导名列前茅，令人生厌。（按：《唐诗三百首》五律是让玄宗皇帝祭孔子的诗打头，其它则都不是。但我们的官员既无"九五"之尊也没那水平）历史和现实都告诉我们：官大未必诗好。诗坛何必要搞"官本位"呢！处处大官优先，能被大众认可吗，经得住历史考验吗？

诗词漫话之六十

如何看待诗词"用典"？

诗词能用典吗？大概有三种主张：

第一种态度是坚决反对，认为，诗词属于小众，阅读欣赏本来就有局限，如果引用典故，让人捧着词典来读，就更索然无味了。因此，坚决反对用典，可谓"禁典派"。

第二种态度是写诗必用典。

这些人认为，诗词文史贯通，使用典故，可以言简意赅、儒雅风韵。不用典故不写诗，甚至无典不成句。这样极端，有卖弄之嫌，"掉书袋"了。袁枚讽刺作诗必用典，说："人有典而不用，犹之有权势而不逞也。"换句话，就是为了显摆。

第三种态度是：可以用典，尽量少用。要用得对、活用、化用、巧用。我赞成这种态度。典故毕竟埋于史中，了解的还属少数，而随着历史演进，人们不可能也没必要像以往积累那么多文史典故知识。为了易懂，不用或少用为佳。用则追求新意。

我近日去遵义写了一首绝句《娄山关》：

"若在天边若眼前，秦娥一曲唱多年。如今车马翩然至，谁解当时行路难！"秦娥一曲，是说毛泽东"忆秦娥"影响巨大，广为传唱。这种手法似可视为用"新典"。

《鹧鸪天·冬日》则云："怀旧友，羡新军。折腰半世老来伸。"说大半生为饭碗奔忙，听命于人，现在该伸一伸腰了。明显化用陶渊明"不为五斗米折腰"。而另一诗友《弹棉歌》云：

弯弓不为射天狼，弹尽霜花面已霜。

我纵无心分薄厚，奈他世上有炎凉。

起句说弯弓不是射天狼，却要与苏东坡"西北望，射天狼"联系，委实奇思不凡。结句也韵味悠长，堪称佳作。这样的用典，诗人和读者以为何如。

诗词漫话之六十一

孔子"删诗"了吗？

中华诗词有多长的历史呢？一般认为从《诗经》开始。当然还有"卿云""弹歌""击壤"等，可能早于《诗经》。但作为规模集约，《诗经》是我国第一部诗歌总集，可视为诗歌的源头。影响也巨大。

至于《诗经》的年代。在孔夫子之前已经流行，距今已经2600多年。其中较早的"周颂"应是武王时期的作品，至今应超过3000年了。

关于《诗经》，历代有孔子删诗之说，又有置疑和反对孔子删诗之说。

孔子删诗的说法始于司马迁。《史记·孔子世家》明确说："古者诗三千余篇，及至孔子，去其重，取可适于礼仪……三百五篇，孔子皆弦歌之。"

《左传·襄公二十九年》即公元前544年记载，吴国的季札到鲁国观礼乐，鲁国为季札演唱的诗，其分类和排序与后来的《诗经》相近。那时孔子才7岁，当然无从删诗。

我的见解是，对于之前已大概成型的三千首以上的诗，孔子在其教学过程中整理和编辑过，此为"删"的本意。"删"是会意字，从刀从册。册是简册，把若干竹简编穿在一起叫"册"。简册的内容有取舍，要用刀，所以从"刀"。孔子创私学，需要一个简要的版本，自然要对以前有所取舍了。现在的《诗经》，基本就是孔子教学的版本。孔夫子是历史上最早的高级编辑，是编辑学的鼻祖。

至于孔夫子说的"郑声淫"和"思无邪"，后人有的把它理解偏斜了："淫"，兼有浸润和放纵之意，并非等同"淫乱""淫荡"。例如《郑风·溱洧》："维士与女，伊其将谑，赠之以勺（芍）药。"青年男女春天聚会，在水岸祝福祈求。在万紫千红中穿行，相互调笑，互赠芍药以定情。如此美好烂漫的乐曲，孔圣人并不排斥，且编入教材。"思无邪"，除了说诗本身"无邪"外，更是教诲弟子正确领会，见到爱情诗篇不要产生邪念！如此而已，岂有它哉。

由此又想到删与不删，历史是公正的，诗河大浪淘沙。那些广为流传的是因为有生命力，而平庸的东西难免淘汰。即使像乾隆贵为天子，有万首诗词，写在绢帛，珍藏秘阁，实际无人欣赏，不过是诗的木乃伊而已。

诗词漫话之六十二

我的导师吴世昌

吴世昌先生是我的诗词导师，诗界似乎闻所未闻。那就由我徐徐道来——从报考社科院研究生说起。

1978年，"文革"后第一次研究生考试。我毕业于北大历史系。就我的学业和老师对我的了解，考回北大读研没有问题。北大历史系亦通报我，田余庆、吴宗国等先生都有招生计划。孰料春天到来，突然说几位教授因"梁效"写作班子牵连，被取消招研计划。那时我在北京某工业公司已干了八年宣传工作，极欲脱出。除直接联系调往教育部外，便临时抱佛脚，转向报考社科院唐宋诗词研究生，导师便是吴世昌先生。经过两个月准备赴考，成绩居然名列前茅。复试面试时,我亦成功调入教育部《人民教育》编辑部当记者,第一篇文章《春雨之歌》便得到中央领导批示而"一炮打响"。教育部领导和同事希望我留住,吴世昌先生则动员我读研。与先生面谈中,先生告之,我在300多名考生中专业成绩第二(专业88分,作文89.7分。有档案可查)他喜欢我是由于我原专业不是中文而是历史。我感念先生厚爱,但最后的决定还是当记者而放弃诗词读研。我对先生说,对研探学术不及搞写作热心。先生甚至表示愿亲自出面和教育部交涉。我则直言唐宋诗词没有多少重大问题可发掘,很难有所作为。先生微带笑意,不置可否。我想他偏于认可,又不便表态。我诚恳地表示,即使不来就读,终生是他的学生,日后也会时时向他请教。只是我后面的新闻及出版生涯与先生相距稍远。虽于诗词练笔不辍,毕竟没有耳提面命的机会。但一直,心里尊重他的权威,接受他的指点,受到他的影响。例如,关于诗论,吴先生指出,以所谓的"豪迈""婉约"两大派划线,是粗略含混削足适履的划分法。"北宋的词人根本没有形成什么派。"我也一再阐发这个主张;对于诗词写作,先生特别强调一个"真"字,他说只要是真话,"深亦可贵,浅亦可喜。凡游词遁语,皆是假话。"我也说"唐宋堪师不仿,一心要写吾真";他主张创新,反对模仿,其《论诗绝句》云:"东施未必无颜色,只为效颦笑煞人。"真是一语中的。先生于2008年仙逝,寿78岁。

  先生外表清雅,但非是柔弱文人,他风骨诗格皆峻然不群。请看他抗日战争的词作:

《减字木兰花·为燕京大学学生抗日会至长城前线劳军作此》

  文章误我,赤手书生无一可。我负文章,只向高城赋国殇。 江山如画,到处雄关堪驻马。水剩山残,任是英雄泪不干。

先生非但诗词写作的高手。他精通汉学、考据学，深于红楼梦研究，"钻研究碧落，成就岂红楼"。实乃博大精深者，无愧于精神独立和致力出新的大家。作为他的学生，吾辈只有牢记训导，努力前行。

诗词漫话之六十三

秋深小虫吟（四题）

老树之"诗词漫话"，四个月间居然写到近百篇趋势。朋友们认为有些味道，拟做个小结或集成一本小书。秋去冬来，忽然悟到疏远了乡间一些美好的所在。深居市中，远离乡间，看不见满天星斗，也听不到秋虫的唧鸣。几类小虫，几个小精灵，它们还好吗！它们的生活，似乎演绎着世间的道理。故记之。

蚂蚁

树下筑蚁穴，穴中居蚂蚁。
笑它世间房，几万一平米！

化蝶

陌上蝶飞时，宛如花朵朵。
秋深变虫蛹，蕴育明春我。

蟋蟀

草间有斗士，戟甲作吴钩。
折冲百战死，自古未封侯。

蠹虫

旧版吾之食,新书吾所居。
不知天下人,几个在读书。

诗词漫话之六十四

我的"梦境"十章

  我的梦境杂乱无章,飘忽不定。但儿时记忆和淡淡乡愁总是挥之不去。某些场景重复多遍,百梦不厌。梦中人与梦呓语,亦真情之陆离也。试以小诗描之,岂有同梦相怜者乎?

序梦

草屋隔村远,蝉声杳不闻
花间一壶酒,幽梦乱成云

斗室

半间屋似斗,床榻漫成尘
借得蜗居处,底层小草民

跳跃

拔云高万米,俯瞰水湖清
斗胆飞身跳,飘然筋骨轻

险境

幽洞在山巅,攀援困此间
虎狼迫咫尺,挣扎不能前

轰炸

田野正收秋,机群乱弹投
心知日本鬼,欲报竟无由

外祖父母

踽踽寻街井,柴门户半开
朦胧见二老,不晓是谁来

出游

出游某某地,妻小散无踪
急找手机号,连番拨不通

花轿

院首八抬轿,众人吹喇叭
新郎颇似我,美女忘谁家

归家

下学欲归家，长堤天色暮。
匆匆复踽踽，河水宽难渡。
隔岸杂花鲜，云深三两处。
飘然入水中，温软湿衣裤。

老屋

河水攀湲，屋舍俨然。
蓬门窄巷，儿时家园。
小妹迎门，二老安闲。
忽散无影，喟然长叹！

思母

母寿六十六，吾今已古稀。
离家诸般景，难忘是缝衣。
梁上仍有燕，窗前已无儿。
人间母与子，生死念春晖。

跋梦

我有一堆梦，萦萦久不磨。
幻中真境渺，醒后泪花多。
诗酒放形浪，山川织网罗。
人间愁万种，挚爱在天河。

诗词漫话之六十五

我是一个"六面派"

臧克家老人是诗界泰斗。他活了100岁，也是中华诗词学会的发起者。他说："我是一个两面派，新诗旧诗我都爱。"杜甫说"不薄今人爱古人"，他是今古都爱。刘征老也说，"我也是脚踏两只船，喜欢新诗旧诗。"我自己说，我是一个六面派，新诗旧体，新韵旧韵，合律出律，只要有灵性、有创意，我都爱。就文学样式而言，姹紫嫣红不嫌多，希望各种题材都能繁荣起来。

诗词漫话之六十六

自嘲与幽默

文化与诗词皆属灵性，而幽默包括自嘲是灵性机智的重要元素。孔夫子说自己"四体不勤，五谷不分"，幽默在焉；东坡酒食之后，拍着胸脯问女侍腹内是什么，有说"才学"，有言"智慧"。唯朝云说"满肚子不合时宜"，东坡开怀大笑，许为知己；林则徐被贬斥远方，其《赴戍登程口占示家人》唱出"苟利国家生死以，岂因祸福避趋之"的忠贞，又以"戏与山妻谈故事，试吟断送老头皮"作结，此时此景，只有心胸如海的伟岸丈夫才幽默得出来；鲁迅《自嘲》云："运交华盖欲何求，未敢翻身已碰头。破帽遮颜过闹市，漏船载酒泛中流。横眉冷对千夫指，俯首甘为孺子牛。躲进小楼成一统，管他冬夏与春秋。"这是愤世与耿介，不随波逐流；当代老诗人刘征是幽默高手。他自描道："楼头请看一呆老，乱发披霜如野草。镜如瓶底玩深沉，准是眼神不太好。拈髭正在为诗恼，走火入魔不得了。平平仄仄碍歌喉，未若枝头来作鸟。"那是在新西兰幽静的小园中，人与自然的谐和，诗与飞鸟对话，让枝头小鸟把自己看成"呆鸟"，完全放松，真意真趣，大智若愚。我自己也力效大家，在纷乱乃至烦恼中自嘲自解、"幽"自己一"默"。例如说我咏史诗是"王侯成败渔樵曲，误入渔家破网罗"。说及大半生笔墨与诗词生涯，写道："匆匆来去欲何之？无欲无权不入时。早被读书耽误了，逢人到处说诗词。"

知道诗词不能当饭吃，于世无补，还四处奔波，孜孜为之，也算是"呆鸟"之类吧。总之，放松些、宽怀些，于己无害，或许为朋友诗友带来一些欢乐。诗人们以为如何，不妨试之。

诗词漫话之六十七

柳亚子见识非凡

柳亚子(1887—1958)，忠贞的爱国者、激情诗人和民主革命家。他聪颖早慧，5岁读经史和杜甫诗集，8岁习学五七言诗。早年他追随孙中山先生，为三民主义呼号奔走，最后成为中国共产党的挚友。柳亚子坦荡刚烈，思维独特。见识非凡，表现为他的革命活动和诗词创作。

作为文坛大师，柳亚子和毛泽东、鲁迅是知己、诗友。鲁迅那首最著名的"横眉冷对千夫指，俯首甘为孺子牛"诗，就是专题写给柳亚子的。当年毛泽东发表《沁园春·雪》的时候，柳亚子喜不自禁，大声欢呼。坦承自愧不如，说"余词坛跋扈，不自讳其狂，技痒效颦，以视润之，始逊一筹"。称赞毛词是"推翻历史三千载，自铸辉煌瑰丽词"。后亦唱和一首：

"廿载重逢，一阕新词，意共云飘。叹青梅酒滞，余怀惆惘，黄河流浊，举世滔滔。邻笛山阳，伯仁由我，拔剑难平块垒高。伤心甚，哭无双国士，绝代妖娆。才华信美多娇。看千古词人共折腰。算黄州太守，犹输气概，稼轩居士，只解牢骚。更笑胡儿，纳兰容若，艳想秾情着意雕。君与我，要上天下地，把握今朝。"如此见识与襟怀，令人赞叹。对于当代诗词出现新潮，柳亚子功不可没。

解放前夕，柳亚子呈七律给毛泽东，发了一点牢骚，表示要归隐到老家分湖去，由此产生了毛泽东答柳亚子"牢骚太盛防肠断，风物长宜放眼量"的诗句。

作为文人，柳亚子难免有些书生气，是性情中人。而这正是他纯真和可爱之处。他的很多见解出人意想，又十分前瞻。例如1947年，讨论中国外交是否"一边倒"的问题时，柳亚子公开声明，他虽然一贯"亲苏"，但决不"盲目亲苏"，说"万一苏联有一天改变政策，不以平等待我，当然我们也要反对"。他亦表示不"盲目反美"，说"我们不反对华盛顿、杰克逊、林肯、威尔逊、罗斯福的美国，……我们反对的只是美国的军阀、政棍、党痞"。这在当时是很有远见和难能可贵的。

柳亚子诗书和南明史研究广有成就，可谓著作等身，身后大批个人文物都捐献给国家，留给我们的思想文化财富极为丰厚。为此，在吴江瞻仰柳亚子故居时我献一首诗，缅怀先贤。

山之灵秀水之魂，化作吴江士一群。
有向西方览经卷，有从东海探神针。
沧桑未许音容渺，磨洗更知文墨新。
天若无情天老否？九州花甲正当春！

诗词漫话之六十八

柳亚子的脾气与"牢骚"

前说了柳亚子先生的成就与智慧。这里该说说老先生的脾气与"牢骚"了。老先生可谓学问好大，脾气不小，甚至有些暴烈呢。先生满腹经纶，表达不及，自幼有口吃的毛病。笔杆如枪，口齿不利。与同社朋友争论问题，常常拍桌子。有一次还倒地打滚儿，边哭边闹，传为笑谈。1945年10月8日重庆谈判结束，为毛泽东的饯行活动，就是因为八路军办事处的小卧车送柳亚子回家耽误了时间，司机仓促超车闯祸，造成周恩来的助手李少石死亡，在山城引起风波，也为两党关系蒙上阴影。日后柳亚子到了北京，出门要车受到冷落可能与此有关。再说柳亚子到了北京，以为毛泽东和共产党会给他国家级位置。非但没有，却安排了李济深。这使柳先生心中愤懑。

他住颐和园，要吃鲜黄瓜，伙食科长说鲜黄瓜"七月才有"，他挥手打了人家一个耳光；他从外面回颐和园，门卫问他找谁。他发火说，"我在这儿住这么多天还不认得我！"对方争辩几句，他挥起手杖打人。这事传扬出来，毛泽东、周恩来及党外人士都觉得过份。这可能也是柳老未能担任"副国级"的原因吧。要不然何劳毛泽东写诗劝解呢。请看柳亚子和毛泽东唱和的全诗。

柳亚子《感事呈毛主席》：

开天辟地君真健，说项依刘我大难。
夺席谈经非五鹿，无车弹铗怨冯驩。
头颅早悔平生贱，肝胆宁忘一寸丹！
安得南征驰捷报，分湖便是子陵滩。

见自己大名不在高官名单之列，食无鲜瓜出无专车，要回老家钓鱼去了。

毛泽东《和柳亚子先生》：

饮茶粤海未能忘，索句渝州叶正黄。
三十一年还旧国，落花时节读华章。

牢骚太盛防肠断，风物长宜放眼量。
莫道昆明池水浅，观鱼胜过富春江。

历史上，和诗多是互相吹捧、附合逢迎，而毛泽东通过"和诗"对柳老委婉批评、规劝，是有实际内容的，高明得体的，堪称和诗的上乘之作。

诗词漫话之六十九

谒柳州"柳侯祠"

丁酉初冬南行，飞到柳州，第一件事就是谒"柳侯祠"，追念"唐宋八大家"之一的柳宗元。

柳宗元（773—819），一生曲折，颇为传奇。在"二王八司马"改革事件中并非主角，于"古文改革"却与韩愈一起是抗鼎人物。他的特色是极具思想性和挑战性，极为晓畅和极为简约。如《小石潭记》、"独钓寒江雪"那样的绝品。

古谚云："死在柳州。"柳宗元死在柳州刺史任上，其时才四十七岁，真不该死。这里人们敬仰他，有柳侯祠和衣冠冢。柳宗元在唐代并未封侯。他去世将近三百年后的1104年，宋徽宗敕封他"文惠侯"。南宋高宗绍兴二十八年(1158)，又加封为"文惠昭灵侯"。"柳侯"实际是人民封的。至于遗体归葬何处，据柳氏后人认定，是在西安的少陵塬。

柳宗元是我最为景仰的古贤之一。故于淅沥细雨中于塑像前深施三拜，为诗者三：

谒柳侯祠之一

新亭古柳转时空，朝野寒温各不同。
盛世才多独立少，长竿何处钓清风！

之二

柳江有幸待先生，雨住风消波未平。
累代问天天不语，世人犹自作多情。

之三　浣溪沙

独钓寒江雪不寒，从来幽境在深山。
都城多是雾霾天。
纸上连篇说民瘼，路途依旧竞官权。
朝班谁个似宗元！

诗词漫话之七十

三江侗乡"风雨桥"

久慕三江风雨桥。桥在广西三江侗族自治县，为世界四大名桥之一。程阳桥为旧桥，在乡间程阳镇；三江桥为新桥，在县城。其桥长三百多米，卧波如龙，宏伟壮阔，朴而有华。古桥整体木构，不用一钉。工匠与人民大众的智慧造成世界奇观，殊可叹也！

应三江县文联主席诗书名家杨顺丰先生之邀，是夜宿侗寨家中，体验山中原始清凉。村名"高友"，为原生态文化保护单位。得拜杨顺丰先生老母，与其谈天，参与歌酒，体验侗家生活。有诗与歌以记之。

题风雨桥

一桥襟抱向天开,水似流银山似裁。
淘尽千年风共雨,今朝飞出好诗来。

酒中对歌

高友歌甜韭菜香,农家米酒木楼房。
老来识得秋冬味,燃起诗情在侗乡。

夜宿侗楼

寻觅三江道路长,和风和雨过程阳。
深山静夜原生态,较比城中韵味长。

诗词漫话之七十一

鹿寨三日

广西鹿寨县,有"中华第一寨"之称。山水与桂林阳朔相邻相连相类。其香岩桥为国家级溶洞景区,天然成桥,滴翠成湖,别有洞天;又访大瑶山与月亮湖。更有韦秀孟女士与壮、瑶、侗、汉各族朋友引导陪同,亲山水、谈诗词、赏民歌、筑友谊。广开眼界,收获难忘。有两则白话诗记之。

鹿寨行

北国寒秋日,南飞鹿寨行。
歌如辣椒辣,心若碧溪清。

交友直须直,观山不喜平。
莫分瑶汉壮,只要有诗朋。

大瑶山

困居闹市度年年,心慕行云流水间。
路远天涯还有寨,谷深峰顶净无烟。
开怀拥抱白杉树,洗面摩挲茶色泉。①
且喜冬阳初照暖,观猴胜过九华山。

【注】

① 大瑶山有世界级的白杉保护区;其溪水呈茶色,为中草药枝叶浸润所致。

诗词漫话之七十二

诗说"暗物质"

近日,关于探测到"暗物质"炒得沸沸扬扬,中国科技又跑到世界前列啦!其实,就传统哲学和"诗学"角度,这并不是多么玄妙的问题。

什么叫"暗物质"?照我老树的理解,人眼看到、身手感触到的是物质。之外,存在而看不到、摸不到就是暗物质。所谓"真空"非空,无有非"无",那个"无"便是一种存在。看它似乎一无所有(如太阳地球月亮中间的广大领域),但它不阻隔引力反而传导引力。传导引力的物质就是暗物质喽。其实叫"暗物质"并不科学,和它对立的能叫"明物质"吗?我看还是按老规则,叫"阴物质"和"阳物质",对立统一嘛,这才比较准确。哈哈!这个问题需要科学家与诗人们共同解决。唐朝李贺早就说过"遥望齐州九点烟，一泓海水杯中泄"。那从太空俯瞰地球的慧眼和悟性，你们科学家在哪儿呢？故吾人有诗云：

> 仰观天象毋须愁，
> 细辨太空和地球。
> 不怕星云遮望眼，
> 这般手段胜孙猴。

附 关于天象的一首小诗《日出》：

> 分秒之间变旧新，
> 霞光起处灿无伦。
> 一球旋转周而复，
> 彼是黄昏此是晨。

诗词漫话之七十三

人才之叹——我读《中国人才学史》

近日得到四川侯建东先生寄来巨著《中国人才学史》，洋洋七十万言，详尽梳理透视了四十年来中国人才学的发展及成败。人才学，是二十世纪中国人创造的唯一一门社会科学学科，值得自豪。书中讲到吾人1982年与王通讯兄扔掉铁饭碗、跳出教育部参与民办的《人才》杂志，讲到1981年拙著《人才佳话》、第一部《中国人才史稿》和七部人才著作。往事连绵，感慨久之。同时，又为那个阶段人才机制滞后、形而上学猖獗概叹。评职称、考外语、任职年龄"一刀切"等，已经走到人才学初衷的反面，无奈之下，只以小诗叹之。

一、人才困惑

创造从来难上难，人才学史溯渊源。
职称外语、一刀切，倒退时空若许年。

二、知人善任

知人善任诚矣哉，不识如何想起来！
近酒瓢杓先得醉，八分近便二分材。

诗词漫话之七十四

"人才诗词"非乐观

人才之情，殷殷未已。吾人除几本人才史外，还有一堆关于人才与人才史的诗词。令人惊叹的是，我研究人才史得出一个非乐观的结论：历史上任何社会包括盛世，人才不可能充分发挥自身才干。浪费和埋没人才是最基本的现象与规律。唉，这便如何是好！《未来教育家》刊载了"李树喜人才诗选"。感谢著名教育家、中国教育学会常务副会长刘堂江的评点为诗词增辉。

武宁春山采笋

抛离尘世地，来访水云乡。
泉自源头净，花由泥土香。
栋材出草野，春笋不成行。
西海看潮起，千帆竞远航。

教育家评点：以景喻材。诗眼在第三联"栋材出草野，春笋不成行"。

原上草

拼将生命越寒冬，叶又青葱花又红。
哪管他人甚颜色，自开自落自从容。

教育家评点：诗人以小草为歌颂对象，鼓励坚韧和个性，如同不怕严冬风雪的小草一样。

温室野花

郊外草花室内培，殷勤侍弄日渐微。
原来盆是天和地，经雨经风始展眉。

教育家评点：这是诗人亲历的故事，将一簇野花移到家中培植呵护，结果很快枯萎了。大自然才是草木的天堂，经风经雨才能成才。

会场梅花

原本孤寒性，偏登大雅堂。
灯红酒绿处，不是我家乡。

丁亥谷雨赠同窗友

燕园挥手各徘徊，烽火荆棘共舞台。
忆往犹然少年气，抚今已是鬓毛衰。
名标青史元清史，业著人才大任材。
唯我园中多木草，杂花随处向君开。

作者自注：当年谷雨时分，北大同窗好友朱耀廷、王通讯、朱诚如夫妇造访我在北京东郊的乡居，谈谦甚欢。朱诚如为著名清史专家、故宫博物院原院长，朱耀廷为著名元史专家，王通讯为著名人才学专家。惜耀廷兄已过世八年矣！

题龚自珍纪念馆

剑气萧骚竟若何，新亭旧馆任消磨。
天公只管降明月，人世纷然趋网罗。①
往史迭书文字狱，教坊空唱大风歌。
由来才俊多埋灭，莫怪钱塘起怒波。

【注】
① 网络，双关语亦指网络。

风骚

史海豪杰千百万，兴亡成败只瞬间。
你方唱罢他登场，各领风骚三五年。

答青年诗人了凡先生

越过秋冬回望春,诗词文史赶潮频。
灵魂骨相深深处,半是时髦半是陈。
未愿后昆皆识我,但求新秀遍山林。
由来后浪催前浪,信是今人胜古人。

教育家评点:作为人才学者,树喜先生以发现和扶助后贤为己任。帮助过不少人才包括青年诗人。这首诗是其心境的自描。

诗词漫话之七十五

诗说《卿云歌》

中华诗词史上早于《诗经》的名篇,《卿云歌》是也。共五节二十句。

其前四句为:

卿云烂兮,糺缦缦兮。
日月光华,旦复旦兮。

后面是:

明明上天,烂然星陈。
日月光华,弘于一人。
日月有常,星辰有行。
四时从经,万姓允诚。
于予论乐,配天之灵。
迁于圣贤,莫不咸听。

> 夔乎鼓之，轩乎舞之。
> 菁华已竭，褰裳去之。

《卿云歌》是上古时代的诗歌。相传舜禅位给治水有功的大禹时，百官和舜帝同唱《卿云歌》。诗歌描绘了一幅政通人和景象，表达了先民们的政治理想和美好向往。前四句尤为灿烂晓畅，意象丰满，读来有载歌载舞的感觉，真个好诗！此诗的最高地位是在民国初年与北洋军阀时期两度被定为中华国歌。真是不可小觑呢！故吾人唱道：

> 舜天禹日唱"卿云"，当比《诗经》早一轮。
> 两度曾登国歌位，方知真价逾千金。

诗词漫话之七十六

慨叹深深为屈原

伟大诗人屈原，"信而见疑，忠而被谤"，最后投江而死，让后人景仰并慨叹至今。尤为可叹的是，屈大夫的悲剧被演化为喜剧。你看，"端午节"这一天，人们敲敲打打、吃吃喝喝、快快活活，早把大诗人的悲痛和教训抛之大江大海了。吾人于此怅然不解，小诗记之：

其一：

> 世人浊醉此身休，投向汨罗天不收。
> 一派丹心湘楚怨，千秋诗史岳阳楼。
> 沉埋芳草生惆怅，细品兴亡促白头。
> 岂料离骚愁万种，演成端午闹龙舟！

其二：

> 端午望重阳，人间道路长。
> 蒙冤不跳水，等看菊花黄。

后面这首，是为屈原惋惜。正道直行受了冤屈，抗争才是；抗争不成，也不能自殁其身哪！要我说，邪恶小人要把好人逼死，偏不！到了黄河也不跳，要活得好好的！把菊黄枫红雪白都看够，诸君以为如何？

诗词漫话之七十七

诗之"八病"论

诗词讲乐感和韵律，是题中应有之意。但过度拘泥、不准变通便适得其反。据《文镜秘府论》所述，八病，是古代关于诗歌声律的术语。为南朝梁沈约所提出，在运用四声方面所产生的毛病。

谓作诗应当避免的八项弊病，即平头、上尾、蜂腰、鹤膝、大韵、小韵、旁纽、正纽。提出的初衷，是增加诗歌（首先是五言）的变化美感，增强艺术效果，具有积极意义，但为之拘泥，也带来了一定的弊病。

其实沈约提出"四声"发展为"八病"的禁条，他们自己也没有做到。而后世一些人却非要照办不可，还常常以此吓人！照这般规矩，唐宋许多名篇包括李杜都"出轨"了。及至今天完全是繁文缛节，全都是副作用。现在还以四声八病约束或吓唬人，不是人家有病也许真的是自家"有病"了。故曰：

八病四声混浊清，沈郎之辈未能行。
好诗自有精灵在，何必恂恂拘某型！

诗词漫话之七十八

史思明的《咏石榴诗》

我们曾经点评过史思明的樱桃诗："樱桃子，半赤半已黄。一半与怀王，一半与周至。"明明稍加调整，就文从字顺。可他不容许儿子怀王置于军师周至之后。为人所笑；我们还看到史思明的另一首《咏石榴诗》，还真是有点诗的浪漫细胞。令人眼睛一亮。他写道：

三月四月红花里，五月六月瓶子里。
作刀割破黄胞衣，六七千个赤男女。

石榴，从遍开红花到结为圆瓶状的果实，再到成熟，直到剥开，象千百个赤身男女紧紧拥抱在一起。想象奇特，下笔粗犷，形象逼真！从艺术表现力看，"石榴"比"樱桃"精彩许多。可惜，老史主要"业绩"是割据造反，舞刀弄枪，最后身败名裂。否则，还说不定是个不错的诗人呢！

诗词漫话之七十九

古酒诗话

近年聚会连连，接触不少酒。但还是要说一说千年古酒。我们接触收藏研究及品尝的古酒有元代和明代的，笃信无疑。有一趣事可记。去年重阳，吾从元"至正博陵第"酒瓶倾得原液古酒一瓯，呈送当代诗翁、著名语言学家刘征（原名刘国正、曾任人民教育出版社副总编辑）。老人已九十有三，戒酒多年。听得此酒来自元朝，不禁来了兴致，破例微品，并请对酒深有研究的一位专家朋友为之鉴别。一致认为"年代久远，气馥妙绝"。兴之所至，刘老还为古酒作诗三首：

> 酒香颇怪带诗香，黄土多情为护藏。
> 天子呼来伴大醉，当年合是谪仙尝。
>
> 老氏曾言弊则新，欲求真义向金樽。
> 千秋古酒溶新酿，新旧相融更醉人。
>
> 平生小饮不期醉，减损诗人一半豪。
> 鲸吸杯中七百载，刘郎从此敢题糕。

当今，古酒及文化，正在一个群体（包括高端人士、文化人士和收藏家）迅速传扬，并影响到社会各界。且已有"古酒文化俱乐部"开始运作了！

之于古酒，吾有诗赞之曰：

> 人间烧白酒，起始在唐时。
> 发得千年窖，奇迹天下知。
> 每当开瓶际，醇芳难自持。
> 微醺展情性，烂醉难为诗。
> 酒味美与否，关键看总酯。
> 更有博陵第，推杯赏古瓷。
> 泱泱酒文化，君子莫须疑。

诗词漫话之八十

黑暗漫想

  在童年的记忆中，黑暗总是抹不掉的。农村的矮屋，灯光如豆，夜还没有多深，大人们就催说"吹灯睡觉了"。于是，小小的油灯摇曳一下，整个屋里便漆黑不见五指。老鼠的活跃，猫儿的鸣叫，更衬托出无边的黑寂。夏夜，如果你在村头树下，听老人讲牛郎织女或孙悟空玉皇大帝的故事，或循着奶奶的指引寻找那颗星。在黑黝黝的夜色衬托下，那些星星越显得清晰明亮，闪烁着眼睛，令人遐想无边。人散了，大家在夜幕中小心穿行，各自寻找自己的院落。唯有的一点光亮是飞动的萤火虫和爷爷的烟斗。孩子们呢，往往是吹着口哨壮胆，防备着是否有"妖魔鬼怪"挡路，当然从来没有什么危险。我的外祖父常说，人的一辈子，大半是在黑暗中度过的，睡觉不点亮，才能睡得棒，睡得踏实，睡得深沉。第二天才有精神。是啊，世世代代，自古而今，人类经过的黑暗是多么漫长啊。黑暗的无边和笼罩，黑暗的幻想和神秘，多么亲切，多么神秘，又多么美好啊！尤其是我们这些农村长大的孩子，夜幕沉沉，满天星斗，四野无光，永远是童年最真切的记忆，是深深的乡愁，令人神往，回味无穷。

  人类社会万千年，经过火的升华，走入电的时代，走到信息时代。及至现代，已是奢侈地追求和滥用光明。看啊，城市以至农村，街巷以至室内，火树银花，灯饰照明，以豪华为时髦，以耀眼为极致。强光把黑暗驱尽，不肯留一点角落。连孩子们的房间，顶灯、壁灯、台灯，亮如白昼，唯恐藏匿着什么。走到野外，星星匿迹，月亮隐形。有些城里的孩子甚至以为天上有星星只是幻想。悲哀！

  五光十色，强光炫目。福耶祸耶？诚然，人们需要光亮，但人类也需要黑暗。昼夜轮回，日出而作，日落而息，是生命和生活的最基本规律。在静静的黑暗中，我们的遐思可飞得很远很远，我们的灵魂可以得到歇息和沉净。科学已经证明，强光对人的伤害不亚于噪音和霾雾。除了浪费能源之外，它扰乱人的生物钟，破坏人们的视力，摧残人们的神经，干扰人们的睡眠，焦躁人们的情绪。这，是我们应该置身的环境吗？我们不应该为之思考、警醒、拨乱反正吗？

怀念当初，怀念童年，怀念黑暗。珍视原生态，拒绝光污染。为了我们，为了孩子，为了未来。

末了，以小词"浣溪纱"作结。

  大半人生黑暗中，儿时惯见满天星。每于长夜待黎明。
  昼夜何方有静所，城乡无处不华灯。强光浸染祸非轻！

附 黑暗漫想

  声光射电目难支，二十四时无夜时。
  何处能寻黑一角，教吾静静作乡思。

诗词漫话之八十一

诗词学会搬迁与雅韵研讨

2018年11月17日，记下两件事：一是参加中华诗词研究院的"雅韵山河"诗词研讨会，在北京二十一世纪饭店举行，我主持了下半场的讨论；二是中华诗词学会办公地迁徙，由全国政协那边搬到东四八条52号。由此才有李葆国先生下午匆匆赶到研讨会上带来搬迁成功的信息。葆国在自己微博上发了一套新旧址照片和诗，照片拍得不怎么样，但诗很精彩。

我亦有几句话，记录这两件事：

一、雅韵研讨会寄诸友

相聚京华共一舟，山河雅韵带乡愁。
大江掀起潮千里，总在诗人心上流。

二、记诗词学会搬迁（2018年11月17日）

政协存正，文巷多文。
春秋几度，诗酒乾坤。
兴观群怨，谁是主人？
苍茫大地，不尽歌吟。
老树当秋，过眼烟云。

诗词漫话之八十二

"初心难葆 概莫能外"

近观看电影《建国大业》，叙述到毛泽东与黄炎培老人讨论兴亡"周期律"，就是"其兴也勃焉，其亡也忽焉"。一个政权、一个群体上台后，由于权和利的天然融和性，是很容易变质的。即使口号旗帜不变，也往往迅速腐朽，言行相悖，名实不符。遍观古今中外的历史，哪个君主、宗教、团体一以贯之葆了初心呢？吾人亦反躬自问，少年负笈求学京华，初心是什么，至今又心性如何呢？也许，初心是要离开那块穷困的土地，而暮年又想重归田园。感而叹之：人间难葆是初心啊！诗云：

五十年回眸

拜别家乡水，风烟五十秋。
知音天下渺，乱象眼中浮。
未惯清平调，慵交万户侯。
初心难与葆，何处认归舟！

诗词漫话之八十三

"量子文物鉴定"亲历记

　　近年，一种名为"量子文物鉴定仪"的设备，以其精确到"年"的检测引人关注。抱着一探究竟的态度，我于昨日携两件瓷器送检。其一为中型"青花梅瓶"，瓶形古拙，似宋近元，呈色界于苏料和地方料之间。肩款为"大蒙成吉思汗皇帝万岁万万岁"，是一位境外长者早年从蒙古国所得，转手与我，称其制作当在大元之前。现场测定为"公元1209年"。考察历史，1209年为成吉思汗四年。那时成吉思汗已经占有大半北方，那里的蒙古人尊其为"大汗"而汉民尊其为"皇帝"，此瓶正是记录和诠释了那个时代和地域环境；送检的另一件为元五彩博陵第酒瓶，瓶中尚余古酒原液少许，散发出淡淡幽香。其底款为"至正八年张文进造"，在没有看到底款的情况下，机器报出了"1349年"。至正八年应为1348年，为何有此一年的微差呢？如果考虑公元和农历的交叉，应该是公历已进入了1349年1月，而农历还在1348年腊月，从而可以做出"岁末年初"的判断。使得其制作时间精确到"月"，令人信服。

　　据北京天鉴量子科技公司负责人介绍，几年来，该仪器已经对数十万件文化艺术品进行过鉴定，不论青铜、玉器、陶瓷、字画、珠宝等，都可进行无损检测，几分钟就可得出确切数据。

关于量子文物鉴定仪的原理，该公司董事长杨建军先生做了通俗解读，他说：自然界物质的存在离不开时空条件，物质原状态带有时间信息能量，人类活动改变了物质时间信息能量。而量子文物鉴定仪可以捕捉到人类活动对原状态的扰动，加以判断，从而找回信息本源，判定器物制作的确切时间。

当然，量子文物鉴定仪还非"万能"，它还有进一步完善的地方。但实践是检验真理的唯一标准。这种量子文物鉴定仪已经证明了自己，是文物检测和鉴定的开创性成果。吾为之小诗：

收藏不易断尤难，量子居然确到"年"。
穿越时空千里目，从今不必苦纠缠。

诗词漫话之八十四

卢芹斋：青花瓶上鉴古今

卢芹斋（C. T. Loo 1880—1957），原籍浙江湖州，二十世纪初国际著名的文物贩子、大古董商。先后旅居法国、美国。卢及公司将许多中国国宝级的文物贩卖至国外，包括中国艺术史上最伟大的杰作昭陵六骏中的"飒露紫"和"拳毛䯄"，以12.5万美元卖给美国宾夕法尼亚大学博物馆。卢晚年反思说，把大批中国文物精品贩运至国外是罪过，但由此使世界认同中国文化、宝而藏之又是功劳。（卢也曾资助过孙中山革命，赞助过抗日，帮助过旅法留学青年）总之，卢在近现代中国文化史和中西交流史上，是个相当重要的人物。

当年，卢氏为博得西洋买家青睐，对部分收集的古物做了一些加工。比如我所得这件元青花蒜头瓶，明显加工嵌镶进了红绿宝石，使得它不新不古，属于画蛇添足。但又一百年过去了，它既记录了元瓷文化，又记录了卢芹斋买卖文物的历史。岂不妙哉！吾人珍之，曰：

> 一件青花器，卢斋乱旧新。
> 于今作古看，世路满风云。

诗词漫话之八十五

怀念罗豪才老师

日前，著名法学家、全国政协原副主席罗豪才先生去世，享年84岁。我们深深地怀念他！

罗先生是我的老师。记得刚入北大的时候，他从法律系到历史系工作，做过年级党支部负责人，带过我们班。虽然时间很短，但他那超过一米八的高耸的身材，深度的眼镜，总是笑眯眯的和蔼的眼神，很快和我们打成一片。我们亲切地称他为"大罗"。当知道他生于新加坡名门、向往光明、远涉重洋报效祖国的经历，更增添了对他的尊敬。

"文革"动荡自不细说。罗老师精研法学，是我国行政法学的奠基人。由于学术成就和崇高人品，罗老师后来担任了北大副校长、致公党中央副主席、最高法院副院长和全国政协副主席。居高位重，依然是平和的学者和师者风范，是发自内心的笑意和友善。

有一件事令我难忘。那是1989年5月底，美国加州著名华裔活动家、助理州务卿顾衍时先生来北大，联络经济文化人士访美代表团事，这边牵头的是担任北大副校长的罗豪才老师。双方在北大办公楼会见。我时任光明日报政治经济部主任，是计划中的代表团成员，故会见在场。那时北大动荡开始，校园沸腾。但我们的会议却与之无关。孰料，六月中旬运动整肃中，光明日报有人举报我曾去北大串连，煽风点火。我很气愤，径直找罗先生请为我证明。先生毫不迟疑,提笔写了一纸,说明我去北大的原委。白纸黑字,据实说话,使得整我的计划半途而罢。这是学生永远感恩于老师的。老师任最高法副院长时,我亦经常请教他。罗老师为法制进步而高兴,也为法不健全、有法不依所遗憾。回顾往事,思绪绵绵,付以小诗:

燕园烽火乱晨昏,未悔重洋报国门。
法制为尊民为本,宏篇且在雪中存。

诗词漫话之八十六

诗瓷交汇在黄山

"爱国爱家爱自己,喜文喜酒喜诗瓷。"这是我的座右铭。

2018年5月,第二届博陵第元瓷研讨会在黄山举行。我作为博陵第文化研究会会长,主持了会议。

这是古与今的结合,文与物的结合,尤其是青花瓷与黄山的合璧。青黄联璧更多娇。感谢历史,感谢中华文化!

为什么来这里开会?资料和社会调查证明,元瓷大师张文进是安徽太平人,即今黄山龙门乡。其祖庭在河北安平一带,是辽金宋天下大乱时从定窑南迁的。怀念故乡,故称"博陵第"。那一代工匠,他们艰苦创业,制作瑰宝,传承与发展了中华文化。动乱之际,东躲西藏,千方百计,留与后人。器物之多样,文化之丰厚,是其它年代或类别文物包括国宝级世界级所没有的。爱历史,喜诗瓷。诗曰:

元瓷漫道是谜团,藏窖镌文史未删。
柳暗花明天指路,青花轮渡到黄山。

【注】

张文进所在村名"轮渡"。

诗词漫话之八十七

半青不老记

活到老,学到老,写到老。在新出版的这本《三闲集》中,吾人是以刘征老、沈鹏老的后生晚辈忝列其中的。所以真正的"其中",前面是长辈,后面是晚辈。我居中间。学生辈的十人中,我又以年齿列前茅,后面有蔡世平、陈平、高昌、莫真宝等。"年齿已然超李杜,诗名混入小青年",幸矣哉!附小词:

小重山·冬与青年诗人聚会

不见雪花时见冰。西山连霁色,未分明。寒凝大地变衰荣。诗酒热,醉里忘阴晴。

老大怕年更。时来常喟叹,是多情。歌吹漫过旧台亭。春不远,雏凤向天鸣。

诗词漫话之八十八

陈望道的"诗学说"

陈望道先生以《共产党宣言》第一中文译者而名垂青史。先生曾任《新青年》编辑,又与陈独秀、李汉俊、李达等酝酿组织了马克思主义研究会。中国共产党成立后,出任中共上海地方委员会书记,后因与陈独秀发生矛盾而退党。但不影响他是中国思想解放的先行者。1949年后,陈望道历任全国人大、全国政协常委、民盟中央副主席、中国科学院哲学社会科学学部委员等。中国现代思想解放史与文化史不能没有陈望道的名字。

近见光明日报"文史哲"刊载一文，介绍陈望道的诗学主张。其要义则是"弱化形式律，强化内容律"，他认为，浓厚的"意思"比"调子"形式更重要。他主张诗的生命与口语化。说"诗人的创作要能与读者产生共鸣"。当今，这样的主张不但没有过时，且应该是进步与先锐的。近年，针对诗词界某些烦琐哲学、过度格律化的守旧倾向，我一再呼吁"放宽诗律、删繁就简"，也是如此。故曰：

> 学无本源，诗莫一律。
> 诗律之笼，越筑越密。
> 欲行解脱，禁锢不易。
> 遥奉大唐，创新天地。

让我们像大唐诗坛那样，开放、浪漫、简约，不拘一格吧。

诗词漫话之八十九

冬至 忆我姥爷：一位民间智者

我的外祖父，王姓，讳心田。堪称乡间卓绝人物。他家境贫寒，没有念过书，早年下过关东，淘过金，伐过林。通过自学熟识文字以至天文地理。他不凭一书一页，能够准确算出某个节气如立春或冬至的具体时辰，几点几分，精确无误！我至今也不知他是怎样演算出来的；老人开通豁达，善解人意，排解纠纷；且通医术，一般头痛脑热经他治疗随手而瘥；我儿时在姥姥家，经常问姥爷一些稀奇古怪的问题。姥爷都能给以令人信服的回答。他们都叫我"傻喜"。后来上学成绩不错，竟被认为是"比较聪

明"。但论智商和智慧,比起他老人家还是差远了!老人寿九十而终,我时时怀念他老人家!诗曰:

> 九十姥爷白发翁,冬栽紫蒜夏沟葱。
> 丝瓜豆架招蜂鸟,铜帽烟锅对日红。
> 算得阴阳分秒准,医除疾患煞时通。
> 英灵远去如犹在,佑我古稀"傻喜"童。

四编 序跋评诗

诗者的风范

——蔡厚示《二八诗集》序

岁末年初某日，88岁高龄的诗界前辈蔡厚示先生打电话给我，要我为他的诗集《二八吟稿》作序。以后生晚辈为泰斗级前辈作序，吾不胜仓皇。正欲推脱，厚示先生连声喊我"学弟"，说他和我先后就读北大，还都是邓广铭先生的弟子，同出燕园，气息相通。前辈提携后学，情真意笃，推脱无计，自当应命。

我自幼习史学诗，深慕古今诗词大贤。屈宋陶谢李杜苏辛之辈无缘与之游，幸与当今诗界众多元老巨匠为师为友，其中最为仰慕者就是蔡厚示先生。古贤年代久远，其形象皆如画像，千人一面；当代名家却各具风采，历历在目。而人们心目中最具文人风雅、最具诗人形象、足以为范的就是蔡厚示先生。你看他，八尺男儿，伟岸如山，沉厚若谷，和煦如风，柔情似水。"佛生"之禅，"艾特"之特，"雪轩"之雅，浑然一体（注：蔡厚示，字佛生，笔名艾特，室名玉雪轩）。于天然中展显出诗人的本真与气格。

诗者言诗。蔡老诗词创作越过半个多世纪，题材广阔，收获极丰。时代风云，社会变迁，曲折磨难，咏物怀古，哲思感悟，朋友酬答，心路历程，相思爱情，都纷然入诗，各著光彩。《题林锴、刘征、陈萍合作〈三友图〉》写道："怪石拏云竹几竿，红梅一树色斑斑。青松更踞山头立，始信人间重岁寒。"此间，云、石、梅、松，傲然山巅，岁寒未凋。这，既是一位老诗人的曲折奋斗史，又可视作一部当代社会史与诗词史；史有所阙，诗以补之，谓之诗史。如此成就，蔡老并不满足，他"不贪人后尊诗老，但冀身前远俗氛。朗朗乾坤宁畏鬼?胸中海岳走千军"。确实，诗人胸中有乾坤海岳、大漠雄风、晚霞朝露、万马千军。携来清气，运诸笔端，当然便得好诗。

　　诗如其人，大凡诗人都是性情中人，诗贵真情。蔡老被公认是诗界最真情、最多情的一位。朋友情，师生情，诗友情，襟怀坦荡，真挚无瑕。尤其是亲情、爱情，至诚至笃，刻骨铭心。我们所见集中几十首幽婉缠绵的爱情篇章，当是蔡诗中最光彩动人的部分。"四月芳踪竟未归，鹃声彷佛是耶非?从来天意与人违!五十一年伤逝水，无穷余恨对斜晖。春寒恻恻渐侵衣"《浣溪沙·悼亡妻》。诗人对"十年两隔意茫茫"的"梅娘"，未能忘，每思量，可谓曲曲深婉，句句沾巾。又一次走近梅娘墓，诗人已老，步履蹒跚，但痴心未泯的还是那位才郎，"步履蹒跚卿莫笑，来前确是旧中郎。"泫然哀婉，细微凄美，令人心动者三，以致不忍卒读。

　　诗如其论。蔡老作为诗坛前辈，青年导师，对诗界动态和诗词理论颇多关注，多有阐发。他与时代同行，笔墨跟随时代，旗帜鲜明地主张诗词应当"持正求变"。即求正须守其本，容变必出其新。并身体力行，颇多拓展。赏读这位耄耋老人半个世纪的诗作，总觉春风扑面，生机盎然。

　　蔡老的诗词主张，还集中表现在一组七绝《论诗》中。

　　强调真情与诗性，突出创意与出新。蔡老指出，"屈陶李杜名千古，首贵真情非假情。"又说"天然好语足怡神，春草池塘见性真。雕绘徒增庸俗相，陈言力去味弥新"。告诫为诗要不拘一格，各展性情。"一似林花春又秋，诗词风格任神游。雄豪婉约皆珍品，不袭他人自一流。"尤其"不袭他人自一流"句，当是前人"以出新意、去陈言为第一着"的诗化升级版，可谓一语破的，至理名言。

蔡老性情洒脱无羁，充满灵性、幽默和魅力。他与人友善，不拘细节，爱才惜才知才。是青年的知心朋友。他喜欢童言无忌，我们热爱白发童心。无论和他一起旅行、开会、谈诗或聊天，他都口若悬河，不知疲倦，吞吐珠玉，妙趣横生；无论大小场合，只要蔡老在，就如沐春雨，如坐春风。欢声一片，乐何如哉！与之相处相交，真是一种享受。

蔡老以智慧幽默入诗，更于诗集中每每见之，如《荔湖泛舟》：

"荔枝湖上荡清波，俊友骚朋笑语和。叶底红妆三两女，轻声唤我老哥哥。"看啊，诗心永在，则诗人不老，这位八秩诗人真是人见人爱的老哥哥。

又如妻子酣声作响，诗人一时难眠，他不生烦恼却生趣。小诗《闻鼾》是这样写的："之子鼾声美，贪听损夜眠。韶音出天汉，雪水下祁连。风动隋园柳，波摇太液莲。千金难买得，不费一文钱。"活脱精湛，惟妙惟肖，令人忍俊不禁，说是古今最美妙的"听鼾"诗绝不过分。

今年是蔡老的米寿之年，他说，人生88岁，可称之为"二八佳人"，他这部诗集就命名《二八吟稿》。童心永驻，堪比二八；老而弥坚，不堕青云。学者诗者长者，诗品人品文品，其人其诗其事，蔡老之声名誉满诗界，远播海外。诗人蔡厚示的风范和形象，就是中华诗词和中华诗人的代表形象。故我有一句诗云："南国烟花塞上风，骚坛难与古今同。诗人本色觅何处，二八高标看蔡翁。"

人未老，雄心在，诗还新。蔡老的心迹，在致友人的"八声甘州"中可见，他唱道："莫谓刘晨已老，尚能餐擅饮，不改前容。愿唐骚宋韵，簪笔伴高踪。觅桃源，广开花径，便来人，长此醉春风。功成日，许吾侪去，另上层峰。"

好个"功成日,许吾侪去,另上层峰"!愿蔡老更攀高峰,吾辈愿随其后。

2016年3月3日 于北京 云闲斋

【注】

蔡厚示,著名诗人、学者、原中华诗词学会副会长。于2019年2月22日22时逝世,享年92岁。

序了凡《半坡烟雨半坡风》

甲午深秋某日，余在浦东。"凤凰"台风震撼登场。是晚，与了凡、马力、恭震三友聚于黄浦江畔，风雨漫天，涛声奔啸，好个大潮！把盏临江，诗酒唱和，陶然自在于天海之间，诗词，自是挥之不去主题。

余近年来倾心诗词。不仅写了一堆诗词和相关文字，还在国内外做了几番诗词与时代的讲演。主旨就是"诗海观潮"。吾认为，传统诗词经过复苏，走向复兴，是一个新潮初起、走向繁荣的时代；千帆竞发，诗海弄潮的态势。诗词当随时代。一代诗词需要一代之人才任之。而遍观诗界中青年诸辈，了凡是值得注意和研究的代表人物。

古人论诗，清学者王士祯有神韵说，沈德潜有格调说，袁枚有性灵说，翁方纲有肌理说，各擅其长。而诸家要义，皆离不开性情，离不开意、力、技、气。结合当今时代，诗词新态，吾人则主张"意力技气说"。

意。思想、创意、创新。即强烈的创新意识。同样内容和体裁，有自己的视角，自己的思辨，独特的语言。落笔成诗，言之成理，不落俗套。尤其是奇思妙论，为诗词之魂力。功力、蕴力、力度。即有深厚的文化功底和素养，知识全面，博而有专，融会贯通，信手拈来，举重若轻；

技，技巧、手段。无论立意谋篇，还是架构用词，注重细节，调动和变换不同的手段、技法。别具机杼，缜密无痕。意料之外，情理之中。即人们常说的"工"。

了凡是成功人士，更是充满激情的诗人。事务百忙，而诗作的数量和质量令人刮目。其自选集《半坡烟雨半坡风》300余首，意象交融，别开生面。览卷有穿云破雾之感。如"且斟且饮还长啸，一曲高歌碧落穷"和"天降我才终不负"的慷慨恢弘；"乡思难共水东流，飘落风中无数片"和"一片飞花一片真"的神韵痴情；"漂流夜风里，几点落花声"的空灵淡远等，或如金石铿锵惊涛拍案，或如雨后虹霓霞色烂漫，或如柔风丝雨浸润花蕾，或哲思隽语出人意表。且通篇不见人所熟知的概念和套话，恰是"意力技"的体现与追求。豪婉相济中，有不凡之思，不凡之语，不凡之襟抱；因而这部诗集，可视为新生诗人和诗品的初步塑造，展现了广阔的发展空间。而诗人"怀旧又推新，继往开来看我们""三春杨柳轻无骨，万古文章贵在神"等为诗之道和创作体验，精刻实在，体现了理论和创作的一致。与诗词品性相合，与时代发展相契，吾深以为然。

最后关于气。气乃气象、气度和气场。也可理解为个性风格。初具气象，气场独特，呼朋唤友、凝聚诗心。气者器也！创作之外，了凡热心投入，建"子曰诗社"，办"诗词吾爱"网，在诗界广有影响，颇受好评。文坛诗界需要这样的人物。寄语了凡和他的中青年诗友，去繁芜，务深沉，持正知变，锐意出新，不负大潮，诗海扬帆，有所担当。

末了，以小词《浣溪沙·答了凡》作结：

崛起文华灿若山，诗词未必总如烟。鲲鹏之翼在云端。
筑厦庇寒难尽许，开新继往有担肩。潮平风正唱千帆。

是为序。

2015年清明 于北京 云闲斋

匠心独运不荒唐

——王政佳《荒堂全调词笺》代序

春寒料峭时分,我的同窗老友朱诚如先生来电,要我为王政佳先生《荒堂全调词笺》作序。我于词学,素无研究,方欲推脱,不料诚如说已经"替我"慨然答应作者,只好从命。当我把《荒堂全调词笺》(以下简称"词笺")浏览完毕时,眼前豁亮,击节赞叹,这是一部难得的充满创意的全新巨著。

吾在文界供职,涉足出版有年,惯见改头换面、相互眷抄之作,而有新知创意者渺渺。至于诗词写作与研究,亦多似曾相识之句与拾人牙慧之论,深以为憾。而王氏词笺,集词牌之大成,流千载之风韵。爬梳集腋,考据勘正。"攻日课,通将全调从头谱"(渔家傲),居然将《钦定词谱》八百二十六式样,全部填制。数十年间数十万言,其志宏矣,其力韧矣,其果煌矣。无论从诗词创作或学术研究的角度,都别辟蹊径,令人刮目!不愧为诗词创作和研究的崭新成果。

词笺首先是一部诗词创作,一项缜密的全景式的写作工程。八百词牌都须创作,难度可知。但作者以其痴情与才气全功告成,殊为可贵。作为当代诗人,作者立足当今,跟随时代,其作品具有相当数量洋溢着时代光彩的篇章,如写国庆长安街街景,写渤海经济带崛起,写刘翔田径夺冠,写师生情意,写世事变迁,写故乡田蟹……有"十三亿,振兴东土,检阅龙飞凤舞"的豪气,有"佳节共金樽,土亲人更亲"的淳情,亦有"低吟只有伤心句,诗到工时命不公"的感慨。或浩然大气,或幽婉深沉,或浓笔重彩,或恬静淡然,俱展现了作者的"真情、个性与诗才"（清 袁枚语）。其灿然可观者不可胜数。这，既是作者的成功，也从一个侧面证明了：诗词这种传统的文学艺术形式，完全可以适应时代，反映生活，而这正是中华诗词具有生命力的标志。在这样的时候出现这样的作品，亦是诗词走向复兴、初见繁荣的佐证。

一部"词笺"，与其说具有创作实践的品格，不如说更具有学术研究的价值。词之学问大矣，不仅在于"别是一家"，更在于古今千家，豪婉分合，注家蜂起，流派纷呈。专门探究一代一家一派已属不易，而词笺能别俱机杼，覆盖全部，集汇考辨，涉及时代、词史、词家、词论，探索词谱、词律、词韵及其演变、正误。且有开拓与补正之功。这样的成就，对于当代诗词研究，无疑具有创新性意义。

当然，一部鸿篇巨制，其创作未必全然精彩，其立论莫求处处精当。有学者考证，词的雏型是南朝萧统、沈约辈的"江南弄"，隋炀帝杨广与王胄唱和的"纪辽东"，已经全现词之本色——"词始于杨广论"几成共识。词河千载，起源于隋帝唱和，滥觞于元人曲令，崛起于当代毛词。康熙年代的《钦定词谱》虽然经典，亦不免缺漏和局限。词笺以之为范，还不能等同于全息词典和勾勒出整条长河。词牌八百二十六种全部制作，政佳先生可谓古今一人矣。然而大有大的难处。同以往名家不可能句句出彩、篇篇经典一样，本书词作难免平奇互见，薄厚有之，有些篇什似与当代生活游离。王国维先生引用尼采的话说"一切文学，余爱以血书者"（《人间词话》之十八）。古之文豪大家未必件件以血书写，又何必苛求于荒堂屋主人！至于篇中不重复一字，古今大家名篇有重字者多矣！并不影响其精美与韵味。因此，愚以为勿须刻意，自然为好。

还应指出，不同的词牌，其演变、流传和影响也不尽相同。古今词家都非是词牌全揽，平均用力。历史的行进中，人们熟识和使用的词牌，有渐渐集中的趋势。某些过于长篇低缓不太适应时代节拍的，有被边缘化的趋势，有的被冷落以至淘汰也不为奇。据不完全统计，宋和当代词家常用的词牌不到百种。例如，胡云翼编1962年中华书局《宋词选》收词不满三百，当然不会有八百词牌；当代，自从1945年毛泽东《沁园春·雪》发表始，以雪或非雪为题的"沁园春"不计其数！1978年人民文学出版社《天安门诗抄》收词120首，凡37个词牌。其数量顺序是"卜算子"22首，"忆秦娥"11首，"满江红"8首，"西江月"7首，"清平乐""十六字令"和"念奴娇"都是6首。不难发现，这些均为毛泽东常用的词牌，足见其影响，也是时代的印记。总之，与时俱进，正变创新，是文化乃至诗词史的发展规律。有所取舍偏重，是时代使然。某些曲调频用何妨，不用何妨，变格何妨，重字何妨，自度何妨？而如政佳先生别开天地、鸿篇巨制又何妨？总之，关系到当代诗词创作，吾以为应持前瞻开放、继承创新的态度。

以上补议，乃一家言，姑妄言之，读者识之！总之，作为诗词爱好者，我们欢迎《荒堂全调词笺》的问世。希望并相信，政佳先生的巨著能被认可和流传，体现自己应有的价值。末了，以我的小词一则《清平乐·诗史》作结：

　　诗三百好，更有卿云早。秦火炎炎烧未了，屈宋建安佼佼。

　　北南魏晋隋陈，诗词逐代翻新。唐宋堪师不仿，一心要写吾真。

壬辰初春 于京西 云闲斋

泥香缕缕上诗坛

——农民诗人张玉旺诗集代序

　　诗词正值复苏、复兴的时代,中华大地一派万紫千红。遍野春光是由朵朵新花和片片园林组合的。而在京津之邻、燕赵大地的河北大厂县及其诗社的"小圃",便是最具亮色的一方田地。

　　我有幸访问了那块土地,结识了那里的诗社和诗友,走进了小圃诗人中间,也由是结识了他们的领头诗人张玉旺先生,领略了其诗集《大厂新咏》的风采,一部洋溢着心血真情和特色的作品。也进而加深了"草根毕竟是诗根"的信念。

　　张玉旺是大厂人,他生于斯、长于斯、工作于斯和歌唱于斯。哪一个诗人不热爱自己的家乡本土呢?大厂不大,但极具内涵。历史悠久,土地肥美,回族民众和汉族等民族和睦共居,展现了大厂人文艺术的多层次和多形态。家乡的人文历史,风土人情,民族特色,乃至传统小吃都注入诗人浓浓的深情,引起他热忱的讴歌。例如,"小车推卖行千里,天下闻名此一刀"《切糕》,生意虽小,却不乏豪峻之气;"大火开锅小火煨,筋绵皮烂瘦无肥"《羊蹄》,其间洋溢着阵阵浓香,令人垂涎。诗人几乎把大厂的名肴美味全都唱遍。其它如《摔跤》《小菜园》《拉大锯》等各具风采,由此归结为"借问此边何处,伊乡大厂京东。""小桥流水情依旧,乡野山花最动人"。如果没有对事物细微的观察和炽热情感,是写不出这样生活气息浓郁富于感染力的作品的。

　　不仅如此,诗人的视野和笔触,更广及时事杂咏,改革新貌,民族团结,山水游踪,人生思考,天人和谐,亲友情深,心路历程，几乎包括了古人倡导的"兴观群怨"的各个方面。

　　生当改革时代，诗人无可回避地要面对改革风云。张玉旺从历史的纵深观察、体验改革。往年的艰窘之状是"文革"抄家，借粮充饥。《忆妻买油》写道："一条长队暮天秋，一口肥猪半挂油。一个少妻携幼子，一弯镰月照人愁。"物寡人愁，挂于一弯明。意境凄幽，文辞精美，具有深刻的艺术感染力。而物换星移，"长卷流光三万里，宏图华彩五千年。"《咏奥运》大厂和整个神州换了人间，由此产生了歌颂改革的大量诗篇。对于全球金融危机和粮荒的最新时态，作者写道："全球粮荒蔓延，华夏处之泰然。远瞻三农大略，不忘米价关天。"诗人的喻讽诗也笔墨不凡："水草本丰厚，贪心失自由，莫恨垂钓者，愿者才上钩"《观钓》……这些，有视野，有思考，有深度，有自己的语言。

　　清代大诗人袁枚指出，诗贵"真情、个性和诗材"。真情之外，张玉旺的诗，初步展示了自己的个性与才气，《看蜂》诗云："又是清晨早，花间忙碌飞。小身承荷重，红露莫沾衣。"别有视角，观察细微，又新又美；又如"一树青枝压杏子，两畦豆角挂阳春"《寻友》、"鸡啄场侧米，螳觑叶间蝉"，都是意象皆备、对仗工稳的佳句。总之，视野广阔，收放自如，朴实有华，雄阔中有婉约，宏观下有细节，张玉旺的诗词，正渐渐形成自己的风格。

　　一方诗词兴起，必有一伙骨干和带头人。张玉旺在丰富完善自己创作的同时，还带动了周围的诗友，推助了大厂诗词文事的兴盛，这也是值得称道和推广的。

　　说到努力方向，是我们这代诗人共勉的。昌明时代，节庆多多，容易产生套话和空话，这是时代使然，或者叫做"盛世诗病"。我们当前这类作品较多，包括一些大赛中获奖的作品。回看毛泽东主席的词作，小到《忆秦娥·娄山关》"西风烈，长空雁叫霜晨月"，大到《沁园春·雪》，其中何曾有"革命""红军"等政治词语！但其间包括着浓烈的革命、胜利和光明的内涵。是用艺术形象而不是用直接的概念说话。诗人不是政治演说家而是艺术创作者。具体到这部诗集，写大事宏观者尚不及描写景物风情篇那样生动出彩。因此，就应更加注重作品的艺术感染力和特色细节的描写。大处着眼，细部着手。多推敲，多创意，多出精品。

我本农家子弟，和张玉旺一样在原野上长大，在小河边戏耍。虽然寄居城市多年，喝了一点墨水和写过几篇文字，但性情深处还是土得掉渣儿的农家百姓子弟。世事沧桑万变，思想感情依旧，还是浓厚的"民本"或"农本"情怀。那种漠视大众、轻视农民的思想情绪或者文学作品，我是决不与之为伍的。我担心，在广大城市，随着社会的商化和人心的浮躁，可能如同缺乏洁净空气和水一样，传统的高雅的文化艺术，会在那里失去生态，渐行渐渺，以至成为文化的沙漠；而希望则在广大原野，在农村，或者是在城乡之交如同大厂小圃一类地方。因此我相信，小圃那样的文学艺术园地和张玉旺那样的诗人，拥有深厚的根基和美好的前景。

愿小圃成为姹紫嫣红之园，茂林修竹之圃。

末了，我的小诗一首，也是表达如上愿景的：

燕赵京畿地，杰灵今溯古。
潮白润嫩苗，沃野育新圃。
有士多风雅，无歌不热土。
诗坛添锦绣，我欲呼还鼓。

2009年11月11日于京西闲云斋

风正"两帆"悬

——序张少林《双帆集》

余近年来作诗词漫游多矣。写了几篇诗词和相关文字,还在国内外做了几番诗词与时代的讲演。主题就是"诗海观潮"。我认为,中华诗词经过复苏,走向复兴,是一个新潮初起、走向繁荣的时代,千帆竞发,诗海弄潮的态势。一个时代需要一代之文章,一代诗词需要一代之人才。在诗海弄潮的万船千帆中,张少林君无疑是一个值得关注的人物。

少林君与我诗交既久,多有切磋。甲午初夏,时近端午,余游武昌,少林伴之。登黄鹤之楼,访东坡赤壁,抚今怀古,指点江山,谈诗论词,褒贬人物,慷慨叹惋者有之。余叹曰:荆楚风骨,少林侠气,真乃当代诗人本色也。其间,少林以诗集《双帆集》见示,嘱余为序。吾于诗坛,鲜愿为人作序。盖探研非深,褒贬不易。而少林乃性情人物,多年诗友,坦荡真诚,吾岂拒哉!

在诗言诗。《双帆集》已是作者的第三部诗集。除保留原来的风发和锐气之外,更见成熟与深沉,且更见创意和哲思。

创造是人才最基本的属性。诗人更是如此。所谓"创作",创是统帅,是灵魂,创是纲,作是目。创造就是出新,就是与众不同、探索或完成前所未有的东西。《白石道人诗说》云:"人所易言,我寡言之;人所难言,我易言之。则不俗。"袁枚说,"以出新意、去陈言为第一着",王船山说,"意为帅也,无帅之兵谓之乌合"。少林"双帆"诗卷,重在出新。同样事物和题材,有自己的视角、立意,自己独特的语言、观点。例如《鹅卵石》:"百碾千磨锐角圆,不随污淖向深渊。清流日映通身洁,乐为鱼虾作枕眠。"写其经受长期磨练,写其清白不污,写其与鱼虾为友,言之成理,不落俗套,意象俱新。思辨、哲思,尤其是奇思妙论,为诗词之魂;同样事物和题材的作品,新意往往就是亮点,是诗眼。

作者的美学追求,亦可见写给儿子的一首五绝《晨雨行寄子》:

"雨打河池岸,鸿飞天一涯。天风时有异,未许落平沙。"

儿子出行,恰逢雨时,雨、河、飞鸿、天风,交织成景。而寄托于鸿雁的是冲破风雨,高飞远航,而不是寻常的雁落平沙。其中"未许",是儿子不许,父亲不许,拟或时代不许?作者只是点到为止,意韵颇深,含而微露,颇得为诗之道。

诗集中颇多反映时代和时事的篇章,例如七绝《履新回眸》似有自身结合意味:

"退却公车徒步安,浮尘盈袖指轻弹。行随节奏趋同道,扶正胸中方向盘。"

反腐倡廉的主题,明了而自然,抛弃人皆共知的说教而以"扶正胸中方向盘"结之。准确形象,立意不俗,颇为难得。而《扁担》这样的描写小人物的小题材,却亦庄亦谐,别有味道:"赔笑装苔热脸缠,有人呵斥有人怜。眼睛尖似窝边兔,磨破肩头赚小钱。"小中见大,不浅不俗。这些,足见诗人视野之广,诗艺渐熟,正在形成自己的风格。这是值得祝贺的。

诗人当随时代。文化史和诗词史告诉我们,每一个时代都有着不同的诗人群体。无论他们意识到与否,他们的社会活动和诗词创作,都无法脱离当时的环境而打上时代的印记。建安诗人的疏阔苍凉,盛唐诗人的恢弘浪漫和博大深沉,宋代诗人的委婉细密和理性思考,无不刻记着时代的烙印。而我们所处的时代,诗人自有自己的地位和责任,扮演当之无愧的角色。我之所以关注张少林和他那一群中青年诗人,因为他们有着鲜明时代个性和强烈的时代精神，较之以往诗人多有扩展与前进。例如"读万卷书，行万里路"，少林和他的伙伴舟车飞行，走遍天涯海角。古今中外加现代网络，其旅游知识、阅历和见识不知比古贤人丰厚多少倍；少林不仅写旧体诗，新诗也颇多收获；不仅作诗，又擅写评论；不仅写作，还善于运作，可谓多面手与双枪将，正好契合了他那双帆集的"双"字。这也正是新时代、新气派、新风貌、新特色的诗人。正是我们时代的需要。与他们为诗为友，是足以引为自豪的。

当然，这还不是说少林诗词篇篇佳品，句句精当，因为古代最伟大的诗人也不能如此。寄语前路正长的少林和中青年诗人，"人生际遇好，社会感悟深。"即希望他们与时代同行，更深地了解环境，思考社会，贴近大众，有所担当。远浮躁，趋深沉，有更高的追求，有更灿烂的成果。末了，一首小诗，作为此序的结尾：

屈子当年颂与骚，诗材流韵浪滔滔。
新生更有双帆在，破海高歌弄大潮。

甲午之端午 于北京 木秀园

"山大王杯"征诗大赛作品集代序

初冬的北京,开始飘洒银色的雪花了;而江南的临海,正洋溢着深秋收获之喜和翠绿金黄之彩。当此时,"小楼听雨"诗刊主编章雪芳女史来电,要我为"山大王杯"临海蜜橘全国征诗大赛作品集作序。我喜欢小楼,喜欢蜜橘,喜欢临海,更喜欢"山大王"品牌,欣然应命。

临海市地处浙江沿海中部,历史悠久,人文丰厚,为国家历史文化名城、中国优秀旅游城市、国家卫生城市、国家园林城市,也是全国首个获得"中国宜居城市"称号的县级市。此间山青水秀,土地富饶,亚热带季风气候,有阳光,有好水,尤其是有勤劳智慧的农民群体和种植行家,打造成"中国无核蜜橘之乡"。青山秀水之间,上品的蜜橘自然孕育,皮薄渣少,甜美多汁,名闻遐迩,被浙江省原省长吕祖善誉为"临海一奇,吃橘带皮"。品尝回味,果不其然,颇不负"山大王"之品牌和国际森林博览会金奖之荣耀也。

为庆祝2019中国·临海无核蜜橘节举行,大力倡导绿色农业,扩大临海蜜橘的知名度、美誉度,临海市文联等单位和临海市山大王高山水果专业合作社在"小楼听雨诗刊"自媒体平台的协助下,成功举办了"山大王杯"临海蜜橘全国征诗大赛。有声有色,极为成功。

这次赛事,参赛者逾万名,诗作两万余首,涵盖了新加坡、加拿大、德国、美国和中国香港地区。作者之众、涉面之广,在以往专题诗赛中颇为少见。尤其是以橘为题,言之有物,明显有别于流行的某些空洞虚浮的赛事,规模不大而有内容,样式不多而具特色。各具风采,颇多佳句。究其原因,一是"小楼听雨诗刊"影响力、宣传力,一呼百应;二是绝句体裁适应吟咏对象,以短取胜;三是临海和临海蜜橘的自有魅力。古谓"桃李不言,下自成蹊",今则蜜橘有招,风云响应也!

"山大王杯"蜜橘全国征诗大赛的成功举办,书写了山川风物与人文的和谐,密切了美好果品和诗词的联系:"山大王"朴实有华,甜润兼得,彰显了自己的性格;众诗家则以赤子之心,陆郎之怀,橘颂之韵,响之应之,歌之诵之。唱于小楼,传播宇内,从而协奏出"人、文、海、山、橘"的美好乐章。耕作之劳,收获之乐,东坡之豪,漱玉之婉,尽在其中矣。继而结集出版,诸于歌,扬于海,显耀当时,留与后世,实乃诗坛盛事也!

赏诗词之华,品蜜桔之美,还给我们一个启示,即人世间需要并崇尚精品:果有特色方能享誉四海,诗有个性方可留于后世。虽诗橘殊类,其理一也。

末了,以小诗二则为序作结:

> 好大声名"山大王",秋冬时节绽金黄。
> 更将雅韵披弦管,载得橘香和酒香。
>
> 秋有秀兮冬有芳,橘山蜜果发清商。
> 招来四海风云客,堪共谪仙醉一场。

2019年初冬 北京云闲斋

盛世诗坛待后生

——《90后诗词选》漫评

在中华文化的伟大复兴中，诗词已经成为继往开来、与时俱进的佼佼者。经过复苏、走向复兴并初见繁荣，从一定意义上可以说出现了诗词新潮。而青年诗人的踊跃和灼灼成果，正是诗词新潮的重要体现。最近，由《诗刊》社编选的，在南方出版社出版的这部《90后诗词选》，则是霑沐阳光雨露的、充满青春气息的收获。一群二十多岁的年轻人活跃诗坛，展示才技，兴观群怨，各有所及，十分可喜！

通读这部20岁年龄段诗人的选集，有几个方面令人印象深刻：一是与时俱进的时代风貌，二是心系社会的家国情怀，三是对生活的切入和感悟。兹分述之。

一是关于时代风貌。笔墨当随时代。文化史和诗词史告诉我们，每一个时代都有着不同的诗人群体。无论他们意识到与否，他们的社会活动和诗词创作，都无法脱离当时的社会环境。青年更是如此。时代前进了，诗词和诗人当与时代同行。观之、思之、反映之。当今的时代，改革风起云涌，新事物层出不穷，诗人不可拘泥于以往的事物、视野和情绪，要敢于和善于将新事物、新理念入诗，使之成为创作的鲜活素材。熊伟东一首"假如"目击UFO远航的七律写道：

荒原独立渺余怀，摩荡风尘似劫灰。
明灭乍惊飞碟闪，降临喜是使船来。

余生漫漫星辰旅，今夕巍巍阊阖开。
蓝色地球成一顾，太阳之侧自徘徊。

作者展开想象之翼，遨游环宇，观测于太阳地球之间，对物的描写与想象，自然超越了李贺"遥望齐州九点烟，一泓海水杯中泻"的视野，这是时代使然。

二是家国情怀。刘先奇在《桐埜书屋》写道：

香火不兴成古迹，诗书犹在隐新雷。
后人仰止先贤辈，自顾青春尚可追。

诗从书屋入题，以"新古"对比和衔接，仰慕先人，青春可追。其中喻意，当不限于诗词文化，表现出青年一代的责任感和敢于担当的精神。

不仅如此，年轻诗人还把目光投向社会，关注民生和民瘼。罗璟轩的七绝《扫街人》写道：

扫帚更来挂短襟，隔墙犬吠雨霖霖。
长竿身伴两同瘦，斜影参差又巷深。
五尺长竿扫帚声，消磨岁月几多层？
想来熟睡家中子，一片阳光是路灯。

字里行间，包含着对普通劳动者的尊敬理解和同情。十分可贵。

三是对生活的切入、体验和感悟。青年诗人倪昌盛的状态十分引人注意，他是江苏淮安人，1991年生。自称"高一辍学打工至今，以诗自遣"。其自描打工生涯的三首七律，有这样的作品：

尘埃拭去雨初停，痛痒无关蚊子叮。
酒剩瓶中犹可饮，言于背后不堪听。
浮沉心海难归一，加减人生总是零。
回首儿时之夏夜，与谁遥望满天星？

《夏来了，已开始穿短袖上班的感觉》是：

又穿短袖挣微薪，难免胸中百味陈。
世态依然炎到夏，人心未必暖于春。
不知梦想为何物，且向江湖寄此身。
已惯车间灯刺眼，照吾满脸尽灰尘。

作者送快递时曾被狗追咬：

一心加快因何急？双脚抬高怕犬攻。
莫道天天来此处，终归不是主人翁！

　　作者工作在基层，以送快递奔波谋生。细节与心态的描写，是以往诗词未曾见过的。其中当有生活艰辛和世事炎凉的感慨。读之令人心动。
　　当然，对于青年人说来，初时的困境和磨练往往难免，这可以变成他们的财富——起码是珍贵的生活积累。而生活积累和感悟是青年诗人最基本和最重要的成功因素。
　　我们还欣喜地看到，在创作技巧的运用方面，青年诗人表现了"持正知变"的探索和追求，多有新意。例如，酒是古今诗人吟咏的重要主题，以往诗作如牛似海，但这位曾入龙的"醉酒"却相当别致，题目是《黄昏微醺于西湖》：

懒向苍澜掷酒盅，微躯今更作飞虫。

醺来始信舟如刀，割碎湖心十万红。

他的《贺新郎·登嵩山作》上片写道：

足底云涛卷。更何妨、九州而已，微微一眄。七十二峰如纽扣，绣我青衫半蕑。笑也是、一时虚幻。河洛古今流不尽，但何妨、流作千千盏。饮者醉，醉忘返。

诗人其舟如刀，割碎湖心；"峰如纽扣，青衫半蕑"，"但何妨、流作千千盏"，等等，皆有不凡的意象和表现手段，读来令人耳目一新。

还有，丁昊咏桑葚的诗句：

春从荼蘼窄，夏从荷底宽。每从秋光起，眼底生波澜。经年沧海事，滴滴在枝端。但被檐风过，簌簌坠清欢。

布局讲究，音韵铿锵，古意浓浓，朴实有华。再看李若瞳的《眼儿媚·九月初二游香山》：

辗转千阶为香峰，城外乳烟浓。苍松犹翠，墙篱卧虎，试点新红。

黄栌未褪青衫尽，碧野渐丹枫。游山不必，朱林满目，花意皆同。

为诗，不喜平，不趋同，讲个性。表现了对生活和艺术的创意追求。

　　显然，此中一些句子和技法，已经不只是"渐见"纯熟，甚至颇有些"老到"了。

　　说到"90后"诗词的不足，自然与年龄有关。纵览全书，对史无前例的改革开放中的重大事件、社会巨变还较少涉及，自然也谈不到深刻的理解和反映。对社会的体验还比较表象、初步。当然，嫩稚或青涩难免且不是缺点。但青年诗人需要历练和成熟。当今社会环境，"读万卷书，走万里路"已经不够。我们提倡"读百万卷书，走十万里路"，即更多地了解社会和人生，磨练自己的"意、力、技"，逐渐形成自己的风格。

　　尤其应该指出的是青年人如何认识和应对环境。古人有"国家不幸诗家兴，赋到沧桑句便工"（清赵翼《题遗山诗》）之说，文界称之为"逆境出诗人"。当今中华，局面全新，超越以往，青年人有相当展示自己才华的空间，顺境多多。"逆境出诗人"显然不是铁律。我们主张的是"人生际遇好，社会感悟深"。即青年人努力发展自己，有好的生活（物质生活和精神生活）和人生，而无须一定经历困厄折磨。要求做到和可以做到的是，关注社会，关心民瘼，深入思考，倾注真情。如此，就可以写出有深度有温度的作品来。这部诗集里的优秀作品就是证明。

　　上述评议，虽力求客观，总体还是基于诗坛的多数即中老诗人的视角。作为年龄上的前辈，我们寄希望于90后和全体青年诗人：诗词的未来在青年！乐见他们后来居上，抢占潮头。唐人说"雏凤清于老凤声"。实际上，每只老凤都从雏凤走来，而每只雏凤都会变成老凤。生灵在周而复始中轮回，诗词在继承创新中演进。由此寄语青年诗人：去浮躁，务深沉，锐意出新，有所担当，诗海弄潮，不负时代。最后以一首小诗作结：

　　　　一从屈子赋离骚，累代风华韵渐娇。
　　　　唐宋未曾诗写尽，何妨我辈弄新潮。

钟老咏史开新界

咏史是中华诗词的重要题材。中国历代文人、诗家有大量篇章。古代大诗人几乎没有不涉及咏史的。咏史诗内容丰富，甚至无所不包，有对历史发展、时代变迁的感慨或总结，有对历史事件的反思和深化，有对反派人物的批判和讽刺，有的则拨乱反正，从史实和立论上做翻案文章。当今诗坛，咏史诗也已经成为一个重要的门类，不乏妙章。

老诗人钟家佐近年遍游山川和历史遗迹，多有吟咏。虽涉及历史的篇目不多，但件件精彩，老树新花，令人耳目一新。

公元前260年，秦国军队在长平大败赵国，秦将白起坑杀赵卒40万，是处立有"骷髅王庙"。钟老的七律《骷髅王庙》写道：

> 忍看长平古战场，荒原白骨诉凄怆。
> 二千余载冤魂冷，四十万俘刀斧亡。
> 血卷狂飚惊读史，民罹浩劫怎逃殃。
> 可悲人鬼皆同病，化作骷髅也拜王！

放眼望去，白骨衰草，满目悲怆。两千年的白骨，数十万冤魂，诉说血泪往昔。诗人不再是总结赵括"纸上谈兵"的失误或统一大势之类，而是转向民众、民生。那些死难战士都是无辜的百姓子弟，都有家庭和亲人呀！战争，给他们带来的只是血泪和死亡。即使后世哀怜，为其拜"王"封"帝"，也无法抚平深深的伤痕，给百姓以生理和公平！字里行间，其情也痴，其辨也深。诗人的民本情怀，超乎往史。

明代督师袁崇焕是广西藤县人，是诗人的老乡。钟老《访袁崇焕故里有感》，是这样写的：

> 行尽人间路两头，英雄转瞬作阶囚。
> 一身寸磔关河碎，九族株连天地愁。
> 鹤化辽东扬汉帜，魂依燕北护金瓯。
> 残垣犹滴沉冤泪，夕照苍茫带血流。

袁崇焕忠于明廷，却因敌方的反间计，被凌迟处死。"一身寸磔关河碎"，随着忠良血溅刑场，大明的江山亦被迅速蚕食，支离破碎，直至覆亡。此联，以细腻形象的笔法描述了袁督师的惨剧及其影响。对仗工稳，韵味深长。而尾联更是浓墨重彩，从描写故里的风物环境，着力打造悲郁的气氛：断壁残垣，血泪滴墙，甚至远天的晚霞都染成赤色，为冤魂致哀。丰富想象，合理夸张。足见创意和功力。

钟老几番出国，于诗广有收获。所写罗马斗兽场，也是一首七律。在申讨贵族视"人狮搏斗为儿戏，血肉横飞当乐章"的残暴之后，自然地将镜头拉近，由古及今，指斥"自古屠人如屠兽，而今疯子逗疯狂"。不是吗，霸主频频征战，跨海新开屠场。而在战争中遭殃受难的还是平民百姓。

在描写眼前风物时，老诗人展开想象的翅膀，善于联想转折，由此及彼。其描写夏威夷活火山的"高阳台"大气磅礴，开篇就石破天惊："丘岳崩摧，川原塌陷，频年地覆天翻。烈焰冲天，海中突起高山……"写到此，笔锋一转，由近及远，由物而理："看山似读千秋史，叹白云苍狗，沧海桑田。今古兴亡，几多功罪沉冤！纵然血泪书难尽，不回头，总是朝前。"由一座火山写到古今兴亡，既慨叹于"历史车轮带血行"的无情，又展示了"不回头，总是朝前"社会发展规律。开阔、警策、深邃。一篇词章，抵得万言史论。不愧为大手笔！

关于咏史，清代学者沈德潜说过，"不必专咏一人，专咏一事。己有怀抱，借古人事以抒写之。斯为千秋绝唱。"钟老庶几当之。

　　当代诗词初现繁荣，题材、门类基本齐全，惜乎咏史诗太少。本作者认为，由于对史实的判断和认知的提高，人们更能够对以往事件和人物做出真实和科学的评判，厘清迷雾，矫正错误，接近真理，以史为鉴。从这一角度，咏史诗最有可能成为出彩的门类。咏史的要义在于：史要真，论要新。有新的视角、新的认识、新的表述和新的手法。老诗人钟家佐就是证明。我们期待着钟老更多更好的咏史作品。

《中华百花诗咏》代序

甲午初夏，与中外诗家会于中华诗词国际高峰论坛。住惠东海王子酒店。诗人大会，盛况空前。余有感而为诗曰："海王子店近天涯，下榻相邻敖广家。借得诗风三万里，催开灿灿五洲花。"诗甫草就，有旅居美国三藩市诗翁利向阳君即以《梦轩阁中华百花诗咏》见示，要余为之序。一句花诗引出百花之卷，非唯巧合，乃花诗之缘也。命余为序，岂可拒哉！

若花之义，广哉大矣！没有百花，焉有世界；没有花诗，何谓诗人？览古今诗之卷，诗之人，爱花咏花，几无例外。《诗经》之桃夭、蒹葭，《离骚》之芰荷、芙蓉，汉武之兰菊。不一而足。及至唐宋，咏牡丹、莲荷、碧桃、红杏、寒梅之章，如恒河之沙，不可胜数。于人工培植之外，更有无数不知名的野花，布于原野，装点我们生存的世界。即"春在溪头荠菜花"之类也。吾生农家，蜗居草庐，更爱野花。有"拼将生命越寒冬，叶又青葱花又红。不管他人甚颜色，自开自落自从容"之句。野花、家花同源，五洲四海皆爱。爱花、爱诗之情，与利向阳君不约而同。

诗会之夜，读利君花卷，满目琳琅，夜不成寐。感其诚、爱其真、赏其诗。如其"黛浓翠影耸云天，蓓蕾春初似火燃"；"花线俩缠绵，离人魂梦牵。蔓萦丝，结缕窗前"等句，或大气超迈，或幽婉缠绵，或哲思深邃。章法、立意、词语，往往耳目一新，为之一振。颇有前贤诗家未道之新者。且此书别出心裁，包融颇丰，于诗词外，还从现代科技角度对诸花的类别、品性、来历、演变等，做简明的介绍。使读者既得诗词享受，又获相关知识。且文图并茂，疏朗有致。真个古今融汇，雅俗共赏。作者之功，堪比灌园老叟，散花仙殊，功著当世，利泽将来。相信其出版发布，定能享誉中外，播香万里。故不揣孤陋，为之作序。并赠之诗曰：

  万类天然起大荒，搜奇荟萃展芬芳；
  诗家谁有韦编力，跨海飞帆利向阳。

是为序。

2014年5月26日晨　草就于广东惠东

唯其有真 方见其深

很高兴看到《赋真诗集》的丰硕成果。最突出的印象是其真切、真实和真情。作者杜福贞先生眼中有基层，心中有大众。民生民瘼，百姓情怀占有突出的位置，是其诗集重要和闪光的部分。福贞先生多年从政，虽在官员之列，却是诗人本色。苏东坡说过"上可陪玉皇大帝，下可陪乞夫农儿"。福贞先生的作品，工人、农民、清洁工、小贩、抬滑竿者都可入诗。见良知，见性情。总体印象：跟随时代，关注民生，感情真挚，好句迭出，豪婉相兼，朴实有华。诗风好，路子正，正初步形成自己的风格。

同是官员，有的离群众很近，有的离群众很远。其中有一个观念问题。当年我在光明日报，带着一帮记者采访"两会"。我和相声大师侯宝林先生是忘年交，侯先生一再嘱咐我说，到一个地方要看汽车站、菜市场，"车站可以知道那儿的方位和地位、交通情况和治安情况"；"菜市场可以了解到出产、特产、物价、民风和语言"，那是民生的最基本、基层的画面。也就是要"近草根，接地气"。官员如此，诗人更当如此。当然，为了贴近生活，人们不可能扮演所写的全部角色，不一定事事亲历，但应该和能够观察体味好。亲身体验重要，贴近生活、感悟人生亦重要。亲身体验有局限，思考感悟无止境。

例如，白居易没有受过"可怜身上衣正单，心忧炭贱愿天寒"和"长恨绵绵无绝期"之苦，但他写得出，写得真切。李绅身为宰相，没有"锄禾日当午"的体验，但他写得深刻。成兆才不是杨三姐，贺敬之没当过白毛女，但笔下有情有戏。文化人和诗人重在思考、灵性、感悟和发挥。我常常对青年诗人说："人生际遇好，社会感悟深。"就是基于此。

总之，为诗之道：站得高，看得远，观之细，体味深。大处着眼，细部着手。小题大做，大题细作。以小见大，见微知著，突出个性，着力创新。

清代大诗人袁枚指出，诗贵"真情、个性和诗才"。福贞先生三者皆有好的基础，这是我们值得为之高兴的。

细观杜福贞诗词，写大事宏观者尚不及描写景物风情那样生动出彩。因此，应当词汇更丰富，表达更准确，提炼更精到，色彩更斑斓，不妨多些幽婉和含蓄。更加注重作品的艺术感染力和特色细节的描写。大处着眼，细部着手。小题大做，大题细作，创新思维，形象说话。"年齿已然超李杜，诗坛犹自是青年。"六十花甲，尚属年轻。还有相当的发展空间。前途光明，道路并不曲折，愿与福贞先生共勉。

经略风云好入诗

——李汉荣诗集序

李汉荣先生的诗集《商海诗涛》即将出版了。厚厚一摞诗稿呈现在我面前,激起我的思绪。而初到广西容县、初到汉荣先生企业集团访诗的记忆更历历如昨。

没认识李汉荣之前,商界和诗词界的朋友提起过他,说他经营企业有方,且对诗词十分热衷,并且是广西诗词学会的副会长。起初我总觉得,作为商家,第一要务就是追求利润的最大化,至于吟诗作赋,也许是附庸风雅、装点门面而已。直到见其人其诗,与其倾谈,细细拜读其作品,才骤改先前的想法,不禁既惊讶又佩服。惊讶的是,一个搏击商海的弄潮儿,竟然如此好学儒雅、如此博采众长、如此醉心于诗韵;佩服的是,汉荣先生的作品,远远没有囿于经营和利润,其题材之广阔、意蕴之丰厚、探索之深入,技巧之细微,已达到相当水准,并初步形成自己的特色。一个从商之前还是地地道道的农民,没有经过正规科班教育的老板,竟然能写出如此多的好诗词,直让许多行家或学究惊叹。古人说将相无种,诗人亦无拘出身。汉荣先生的收获,也从一个侧面佐证了中华诗词的复兴具有空前的社会基础。而且,在我看来,这部诗集,不独是企业精神的写照,亦是他人生经历的斑斓画廊,也是新时代诗词创作的可贵收获。

汉荣先生是个勤奋而聪明的人,"诗商"颇高,诗情甚笃。他既博闻强记,又善于积累提炼,形成创作。行走中,谈吐间,信手拈来,或即兴发起,或接引他人,喜笑歌悲,皆成诗章。汉荣先生的诗词成就,得益于他丰富的人生阅历,先后务农、从商,一步步由个体经营者发展到上市公司的老板之一。其间经历多少走南闯北的曲折、见识过多少形形色色的人物、处理过多少复杂棘手的事务。这些生活积淀,融入诗词中,便扩充了内涵,丰富了题材,展现光彩与特色。汉荣先生的诗词,其题材主要有下面几类:

一是商海弄潮。诗词是生活的镜子。作者首先是写自己熟悉的、亲身经历的事,又不拘于原始的自然状态,而是提炼升华以致诗化。例如,"创我名牌,谋远略,何惧市场诡谲。""容州江畔,牛角尖尖如戟。""聪明才智胜前贤,报捷欢声一片。""未为儒将为儒商,不究沙场究市场。"这些表现经商生涯的诗句,充满创意,恢弘大气,表现出对集团的自信、自豪之情。而"牛角尖尖如戟",更是含而不露,用典无痕,企业的风貌,企业家的个性和对未来的憧憬,跃然纸上。

二是寄情山水风物。汉荣先生的家乡广西容县,山清水秀、人文丰厚。境内的经略台乃唐人旧制,为著名诗人元结任容管经略使时初建。气势雄伟,构思独特,名在国家级文物保护之列,给人以经营四方、雄才大略的启迪。而境内的都峤山既是道教第二十洞天,又是道、儒、佛三教合一的文化胜地,有这样得天独厚的资源,李汉荣先生常和志同道合的文人骚客一起登高畅游。游罢则畅饮,激荡灵感,他的不少优美灵动的诗篇就是这样诞生的。如《都峤十咏之七》:"仙桥浴日涤凡尘,佛字神光耀法轮。八叠奇峰争献秀,同行尽是画中人。"请看,一行文人流连山水,激扬文字,何等心旷神怡!有趣的是,作者一行同时融入自然之中,成为美好的点缀了。此种譬喻,意象俱佳。再如:"湖清天作底,水静一亭悬。红莲铺锦缎,绿树翠晴川。日正鱼沉影,枝横鸟戏猿。浓阴摇曳处,寺角挂飞泉。"寥寥四十字,都峤山的湖光山色浮到眼前,充满灵性,令人悠然神往。

三是感时咏怀。钓鱼岛事件,诗人们拿起手中的笔,对日本侵略者口诛笔伐。汉荣也不例外,他写道:"碧浪推涛怒拍崖,明清版号钓鱼台。金陵掘土仍流血,东海侵疆再酿灾。甲午狂吞华夏骨,千年难慰子孙怀。仰天长啸挥刀剑,旧债新仇誓索回。"真是正气磅礴、痛快淋漓。

四是酒中豪情,汉荣先生爱酒、好酒,其随行的车后箱中,酒是必不可少之物。他酒风豪爽,一定杯杯见底,酒生豪气,又助灵感,正因为此,汉荣饮酒诗充满豪气而又生活气息盎然。"酣醉昨宵身未洗,醒来尚觉头昏。老婆埋怨耳难闻。酒多蚊不咬,气滞鼾惊邻。 举盏明知非补品,碰杯便作鲸吞。圣贤助兴长精神,刘伶应拱手,李白让三分。""三脚凳,仄边台,矿泉瓶盖互传杯。家鸡野笋农村菜,蜂蝶闻香结伴来。""昨夜红门劗狗,今宵黑马烹羊。黄猄未熟客先尝,一派梁山吃相。举酒轮番豪饮,行拳猜马逞强。离台方便要扶墙,还叫将杯满上。"这些关于饮酒的诗词,足见性情,且都写得栩栩如生、若临其境,醉态、憨态毕现,非实身经历、长期积累不可为也。

五是写人叙事。"半肩行李半肩书,一头坭蝼一头鱼。三杯米酒黄昏后,台上呼儿斗马车。"这是李汉荣写家乡一位老师的诗,真是活灵活现更传神,一位清贫而又不失乐观的老师形象呼之欲出。"寻族嗣,祭先贤,老来还发少时癫。身缠喜炮狂轰放,自觉年轻五十年。"在作者的诗中,侨胞祭祖也充满着喜庆的气氛,把重阳当为难得的亲人相聚节日,一扫"清明时节雨纷纷"的伤感情调,豪放而乐观。

六是嘤鸣酬唱。诗人唱和,雅事也。汉荣先生的唱和诗,其情率真,其气超迈,其律精工。为此吸引和联络了许多诗界的同仁朋友,在此不一一枚举了。

古人云,诗言志。当是信条,经典无疑。然对于当代诗人,非但言志,更宜推展到言情、言爱,体现创造。我赞成清代诗人袁枚"真情,个性,诗才"的主张。更以为,即使不能全才,亦须展现个性。我爱汉荣之诗,就是爱其有追求,有个性。真汉子,真诗人。他豪雄不失幽婉,疏阔不失细密,激情不失理性,初步形成了自己的风格。当然，诗人自己也在不断进取和探索之中，他还有相当的后劲和发展空间。

当今社会，多见人心浮躁，文化浮躁。吾以为，诗词，有可能成为浮躁氛围中的一种清醒剂和沉静剂。正是如此，汉荣的诗词，汉荣的追求就更难能可贵。汉荣以其工作和贡献，担任广西诗词学会副会长，其集团公司的南方诗社荣获"全国诗教先进单位"殊荣。写诗、教诗、推动诗教，实为难得之功德。

作为诗人和朋友，汉荣先生是性情中人，亦是谦逊之人。酒桌上豪气万丈的他，为诗之道却低调、谦逊。每得一诗，都虚心地向诗友求正，在诗词的平仄道路上不慕虚荣，扎实前行。在此，我也希望他今后的诗酒人生中，永远都精彩相伴。也相信他不断推出新作力作，在诗词创作中更上层楼。最后，一首赠给汉荣先生的小诗，作为此文之结：

天道酬勤笔更痴，崎岖之路展雄奇。
人生至味真如酒，经略风云好入诗。

是为序。

癸巳盛夏 改定于浦东

《杂花树》自序

　　杂花者，作者感时记事之诗作也。杂花生树，文采斑斓，文人所以追求也。学步之作，何论文采。然"文革"年代，天地翻覆，词拙意真，劫后文存，不忍弃之。一九七六年香山秋时，得可整理者五十余首；丙子一九九六年深秋，新制电脑，陆续整理存记；世纪交替，偶有吟咏，亦记之。或咏物，或感时，或怀古，或游历，有所遵循又致力出新，虽不涉怪力乱神，亦有前贤今人未及言之者。古人云：嘤其鸣矣，求其友声。诗为心声，或寄赠酬答，或结集出版，皆须人懂，以古体之形式，对当今之读者，大量用典，冷僻用词，实乃诗家大忌。非但今世，古者亦然。试看千古文章，不朽名句，无不出自心底之情而缘于平白之语也，况当今世界乎！由此，吾学史之人，知典而尽少用典。吾曾有句云：艰难用典掉书袋，诘屈聱牙费疑猜。细数流传千古句，皆从平白语中来。关于宫商韵律，主张合平仄、用新韵，偶有佳词美意须突破平仄者，则不得已为之，实行"有理"突破，原则是"偶有"和不"随意"，至于是否"有理"，当由专家和读者判之。

　　自览杂花疏离，每每感慨系之。始知一己之经历、感悟及情丝语片，亦社会变迁之痕迹也。

　　本书作品以分类按时排序，有些青少年时代和"文革"习作，出版前没有推敲修改，为的是保留原来的风貌和记录历史。

　　感谢刘征老师的序言和评价，他是我的前辈，忘年诗友，诗词界的长青大树，我辈以此为荣的。是为序。

李树喜

乙酉年春 于金鸡报晓时分

五编 师友嘉评

烂漫出新《杂花树》

刘 征

李君树喜将历年的诗词选辑成集,命曰《杂花树》。一是切合自己的名字,二是切合写作的意趣。树喜和我是老友,相差近二十岁,是忘年交。他是著名的记者、报告文学家,并有多种专著问世,他在诗词方面也卓有所成,称得起是一棵烂漫的"杂花树"。

李君在自序里说:他写诗"有所遵循又致力出新,虽不涉怪力乱神,亦有前贤今人未及言之者"。"致力出新"是他的诗词一大特色。

我以为,"新"有两层意思,一是写当代人新的思想感情、当代的种种事物,富有时代色彩。二是道前贤今人之所未道,创出新意象,新意境,新构思,新韵味。两者往往是相结合的。

诗人在新疆的一首诗写道:"夜色朦胧月色悲,秋来犹是夏时衣。梦中恐惹离人泪,怀抱羌笛不敢吹。"历代诗人往往以吹笛的哀韵写离人的悲苦。此诗反其意而用之,别出心裁,表现出更深沉的哀怨。写漓江的一首诗道:"巨笔挥天外,涂描雨和风。无心飘作带,随意便成峰。"韩愈咏漓江"水似青罗带",已成千古名句,在今天诗人眼中却是另一番景象。他把漓江比成一支大笔,无心作带,蘸着风雨向天随意挥洒,便画出形象各异的奇峰。不仅创意新奇,而且更能传漓江之神。到过漓江的人都会感到,山色如水,水色如山,而且山湿漉漉的,似刚才画成,墨迹未干。

诗人笔下，时有佳句妙趣横生。如"溪水柔如初嫁女，松石苍若老渔翁"，"无限秋风游子意，清波如酒月如镰"。其中之比喻，寡闻所及，前未之见，把溪水的美写到极致。《偶得句》一诗颇为别致："人心曲曲弯弯水，世事重重复复山，情意浓浓淡淡酒，收成雨雨风风年。"通篇多用联绵词，过去诗词中偶一见之，多是游戏之作，无多深意。这一首则不同，于轻松中透视出世态人情，余味深深。《春归》则画出一幅田园春光的小品，又新又美："水浅荷塘月，风柔柳絮花，春归如燕子，最早到田家。"历来写春归，多带有愁绪。此诗不同，创出全新的境界。春去夏来即进入耕稼的大忙，农家并不介意花开花落，却喜落花之后，枝间出现新的果实。

李君深于历史的研究，著有《中国人才史》和《用人通鉴》等，所写咏史诗多首，视角独特，颇有创见，且举一例："媾和总是兵压境，禅让多因剑抵腰。胜者王侯败者寇，吹吹打打换新朝。"寥寥二十余字，道破几千年古今中外所谓"媾和""禅让"的政治把戏，快人快语。尧舜禅让，是我国上古有名的佳话，然而尧幽囚，舜野死，早有史家提出疑问。且看清宣统退位，完全是大势已去的万般无奈，是在"兵压境""剑抵腰"的威逼下作出来的，然而看那些逊位的诏书，却常常说是"禅让"！放眼今日之世界，有多堂皇美妙的言辞掩盖着刺刀上的鲜血。吟味此诗，令人忍俊不禁。

李君又是富于感情的，《中秋思痛》是这样写的："悔接老父旧银元，月照中秋去不还。坟土新生离乱草，纸钱岂抵米柴钱。"诗人自注道"近年来，每还乡，父亲都要将所存几块旧银元与我。我婉拒之间有说不出的味道，总之是不祥之感。去年'十一'携妻女归，父将银元悉数交孙女收藏。临别，眼中泪光闪闪，令人不敢正视。逾年清明即逝。吾感慨思痛，岂有命运与先兆乎？"诗并文俱感人至深，读之酸鼻。子欲养而亲不待，纸钱再多怎抵得在老人生前给与更多的赡养和关怀！这是孝心深厚的子女所有的共同感情，经诗人道出。想人之所共想，道人之所未道，更具有至深的感染力。

该谈一谈的诗还多，只举这几例。但还必须以一诗作结。《原上草》写道："拼将生命越寒冬，叶又青葱花又红。哪管他人何颜色，自开自落自从容。"这是诗人情怀的自我写照。何等从容而潇洒！

当代诗词的发展需要许多条件。其中求新要算是关系荣悴存亡的一个条件。求新不易，以深厚的风骚底蕴，创铸时代的新诗声更难，终生致力于斯也只能为诗之大厦添一砖瓦。我虽已老迈而诗兴未衰，愿与李君共勉。

时居新西兰的奥克兰。二月，这里是夏天，却凉爽如京华之秋。宿雨初晴，鸟鸣啾啾，窗外望去，草坪花木，一片皆绿。序文写罢，逸兴未已，更缀小诗，以为结束：

侵岛书楼爽夏风，
林梢滴雨鸟呼晴。
萋萋芳草生新绿，
一树杂花恰序成。

2004年2月于新西兰

（作者：刘征，诗词大家。中华诗词学会名誉会长，中华诗词杂志名誉主编）

《观潮诗话》序

郑伯农

（一）树喜是诗词界的"双枪将"，一手写诗词，一手写评论。他文思敏捷。每次外出采风，他往往是第一个交出新作者，一夜能写七八首以至十余首。虽不免有"急就章"的痕迹，却屡屡能冒出使人耳目一新的佳篇或佳句。给我印象很深刻的是，树喜很注意作品的立意，不人云亦云，不沿袭吟风弄月的老套子，动起笔来，必努力写出自己的真性情、新感悟。看似寻常的题材，到他手里，往往能有新的视角、新的内涵。

（二）比起诗作来，树喜的诗论似乎名气更大。近几年来，他在各地开讲座，在报刊设专栏，推出许多讲演和文章，在诗词界、文化界产生了广泛的影响。树喜的讲演和文章，聚焦于当代的诗词创作。他探讨了当代诗词发展中的诸多重大问题：继承与创新问题，反映新时代问题，作品的个人独创性问题，对诗词发展总体态势的估价问题，等等。作为长期钻研历史的学者，他不喜欢发空论。每有论断，必有丰富的事实与史料作为佐证。读他的文章，能使人开眼界、长知识。其中不但有新颖的论点，还引用了不少一般人难以见到的"逸闻"以至"秘闻"。

（三）中华诗词学会倡导诗词改革，提倡新声韵，实施"双轨并行"。树喜是这一主张的积极、富有创造性的宣传者。称他为"宣传者"，不意味着他只会照本宣科，或只会照某种文本进行演绎。他从实践中深切感受到改革创新对于诗词事业的极端重要性。尤其是声韵问题，乃诗词创作绕不过去的一道门槛。他认为诗词必须讲格律,但不能把问题绝对化,不能以律害义。至于音韵,应随着语音的变化作出新的规定,不应泥古不化。他查阅了大量资料,从古典名著中引出大量例证,说明古人既讲格律,又有变通灵活之处,大师们都不喜欢墨守陈规。他第一个向当代读者介绍了南社大师、辛亥革命元老于佑任关于诗词改革的主张,引起诗词界朋友的广泛注意。在声韵改革问题上,我和他"党同"而不"伐异"。诗词的发展和改革,要靠实践去解决。怎么做更好?最终要靠创作实践来证明。在这个问题上,各种主张的自由争鸣是不可或缺的。当然,当双方已经亮明观点,提不出重大新见解之后,也无须马拉松式地无休止争论下去。要虚心倾听实践的检验和群众的呼声。

(四)在树喜的诗词评论中,推荐新人新作是最重要的内容之一。他赞赏名家的优秀新作,不过,他的评论重点不在于锦上添花而在于雪中送炭,给读者送去真正的优秀新作,哪怕是名不见经传者的优秀新作。从他的评论中,我们可以看到诸多陌生的名字和陌生的篇章。譬如内蒙古作者王守仁,是在基层工作的很普通的作者,一首《鹧鸪天·打工老者》只在全国大赛中获二等奖,树喜却认为它是一首难得的力作,多次在讲话和文章中推荐它。果然,这首词很有生命力,至今仍经常被人提起。又如原云南省委书记令狐安,他虽然是一位领导干部,但发表诗词的历史并不长。论写作技巧,也算不上最纯熟。树喜却很看好他的诗,给予大力推崇。令狐安的诗有一股凛然正气,满腔热忱地扶正祛邪、针砭时弊。他的讽刺诗入木三分,辛辣中有幽默,能勾起读者的思索与回味。

当前,诗词创作的数量很大,可以说,达到了历史之最,但精品力作比较缺乏。如何提高创作质量,如何做好优秀新作的发现、推荐工作,这是摆在我们面前的重大课题。树喜十分关心新人新作,就这个问题提出许多建议,做了许多栽花、护花的工作。最近,《中华诗词》杂志开设"名家荐诗"专栏,其用意也在于加大推荐新人新作的力度。树喜在青年诗人中有许多朋友。可以预料，他今后一定会在这方面的工作中有新的开拓。

（五）树喜在推荐新人新作的同时，也十分关心诗词事业的总体格局。新时期以来，传统诗词从复苏走向复兴。那么，对它的总体发展态势，应该做出怎样的评价？提出科学论断，一要掌握大量材料，二要有科学的评价标准。树喜在一篇文章中提出，诗词繁荣有"三要素"，也就是三个方面标志：一、有"代表作品和代表人物"；二、"能够反映当代生活"，"有鲜明的时代印记"；三、作品有"相当数量和较高质量"。树喜进一步提出，经过一个时期的努力，我们的诗词事业基本具备了这三条，"当代诗词繁荣的要件已基本具备"。这是一个很大胆的论断。当然，他不仅看到当代诗词事业的长足进步和巨大成绩。也指出它存在的不足之处。树喜认为提高创作质量是一个迫在眉睫的问题，目前诗词创作的弊端主要有两个方面，一是"脱离现实，盲目复古"，二是"标语口号"，多有"伟大的空话"。他对新时期诗词的总体评价是"春潮初起，波澜壮阔"。我很赞同他的这些判断。

（六）树喜把诗词称为"中华文化的基因（DNA）"。在谈到如何提高诗词创作时，他把"创意"摆在第一条。他还有不少很新鲜、很能启人心智的见解。明眼的读者自会发现本书的新颖之处，无须我在这里多加饶舌。就此打住，聊以为序。

2015年春月草　2019年改定

（郑伯农，著名文艺理论家，中华诗词学会名誉会长，曾任文艺报主编）

李树喜诗词中的时代精神

赵京战

李树喜诗词的成就是多方面的，使我感受最深的，是他的时代特色。他的诗里所体现、所反映的时代色彩，是非常鲜明生动的，而且还透视着作者深沉的思考。可以说，他的诗是对时代的回响，是对时代的沉思。

春 讯

水软荷塘月，风柔柳絮花。
春归如燕子，最早到田家。

作者所关心的不仅是大自然中季节的变化，而是广大的农村，是千千万万的农民，是自然季节的变化给他们的生产生活所带来的影响。所以作者才写出"春归如燕子，最早到田家"的诗句。这样，作者就把时代的精神、社会的信息带进了诗中。

题鹳雀楼

众鸟疑飞尽，黄河几断流。
欲知百姓事，请下一层楼。

时代是什么?天下大事是什么？不就是老百姓的事么！了解清了老百姓的心，解决好了老百姓的事，社会就和谐了，时代就进步了。很多公仆们高高在上，当官做老爷，"众鸟疑飞尽"你们知道吗？"黄河几断流"你们了解吗？这怎能解决好百姓事呢？中央现在在全国搞的"群众路线教育"，抓住了问题的根本，作者写出"欲知百姓事，请下一层楼"的诗句，就是对"群众路线教育"最好的注脚。

钱塘大潮二题（其一）

赴约钱塘最守时，海天物我不相欺。
怒潮拍得神州醒，合是人间第一诗。

诚信的缺乏，可以说是当今社会的通病，也成了当今的时代一大特征。作者特意拈出钱塘大潮"赴约钱塘最守时，海天物我不相欺"的诚信品质，加以赞美和褒扬，"怒潮拍得神州醒，合是人间第一诗。"无疑是一剂针对性很强的治世良药。这剂良药，是作者对时代深入观察，对社会深刻思考所得出的。

双枪老太塑像

远离烽火久，世理乱成堆。
老太双枪在，不知该打谁。

反腐倡廉是当今时代的一个重要特色，这首诗是作者到重庆实地参观考察，在"双枪老太婆"塑像前所写。当时重庆薄熙来还在搞"唱红打黑"，后来很快又被"双规"。到底应该跟着薄熙来"打黑"呢，还是应该调转枪口，去打贪官薄熙来呢？"老太双枪在，不知该打谁。"这个问题，表面看是难住了双枪老太婆，实际上是对社会上贪腐现象的有力反击。诗词的战斗性，也正是体现在这里。

新闻生涯

> 新闻无定式，记者乱萍踪。
> 车马观花浅，沙龙论道空，
> 管弦歌盛世，悲切叹苍生。
> 独辟荆棘路，杂花别样红！

作者多年担任新闻记者，他的记者生涯，锻炼了他观察社会的犀利目光，也成就了他深沉的思考能力。记者记什么？就是要记时代的风采，要记人民的甘苦，要记历史的发展趋势。"管弦歌盛世，悲切叹苍生。"这不但是他在记者生涯中所奉行和遵循的原则，也是他在诗人生涯中的追求和探索。他的诗，始终和时代的精神面貌水乳交融血肉相连。

这里需要着重指出一点，就是"管弦歌盛世，悲切叹苍生"的深刻含义。这里不仅概括了记者生活的特点，而且明确阐释了诗词"歌与叹"、即"美与刺"的社会功用。二者是相辅相成，互为表里，同等重要。二者都是积极的，都是推动社会发展的"正动力"，释放出来的都是"正能量"。这正如批评和表扬都是一个人前进的动力一样。不应该再像1957年"反右派"，谁提了意见、指了缺点，谁就是"反党反社会主义"，谁就要被打成"右派分子"。这种沉痛的教训，再也不要重演了。作者通过自己的亲身体会，在大声疾呼，令人振聋发聩。

咏 蝉

> 换骨脱胎不是虫，临风抱树向天鸣。
> 炎凉难改君旋律，直去直来一个声。

这首诗既是作者心理的剖白，也是作者诗观的宣言。作者巧妙地借用蝉的形象，单刀直入，直指要害。"换骨脱胎不是虫",就是说,只要脱胎换骨,就升华到了高境界。什么是"脱胎换骨"呢?就是"春归如燕子,最早到田家"的亲民意识,就是"欲知百姓事,请下一层楼"的爱民精神,就是"赴约钱塘最守时,海天物我不相欺"的诚信品质。有了坚定的信念执着的追求,就要"临风抱树向天鸣",利用自己的诗笔,利用自己的诗词阵地,唱出时代的正能量,唱出人民的心声。"炎凉难改君旋律",选定了目标,坚定了方向,不为困难所动摇,不为炎凉所左右,坚持时代的主旋律,绝不轻易放弃。"直去直来一个声",实事求是,直来直去,耿耿丹心,苍天可鉴。这既是作者的决心和信心,又是作者人品风格的外化,诗如其人,正在于此。

时代精神,时代风采,在诗中回响和激荡着;精细的观察,深沉的思考,在诗中渗透和贯穿着。这是作者诗中体现出来的鲜明特色之一。他并不停留在只是单纯地反映时代,只是做时代的回声和镜像,而是深入思考和探索,试图提出解决问题的济世良方。这就更增加了诗的现实意义和历史意义。这个特色是鲜明的,是感人的,首先我读了之后,就深深地受到感动。觉得语言铿锵有力,掷地有声。论断鞭辟入里,入木三分。我佩服作者目光如炬,烛照社会,笔锋如刃,探骊得珠。如庖丁之解牛,游刃而有余,似韩信之将兵,多多而益善。作者诗词的成就是多方面的,仅就我自己感受最深的一点,谈谈自己的学习体会,管中窥豹,只见一斑,偏离之处,请作者及诸位老师指正。

2014年6月20日

(作者:赵京战,1947—2021。河北省安平县人。空军功勋飞行员,大校。曾任中华诗词学会副会长,著名诗人)

一心要写吾真

——李树喜诗词读后

宋彩霞

古人云:"读万卷书,行万里路,抒万般情,拓万丈胸。"树喜的诗词集,正是其诗、其人的真实写照。在这里,找不到些许的矫饰和造作。或游历、或感遇、或伤时、或相思、或怀旧、或论道、或禅悟,作者都是直抒胸臆,坦陈心扉。动真感情,说真心话,写真性诗,是真正意义上的诗人最基本的条件。用树喜自己的一句话就是"李杜堪师不仿,一心要写吾真"。

树喜诗的第一个特点:寓情辽远深邃

他对人赖以生存的客观世界与主观世界进行过深层的思考。他的诗词或以史为鉴,或直指时弊,评古论今。其历史的反思和现实的追问,闪射出理性之光,辽远、深邃。这在他的《无题四首》体现得淋漓尽致:

> 岁老春浓紫气熏,此身尚有未招魂。
> 心中旧事还新事,梦里山深与海深。
> 怯酒有时还醉酒,惜春多半是伤春。
> 落红簇簇真如昨,人不送花花送人。

长忆黄昏古渡头，骊歌轻解木兰舟。
镜中华发理还乱，醉里豪情放且收。
有刺有花皆是路，无风无雨也成秋。
彩云又照当时月，人在江南第几楼！

莫道东风弯不直，跋山涉水太参差。
江南已遍橙黄果，雁北犹然残雪枝。
欲把炎凉说世事，莫如诗酒唱相思。
乱红又落潇湘馆，可有新愁似旧时！

滚滚红尘色不空，香车宝马画桥东。
几番温冷冬春异，别样忧丝远近同。
梦里新愁翻旧纸，醒来老酒醉西风。
蓬莱多少黄昏雨，洒向无边寂寞中。

　　诗发乎情，方能感人之情与撼人心魄。树喜这四首，用一步三折、"心中旧事还新事，梦里山深与海深。怯酒有时还醉酒，惜春多半是伤春。""镜中华发理还乱，醉里豪情放且收。""滚滚红尘色不空，香车宝马画桥东。几番温冷冬春异，别样忧丝远近同。"采取写实手法直指人心。把人生诸多的彷徨、感慨以及对风雨、温凉的认知，用"莫道东风弯不直，跋山涉水太参差"一句挽断。正是在这种启示下，诗人写到："有刺有花皆是路，无风无雨也成秋。"与苏东坡"也无风雨也无晴，一蓑风雨任平生"异曲同工。诗因景寄情，情景交融，沉郁苍凉。却又因情感与景物的融合，才显得豪迈阔大、高远。

　　诗言志，我以为树喜诗的本质。因为他无时无刻不在把这种志向的高远深邃，融于他的诗词中。他的诗词题材广泛，笔墨酣畅，气势飞动，无论是在歌颂祖国的大好河山，抒发爱国情怀的作品中,还是在人生感叹、乡村田园、居家过日子、咏史咏物的作品中,都寄托了他的辽远和深邃之情。他在书豪情写壮志,抒发不得志的忧愤时,不写愁肠百结,失意万缕。而是巧妙地写道:"梦里不知处,琴弹流水,酒醉琼瑶,浪卷江东。 既今宵春好,莫论前程 说甚愁生丽句,病酿佳人,怒起英雄!似南朝曲调,又怎堪听! 月冷,二十四桥烟波,最早秋生。年来不记归程,便寒星残斗,竟向谁明!凭手机电脑,雕刻心情。任伊妹儿,链接天涯地角,拷贝绿惨愁红;回眸处,心事叮咛,望长天,云断孤鸿。逍遥界,莫辨蝶鹏。飞行,看湖海一勺,云霞一把,乱山一丛!猛省,当今歌舞世界,谁问廉冯!三十六招醉剑,夜挑孤灯。"——《自度曲·梦逍遥》。其《八声甘州之甘州》云:"把一支玉笛走阳关,金风下凉州。见秦时明月,汉家酒井,西夏残楼。昔日羌戈胡马,云影未淹留。新起丹霞阵,艳压城头。不似前番梦境。则斜阳巷陌,浅喜深忧。对星移物换,思绪迥难收。叹耆卿,游踪未至,弄几回、舞榭啭(转)歌喉。谁知我,漫斟低唱,醉卧沙秋。"这首词无论写景、鉴古说今,还是咏物造像、谋篇布局,还是气魄胸襟,都体现了作者人生取向、胸怀和深沉。其《浪淘沙·年关寄友(在上海)》云:"雨雪正茫茫,湿了行囊。几番客路又南翔。梦里徘徊如燕子,寻觅家乡。窗外腊梅香,诗酒文章。弦歌后面有嗟伤。爆竹声声浑似昨,多了彷徨。"树喜表面是在写今,实际是在写历史,时空转换,不着痕迹。这正是树喜艺术手法的高超之处。严羽的《沧浪诗话》云:"夫诗有别材,非关书也;诗有别趣,非关理也。然非多读书、多穷理,则不能极其至。"作者博览群书,对于文学、历史、哲学方面,更是广读精研,从而作品中创造出全新的艺术形象,形成的是作者自己独特的艺术风格。

树喜诗的第二个特点是:随机生发的哲理思考

树喜是一个有深沉之思的人。随处触发,往往都有独特的解会。他不停留在简单的触景生情,而是向人生、历史、社会的层面作更深一步的探索，把诗意引向更深的层次，从而升华到哲学的高度。袁枚说："但肯寻诗便有诗，灵犀一点是我师。"树喜应该是袁论的执行者，不管他自己是否意识到。我以为他是"肯"于"寻诗"的。近年来，他每到一处，范山摸水，披风抹月，他几乎都有吟咏，而且让人感到，各地的"大珠""小珠"被他收拾一处，落入他的"玉盘"里，璀璨夺目，叮咚作响。清初王夫之在《姜斋诗话》中说"身之所历，目之所见，是铁门限"。韩愈主张"文以载道"。《文心雕龙》云："辞之所以能鼓天下者，乃道之文也。"并对什么是道作出了解释："写天地之辉光，晓生民之耳目也。"文学的深刻性表现在责任感，便体现在哲理层面的挖掘深度。树喜的诗正是这样，由景入情，由情入理，使得内涵层层深入，达到哲学的高峰。他的《清平乐·山中溪流》云："渐行渐远，曲曲还款款。圆缺阴晴全不管，涂抹山光浅浅。时而隐匿潜行，时而欢跳奔腾，精彩只一小段，看来好似人生。"树喜在乡间看到的点滴或观察景致来对佳山秀水进行描绘，然后他把自己摆进去，"精彩只一小段，看来好似人生。"用"圆缺阴晴全不管"来进行发问，从而上升到一个哲学层面的思考。古人的山水诗往往在"思"上用力，而作者的山水诗，使人感受到一种蓬勃向上的激昂情怀。这种情怀大大增强了诗的感染力。这应该是作者对山水诗的一种拓展。

其《菩萨蛮·虞姬墓二题》云：

楚歌四面红妆促，英雄不肯乌江渡。一剑了西风，芳丘寂寞红。

兴亡关向背，莫道战之罪！辗转几沉浮，江山不姓刘。

美人仗剑红酥手，秋风垓下传刁斗。盖世气凌云，楚歌不忍闻。

> 乌江无觅处，剩有虞姬墓。何事最伤神，战争和美人！

读罢此词可见作者真意不在游山玩水，而在抒情言志"兴亡关向背，莫道战之罪"！至此，作者的思路纵横驰骋了，虞姬墓给作者带来了什么样的思考、引发了什么样的共鸣呢？作者意味深长地写道："何事最伤神，战争和美人！"真是难得的哲学咏叹！

树喜诗第三个特点是：以景写情的审美品格

树喜是一个敏感的诗人，他品性淳高而感情丰富。喜怒悲欢，时涌笔底，而各具特色。他善于把主体审美感情的"意"与审美客体的景象、实物的"象"融合起来，形成独特的审美情趣，寓形象思维于审美之境。他的词以其独特的视角、独特的表达方式，构成了鲜明的个性风格，发人神智，过目不忘。再看《卜算子·致一片黄叶》："君自早春来，又向深冬去。万绿丛中一抹黄，报导秋消息。遍处是红颜，谁个能知己！待到千山凋落时，踏雪来寻你。"首句开门见山，直入主题。"来""又向"既递进又具动感。

"万绿丛中一抹黄，报导秋消息。"流丽之句。与刘禹锡《忆江南》"春去也，多谢洛城人"及其《抛球乐》"春早见花枝，朝朝恨发迟。及看花落后，却忆未开时"异曲同工！"遍处是红颜，谁个能知己！"是上句的注脚，是词眼，无此句也便没有下句。是清语，非绝语，与上句相连接，给下句做铺垫，得此一句，便觉竟体空灵。此等语愈朴愈厚，愈厚愈雅。至真之情，由性灵肺腑中流出，不妨说尽而愈无尽。他毫不隐饰，把自己摆进去，又和盘托出了，这才是诗人特有的气质。非性情厚、阅历深未易道得。"待到千山凋落时，踏雪来寻你。"语淡而情深。不曾作态，恰妙造自然，婉曲而近沉著，新颖而不穿凿。与北宋陈与义"今年何以报君恩，一路荷花相送到青墩"堪相媲美。树喜这首词中，从春到秋，从遍处红颜到日趋零落，构成了一幅画图，气象阔大，感情高远，诗情浓郁，令人肝肠沸烈！是在进行着近乎悲壮的寻觅，在不被关注的角落里歌唱。

古今咏红叶者多矣，而咏黄叶者于所见诗词似未有人道。树喜却别出心裁，独开一支，以黄叶为吟咏对象，且准确传神，哲理独具，于娓娓道来中铺陈，似不着力处见工。一再吟诵，反复品味，短短44字，通灵剔透，其淡入情，其丽在神。于词为正宗中之上品。作者笔下，黄叶身份品性绝高，竟比红叶过之而无不及。此诗一笔赶下，痛快淋漓，体现了崇高的美学品格，可谓本集抒情诗词之压卷之作。这些诗句或酣畅、或嘹亮、或潇洒、或飞动、或沉郁、或烂漫、或璀璨、或魁伟、或强健、或高妙，都能"以状写之景如在目前，含不尽之意见于言外"。诗家语之运用，端的是匪夷所思；而树喜诗学之自觉与诗作之不苟，亦于此可见。

外部世界，自然万物，对每个人都是客观存在，然而要师从、要认同，要和自己的主观世界相作用，那就有一个"相结合"的问题。主观世界我们可以从树喜的诗作里随处感受到一颗滚烫的赤子之心，一颗对国家、对人民赤诚的心。这是根本。再加上树喜对中华诗词的至爱之心，以心血倾注于创作实践。他的诗尊重传统，讲求格律。丰富的历史知识和才情、阅历、学力是树喜的强项，写经济生活和社会百态都无愧于生活。他的实践再一次证明了东坡先生"腹有诗书气自华"的论断。"外师造化，中得心源"，是唐张彦远评历代名画时的一个有名论断。这里完全可以为我的读后感做一个小结。

根深·叶茂·花新

——《诗词之树：李树喜诗词选》读后

高昌

纪念改革开放三十年的日子里，教育界的朋友常常忆起《人民教育》1978年刊登的《春雨之歌》。这篇通讯为教育战线开展的拨乱反正工作提供了新鲜经验，曾经邓小平批示，《人民日报》等报刊纷纷转载，引起很大社会反响。这篇通讯的作者，就是著名作家、人才学和历史学者李树喜先生。30年来，先生在新闻、史学、人才学和诗词领域辛勤耕耘，广有收获。线装书局新近推出的《诗词之树：李树喜诗词选》，就是树喜先生别具特色的诗词力作。

《诗词之树》是树喜先生的第二部诗词选集。是数千首诗作的一小部分。但是以蠡测海，以管窥豹，我们仍可感受到先生的个性、才华和哲思。

中华诗词正在复苏和复兴，诗词作者和作品可谓洋洋大观。论其不足，有的守旧复古，因循旧格，制作假古董；也有的盲目求"新"，胡懵乱撞，自鸣得意。而《诗词之树》则在继承和创新之间找到了一个恰好的平衡点，"既有所遵循，又致力出新；既不涉怪力乱神，亦有前贤今人未及言之者"。既反映新的生活，新的感情，新的思想，明白如话，过目难忘，没有丝毫的冬烘气和书蠹气，同时又谨守着必要的格律和规矩，洋溢着浓酽优雅的古典神韵。树喜先生谦称《诗词之树》"生枝蔓，著杂花，生棘藤……"但在读者的眼中，这棵诗词之树花繁锦绣，干摩云天，根植沃土，令人不由得发出"好大一棵树"的感叹！

《诗词之树》所涉题材非常广泛，有亲情的温暖，有友情的芳馨，有屐痕游踪，有咏史沉思……"哪管春秋来复去，想开花了就开花"（《木秀园杂咏·玉兰》）这两句诗，恰好可以用来形容先生的做诗态度——诗词是生活的花朵，记录的是岁月的轨迹，折射的是心灵的光辉。正是有了这份不做作、不刻意雕琢的恬淡心态，才使得他的诗词作品有着一种原生态的自然魅力。《苦麻菜》《鸟与笼》《西方不文明三则》《网络与苦恼》《萨达姆死刑》等古人和他人笔下所从没出现过的一些题材，都被先生的慧眼很自然地捕捉进了自己的笔下，成为诗树上闪光的鲜嫩绿叶。树喜先生也有很多别人题咏过无数次的题材，如漓江、月牙泉、白洋淀、长城等，但他却都能感悟和锤炼出一些独有的东西，开拓出一种崭新的意蕴和境界。如写漓江的"巨笔挥天外，涂描雨和风。无心飘作带，随意便成峰"；写月牙泉的"不尽绵绵沙似纱，青烟绿树笼人家。天怜塞外相思苦，大漠中心种月牙"；写白洋淀的"荷花淀里红依旧，只把战旗换酒旗"；写长城的"皇家好大贪功，小民蝼蚁牺牲。检点全球奇迹，全然形象工程"……这些诗句都平白如话，但是却又都是那哲思、隽永，回味无穷。

树喜先生说过："独辟蹊径路，杂花别样红。"他是这样说的，在创作实践中也是这样做的。传统把杞人忧天作贬义，树喜先生偏写了一首《杞人忧天赞》，说："地球变暖殇生界，星斗倾斜酿劫波。始悟杞人真远见，子孙应记忧天歌。"别人赞美荷花出淤泥而不染，树喜先生偏写了一首《咏藕》，说："一尘不染根何处，如玉之身藕在泥。"人说王莽是篡汉奸臣，树喜先生写《王莽功过》："废汉立新朝野忙，忠奸勿以此衡量。黎民只要能温饱，哪管皇家刘与王"……我个人认为，这本《诗词之树》中，最有光彩也最有美学意义的，也正是这些独辟蹊径、充满探索精神和思想价值的独立思考之作。有此,使他的诗词作品和当代诗坛众多的诗词名家们区分开来,使这棵姓李的诗词之树成为了一道迷人的独特风景。

树喜先生毕业于北大,精研历史学和人才学,同时又是新闻界名声很响的资深记者,可以说既有读万卷书的功底,又有行万里路的见识,这使得他的诗词自有一种不同流俗的气象和风采。其中亦不乏嬉笑怒骂,但却总让人感受到一份真率正直的拳拳赤诚。正所谓"壮心任与年华老,肝胆铮铮还赤儿"是也!

树喜先生心中有着一份浓浓的教育情结,对教改尤为积极和痴情。在《西江月·敢峰教改》中,他深情吟道:"毁誉由来不管,名耶利耶全抛。痴心教改在京郊,跳舞脚缠镣铐。一路刺多花少,十年雪化春消。银河做酒斗为瓢,唱彻雄关漫道。"从"脚缠镣铐",我们可以想见教学改革阻力之大,从"雪化春消",我们也可以体味教学改革的大势所趋。作为著名人才专家,树喜先生特别关注成长、成材。《五绝·送儿出国》写道:"叮咛千百遍,默默理征衣。天下爹娘愿,盼飞还盼归。"道出天下父母的共同心愿;《草花》诗说:"郊外草花室内培,殷勤侍弄日趋萎。原来盆是天和地,经雨经风始展眉。"有关孩子的教育,我愿特意抄出这首短诗赠给广大的家长和老师:娇生惯养培养出来的只是温室里的"日趋萎"的小花;而只有经风雨,见世面,才能在天地之间茁壮健康地成长起来啊。

(作者高昌:中华诗词学会副会长,中华诗词杂志主编。中国文化报理论部主任)

李树喜先生之诗词风采

林峰

树喜先生乃我国当代著名之历史学家、文化学者，是我国人才学的奠基人和开拓者之一，同时也是风格独具、享誉中外诗坛的名家。他的诗或清新淡雅，轻巧空灵；或风流典丽，铺叙尽致；或厚重沉着，感慨万端。或喜或悲，或嗔或怒；一花一石，一草一木，世上风云，人间万象皆信手拈来，随心而至。率性之极，亦潇洒之极。故读树喜先生诗每有会心之乐，赏心之喜。其间妙处，自难以言表。而余亦不愿独享其天然佳趣，无边风雅也。故管中窥豹，聊举数则，冀能略见树喜先生之诗中风采也。

"独立水中央，残红对晚阳。为知冬不远，分外惜流光。"此为树喜先生之五言绝句《最后一枝荷》。诗中清水泱泱，斜阳脉脉；而一朵残荷独立其中，何其冷艳又何其凄美。秋风萧瑟，秋气肃杀，百花零乱，霜荷残败。此时此刻，画面中只余一点残红摇曳其间，那种凄清况味，便不说也自能体悟得了。而作者此时并未一味着眼于怜香惜玉，而是借花之口，道出秋光虽老而余红犹在，流光如电而花心未泯。借以告诫世人怜取流金岁月，珍爱目下光阴。此诗明为写花，意在写人。借花喻人，入木三分。

我等再来欣赏树喜先生写的同是五言绝句的《双枪老太塑像》："远离烽火久，世理乱成堆。老太双枪在，不知该打谁。"远离烽火则远离困顿、远离灾变，而造清平世界，繁华盛景也。殊不知在诸多浮华眩光之下，社会公德沦丧，官场贪腐成风,良知泯灭,几无伦理。"老太双枪在,不知该打谁。"面对尘嚣浊世,人间狼狈,诗人一声呐喊,惊世骇俗。直如晴空霹雳,催人猛醒。如此为诗,焉能不酣畅淋漓,大呼痛快。诗人之道心风骨,机智胆识,由此可以概见也!

除却侠骨刚肠,诗人亦有真情万种。且看《无题》诗"岁老春浓紫气薰,此身尚有未招魂。心中旧事还新事,梦里山深与海深。怯酒有时还醉酒,惜春多半是伤春。落红簇簇真如昨,人不送花花送人"。花气袭人,岁晚春浓,极易唤醒自己内心深处的那份悸动。旧事连着新事,山深共着海深,这是何等的铭心刻骨,又是何等的摇荡心旌。感事伤春,借酒浇愁。古今之骚人雅士莫不流连于此,借以安顿春愁,又怎料"借酒浇愁愁更愁"。由此诗人生发出"落红簇簇真如昨,人不送花花送人"之伤心一叹,其对往事之追忆,对亲朋之怀想,皆令我动容,而结句之落寞和伤感更是令人不能卒读。

"醒狮振起恃风雷,卷地冲天何壮哉。海事未平边未靖,明朝更起大潮来。(《钱塘潮》)"此诗写钱江潮水,气势磅礴。每逢八月十八,一年一度之钱江大潮,汹涌彭湃,裂岸惊天。来如万马奔腾,去似席卷千军。"八月十八潮,壮观天下无"这是苏东坡《催试官考校戏作》中的诗句。而树喜先生此诗较之坡老名句,亦有异曲同工之妙。

其由观潮而联想到边疆狼烟未净,南海纷争又起。其拳拳之心、殷殷之切已跃然纸上也。而诗人更寄希望于祖国之未来——"明朝更起大潮来"。这是诗人由衷之祝愿,亦是亿众国人之心声。震聋发聩,大音镗鞳,何其伟岸哉。

树喜先生学识渊博,才思敏捷。下笔千言,立马可待。所到之处,皆诗情荡漾,诗囊饱满。其所歌所咏,所思所忆,皆有所寄、有所感、有所悟。或托物言志,或借景抒情。或疏朗,或缜密。或见一叶而知秋,或登泰山而小天下。性之所至,挥洒自如;情之所系,蕴藉有致也。故读其诗时有"美在酸咸之外,可以一唱而三叹也（东坡语）"之感。树喜先生著述丰宏，名满天下。然其披卷之勤勉，味道之潜心，只今犹罕见其匹也。其咏史之诗，更独树一帜。但诗花竞放，琳琅满眼，清风白雪已不能一一评析。只好试举一二，当能从中窥见一般也。今应《诗刊》社之邀，略撰数语，是与诸君共赏也。

　　　　　　　　　　　林峰　谨撰

　　　　　　　　癸巳初冬于京东一三居

（作者林峰：中华诗词学会副会长、中华诗词杂志副主编）

拆翻史海几层波

——李树喜咏史诗赏析

林峰

"拆翻史海几层波。"出句何其胆大,又何其振奋。史海千年,波深云诡。借问今日诗坛,谁具如此胆识,敢遨游海上;又谁具如此才情,能勇立潮头。此为树喜先生《咏史诗自嘲》中句也。全诗为:

一统三分费琢磨,天时地利拟人和?
阿瞒大事生机变,诸葛关头冒险多。
试解风流千古案,拆翻史海几层波。
王侯成败渔樵曲,入我诗家破网罗。

此诗应为诗人夜读三国之吟咏。说的是三国往事,但又何尝不是诗人对千年历史之关照与古今人物之考量。树喜先生沉醉史学,耽迷汗青。毕生研精覃思,博考经籍。历年即久,著述甚丰,积学亦厚也。而先生治学之余,酷好诗骚,又每每以史入诗,以诗解史,且能独具慧眼,拔新领异。故其咏史诗能为诗坛独树一帜,别开洞天。试看其所写之:

怀李白

仗剑遨游惊四方，当涂一跃醉长江。
涛波载月还沉月，民意怨王犹羡王。
政治原非真里手，诗文无愧谪仙行。
沧桑百变人心改，难泯窗前明月光。

  李太白风华绝代，才高万古。其人倜傥不羁，跌宕风流；其诗凌空万丈，金光辉耀。如天马奔腾，又如银河倒挂。朝野上下莫不惊为神人，均以"诗仙"待之。而树喜先生能以如炬之目光，史家之视角，抛开太白生平历程，只开篇两句便将太白一生行藏囊括殆尽。中间两联亦删繁就简，提纲挈领。树喜先生巧运春秋笔法已令太白之际遇遭逢与绝响逸尘展露无遗。伊人虽逝，惟诗作不朽。尾联如此描摹最是留人余味，令人遐想不已。一如清人王寿昌所云："结句贵有味外之味，言外之音"（《小清华园谈诗》）。诗中"涛波载月还沉月""沧桑百变人心改"都写得极其深刻，又极富哲理，堪称篇中警句。

李 纲

南墙屡撞不回头，霜剑风刀硬骨头。
大宋江山救不得，徒将遗恨刻山头。

  李纲为两宋之际抗金名臣，绍兴初年，曾一度为相。其人志在革新，力主抗金。多次被贬又屡获重用。最后病逝于仓前山楞严精舍。有《梁溪先生文集》等传世。李纲被后人称为"社稷之臣""一世伟人"。林则徐亦有联赞其："进退一身关社稷，英灵千古镇湖山"。树喜先生用南墙屡撞，霜剑风刀喻李纲境遇之艰险与仕途之多舛。以"不回头"与"硬骨头"借指李纲性情之倔强与品格之坚忍。转接之际，诗人一声呐喊，尤其震聋发聩，石破天惊。大宋江山早已病入膏肓，凭一人之力，又岂能再挽狂澜。此际，诗人气涌丹田，喷薄欲出，可见蓄势久矣。此诗最精彩处在全诗用一字韵即"独木桥体"，此体甚单调，鲜有佳作。但树喜先生写来却如水银泻地，酣畅淋漓，大有不用此体便不足以一抒怀抱之感。也正是诗人心有所养，方具如此诗魄也！

韩信三首

一

萧何知遇又如何，铁马金戈苦战多。
兔死狗烹同乐殿，至今回响大风歌。

二

莫道才奇人不知，勋功百战著华衣。
宁为将相冤屈死，不作乡间乞讨儿。

三

秋光艳艳走淮阴，楚汉风流说到今。
儿负母恩君负我，人间难葆是初心！

韩信三首，首首精深；仁智互见，各有其妙。韩信弃楚投汉，得萧何月下知遇，复随汉王东征西讨，已立下不世功勋。到头来仍不免兔死狗烹，成卸磨之驴。该诗首例在以我观人，以人说事，再以事存史，显得脉络清晰，条理分明。次例诗人化己为信，现身句中，宁为屈死将相，不作市井小儿。此为诗人以己之心度信之腹也，又焉知此非信昔日之志乎？"太冲咏史，不必专咏一人，专咏一事。已有怀抱，借古人事以抒写之，斯为千秋绝唱"（清·沈德潜《说诗晬语》）。如此写史写人，不拘一格，最能体现树喜先生出奇别致、摇曳多姿之创作风格也。末例诗人以我入史，思接千载，有议论，有阐述；有辨析，有思致。通元识微，入情入理。信若地下有知，当谓异代逢知音也。诗人更将时下提倡之"初心"二字扣入诗中，堪谓古今一体，恰到好处。

念奴娇·东坡赤壁怀古

　　长江如带，青峰下，寻觅昔时人物。碧水莲荷依旧是，千古东坡赤壁。湖揽新光，亭披旧影，遥忆一堂雪。仲谋诸葛，问谁真个豪杰！　　望中吴楚迷离，疑是风和雨，霾雾同发。鹤去云回天际渺，堤坝烟桥明灭。冷眼官权，系心民瘼，不朽黄州帖。愧祷坡公：世风不似明月。

　　东坡赤壁，又名"黄州赤壁"，位于古黄州之西。危岩突起，壁色赭红，如火烧焰灼一般，故称其为"赤壁"。后因苏轼之词赋更是闻名天下。历代已降，吟咏之声不绝于耳。诗人到此又岂能不发思古之幽情。词中由今及古，从满眼莲荷到雪堂义樽，从仲谋诸葛到当今社稷。视通千年，纵横万里。其幽思怀想，感慨万端。诗人将往日烟雨与时下世风紧密构连，鉴古观今，意味深长。同是访古，而写敬亭山一词，却是另外一番景象。

水调歌头·敬亭山

　　久慕宣城道，来访敬亭山。曲径竹林绿雪，遥忆昔时颜。记得谪仙坐卧，天子呼来不醒，狂客在峰巅。十里桃花渡，湮没旧帆船。　　追逝水，辨沉陆，叹桑田。汪伦李白小谢，佳话逾千年。莫羡名留纸墨，但愿云闲似我，心净胜参禅。一醉千杯少，只要结诗缘。

敬亭山自古便有江南诗山之美誉。山虽不高，但有挺拔之势；峰虽不险，敢齐五岳之名。远看山石叠翠，云环雾绕；近观林壑幽深，瀑激泉清。故有清和俏丽之容，风流儒雅之态。自南齐谢朓始，敬亭山便吟无虚日。李杜韩白、苏王孟刘无不慕名而来，纵情其间。树喜先生素来好游，如此名山又焉能错过。此词与上述之《念奴娇·东坡赤壁》有异曲同工之妙，名为写山，实则咏史。此山因借李太白之名甚多，加之树喜先生亦李家后人，故于诗仙便情有独钟，着力最巨，李青莲亦成词中主角也。想来先生亦受太白感染，愿化一闲云，萍踪四海，或相对诗仙，一醉千年。树喜先生之率真可爱由此可以概见也。此词全无寻常咏史之沉重，显得轻松活泼，怡然自在。再看其：

冬夜读史

三千信史演传奇，满卷机关说忘机。
狗盗鸡鸣赴生死，鸿儒雅士写降词。
树偏老大才何用，诗近生疏性更痴。
莫向梅花问春信，田边小草最先知。

窗外寒气逼人，案前书灯耀眼。树喜先生手捧典籍，挑灯夜读。正应了古人三余读书之古训。三余者，"冬者岁之余，夜者日之余，阴雨者时之余也"（《魏略·儒宗传·董遇》）。树喜先生严于治学，白首穷经；夙夜匪懈，无冬无夏。兼之诗人博览群书，学贯中西。千年经史，百般传奇，均在脑间回想；亡徒侠盗，雅士鸿儒，俱在眼前闪烁。诗人一路写来，由史及人，由人及物，笔致洒脱。大千世界原本海桑陵谷，瞬息万变；得马失马，朝夕无常。紧要处若能真心一点，持之以恒，自可修成正果，筑成佳境。便作田间野草，山径闲花，也一样春意盎然。诗人读史，果真另具只眼，与众不同也。

  树喜先生以史家锐利之眼目，诗人善感之情怀，复积数十年苦读之修养。举手投足，为诗作文，已如桂林之一枝，昆山之片玉也。其在《由来人才多埋灭·龚自珍纪念馆》诗序中言道："夜访龚自珍纪念馆，感慨颇多。吾人研探中国人才史，赞赏龚自珍'不拘一格降人才'。但发现一部人才史，居然多是埋没和浪费人才。当世亦难免。有感而为之诗。"诗人因此而写出"由来才俊多埋灭，莫怪钱塘起怒波"之愤世箴言。其情之诚、其性之纯，可鉴苍天也！又如其写水浒英雄林冲诗："……半壁龙廷多寥落，满朝文武不同心。……后续徽钦双北狩，囚车碾过旧轮痕"（《再写林冲夜奔》）。北宋朝廷至宣和年间，已然日暮途穷，积重难返。树喜先生之言语可谓见血封喉，直击命门。自古文官敛财，武将惜命则社稷危矣！果然不久金兵南下，徽钦二帝被俘。"囚车碾过旧轮痕"一语何其沉痛，又何其哀惋。"咏史诗当如龙门诸赞，抑扬顿挫，使人一唱三叹"（清·乔忆《剑溪说诗》）。树喜先生此诗或可证前人之说也。

  其他如："且从分合说大势，莫以功名论是非"（《海口五公祠》）。"功成身即退，不听大风歌"（《张子房墓道碑》）。"用三只眼观兴替，将一寸丹歌庶黎"（《内蒙访古忆翦伯赞大师》）。"西厢女主角，当是小丫鬟"（《红娘》）。"官权达贵难胜数，唯记寒酸郑板桥"（《过潍坊怀郑板桥》）。"古今王佐知多少，终有几人能尽才"（《王佐故居》）。"万众追星名共利，几人识得海刚峰"（《谒海瑞墓》）。"烽烟渐沉寂，功过岂模糊"（《怀念孙中山》）。"景钟敲未了，引得大清来"（《景山崇祯殉难处》）等等。或明快、或旷达；或幽默、或沉郁。皆胸襟开阔，思路宽广。既有诗人之浪漫，又有史家之深邃。构思设想均能嘎嘎独造，自成一格。不人云亦云，不拾人牙慧。遣词造句，更是妙语迭出，不落俗套。故读树喜先生咏史诸作，先有诗词赏心之乐，后有史书启智之快也。树喜先生性情潇洒，风雅蕴藉，与吾亦师亦友，堪称莫逆。平日里诗酒往来，唱和不绝。故余倍赏其诗、推其行、仰其人也！

林峰

丁酉酷暑于京东一三居

领异标新是我师

——我读李树喜先生诗词

刘文革

中华诗词是中华传统文化的瑰宝，名人名篇数不胜数，当代诗词复兴中，诗家辈出，李树喜先生便是其中一员。树喜先生，1945年10月生于河北省安平县。高级记者、作家、诗人、人才学和历史学者。中华诗词学会原副会长，中国毛泽东诗词研究会副会长。半个多世纪的诗词笔耕，成就斐然，于诗词创作与评论皆有成就。是一位独具特质的有影响有代表性的诗家。树喜先生也是我的老师。郑板桥有云："删繁就简三秋树，领异标新二月花。"树喜先生于诗词的创新实践和理念，尤其值得我们中青年诗者学习。

一、"草根"意识与草根诗人

树喜先生1969年毕业于北京大学历史系。1983年到光明日报社工作，历任特派记者，机动记者部主任，光明日报出版社社长兼总编辑等。至今，在新闻、诗词、历史、教育等方面，已出版个人专著、文集30种。先生是最早研究中国人才史的学者，其概括的"动之以情，晓之以理"的教育理念和"诗词是中华文化的基因"的阐释，更让人钦佩有加。然而，这么一位人士却是自称为草根派和"草根诗人"。说他是草根诗人，除了他出身农家熟悉基层，更是其思想感情始终植根在大众之中。他心系大众，关注民瘼民意民生。屈原"哀民生之多艰"，孟子"民为贵，社稷次之，君为轻"，先生皆以为是诗者圭臬。树喜老师的不少作品，站在民众立场上，为百姓发声，具有鲜明的民本意识。在《淮安清江古码头》诗中吟道："南船北马运河长，漫步清江云水乡。贯古通今国之宝，人间至重是粮仓。"该诗直陈"民以食为天"这一千古不变的道理。《题鹳雀楼》："众鸟疑飞尽，黄河几断流。欲知百姓事，请下一层楼。"寥寥数语，化古出新，既看到忽视环保和民生的严重后果，又真诚地呼吁官员下楼，深入民间，其理念与中央倡导的精神相向而行。《旅次过邯郸》："车过临漳天欲明，黄粱咫尺梦难成。官权有让钱赎滥，美女多由戏捧红。股票腰包说贬扁，粮油价码看腾升。迷魂于我招何处，不叹卢生叹众生。"诗中"粮油价码看腾升""不叹卢生叹众生"都体现了诗人对民生的深切关注。《浣溪沙·恩施采风说诗根》："画里风光看似真，龙船古调遏云深。杂花为我洗征尘。道是阳春生白雪，莫如下里作巴人。草根毕竟是诗根。"词中"草根毕竟是诗根"的观点，新颖透彻，可以视为先生的诗词主张。回溯历史长河，从《诗经》《楚辞》《乐府》到唐诗宋词都可以见证，反映民生民意作品最为大众喜爱，广为流传，经久不衰。草根，才是真正的诗根。

二、善于独思的诗人思想家

　　树喜老师是一位善于思考的人，体现于诗作之中。著名诗人杨逸明先生就说他是"诗人思想家"。诗人最可贵的品格是独立思考，不人云亦云。进而推陈出新，独具气格。著名诗人宋彩霞评论树喜老师时说："他不停留在简单的触景生情，而是向人生、历史、社会的层面作更深一步的探索，把诗意引向更深的层次，从而升华到哲学的高度。"如《双枪老太塑像》："远离烽火久，世理乱成堆。老太双枪在，不知该打谁。"双枪老太这类题材，容易写成对革命先烈的歌颂和怀念，而树喜先生却将时代变迁和现实相联系，发出了灵魂拷问，道理深刻，语言通俗，发人深省。关于长城，多人写过，但树喜老师实地考察兼思考，写来就是不同："皇家好大贪功，小民蝼蚁牺牲。检点全球奇迹，全然形象工程"……平白如话，透着哲思和叹息。去年，西双版纳野生象群北移出走，我国对大象事件的处置和理念，为全球赞许。树喜先生以资深媒体人的敏锐和诗人的激情，写了《水调歌头•小象回复老诗人》："自古居无界，近世减空间。不过出行漫步，竟作异闻传。小小西双版纳，说是象家地域，谁给划圈圈？人类那张纸，我们未曾签！……共处地球上，相向便相安！"诗人站在象群角度，向人类发问并提醒；老诗人还为此创作了两万字的长篇叙事新诗。真是难能可贵。在《菩萨蛮•项羽与虞姬墓》一词中写道："美人仗剑红酥手，秋风垓下传刁斗。盖世气凌云，楚歌不忍闻。乌江无觅处，剩有虞姬墓。何事最伤神，战争和美人！"词中"何事最伤神，战争和美人"是多么难得的哲学咏叹啊！这些诗句往往迸出火花，成为警句，广为流传。著名诗人林峰曾对树喜老师这样评价："树喜先生以史家锐利之眼目，诗人善感之情怀，复积数十年苦读之修养。举手投足，为诗作文，已如桂林之一枝，昆山之片玉也。"

三、紧随时代的践行者

清代画家石涛说过："笔墨当随时代，犹诗文风气所转。"树喜老师也认为："当今中华民族文化复兴的时代，已经初现诗词繁荣，诗人有幸更有责，即顺应潮流，与社会生活和时代变迁同步……当代诗人的思考与创作都要'与时同在'和'与时俱进'。脱离社会的自命清高，厌倦现实的复古要求，都不合时代潮流，无论其怎样有才华，也难以实现自身价值和有大的成就。"他不仅有这样的主张，同时也身体力行。他对祖国改革开放和科学技术的发展热情讴歌。对于大阅兵他写道，"不忘烽烟事，人心向太平。演兵非好战，至重是民生"；关于秋风，他写道"华夏正需凛冽气，秋风切莫像春风。"这正是振兴民族精神的呼唤。当新冠疫情猖獗时，他写诗赞颂白衣战士："赴险艰难从不差，团圆时节又离家。白衣更是多情使，汗水揩干拭泪花"；他坚信抗疫必胜，"阴霾连月盖清氛，坚壁城乡痛煞人。任尔妖魔多变幻，中华定海有神针！"此外，俄乌战争、火山灾难、环保生态，都是树喜老师取材的对象。他不赶时髦，不写流行的"节日诗"。他的诗反映真实生活，是艺术写实，是"实话诗说"。或追求真相，或针砭时弊，都有着时代精神和自己独到的见解……

已故著名诗人赵京战曾这样评价："树喜诗词的成就是多方面的，使我感受最深的，是他的时代特色。他的诗里所体现、所反映的时代色彩，是非常鲜明生动的，而且还透视着作者深沉的思考。可以说，他的诗是对时代的回响，是对时代的沉思。"时代精神，时代风采，在诗中回响和激荡着；精细的观察，深沉的思考，在诗中渗透和贯穿着。当然，他并不只是做时代的回声和镜像，而是深入思考和探索，不时拿起批评的武器，这就更增加了诗的深度和涵量。

诗词创作与评论都应当与时俱进。近年来，树喜老师一再发声、发文，阐释"持正知变"的诗词主张。树喜老师一再指出，有两种偏向，一是所谓的"复古派"，以继承为名，主张守旧复古，用韵用词因循旧式，认为中华诗词继承都很难，哪有资格去创新！甚至提出"要回到唐宋"；另一种是"虚无派"，无视格律，抛弃押韵，盲目突破，胡懵乱撞，自鸣得意。树喜老师则主张："既有所遵循，又致力出新。"他主张与时俱进，倡导新韵。主张在遵守必要的格律和规矩的同时，删繁就简，回归本源，适度宽松，以唐人为范，尤其是不为附加的烦琐禁忌（如四声八病、三仄尾等）所拘泥。这些，对于诗词的繁荣和走向大众，无疑具有现实意义。

四、展现个性的创新之才

　　树喜老师一再强调,"创造是人才最基本的属性。诗人更是如此。所谓'创作',创是统帅,是灵魂,创是纲,作是目。创造就是出新,就是与众不同。"树喜老师的诗作题材广泛,或游历、或感遇、或伤时、或相思、或怀旧、或论道、或禅悟,都是直抒胸臆,一无矫饰和造作的痕迹。动真感情,说真心话,写真性诗,用树喜老师自己的话说就是"李杜堪师不仿,一心要写吾真"(《清平乐·诗史》)"哪管春秋来复去,想开花了就开花"(《木秀园杂咏·玉兰》)"炎凉难改君旋律,直去直来一个声"(《咏蝉》)。他在《清浊水》一诗中写道:"清水无颜色,浊流泡沫多。各行各的路,我唱我之歌。"不管别人怎么写,我只是走我自己的路,唱我自己的歌。在《如梦令·本意》一词中写道:"全舍,全舍,还个真实的我!"要抛掉名利枷锁,写出真实的我。树喜老师诗情所致,可以用"诗来逼人作""缘何不肯睡,诗句正磨人"形容。树喜老师的创意还表现为机智与幽默,如《望月打油》:"月亮悠然天上走,阴晴圆缺莫须有。可怜自作多情人,为酒为诗找借口。"月亮自身并无阴晴圆缺之变,只是不断运行和观察角度而已,是多情的诗人为了写诗喝酒找的借口。这一说法细想有理,且十分有趣!又如《题易安塑像》:"清清袅袅复婷婷。幽怨诗心塑不成。至此时光颠倒了,易安原比我年轻。"拿自己和一千年前的诗人来比年龄,看似荒唐却饶有情趣。由于不受束缚,所以诗来得也快,可谓枚速。记得几年前在安徽萧县采风,导游讲述刘邦当年躲避山洞时,树喜老师马上就吟道:"进山为盗匪,出来做皇上。唱起大风歌,就是不一样。"警策生动,毫无冬烘气和书蠹气。先生博览群书,对于文学、历史、哲学及古瓷等诸多方面,都有精研。一受外界激发立刻迸发出来。严羽《沧浪诗话》云:"夫诗有别材,非关书也;诗有别趣,非关理也。然非多读书、多穷理,则不能极其至。"宋彩霞曾有评:"至真之情,由性灵肺腑中流出，不妨说尽而愈无尽。他毫不隐饰，把自己摆进去，又和盘托出了，这才是诗人特有的气质。"

特别指出的是，树喜先生作为历史学者，著有人才史及历史著作多种。咏史自是创作的重要题材。且数量有百首以上。在当今诗坛可谓独树一帜。树喜老师的咏史诗，从题材上讲，几乎都是人所熟知的，其中还有不少历代吟咏的热点。但他始终不离民本的主线。《嘉定三屠史迹》："惨烈绝人寰，三屠记未删。侵凌如率兽，所别是衣冠。百姓服从易，官权填欲难！非攻重民本，天下自能安。"体现了重民本天下安的思想。如万里长城，树喜老师旧题材开拓出新境界："塞上秋来早，关河一月孤。烽烟散回纥，沙草没匈奴。但有安民策，何需常备胡！长城空废久，宜作导游图。"他人或歌颂文攻武略，或感叹雄伟壮观，树喜老师则看到长城的局限，关注汉族与北方少数民族的融合。他作"浣溪沙"将运河对比长城："南北东西漫打量，这河宽则那城长。是非功过两茫茫。漕运千年输水米，雄关万里跑胡狼。小隋似比老秦强。"如此对比，跨越时空，可谓神来之笔。秦朝统一有历史功绩，但把御胡置于民生之上，却不如运河沟通漕运对民生的好处。"小隋似比老秦强"，有趣而新颖。再如对满清一朝，历来非议颇多。树喜先生却别有机杼，其《恭王府溯清史》一诗写道："满汉争锋山复关，长城一越不须还。并来东土八千里，输却西洋二百年。光绪宫藏多变卖，中山遗训未真传。海棠深处流歌板，疑是红楼诗酒船。""并来东土八千里，输却西洋二百年"，这是对清朝最深刻公允的概括和评价，深得王充闾等文史大家的称赞！作为一位史学家，树喜老师的目光具有穿透力，能以新的视角透视历史。如《宿州采风行》："宿州四向走通途。连日采风难尽书。垓下稻葵繁也矣，溪边钓叟乐之乎。英雄末路小情调，女子临危大丈夫。所叹淮阴韩壮士，大风歌罢掉头颅。"兔死狗烹，这便是历史教训。还有一些是澄清史实或是翻案文章的，包括对苏武、王莽、孙权、隋炀帝都有一些新的评判。如从国家统一角度说"怀李白，叹稼轩，三分我不赞孙权"（《鹧鸪天·冬登北固楼》）；从爱惜人才角度总结"君子知音少，人才悲剧多，几波文字狱，淹没大风歌"等，都自成一家之言，而给人以启迪。

著名理论家郑伯农先生指出："给我印象很深刻的是，树喜很注意作品的立意，不人云亦云，不沿袭吟风弄月的老套子，动起笔来，必努力写出自己的真性情、新感悟。看似寻常的题材，到他手里，往往能有新的视角、新的内涵。"江苏省诗词协会副会长荀德麟在《真性情与新境界——李树喜诗词漫评》一文中也说："他（李树喜）的诗词，以抒真性情感人，以开新境界超人。"

五、中青年诗人的良师益友

作为人才学者，树喜先生十分关注青年诗词人才的成长。两届中华诗词学会领导班子，树喜老师自告奋勇分管青年与人才工作。自嘲"老头儿管青年"。正所谓"世有伯乐，然后有千里马。千里马常有，而伯乐不常有"。这些年，树喜老师著文、讲座，还应邀专程赴纽约讲座诗词。在多次讲座或谈话中，他总能信口而出，列举一些年轻人的佳作佳句鉴赏、推扬。这些年，不少崭露头角的中青年诗人都曾得到过他的帮助。

树喜先生主张"诗者无师"，认为过于强调师承、风格流派以致按步模仿，有可能压抑个性。他主张"为诗为友"，对中青年诗人平等相待，倾情相助，指导奖掖。在当今诗坛宿老中，很少像他这样对年轻一辈倾注了那么多的心血。好多年轻人喜欢他，因为他真诚、热情、博学、睿智、平易近人，是一位受人尊敬的宽厚长者，良师、益友！

诗词之树长青。树喜老师虽说"李杜堪师不仿"，但是，李太白的放浪、杜子美的写实、白乐天的平易、苏东坡的豁达，在他的诗作中都有迹可寻。他是继往开来的实践者……我们相信，树喜先生这棵诗坛之树更加枝繁花茂，在文化史和诗词史册上留下浓重的一笔。

（作者刘文革，网名刘郎，60年代生人，毕业于辽宁大学中文系，辽宁铁岭市诗词学会会长）

若无创意则无诗

——我读李树喜诗词

沈华维

  阅读欣赏李树喜先生的诗词作品和诗词理论文章，是件快事乐事。树喜先生具有深厚的学养、丰富的人生阅历及新闻职业独特的观察力，以探索创新的诗学精神和清新别致的个性语言，独树形象，自成一家。树喜先生勤于思考，创作刻苦，诗词作品不仅数量多，且质量优，许多作品在诗词界广泛流传。至今已连续出版了《杂花树》《诗词之树》《诗海观潮录》三本诗集。他的诗词多数我都拜读过，可以说是获益匪浅。

  笔随时代，反映生活，是树喜先生诗词的着力点。"文章当随时代。"诗词与时代大众紧密相连。作为诗人，不可能对当今的社会现实生活视而不见，无动于衷。树喜先生旗帜鲜明地主张诗词应与时俱进，诗人应与时代同步，并努力身体力行。他的诗词视野开阔，取材广泛，当今社会丰富多彩的生活都是他创作的广阔空间。他热爱生活，将诗词创作的兴奋点和着力点突出放在了关注民生、反映民意和针砭时弊上。关注民生的比如《七绝·甘州明代粮仓》："甘州古地记沧桑，隐在楼群小地方。土木无华真国宝，民生至重是粮仓。"凝炼、深刻，小角度写出来大视野，诗见情怀。民以食为天，粮食是民生之本。今天虽然我们国家老百姓吃饭不成问题，但要有忧患意识，应时刻关注粮食安全。他在《何为诗》中将自己的诗词追求表现得明白无误："友人问我何为诗，身在其中自痴。百感茫茫连广宇，为民歌哭是男儿。"作者痴心关注的是老百姓的喜怒哀乐。可谓心灵之呐喊！反映民意的如《七律·秋之兴》："清秋无赖酒来浇，人过中年兴味销。市面文章同菜贱，城乡房价比天高。弦歌百种崇洋调，学问千家画古瓢。盛世光鲜肥硕鼠，冤声岂但在渔樵。"作品后注的写作时间是2010年秋，将世相百态刻画得淋漓尽致。物欲横流，道德滑坡，文人贬值，房价畸高，崇洋媚外，造假成风，硕鼠横行，处处民怨等，真实地记录了盛世和谐的背后存在的种种社会问题，为民代言，敢说真话，可谓盛世警钟。树喜先生认为，"任何昌明的社会，有光明也有黑暗、昏暗或不平。只有揭露、批评、消除阴暗因素，社会才能更健康前进。"他始终没有放下批判谕讽的传统武器，爱憎分明，有"美"也有"刺"，深得兴观群怨之旨。他的讽刺诗，他的批判精神贯穿于创作实践全过程。"民苟能活谁造反，官持条法竟贪赃。"（《九宫山怀闯王》）"何时人脑生金锈，只认官权不作丁。"（《雷锋纪念馆》）"官权有让钱赎滥，美女多由戏捧红。股票腰包说贬扁，粮油价码看腾升。迷魂于我招何处，不叹卢生叹众生"（《旅次过邯郸》）这些作品抨击时弊，正直率真的赤诚和风骨跃然纸上。

　　力主创新，融汇变通，是树喜先生诗词的重要风格，并贯穿在题材结构章法语言等各个方面。南朝梁史学家萧子显在《南齐书·文学传》中指出："若无新变，不能代雄。"诗词创新不仅是个理论问题，更是个实践课题，树喜先生在诗词创新理论探索和创作实践中，孜孜以求，并都有所建树。他强调："创新是诗词之魂。诗词一路千年，都是'持正求变'，继承变革与发展的历史。""创造是诗词之魂。万绿丛中一点红是创造，万红丛中一点绿也是创造。创造就是表现个性，与众不同，超越以往，超越自己。"并一再强调"若无创意则无诗"。树喜先生诗词创新实践，我以为突出体现在三个方面。一是注重挖掘思想、意境的深度。比如《己丑雁北组诗》之《木塔倾斜》曰:"微倾特立泛祥光,摇曳风铃唱夕阳。借问塔前双燕子,民生皇运孰绵长。"由千年"木塔倾斜"而感叹"民生皇运孰绵长",足见其忧民生之情切。德国伟大诗人歌德曾说过:"要是只能表现自己那一点点主观感情,他是不配称为诗人的;只有当他驾驭世界和表达世界的时候,他才是个诗人。"树喜先生没有沉浸在小我圈子陶醉,似有杜甫《茅屋为秋风所破歌》"安得广厦千万间,大庇天下寒士俱欢颜"那样的气度、胸怀。二是提炼感情与语言的力度。如《无题》:"长忆黄昏古渡头,骊歌轻解木兰舟。镜中华发理还乱,醉里豪情放且收。有刺有花皆是路,无风无雨也成秋。彩云又照当时月,人在江南第几楼。"人生感悟,心路历程,回首往事,"醉里豪情"的狂放,"有刺有花"的豁达,笑看"风雨"的彻悟,无不充满积极健康向上的情趣。且语言有穿透力,大处着眼,细部着手,艺术形象鲜活,有奇思妙想。三是选准题材切入的新角度。历史上借"秋"写景抒怀的作品很多,但树喜先生不落老套,赋秋以新意。请看他的《秋色》:"豪庭背面小山洼,柿子金瓜坠晚霞。秋色未随贫富改,最红最艳在农家。"用柿子、金瓜、晚霞来形容秋色;用豪庭、贫富、红艳等元素对比的方式歌颂农家,含蕴深远——不改本色,秋在农家,心在大众。一幅秋景图,足见作者的民本意识和草根情怀。

  哲思锋芒,独立思考,是树喜先生诗词的鲜明特色。哲理诗词是中国古代诗词园地中的奇葩,异彩纷呈,境界最高,令人仰慕,具有很高的艺术审美价值和思想认识价值。树喜先生"文革"前就学于北大历史系,于历史和人才学均有建树。他的诗词,无论描写山水风景的,同情民生疾苦的,抨击时事讽刺腐败现象的,抒发亲情友情和人生感慨的,还是相当数量的咏史作品,都蕴含了丰富的哲理。写自然景物的如《原上草》:"拼将生命越寒冬,叶又青葱花又红。哪管他人怎颜色,自开自落自从容。"《咏蝉》:"换骨脱胎不是虫,临风抱树向天鸣。炎凉难改君旋律，直去直来一个声。"诗以"原上草"之生命顽强，随遇而安和"蝉"之独立率真，不改初衷，寓意人生要摆脱尘俗事物，不看他人脸色，始终追求真理，获得精神自由。实际上也表达了作者对见风使舵、"应声虫"的厌恶。诗作借景写情，刻画形象生动感人，含意深刻。树喜先生善用古人名句和成语典故，又不露痕迹，活化多变，不生硬，不造作。诗语构词和畅自然，古雅而不涩不拗。《西风》这首绝句也很精彩，"黄河出没彩云中，大漠长天落日雄。华夏正须凛冽气，西风切莫像春风。"李白在《忆秦娥》中有"西风残照，汉家陵阙"之句；毛泽东《忆秦娥·娄山关》的起句"西风烈，长空雁叫霜晨月"，毛诗云"西风"与李白云"西风"有同气相呼应之感，而毛诗更多一些英雄之气和壮丽之气，充满乐天达观，笑看风云的大无畏和乐观主义精神。树喜先生借用"西风"为题，"西风"应是指阳刚壮烈、慷慨高亢之气，英雄壮丽之气，虽未贬低或否定"春风"的柔和温暖，却旗帜鲜明地提倡当今社会应多一些大义凛然不可侵犯的正义之气。视觉新颖，赋予"西风"以时代新意。他写的绝句《双枪老太塑像》得到许多人好评，"远离烽火久，世理乱成堆。老太双枪在，不知该打谁。"全诗仅用二十个字，叙述了一段人们熟知的历史故事和当今的社会现状。沧桑巨变，今是昨非，这样沉重的题材，诗人绕开写景和抒情，直发议论，道理深刻，语言通俗，亦庄亦谐，另具一格，让人耳目一新，读来亲切自然，耐人寻味。显示出作者功力老到和驾驭重大素材的娴熟技巧。

平白生动，通俗易懂，是树喜先生一以贯之的艺术追求和实践。诗贵通俗平白。元人房灏赞扬杜甫："欲知子美高人处，只把寻常话入诗。"其实，千古文章，不朽名句，无不从心底浓情流出而缘于平白之语言。树喜先生深谙此理。请看《春讯》："水软荷塘月，风柔柳絮花。春归如燕子，最早到田家。"诗语明白如话，过目难忘，清新自然，十分精彩。他的《清平乐·诗史》所云："诗三百好，更有卿云早。秦火炎炎烧未了，屈宋三曹佼佼。连翩魏晋梁陈，诗词逐代出新。李杜堪师不仿，一心在写吾真。"诗中细数诗词历史，也将他的诗词观和盘托出。用传统诗体，写时代生活，这是诗词的生命力所在。有的人误认为语言愈"陈"愈"典雅"，在诗词创作中费尽心思复古，在故纸堆里找出处，把陈词滥调当时髦，卖弄文才，追求奇险。树喜先生则善于从现实生活中新鲜活泼且富有时代气息的事物中，撷取创作素材，用新情感、新思想、新语言，来刻画描写新事物，语言朴素自然，富有个性。他用仄韵写成的古诗《北戴河观海》表现出洒脱飘逸之美："十年我未来，河海忽偏老。虾蟹渺无踪，浪间绝鸥鸟。烟深日不明，暮色连秋草。回首感沧桑，杞人觉悟早。天人失谐和，世界不得了。"面对滔滔大海，诗思连翩，触景生情，忧虑生态污染，暮色烟深，连虾蟹、鸥鸟都没了踪迹。随发出感叹：如果人与自然一旦失去和谐，世界将怎么得了。提醒世人应重视环保。结尾口语入诗，语言鲜活，且贴近现实生活，气势开阔，足见大视野、大境界。平白、通俗而又不失高雅，用现代语汇深化意象和开拓意境，用人们熟悉而又经过加工提炼的"诗语"表现主题，诗句清新流畅，韵味逸荡。这样的诗词作品，才具有活力和艺术魅力。

（作者：沈华维，中华诗词学会副会长）

鹤鸣九皋,声闻于天

——李树喜先生素描

曹辉

生命的有缘之遇是人与人的缘起。说来与树喜先生相识也有十余年光景了,往事历历,弹指间虽流光一隙催人,幸诗情诗心不老。

真正了解一个人,需要时间的沉淀,不仅仅是偶尔的交集。走近树喜先生,才发现他人格的丰满与完美、幽默与诙谐、乐观与睿智、还有捷才与俊思。原本诗人面孔的他,是当之无愧的教育、历史、诗词三栖的集大成者。

世人皆以为树喜先生是全部精力和心血致力于诗词,事实并非如此。诗词不过先生的小戏,是他人生的三分之一雅好,历史收藏和教育的涉足,并以诗词,如同三足之鼎,架起树喜先生人生的丰碑,真正是静言思之,鲲鹏奋飞。

一个人被世人所知并认可的角色,当然是一个人的人格亮色。树喜先生的诗词,就是他的人格亮色。他是个性情中人,是个正直的书生,是个只知付出不求回报的执诗词牛耳者。他写"何事最伤神,战争和美人";他写"有刺有花皆是路,无风无雨也成秋",他写"并来东土八千里,输却西洋二百年"……写得太多了,太好看,他的诗心泛滥成海,演漾成斑斓的诗,装饰红尘。本身造诣极高,却不肯为人师,足见其襟抱。树喜先生曾为我指点诗词,以师称之,拒,言诗大可无师,这也是他的诗观，我倒是赞成先生这种观点。广采杂收，揉众家之长而成就个人特色，这就是真正的诗人的魅力。树喜先生的诗词，词敛锋棱，语无刻意藻饰，但通篇渗透出来的霸气却不减分毫，这就像高手亮剑，其剑可钝可寻常，可为树枝亦可无剑在手，真正功夫到了，拿在手里的什么都是武器，纵然不拿，亦有器于胸中持，是伤人于无形的利剑，非一定功力者不可为也。趣在先生年事渐长，诗思不退还进，捷才高产，真叫后生们羡慕嫉妒了！而诗词，亦是先生人生的秋实。

  青年时代的树喜先生写过小说，这也在情理中。如此才子，笔下自有生旦净末丑，小说亦为其逸趣耳。写小说本不为奇，哪怕写得再妙笔生花，亦不过才华横溢罢了。先生的小说，何以偏在此一提呢？原来，当年先生写的是科幻小说，内容涉及登月，而且里面登月的宇宙飞船，名字就是嫦娥二号。这篇科幻小说，八十年代先生就在杂志上发表过了。结果，N年后，中国真的有了嫦娥二号。这才是叫人称奇的呢！领导人谈古代诗词，说其会成为终生的民族文化基因，这话，树喜先生早在几年前就曾写过文章，并明确提出过中华诗词是中华民族的优秀文化基因。看来，树喜先生真是个不折不扣的预言家，走在时代前沿的隐身superstar！

  元瓷是树喜先生收藏的主要方向，无意发现先生收藏，碰巧是我的爱好，但我乐在于赏，先生却是收藏行家里手。他的那些个宝贝，就不说价值了吧。北大历史专业的高材生，大才子，不收藏怎么对得起他的历史专业呢！见过几张先生收藏品的照片，元青花等物，也算颇开眼界。尤其看到他那张2015年度联合国教科文组织文物保护金奖获得者的证书，实在是惊掉了眼球，羡煞！收藏需要的知识特别繁杂，需要的底蕴也极丰厚。幸而先生记忆甚佳，有过目不忘的本事，他的文学与历史相得益彰，对他的收藏裨益极大，起到了辅助作用，三种爱好相辅相成，如虎添翼，真是人生起承转合的最佳汇聚。

教育方面的成绩，是树喜先生人生最初的收获，早于收藏和诗词，但并不为人所知，概因他对自己的名，并未上心，他重在务实，重在脚踏实地去做，炒作岂是如先生情性之辈所为之！这世界就是如此，有很多脚踏实地的人才，他们不会推销和炒作自己，只会像老黄牛一样闷头干活，自然很少有人知道他们。有些半瓶子晃荡的人则不然，很会起势，有一说十说百说千，甚至说万，牛皮吹得山响，誉满天下似的，实际上才华与名气并不成正比。这种不公平，真正有能力的人是不屑为之的，他们能消化这种社会于他们的失公现象，因为他们的心没在这方面斤斤计较，这才是他们的可贵之处。还是说树喜先生，对"晓之心情，动之心理"这八个字，想必很多人都熟悉，之前曾以为是古人所云，至于到底谁人所言，并无印象。没想到，这八个字，出自树喜先生笔下，这一段钩沉，树喜先生自己不说，也值得吾辈道来为众所知。《博览群书》2016年第12期，特别推出文章《谁首提"动之以情，晓之以理"》，向读者介绍这一说法的来源。"动之以情，晓之以理"并非出自《论语》，也非出自台湾作家高阳的《胡雪岩全传·平步青云》。据中国社会科学院研究生院张忠涛考证，最早提炼归纳为"动之以情，晓之以理"，是树喜先生在任教育部《人民教育》记者时写的长篇通讯《春雨之歌》中提及此说，发表时间为1978年7月。有好事之人遍检整部《论语》，未发现"动之以情，晓之以理"之说，而《胡雪岩全传·平步青云》，的确有"导之以理，动之以情"，却并非"动之以情，晓之以理"，且该书在大陆最早出版于1986年。原是"动之以情，晓之以理。动之以情，深于父母；晓之以理，细如雨丝"。将"动之以情"和"晓之以理"合璧，显见树喜先生对教育理念的创新。此文曾得当时邓小平和时任副总理兼国家科委主任、分管教育部的方毅批示，并在全国报刊等媒体广为播发，"动之以情，晓之以理"的理念不仅深入教育界并扩之其他领域，成为经典的人性化教育方法。对此，树喜先生功莫大焉。这是先生人生的春华。

　　李树喜，1945年10月生于河北省安平县。高级记者、作家、诗人、人才学和历史学者，文物爱好者。中华诗词学会副会长，中国毛泽东诗词研究会副会长。1969年毕业于北京大学历史系。1983年到光明日报社工作，历任特派记者，机动记者部主任，光明日报出版社社长兼总编辑等。在新闻、诗词、历史等方面，已出版个人专著、文集20余种。先生在大学毕业后分配到北京木材厂工作，这也是他那代人的时代际遇使然，且不说悲喜，只说砥砺。纵观树喜先生从青年时代至今的建树，不可谓不大，从他对社会的贡献来说，社会给他的名誉并不匹配，可他不介意，他在意的是耕耘本身和对后人的提携与培养，他把自己"滋养"得很壮实，这是他对人生的掌控和把握，也是他个人行事的定力。分别起程共赴安徽采风时，因我先到，去微信戏言已把风都先行采走，他们后到的诗友无风可采。先生到后向我邀诗，问我采的风在哪儿，可见其人风趣。

　　"有匪君子，如切如磋，如琢如磨。"低调的树喜先生，不争地位，不逐名利，他性格中的那种四平八稳和安之若素的超脱，令人欣赏。唯不求者命运才予之诸多，是这样吗？

　　（作者曹辉，网名万树花开。辽宁人，著名女诗人）

真性情与新境界

——李树喜诗词漫评

苟德麟

在当代诗词家中，李树喜先生是我很喜欢的诗词家之一。他的诗词，有流连山水、即景抒情之作，有漫步古今、臧否人物之篇，有感慨时势、即事起兴之吟，题材广泛，纵横捭阖。其针砭时弊，或快刀直下，痛快淋漓，或点到即止，发人深省；其揭示哲理，或有醍醐灌顶之妙，或具豁然中开之爽；其吟咏怀抱，感悟人生，也多"人人心中有，人人笔下无"之作。诗风平白生动，通俗易懂，意境深邃，哲思深刻。读树喜先生诗词，可以写出很多感受，在这样一篇短文中，我最想表达的感受是：他的诗词，以抒真性情感人，以开新境界超人。

站在文化的堆积上求新，具有历史的纵深性与超越性。中国作为世界四大文明古国中唯一延续五千年文明史而从未中断的古国，历史文化遗存俯拾皆是，历史文化景观触目可见。所以，吊古咏史由来是历代诗人词家重要的创作题材之一。树喜先生作为名校科班出身的历史学专家，所到之处，这方面的兴感咏怀之作不仅数量众，而且名作多。据不完全统计，在他已经出版的几本诗词集中，咏史诗词就达百首以上。

李树喜的咏史诗，几乎都是人所熟知的题材，其中还有大量历代吟咏的热点。如万里长城，古往今来的诗作可谓车载斗量，其中佳作名作很多，树喜先生却以旧题开拓出新境界："塞上秋来早，关河一月孤。烽烟散回纥，沙草没匈奴。但有安民策，何需常备胡！长城空废久，宜作导游图。"借长城纵情歌颂汉族与北方少数民族融合的历史。他又联想到中华民族混融渗透，你中有我，我中有你，姓氏来源的复杂历史，以及自己"李"姓来源的多元性实际，进一步朗声吟道："族系无纯种，五胡难细分。长城关不住，百姓走游民。汉使尝留后，唐皇更有亲。吾宗是何李，缥缈问浮云。"读后不仅增知长识，而且雾霾尽扫、痛快淋漓，堪称当代吟咏长城诗、咏史诗的佳作！

对热点历史人物之诗，也一扫似曾相识之态，如咏韩信的《淮阴侯三题》，分别以"兔死狗烹同乐殿，至今回唱大风歌"；"宁为将相蒙冤死，不作乡间乞讨儿"；"儿负母恩君负我，人间难葆是初心"作结，都别出机杼，自成面目。其《菩萨蛮·虞姬墓》更吟出了"一剑了西风，芳丘寂寞红"；"何事最伤神，战争和美人"的（拟删千古）绝唱。这也是中华诗词在当代复兴的最具代表性的作品之一。

总之，李树喜的咏史诗，视野开阔，立意高远，具有历史家的高度、深度，多"道先贤和诗家未及道者"，形成新认识、新表述、新境界。

站在鼎革的脉搏上求新，具有鲜明的时代性。《春讯》吟道："水软荷塘月，风柔柳絮花。春归如燕子，最早到田家。"作者看到季节变化中的自然景色，立即以季节变化给千千万万农民的生产生活所带来的影响，写出了"春归如燕子，最早到田家"的诗句，从而把时代精神、社会信息巧妙地交融于诗中。

这些年来，严肃党纪，严惩腐败，整顿党风、官风，树立正气，成为治党治国理政的头等大事，李树喜给予高度关注，并创作了一批众口传诵的经典作品。七绝《西风》以铁板铜琶般的苍凉雄浑唱道："黄河出没彩云中，大漠长天落日雄。华夏正须凛冽气，西风切莫像春风。"这首诗，作者从唐代李白、王维、当代毛泽东等人的诗词中汲取营养，经过潜心熔铸，赋予"西风"

以阳刚高亢之气，英雄壮丽之色，虽未贬低或否定"春风"的柔和温暖，却旗帜鲜明地提倡当今国家社会应多一些大义凛然之气，无论是对内还是对外，从而赋予"西风"以崭新的时代精神。

再看他的《题鹳雀楼》："众鸟疑飞尽，黄河几断流。欲知百姓事，请下一层楼。"这首诗系次韵唐人王之涣《登鹳雀楼》，却清晰地感受到时代跳动的脉搏：很多公仆们高高在上，做官当老爷，"众鸟疑飞尽"你们知道吗？"黄河几断流"你们了解吗？这怎能解决好百姓事、得到百姓的拥戴呢？中央现在全国搞"群众路线教育"，抓住了问题的根本，作者写出"欲知百姓事，请下一层楼"的诗句，就是对"群众路线教育"最好的注脚，且具有"一吟成诵"的艺术感染力。

站在百姓的心坎上求新，具有坚定的人民性。在《淮安清江古码头》中吟道："南船北马运河长，漫步清江云水乡。贯古通今国之宝，人间至重是粮仓。"该诗直陈诗人对"民以食为天"的一贯关注，以及在相同题材上的推陈出新。五言绝句《双枪老太塑像》："远离烽火久，世理乱成堆。老太双枪在，不知该打谁。"全诗仅用二十个字，叙述了一段人们熟知的历史故事和当今的社会现状。诗人绕开写景和抒情，直发议论，道理深刻，语言通俗，亦庄亦谐，读来亲切自然，让人耳目一新，过目难忘。这篇好评如潮之作，是民众心声的最简洁而幽默的表达，是对社会上贪腐现象的有力反击，也是其诗词人民性、战斗性的典型体现。

李树喜诗词是当代"诗言志"、写真情、求新境的极好诠释。"股票腰包说贬扁，粮油价码看腾升。迷魂于我招何处，不叹卢生叹众生。"他的很多如《旅次过邯郸》之类诗作，抨击时弊、正直率真的赤诚和风骨跃然纸上。"诗三百好，更有卿云早。秦火炎炎烧未了，屈宋三曹佼佼。连翩魏晋梁陈，诗词逐代出新。李杜堪师不仿，一心要写吾真。"这阕《清平乐·诗史》，则将他的诗词观和盘托出。

纵观树喜先生诗词，既有历史学家高瞻远瞩的眼光，又有高级记者的新闻敏感，还有出版家遴选主题的独特视角，从而促成了他如上所述诗词创作的不凡成就。

（本文作者系编审、文史专家，中华诗词学会常务理事、江苏省诗词协会副会长）

于无声处听真响

——浅评李树喜先生题石钟山联

高朝先

2014年12月24日至28日,中华诗词学会副会长、光明日报出版社原社长兼总编辑李树喜先生来湖口考察创建中华诗词之乡,其间考察了境内江南名胜石钟山,并为石钟山题联:

湖口有容方大气,

石钟无响更深沉。

本人不才,不敢对先生大作妄加评论。好在先生平易近人,一见如故,在陪同考察过程中多有交谈。为此,本文仅从交流出发,就先生此联谈点自己的解读心得。不当之处,望先生赐教。

对联是我国传统文化中的一种特定艺术形式。一副成功的对联,不仅表现为一个完整的艺术体,而且最难求的是其意境的深度和其所表现的艺术境界。李树喜先生的题石钟山联,就题材说,写的是石钟山,就创作说,是借景抒情,似乎与常人的写作没有多大区别。但是,李树喜先生的这副对联,却以其独特的意境和境界,一扫前人所题石钟山作品,如联语中所云,是一件"大气"之作,"深沉"之作。为什么?本人解读,体会有三:

一、题材把持的大气。一副只有14字的对联,容量有限,如何取材,至关重要。李树喜先生以大气包举之法,一个"湖口有容"4字即胸罗万象，笔点古今。此处的"湖口"，是"湖口"，又非"湖口"。言"口"之有容，意在有"口"必有"腹"，腹者，容也；又在有"口"当有吞吐，吞吐江湖云天，乃大容也。大容表现大气，所以此处的"湖口有容"不仅仅指石钟山下的鄱阳湖口，其所容者，当是整个鄱阳湖，是赣鄱大地，是与长江相连接的天地之间，以及在这里所发生的自古至今许许多多的人物和事件。这里我们同时注意到一个细节，那就是鄱阳湖入长江处的"水分两色"，对于这一"清浊"自然景观，作者不是忽略，而是一样也作了大气包容。他在一首咏石钟山诗中有句："劝君莫作浊清辨，此水依然浮覆舟。"是劝勉人们处世应有的大度。当然，"湖口有容"之"湖口"，不言而喻更指有湖口县所在的地方区域，以及在这里生活的广大人民群众。"湖口有容方大气"，就是对湖口社会、经济、文化的发展与进步的褒扬；与此同时，"湖口有容方大气"，又意在"海纳百川，有容乃大"，只有"有容"，才能"大气"，又是对湖口各项工作和事业的期望。

二、时空关联的大气。如果说，李树喜先生的这副对联，其上联表现了石钟山所处地理环境在空间上的大气，那么，其下联则表现了石钟山所蕴含的人文史观在时间上的大气，并且与上联空间相对，由此构成了作者赋予这副对联在时空概念相关联方面的大气。下联云："石钟无响更深沉"。石钟无响吗？是的，石钟山作为一座自然山体，当然是不会有响的。但是，这里的"无响"却又是"有响"，是由实入虚的对"无响"的否定的否定，是作者深感"无声胜有声"的一种极其"深沉"的响。在这"有响"与"无响"之间，作者以其哲人的感悟，自然地将读者带进石钟山下的历史时空。是的，石钟有响。其有响，首先当在石钟山的最初命名，继而有"形""声"命名说的争议和苏轼《石钟山记》的问世；同时有陶渊明在这里的"不为五斗米折腰"，有狄仁杰在这里的"除夕纵囚"；更有在这"江湖锁钥"之地的朱

（元璋）陈（友谅）大战，太平军名将石达开大败曾国藩湘军水师，以及国民革命时期史称"二次革命"的湖口起义，等等，都是石钟的"有响"。正是因为这些曾经在这里响彻云霄震撼大地的石钟钟声已经成为历史，作为北京大学历史系毕业的历史学专家的作者，他能不感到这钟声的厚重吗？所以在"石钟无响"的定句之后，自然地将意境升华到"更深沉"的境界。深沉者，是历史的回音，更应有现实的回答，其中也深藏了作者的心愿和嘱托。联系上下联意境的关联与互动，这副联的时空大气，有如王国维大师所言："空间为俱在，时间为继起"，"此二者合而为一，则为吾人之悟性"（《中国哲学》），是难得的意境组合。

三、才情吞吐的大气。作联与写诗一样，没有真情实感是写不出好对联的。李树喜先生在此之前没有来过湖口，但在2014年年末的一个月余中，却三次到九江。在湖口短短的几天中，考察项目一个接一个，他却利用空余时间成就了10余首诗联。在一首《诗踪》中他写道："岁末三番湖口渡，石钟山上看诗潮"，这就是李树喜先生创作这副对联的情感所在。说到这副对联的写作技巧，短短14字，通俗流畅，似是信手拈来，却又是那样大气。选材方面的大气包举不说，意境营造方面更如行云流水，从"湖口有容"升华到"大气"，从"石钟无响"提炼到"深沉"，形象、生动、贴切、自然，是作者才情吞吐的大气。这里应说到联中陌生化手法的运用，可谓水到渠成之自如。如"湖口有容"，看似取象于"口"，实是造意于"湖"，一个"方"字，既表现过去，又表现未来，巧妙地与"大气"连接；"石钟无响"，看似黯然无声，却是寄情无限，一个"更"字，既是对"无响"的反顾，又是对"有响"的提升。陌生化者，反常合道也。其手法别致，就在于出乎意料之外又在情理之中。石钟山上留下了古今多少诗句，却不曾见有"石钟无响"之评。现身所见，刻骨铭心也。

"于无声处听真响，向不平中觅好诗。"这是李树喜先生的另一副题石钟山联。诗之"不平"是指意境的别致和手法的奇特;这里所说的"真响",或许是作者在"石钟无响"中收获的一种心声吧!在湖口考察期间,有一位朋友打电话给李树喜先生,问他在哪里,他回答:"在石钟山上。"又问:"什么时候回北京?"他回答:"要看这石钟什么时候响。"什么时候响呢?他又回答:"不知道,听说自从苏东坡先生以后就没听响过!"这一问一答,似是诙谐与调侃,却是心声与大气。"湖口有容方大气,石钟无响更深沉。"先生此联能不为今日石钟山一"真响"乎!

2014年12月30日

(作者高朝先,江西湖口人,著名诗人、评论家)

六编 格律新讲

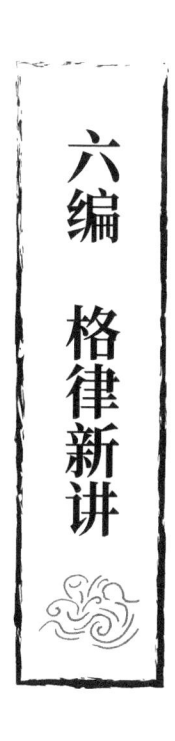

前言：诗词格律并不难

　　进入新时期，一个传统文化回归的热潮正在兴起。作为国学的精华部分，中华诗词正在迅速复兴，初见繁荣。人民大众对诗词的热爱，学习、传播，已现热潮。许多人正拿起笔学写诗词。为了适应这种形势，满足学诗、写诗的需要，我们编写了《诗词格律新讲》。

　　诗词高雅而不难。其原因在于其特点与优势，就是整齐、精短、押韵，便于记忆，易于传播。诗词格律的基本知识更不神秘，其实就那么几条。古人学习掌握诗词基础，是在小学或私塾完成的；现代人普遍具有较好的文化基础，理应更容易掌握。有些人把诗词格律说得复杂难懂，故弄玄虚。有的罗列不必要的禁忌，把格律搞成厚厚的一大本书，使初学者望而生畏。鉴于此，我们编写了这部《诗词格律新讲》。

　　所谓"新讲"，一是简明，即以最简要、易懂的语言介绍诗词的基础知识；二是松绑，剔除了一些不合理、不必要的禁忌和所谓"规矩"（不是唐宋时代所遵循、而是后人画蛇添足的"规矩"）。三是突出了新韵（或称通韵）的运用，从而使本书具有明显的特点和个性，即：溯本求源，与时俱进，持正知变，要言不烦，看得明白，便捷入门，轻松过关，渐入佳境。诗云：

　　　　千秋万里路多歧，莫许教条束缚之。
　　　　唐宋初时规矩少，删繁就简好为诗。

第一讲　格律诗概念

诗词，关于它的称谓，有古体诗、旧体诗、格律诗、近体诗(近体是唐人与前人区别而言，等同于格律诗)、汉诗等各种说法。《中共中央关于繁荣发展社会主义文艺的意见》明确指出："中华优秀传统文化是中华民族的精神命脉，是我们屹立于世界文化之林的坚实根基。坚守中华文化立场，坚持古为今用、推陈出新，秉持客观科学礼敬的态度，努力实现创造性转化和创新性发展。""加强对中华诗词、音乐舞蹈、书法绘画、曲艺杂技和历史文化纪录片、动画片、出版物的扶持。"这里，诗词放在打头的位置，界定为"中华诗词"。所以我们以"中华诗词"来概括。统一使用这一概念。

第一节　用韵

诗，"是通过有节奏、韵律的语言反映生活、抒发情感"的一种文学体裁(见《现代汉语词典》"诗"条目)。因此，韵是诗词的基本要素和基本特征。诗词的韵，置于句子的末尾，叫做"押韵"，也叫"韵脚"。在北方戏曲中，韵又称作"辙"。押韵也叫做"合辙"。

诗词，可用来朗诵或吟唱，读和听都和谐顺畅，也是其艺术感染力所在。

诗词格律是在诗歌发展史上约定俗成的。为了统一和方便，古代朝廷也曾颁布过韵书，即所谓"官韵"。韵书和口语的韵，在唐代还是大体一致的；宋代以后，语音变化较大，诗人们还是依照古韵写作。南宋时期（北方是金朝）按照对唐人用韵的规律总结编成《平水韵》，渐渐与发音习惯扩大了差别；现代，根据《中华人民共和国语言文字法》，以《现代汉语》（即普通话）为基准使用新韵。就形成古韵和新韵两种用韵。

中华诗词学会用韵原则是：双韵并行，提倡新韵。但在同一作品中两韵不能混用。这一原则已获得广泛共识。

我们会在后面分别介绍古韵和新韵。

第二节　四声与平仄

四声，汉语的四种声调。这里介绍旧韵（平水韵）的四声是：

（1）平声。后代分化为阴平和阳平。

（2）上声。后代有一部分变为去声。

（3）去声。后代仍是去声。

（4）入声。发音特点是"短促而收藏"。如"物""月"等字原来都读入声。

平仄。从平仄的角度，平声为"平"；上声、去声和入声为"仄"，

特别指出，现代普通话已经没有了入声。但南方等一些地区还保留着入声。

第三节　平水韵

平水韵，俗称古韵，或旧韵。

金哀宗年间，王文郁编《平水新刊韵略》分为一百零六韵，当时作为金朝科举之用。其后不久，南宋理宗淳佑十二年（1252），山西平水人刘渊编《壬子新刊礼部韵略》，共一百零七韵。

元朝初年，又依据《韵府群玉》，合并了上声的"拯""迥"两部，成为一百零六个韵部，是为现今所称的《诗韵》亦即《平水韵》。

清康熙年间，张玉书等人奉旨编撰的《佩文韵府》，以康熙皇帝的书斋名"佩文"命名。是为清人科举的用韵标准，实际上也是《平水韵》。

《平水韵》依平、上、去、入四声，将韵部分为一百零六个，分别为平声（上、下）各十五韵，上声二十九韵，去声三十韵，入声十七韵。

平水韵自身也有一些缺陷和自我矛盾，例如"一东""二冬"，发音本无差别，分为两个韵部，只是因为同韵的字太多而一分为二；其实，南北朝时代，陶渊明诗《饮酒》："采菊东篱下，悠然见南山。山气日夕佳，飞鸟相与还。此中有真意，欲辨已忘言。""山""还""言"等通而不分；唐宋时代，十三元中"元""言"和"门"就有明显差别，等等。清人科考中出现"该死十三元"的故事，本身就是因为十分相近、不易分辨。

第四节　中华通韵

中华通韵或称新韵、今韵。2017年，由中华人民共和国教育部和国家语言文字工作委员会颁布试行《中华通韵》，就是依照《中华人民共和国国家语言文字法》和《汉语拼音方案》规定的诗韵体系。

新韵，以《现代汉语词典》为基准标示四声；

以阴平、阳平为平声；上声、去声为仄声。

《中华通韵》韵部表

韵目韵母	韵目韵母
一啊aiaua	九熬aoiao
二喔ouo	十欧ouiu
三鹅eieüe	十一安ananuanüan

四衣 i	十二恩 en in un ün
五乌 u	十三昂 ang ian guang
六迂 ü	十四英 eng ing
七哀 ai uai	十五雍 ong iong
八欸 ei ui	十六儿 er

附：2004年中华诗词学会颁布的新韵（十四韵）韵部表是：

一、麻 a ia ua

二、波 o e uo

三、皆 ie üe

四、开 ai uai

五、微 ei ui

六、豪 ao iao

七、尤 ou iu

八、寒 an ian uan üan

九、文 en in un ün

十、唐 ang iang uang

十一、庚 eng ing ong iong

十二、齐 i er ü

十三、支（-i）（零韵母）

十四、姑 u

实际上，上述两部新韵区别不大，现阶段写诗皆可采用。

第五节　新韵诗词的通押

新韵（16韵）是诗词用韵的与时俱进。但其颁布和应用之间，有联系又有区别。在实践中，既要有所遵循又要有所变通，是使其深入人心、推而广之的重要问题。

通押，既是古之惯例，又合今之实际。

从中华诗歌发展史看，诗词，除长诗常有变韵外，近体诗和词的变韵、变通、通押也属常态，不乏佳作（举例）。

新韵谓之"通韵"，则应重视和发挥"通"的属性和功能，就是在分韵的基础上，又允许适当通押。概括为八个字："立足分韵，适当通押"。

综合考量，借鉴当今使用新韵的实践，也参考古韵通押的经验，我们关于通押的建议是：

一、"英""雍"通押。这是古之传统，举例，《诗经·召南·小星》中"嘒彼小星，三五在东"；

当代民歌"东方红，太阳升。中国出了个毛泽东"，可以视为英、雍的通押。

二、"喔""鹅"通押。（常用字：多、歌、何等）举例，李申《咏史》："君子知音少，人才悲剧多。几波文字狱，湮没大风歌。"可以视为喔、鹅的通押。

毛泽东七律《送瘟神》旧韵属歌韵：

> 绿水青山枉自多，华佗无奈小虫何！
> 千村薜荔人遗矢，万户萧疏鬼唱歌。
> 坐地日行八万里，巡天遥看一千河。
> 牛郎欲问瘟神事，一样悲欢逐逝波。

从新韵的角度，这首七律也可视为喔、鹅的通押。两相比较，新韵的通押，已与旧韵的"歌"韵十分相近了。

三、"儿"和"衣"通押。"儿"字单独成韵，字数太少，不易为诗。可与"衣"通押。其效果也与旧韵相近。如五代花蕊夫人作品：

君王城上竖降旗，妾在深宫那得知。
十四万人齐解甲，更无一个是男儿。

四、"衣、乌、迂"通押。旧韵填词通押常见，更有实行全部入声通押的。

在填词中，实施新韵"衣、乌、迂"三韵仄声通押，则与辛弃疾"摸鱼儿""雨、去、住"等相近。

如此通押，则加大了新韵与旧韵的联系（新旧韵之间本来就有许多相通之处），扩大了新韵填词空间。

从通押的角度，中华诗词14韵和教育部颁布试行的16韵，实际运用中已经没有多大区别。

这里要明确一个概念：所谓"通押"，是指发声相近或相似的韵，才可称"近韵"。传统"邻韵"的说法，不科学亦不准确（例如"冬"与"江""灰"与"真"，相邻而不相似）。

第二讲　四种句式及组合

五言是格律诗的基础。故我们先从五言格式讲起。关于句式，以五言为例。

格律诗的句子有两类、四种基本句式。

两类，是指前两个字是仄起或者平起。我们以A和B代指。

四种是：

仄起仄收（A式）： 仄仄平平仄
仄起平收（a式）： 仄仄仄平平
平起仄收（B式）： 平平平仄仄
平起平收（b式）： 平平仄仄平

格律诗的五言只有这两类四式；七言，只不过在前面对应加两个字而已。规律是："平平"前加"仄仄"，"仄仄"前加"平平"。

全部格律诗都是这四种句式的组合和演变，例如五绝，规律是：

一二句和三四句，类别分别相反，叫做"对"。例如前句是"平平"开头，后句就是"仄仄"，反之亦然。二三句类别相同，叫做"黏"。即二三句的二、四位置平仄相同。再如第三句开头是"仄仄"，第四句就是"平平"。

这四个句式，任何一式都可作起句，后面相应按平仄要求推导配置。掌握了这个规律，根据第一句的平仄，就可以把全诗的平仄推导出来。举例：

仄起仄收（A式）：

白日依山尽，（仄）（注）仄平平仄
黄河入海流。平平仄仄平
欲穷千里目，（平）平平仄仄
更上一层楼。仄仄仄平平
（王之涣《登鹳雀楼》）

仄起平收（a式）：
北斗七星高，仄仄仄平平
歌舒夜带刀。平平仄仄平

至今窥胡马，（平）平平仄仄
不敢过临洮。仄仄仄平平
（西鄙人《哥舒歌》）

上面两种，后三句相同，只是首句略有不同而已。

平起仄收(B式)：
危楼高百尺，平平平仄仄
手可摘星辰。仄仄仄平平
不敢高声语，仄仄平平仄
恐惊天上人。（平）平（仄）仄平（"天"救了"恐"，叫本句自救）
（李白《夜宿山寺》）

平起平收(b式)：
花明绮陌春，平平仄仄平
柳拂御柳新。仄仄仄平平
为报辽阳客，仄仄平平仄
流光不待人。平平仄仄平
（王涯《闺人赠远》）

后面这两种，后三句是相同的，只是首句略有不同而已。

格律诗一般押平韵。少数押仄韵。古绝中不少押仄韵的，后面会有介绍。

一首诗，第一句押韵，就决定了这首诗的用韵。一般情况，五言绝句和五言律诗起句不入韵者居多。这是习惯，不是规定。

关于句式，方便记忆的口诀是：

五言为基，平仄变换。

前加两字，便成七言。

【注】

括号是第一字的位置，代表此处可平可仄。

第三讲　对与黏

第一节　黏对要求

绝句和律诗都有"对"和"黏"的要求。

绝句是四句；律诗是八句，两句一联，分为首、二、三、尾四联，每联上句叫出句，下句叫对句。

所谓对，就绝句说来，就是第一二两句和三四两句的平仄类别是相对的；

对于律诗说来，四个联的出句和对句类别是相对的。第一句是"仄仄"，第二句则必是"平平"；第一句是"平平"，第二句必是"仄仄"，依此类推。否则为"失对""没对上"。

所谓"黏"，就绝句说，就是第二、三句的类型一致；

所谓"黏"，就律诗说来，就是前联对句和后联出句(二和三、四和五、六和七)的类别相同。否则为"失黏"。

第二节　对仗要求

律诗有"对仗"的要求。对仗是指出句和对句的全面相对，除了平仄，还要求句法结构和语言相对应。甚至词性相对，如名词对名词，动词对动词，代词对代词，虚词对虚词等。如"无边落木萧萧下，不尽长江滚滚来"。"无边"对'不尽''落木'对"长江""萧萧"对"滚滚""下"对"来"，等等……

律诗四联，习惯称为"首联""颔联""颈联"和"尾联",其实,称为"一二三四"联更为直观易懂。

律诗一般要求中间两联对仗。也可以变通为一联或四联的对仗。如王勃的"城阙辅三秦,烽烟望五津"。是一联对;其实,我们常见的好诗,四联中有一联工对就够了。四联均对如杜甫的七律《登高》,比较少见。不作要求。

绝句,只要求平仄相对。不要求词性对仗。特殊名篇,如杜甫"两个黄鹂鸣翠柳,一行白鹭上青天。窗含西岭千秋雪,门泊东吴万里船"。四句两两相对,也比较少见。

关于押韵和粘对,方便记忆的口诀是:

起句灵活,对句押韵。
联内相对,联间粘衬。

(律诗对粘关系,本书有画图表示。见附件)

第四讲 变通与补救

第一节 "不论"与"分明"

诗词格律于规范之外,允许一定的灵活性,即一定程度允许平仄的变通。

一般情况,在一个句子中,五言第一、三字(七言是一、三、五)可以变通,而第二、四字(七言是二、四、六)位置须平仄分明,俗称"一三五不论,二四六分明"。这种说法,有利于初学者了解掌握,大体合理又非绝对。我们后面会专门进行讨论。

第二节 三种调整与补救

关于"一三五不论,二四六分明",在实际操作中,有些情况下"不论"又不被允许。下面四种情况,需要调整或补救，即：

一是在"仄仄平平仄"句式中，如果第三字用仄，则成为仄仄仄平仄，只有一个平。解决的办法是，在对句相应的第三字处补一平声字，为平平平仄平。

例如李白诗《赠孟浩然》"吾爱孟夫子，风流天下闻"，以"天"补"孟"；王维《辋川别业》"雨中草色绿堪染，水上桃花红欲燃。"以"红"补"绿"等。

二是在"仄仄仄平平"句式中，如果第三字用平，则成为仄仄平平平。后面三个平，称为"三平调"。如王维《终南别业》的"偶然值林叟，谈笑无还期"。常建"山光悦鸟性，潭影空人心"等，应尽力避免。

三是在"平平平仄仄"句式中，如果第三字用仄，则在第四字处改仄为平，例如王维《观猎》"回看射雕处，千里暮云平"。这里，"射""雕"二字平仄颠倒了一下。又如王之涣"羌笛何须怨杨柳"，"怨"和"杨"平仄颠倒了一下；杜甫"遥怜小儿女"，"小"和"儿"颠倒对换。

后面这种变化，实际上破了第四字的"分明"，但古人广为使用，见怪不怪，便成为约定俗成，后人不再异议。

第三节　孤平

所谓"孤平"，通常概念是指在"平平仄仄平"句式中，按照"一三五不论"，如果第一字和第三字同时用仄，就成为"仄平仄仄平"，于是出现两个情况：一是句中平声字孤立不连接；二是除了韵脚外只有一个平声，被称为"孤平"。这时，"一、三"同时"不论"就不可了。清朝以后，有论者把"孤平"视为大忌，直至现代。但唐宋诗人并没有这样的禁忌，如杜甫的《寄赠王十将军承俊》中"将军胆气雄，臂悬两角弓"，《玩月呈汉中王》中"夜深露气清，江月满江城"等。

其实，一句五个字中毕竟有两个平声字，说它"孤"，未免牵强。再则关于孤平的概念和解释,当代诗词大家如王力、启功、吴小如的解释也不一样。吴小如认为出句"黄河一去不复返"也是"孤平"。说法不一的本身,正好说明所谓"孤平"的禁忌不足为法。我们的意见是尽量避免"孤平",而不必危言耸听、避之如虎。有了好的思维和好的意象,"孤"它一下也无妨。

综上所述,"一三五不论"的说法不够严谨,有时还是要"论"的。因此我们的表达为:"一三五从宽,二四六从严。"

从总体情况看:仄处稍宽,平处稍严;出句稍宽,对句稍严。关于宽严,方便记忆的口诀是:

一三从宽,二四从严。
起句较宽,对句要严。

应该指出,这些,不是谁的硬性规定,只是为了音律的协调而已。

第四节 关于三仄尾

前面已经说到"平平平仄仄"句式中,如果第三字用仄,则成为平平仄仄仄,后面是三个仄,成为"三仄尾"。解决的办法,可以将第三四字平仄颠倒一下,或者干脆就用三个仄,此法唐诗有大量的使用例证,如:

李白的"蜀僧抱绿绮",杜甫的"江流石不转",王维的"山中一夜雨",王湾的"潮平两岸阔",孟浩然的"风鸣两岸叶"等。至于李商隐的"向晚意不适,驱车登古原",僧齐己"万木冻欲折,孤根暖独回",袁枚的"白日不到处,青春恰自来"简直是五仄了。据统计,《唐诗三百首》80首五律中,三仄尾有22处之多。广为使用,约定俗成,可视为定式,不再异议。

古人还有不少三仄尾对三平调的，如"黄鹤一去不复返，白云千载空悠悠"，杜甫"客子入门月皎皎，谁家捣练风凄凄"，"不复返"对"空悠悠"；"月皎皎"对"风凄凄"等，也应宽容。

第五节　拗(出格)而不救

宋以后评论家对出格或叫"拗"，相对的补救称为"救"。例如认为陆游"一身报国有万死，双鬓向人无再青"，是"无"字补了上句的"有"。其实有"拗"并非都"救"。有的看似救了，并非有意为之，如李白《送友人》：

　　青山横北郭，白水绕东城。
　　此地一为别，孤蓬万里征。
　　浮云游子意，落日故人情。
　　挥手自兹去，萧萧班马鸣。

此诗，"一"字的仄，"万"字无救；"自"字之仄，又说"班"字救了。显然十分牵强。再看李白《听蜀僧弹琴》：

　　蜀僧抱绿绮，西下峨眉峰。
　　为我一挥手，如听万壑松。
　　客心洗流水，余响入霜钟。
　　不觉碧山暮，秋云暗几重。

此诗可谓破格不补的典型："抱绿绮"和"峨眉峰"是三平对三仄；"万"字未补"一"字，"暗"字未补"碧"字。"洗流"是平仄颠倒等。

再如白居易的"野火烧不尽，春风吹又生"，有人说"不"字是用"吹"字补救，也是主观臆想；又如孟浩然的"八月湖水平，涵虚混太清"，出句是拗句，对句规范，未必有什么补救等。本作者就《唐诗三百首》五言律诗和五言绝句的统计，有一半是出了格而不救的。不救之处，亦不影响其精彩。正如霍松林老先生所说，"唐诗人未必补救，经常无补无救，甚至有意为之。补救之说，远不足以说明唐诗的变格和出格。"（见《简论近体诗格律的正与变》）我们应当了解相关知识，而不必完全照搬。因此这些补救，只是"惯例"为之，而不是必须如此的铁律。从开放的角度看，"诗词有韵律，律外有好诗。"

由此，作诗，在格律的基本框架内，字词求变化、少重复，达到和谐的效果，就完全可以了。而不必忌讳什么"四声八病"，"平头""上尾""蜂腰""挤韵""撞韵""大小纽"之类，那只是画蛇添足，自寻烦恼。这些，即使其创始者沈约自己也不能完全做到。钟嵘《诗品》批评其主张"文多拘忌，伤其真美"。宋代严羽在《沧浪诗话·诗体》中也说："作诗不必拘此，弊法不足据也。"我们以王安石的《泊船瓜洲》为例：

京口瓜洲一水间，钟山只隔数重山。
春风又绿江南岸，明月何时照我还？

这样千古名篇，公认精品，有人竟说第二句两个"山"是挤韵；"岸"和"还"是撞韵。实在是无中生有、太过荒唐了。

总之，关于拗救和各种所谓"禁忌"，可以把握在：只要名人和经典作品用过，都可用而无须忌。概括是：

诗词讲韵律，律外有好诗。
拗句非全救，失之有得之。
唐人曾用过，效法莫须疑。

第五讲　各类诗体简述

古体和近体，原本是唐人的概念。是唐人区别此前的古诗体的。所谓近体，就是格律诗。

古代诗词品类丰富复杂。我们前面讲的格律，主要是指律诗和绝句。

律诗和绝句外，还有一些体裁和称谓。

《唐诗三百首》把诗分为古诗、律诗、绝句三类，又都附有乐府一项；古诗、律诗、绝句又各分为五言、七言；沈德潜的《唐诗别裁》把乐府派入各体，又增加了五言长律一类。

从格律上看，诗可分为古体诗和近体诗。古体诗又称古诗或古风；近体诗又称今体诗。从字数上看，古体诗包括四言诗、五言诗、七言诗等。唐代以后，四言诗渐渐少见，一般诗集只分为五言、七言两类。

在唐人看来，从《诗经》到南北朝，都算是"古"。因此，所谓依照古代的诗体，也就没有严格的标准。诗人们所写的古体诗，一般不受近体诗格律的束缚。由此也可以说，凡不受近体格律束缚的，都是"古"体诗。

乐府产生于汉代，是歌词和音乐相匹配的，所以称为"乐府"或"乐府诗"。这种乐府诗有"曲""辞""歌""行"等。唐代文人摹拟而写成的古体诗，也叫"乐府"，有些配乐演唱，有的不一定配音乐了。像王维的《渭城曲》、李白的《清平调》，名为乐府，实际是近体诗的形式。

第一节　绝句

绝句，起源是五言古诗或七言古诗，是长诗的精简。北朝《木兰辞》里"朔气传金柝，寒光照铁衣。将军百战死，壮士十年归"。只就这四句论，就是五绝，而且很精彩。南北朝庾信的《望渭水》：

树似新亭岸，沙如龙尾湾。
　　犹言吟溟浦，应有落归帆。

南朝陶弘景《诏问山中何所有赋诗以答》

　　山中何所有？岭上多白云。
　　只可自怡悦，不堪持赠君。

这，基本上是五言绝句的格式了。

有一个说法是，律诗八句"绝取其半"就是绝句。但王夫之反对，说这是"断头刖足，为刑人而已。不知谁做此说"！可以认为：比律诗更简约、更集中、描写一个主题，按照韵律写作的四句五言或七言，就是绝句。

绝句的特点和优势是篇幅精短，小中见大。例如唐代诗人祖咏应考，诗题为《雪霁望终南》。规则为五言六韵，就是十二句六十个字，类似五言长律。但祖咏写了四句即交卷：

　　终南阴岭秀，积雪浮云端。
　　林表明霁色，城中增暮寒。

不事铺张，意尽而止。短而精彩。绝句是四句，比律诗少一半。五言绝句二十字，七言绝句是二十八字。

绝句讲平仄。可对仗，但不要求一定对仗。

七绝，七言绝句的简称，有四种常见起句格式：

1. 平起平收（即首句平起入韵式），如：

早发白帝城（李白）

朝辞白帝彩云间，平平仄仄仄平平
千里江陵一日还。仄仄平平仄仄平
两岸猿声啼不住，仄仄平平平仄仄
轻舟已过万重山。平平仄仄仄平平

所谓"平起平收"是指首句而言。因首句首字平仄不限，故又以第二字的平仄为准。

"辞"字属平声，"间"也是平声，是为"平起平收"。一、二、四句押韵。一般来说，五言诗首句不入韵比较常见，七言绝句首句入韵较多。

2. 平起仄收（即首句平起不入韵式），如：

大林寺桃花（白居易）

人间四月芳菲尽，平平仄仄平平仄
山寺桃花始盛开。仄仄平平仄仄平
长恨春归无觅处，仄仄平平平仄仄
不知转入此中来。平平仄仄仄平平

所谓"平起仄收"是指首句而言。因首句首字平仄不限，故又以第二字的平仄为准。

"间"字属平声，"尽"也是仄声，是为"平起仄收"。二、四句押韵。

3. 仄起平收（即首句仄起入韵式），如：
例（标准格式）

苏台揽古（李白）

旧苑荒台杨柳新，仄仄平平仄仄平
菱歌清唱不胜春。平平仄仄仄平平
只今惟有西江月，平平仄仄平平仄
曾照吴王宫里人。仄仄平平仄仄平

所谓"仄起平收"是指首句而言。因首句首字平仄不限，故又以第二字的平仄为准。

"苑"字属仄声，末字"新"属平声，是为"仄起平收"。一、二、四句押韵。

4. 仄起仄收（即首句仄起不入韵式），如：
例（标准格式）

绝句四首（其三）（杜甫）

两个黄鹂鸣翠柳，仄仄平平平仄仄
一行白鹭上青天。平平仄仄仄平平
窗含西岭千秋雪，平平仄仄平平仄
门泊东吴万里船。仄仄平平仄仄平

所谓"仄起仄收"是指首句而言。因首句首字平仄不限，故又以第二字的平仄为准。

"个"字属仄声，末字"柳"也属仄声，是为"仄起仄收"。二、四句押韵。

第二节 律诗

近体诗以律诗为代表。讲究最多，故称律诗。
律诗对韵、平仄、对仗都有明确要求：

1.每首八句。五律共四十字;七律共五十六字。可以理解为两个绝句的糅合。

2.押一个韵(一般押平声韵;个别押仄声韵)。

3.每句的平仄要合乎规定。

4.每首有对仗,对仗的位置一般在中两联。

五律有四种格式。

1.仄起仄收(即首句仄起不入韵),如:

塞下曲（李白）

五月天山雪,　仄仄平平仄

无花只有寒。　平平仄仄平

笛中闻折柳,　平平平仄仄

春色未曾看。　仄仄仄平平

晓战随金鼓,　仄仄平平仄

宵眠抱玉鞍。　平平仄仄平

愿将腰下剑,　平平平仄仄

直为斩楼兰。　仄仄仄平平

所谓"仄起仄收"是指首句而言。因首句首字平仄不限,故又以第二字的仄为准。

"月"字属仄声,末字"雪"也是仄声,是为"仄起仄收"。

2.仄起平收(即首句仄起入韵),如:

观猎（王维）

风劲角弓鸣,　仄仄仄平平

将军猎渭城。　平平仄仄平

草枯鹰眼疾，平平平仄仄
雪尽马蹄轻。仄仄仄平平
忽过新丰市，仄仄平平仄
还归细柳营。平平仄仄平
回看射雕处，平平平仄仄
千里暮云平。仄仄仄平平

首句第二字的"劲"字属仄声，末字"鸣"属平声，是为"仄起平收"。

3. 平起仄收（即首句平起不入韵），如：

山居秋暝（王维）

空山新雨后，平平平仄仄
天气晚来秋。仄仄仄平平
明月松间照，仄仄平平仄
清泉石上流。平平仄仄平
竹喧归浣女，平平平仄仄
莲动下渔舟。仄仄仄平平
随意春芳歇，仄仄平平仄
王孙自可留。平平仄仄平

首句第二字的"山"字属平声，末字"后"属仄声，是为"平起仄收"。

4. 平起平收（即首句平起入韵），如：

晚晴（李商隐）

深居俯夹城，平平仄仄平
春去夏犹清。仄仄仄平平
天意怜幽草，仄仄平平仄
人间重晚晴。平平仄仄平
并添高阁迥，平平平仄仄
微注小窗明。仄仄仄平平
越鸟巢干后，仄仄平平仄
归飞体更轻。平平仄仄平

首句第二字的"居"字属平声，末字"城"也属平声，是为"平起平收"。

七律即七言律诗的简称，也有四种格式。可理解为在五律前面加平仄相反的两个字。

1. 仄起仄收（即首句仄起不入韵式），如：

闻官军收河南河北（杜甫）

剑外忽传收蓟北，仄仄平平平仄仄
初闻涕泪满衣裳。平平仄仄仄平平
却看妻子愁何在，平平仄仄平平仄
漫卷诗书喜欲狂。仄仄平平仄仄平
白日放歌须纵酒，仄仄平平平仄仄
青春作伴好还乡。平平仄仄仄平平
即从巴峡穿巫峡，平平仄仄平平仄
便下襄阳向洛阳。仄仄平平仄仄平

所谓"仄起仄收"是指首句而言。因首句首字平仄不限，故又以第二字的平仄为准。

"外"字属仄声，末字"北"也属仄声，是为"仄起仄收"

2.仄起平收（即首句仄起入韵式），如：

登高（杜甫）

风急天高猿啸哀，仄仄平平仄仄平
渚清沙白鸟飞回。平平仄仄仄平平
无边落木萧萧下，平平仄仄平平仄
不尽长江滚滚来。仄仄平平仄仄平
万里悲秋常作客，仄仄平平平仄仄
百年多病独登台。平平仄仄仄平平
艰难苦恨繁霜鬓，平平仄仄平平仄
潦倒新停浊酒杯。仄仄平平仄仄平

首句第二字"急"字旧韵属仄声。"哀"是平声，故称"仄起平收"。

3.平起仄收（即首句平起不入韵式），如：

酬乐天扬州席上见赠（刘禹锡）

巴山楚水凄凉地，平平仄仄平平仄
二十三年弃置身。仄仄平平仄仄平
怀旧空吟闻笛赋，仄仄平平平仄仄
到乡翻似烂柯人。平平仄仄仄平平
沉舟侧畔千帆过，平平仄仄平平仄
病树前头万木春。仄仄平平仄仄平

今日听君歌一曲，仄仄平平平仄仄
暂凭杯酒长精神。平平仄仄仄平平

首句第二字的"山"字属平声，末字"地"属仄声，是为"平起仄收"。

4. 平起平收（即首句平起入韵式），如：

古意 （沈佺期）

卢家少妇郁金香，平平仄仄仄平平
海燕双栖玳瑁梁。仄仄平平仄仄平
九月寒砧催木叶，仄仄平平平仄仄
十年征戍忆辽阳。平平仄仄仄平平
白狼河北音书断，平平仄仄平平仄
丹凤城南秋夜长。仄仄平平仄仄平
谁为含愁独不见，仄仄平平平仄仄
更教明月照流黄。平平仄仄仄平平

首句第二字"家"是平声，第七字"香"也是平声，故称"平起平收"。

长律排律

律诗超过八句，继续粘对下去，称为长律或排律。可以看作是律诗的延伸。长律以五言居多，往往在题目上标明韵数，如杜甫《风疾舟中伏枕书怀三十六韵》是三百六十字；白居易《代书诗一百韵寄微之》，多至一千字。

第三节 五绝与古绝

我们在最早的概念中已经介绍了五言绝句的例句格式。

五言绝句可涵盖古绝。沈德潜的《唐诗别裁》和后面的《唐诗三百首》就是如此划分的。

但古绝自有特点,常用仄韵,风格古朴凝重。即使是押平声韵的,也不受近体诗平仄的限制。故又可以归入古体诗一类。如:

王维

> 君自故乡来,应知故乡事。
> 来日绮窗前,寒梅著花未?

李白

> 床前明月光,疑是地上霜。
> 举头望明月,低头思故乡。

又如孟浩然

> 春眠不觉晓,处处闻啼鸟。
> 夜来风雨声,花落知多少。

贾岛

> 松下问童子,言师采药去。
> 只在此山中,云深不知处。

第四节 杂言与竹枝词

五言、七言之外,还有所谓杂言。杂言是长短句混在一起,多是三字句、五字句和七字句,偶而也有四字句、六字句或七字以上的,如李白的《蜀道难》等。

杂言诗不单独立类,一般归入七古。有的篇中没有七字句,只要是长短句,也就归入七古。这是习惯做法,只是为了方便而已。

竹枝词,是诗词诸体中最接近民歌、生动活泼的一种形式。其源头可追溯到唐代诗人刘禹锡作品:

> 杨柳青青江水平,闻郎江上唱歌声。
> 东边日出西边雨,道是无晴却有晴。

竹枝词的特色为题材广泛性、语言鲜活性,生活化和口语化,由此表现为风趣、幽默、诙谐。

竹枝词源自民歌,属于原生态。其平仄宽泛,本来就不存在所谓"格律",《刘禹锡集》共有竹枝词十一首,其中九首没有依七绝格式,合于七绝的只有两首,包括这首"道是无晴却有晴"。盖因这首名气大、流传广,以为做竹枝词必依七绝应是误解。这既有悖于其初衷,也混淆了它与七绝在样式上的区别。

第五节 歌行

汉代有一类七言诗是每句押韵的,称为柏梁体。据说汉武帝建筑柏梁台,与群臣联句赋诗,句句用韵,故称为柏梁体。曹丕的《燕歌行》是此体的代表作:

> 秋风萧瑟天气凉,草木摇落露为霜,
> 　群燕辞归鹄南翔。

> 念君客游思断肠，慊慊思归恋故乡，
> 　君何淹留寄他方？
> 贱妾茕茕守空房，忧来思君不敢忘，
> 　不觉泪下沾衣裳。
> 援琴鸣弦发清商，短歌微吟不能长。
> 明月皎皎照我床，星汉西流夜未央。
> 牵牛织女遥相望，尔独何辜限河梁！

以后，长诗一韵或变韵的，也称为"歌行"。唐人刘希夷的《代悲白头吟》与张若虚的《春江花月夜》是这种体裁成熟的标志。歌行的平仄有一定的自由度，不必排律等同。

第六讲　词的基本知识

第一节　起源与特征

关于词的起源，一般认为词起源于南朝萧衍《江南弄》：

> 众花杂色满上林。舒芳耀绿垂轻阴。连手蹀
> 躞舞春心。舞春心。临岁腴。中人望，独踟蹰。

也有认为起源于隋炀帝杨广的《纪辽东》，是杨广东征高丽时写下的，其一曰：

> 辽东海北翦长鲸，风云万里清。
> 方当销锋散马牛，旋师宴镐京。
>
> 前歌后舞振军威，饮至解戎衣。
> 判不徒行万里去，空道五原归。

词与诗有联系又有区别。词，可以看作诗的演变和别体。其特征是句有长短，开始时配以乐谱，可以吟唱。长短高低，抑扬顿挫，表达更曲折复杂的情绪。

词，也称为"长短句"。为了区别于诗，有的则说"词别是一家"（李清照）。

句子整齐的词，如《生查子》五言八句、《玉楼春》七言八句、《浣溪沙》七言六句等，属于少数。

词，依据长短大致可分三类：（1）小令；（2）中调；（3）长调。惯常说法是：五十八字以内为小令，五十九字至九十字为中调，九十一字以外为长调。这种分法虽未免绝对，但大致有理。

《渔歌子》《忆江南》《菩萨蛮》等词牌，见之于唐，都是较短的。所见敦煌曲子词中，唐人已经有了一些中调和长调。宋初从柳永开始盛行写长调如《雨霖铃》《八声甘州》等。至苏轼、黄庭坚以后成为风气，出现《暗香》《疏影》之类。吴文英《莺啼序·残寒正欺病酒》，竟长达200多字。

一般来说，词的规矩更为严格。全篇的字数一定。每句的平仄也是有规定的。不允许像律诗那样多的变化和拗救空间。

第二节　词牌

词牌，就是一种词的名称。词的格式和律诗的格式不同：律诗只有四种格式，而词则总共有一千多个格式，也就有上千个词牌。《康熙词谱》是八百二十六个词谱，加之变体超过一千个样式。

关于词牌名称的来源，大约有下面三种情况：

1. 源自乐曲的名称。例如《菩萨蛮》，据说是由于唐代女蛮国进贡，她们梳着高髻，戴着金冠，样子好像菩萨。教坊因此谱成《菩萨蛮曲》。

2. 摘取词中的几个字作词牌。例如《忆秦娥》，因为依照这个格式写出的最初一首词开头两句是"箫声咽,秦娥梦断秦楼月",所以词牌就叫《忆秦娥》。

3.有的本来就是词的题目,久之成为词牌。例如《踏歌词》是舞蹈,《舞马词》是舞马,《欸乃曲》是泛舟,《渔歌子》则是打渔生涯等。

然而,随着时间推移,绝大多数词牌都已经脱离"本意"了,词牌之外还有词题、标题,如《水调歌头·重上井冈山》,《沁园春》可写秋天和冬景,《八声甘州》与甘州地域无关等。

第三节　词谱与填词

词谱就是每一种词的格式规定,包括字数、结构、用韵和平仄等。

起初,词韵并没有正式的规定而是约定俗成。清嘉庆间戈载的《词林正韵》,取古代著名词人的词,参酌而定。他把"平上去"三声分为十四部,入声分为五部,共十九部。其实这十九部不过是把诗韵大致合并。

入声韵在词中使用较多。某些词规定是要用入声韵的,例如《忆秦娥》《玉楼春》《念奴娇》《贺新郎》等。

词的平韵与仄韵的界限也很清楚。某调规定用平韵,就不能用仄韵;规定用仄韵,就不能用平韵。除非有另一体。

词不都是一韵到底的,常见变韵。如《菩萨蛮》《清平乐》等。

在词中,上去两声常见通押;入声可以通押。

总之,词比诗更复杂多样多变,以表达更为曲折丰富的情感。

由于词的句式平仄复杂,要求比较严格,对付它的简便办法,就是无须死记硬背,照着词谱填写即可,古来就是如此,故称"填词"。

第四节　词的别体

　　词也不是一成不变的。一个词牌，本体之外常有别体，就是基本构架不变，细部有变通和调整。使得一个格式派生出几种别体。

　　康熙《钦定词谱》826调，2306体。其中468调有别体，据王政佳先生《荒堂词笺》一书统计，常见词牌中，别体举例如下（括号内为数量）：

　　洞仙歌（39）；河传（26）；水龙吟（24，赵长卿一人就做了4种）；瑞鹤仙（15）；少年游（12）；满江红、声声慢（13）；喜迁莺、青玉案（12）；念奴娇（11，含习近平《追思焦裕禄》一体）；忆秦娥、临江仙、贺新郎、最高楼（10）。

　　显然，别体就意味着词牌不是铁板一块，是可以变通的。

第五节　常用词牌

　　《康熙词谱》有八百多个词牌。据统计，古今常用频率最高的也就40个左右。多数词牌不用或很少用。尤其是长调，随着社会节奏变快，使用越来越少。建议初学者从短调、中调开始。便于掌握，易于沟通。

　　应当指出，既然古人留给我们的词谱已经够多，就无须我们创制什么新的样式。有人根据自己一时的心绪写个"自度曲"是可以的；但硬是创造什么新的样式，甚至把自己的名字嵌入词牌让众人唱和以求"词牌流芳"，则是愚昧可笑的。

　　常用词牌所以形成，有一定的认同性、合理性。多数是有脍炙人口的佳作影响所致。例如毛泽东《沁园春·雪》之后，用《沁园春》词牌者居多便是证明。有些诗友喜欢专用偏僻的词牌,既无范例可参考,也不易同诗友交流。这种做法,智者不取。

附 常用词牌44个(按首字拼音字母排列)

1.卜算子
又名《百尺楼》《眉峰碧》《楚天遥》等。双调,四十四字,上下片各两仄韵。例:

　　驿外断桥边,寂寞开无主。已是黄昏独自愁,更著风和雨。
　　无意苦争春,一任群芳妒。零落成泥碾作尘,只有香如故。(陆游)

2.八声甘州
依唐边塞曲《甘州》改制而成,因上下片八韵,故名八声。九十七字,前后片各四平韵。例:

　　对潇潇暮雨洒江天,一番洗清秋。渐霜风凄紧,关河冷落,残照当楼。是处红衰翠减,苒苒物华休。唯有长江水,无语东流。
　　不忍登高临远,望故乡渺邈,归思难收。叹年来踪迹,何事苦淹留?想佳人妆楼颙望,误几回、天际识归舟?争知我,倚栏杆处,正恁凝愁。(柳永)

3.采桑子
原唐教坊大曲中有《采桑》,后截取一"遍"单行,取为

词。又名《丑奴儿令》《罗敷媚》等,四十四字。宋词中又创慢词,《采桑子慢》等,九十字。唐代无此词牌,始于晏殊。例:

少年不识愁滋味,爱上层楼。爱上层楼,为赋新词强说愁。

识尽愁滋味,欲说还休。欲说还休,却道天凉好个秋!(辛弃疾)

4. 长相思

原唐教坊曲名,后用为词调。又名《长相思令》《相思令》等。因南朝乐府中有"上言长相思,下言夕别离"一句,故名。三十六字,前后片各三平韵,一叠韵。例:

汴水流,泗水流,流到瓜洲古渡头。吴山点点愁。

思悠悠,恨悠悠,恨到归时方始休。月明人倚楼。(白居易)

5. 钗头凤

原名《撷芳词》《折红英》。相传取自北宋政和间宫苑撷芳园之名。后因陆游有"可怜孤似钗头凤"词句,故名。六十字,上下片各七仄韵,两叠韵,两部递换。声情凄紧急切。例:

红酥手,黄縢酒。满城春色宫墙柳。东风恶,欢情薄。一怀愁绪,几年离索。错、错、错。

春如旧,人空瘦。泪痕红浥鲛绡透。桃花落,闲池阁。山盟虽在,锦书难托。莫、莫、莫。

(陆游)

6. 蝶恋花

原唐教坊曲名，取自梁简文帝诗句"翻阶峡蝶恋花情"，又名《黄金缕》《鹊踏枝》《凤栖梧》《卷珠帘》《一箩金》。其词牌始于宋。双片六十字，前后片各四仄韵。例：

　　伫倚危楼风细细，望极春愁，黯黯生天际。
草色烟光残照里，无言谁会凭阑意。
　　拟把疏狂图一醉，对酒当歌，强乐还无味。
衣带渐宽终不悔，为伊消得人憔悴。（柳永）

7. 点绛唇

此调又有《点樱桃》《十八香》《南浦月》《沙头雨》《寻瑶草》《万年春》异名。四十一字。上阕四句，从第二句起用三仄韵；下阕五句，亦从第二句起用四仄韵。例：

　　蹴罢秋千，起来慵整纤纤手。露浓花瘦，薄汗轻衣透。
　　见有人来，袜刬金钗溜，和羞走。倚门回首，却把青梅嗅。（李清照）

8. 浣溪沙

唐教坊曲，四十二字，上片三平韵，下片两平韵，过片二句多用对偶。别有《摊破浣溪沙》，上下片各增三字，韵全同。例：

　　一曲新词酒一杯，去年天气旧亭台。夕阳西下几时回？

无可奈何花落去，似曾相识燕归来。小园香径独徘徊。（晏殊）

9. 贺新郎

又名《金缕曲》《乳燕飞》《貂裘换酒》。一百十六字，前后片各六仄韵。大抵用入声部韵者较激壮，用上、去声部韵者较凄郁，贵能各适物宜耳。例：

乳燕飞华屋。悄无人、桐阴转午，晚凉新浴。手弄生绡白团扇，扇手一时似玉。渐困倚、孤眠清熟。帘外谁来推绣户？枉教人梦断瑶台曲。又却是、风敲竹。

石榴半吐红巾蹙。待浮花浪蕊都尽，伴君幽独。秾艳一枝细看取，芳心千重似束。又恐被、秋风惊绿。若待得君来向此，花前对酒不忍触。共粉泪、两簌簌！（苏轼）

10. 江城子

亦称《江神子》《水晶帘》。双调七十字，前后阕格式相同，各五平韵，一韵到底。例：

老夫聊发少年狂，左牵黄，右擎苍。锦帽貂裘，千骑卷平冈。为报倾城随太守，亲射虎，看孙郎。
酒酣胸胆尚开张，鬓微霜，又何妨，持节云中，何日遣冯唐？会挽雕弓如满月，西北望，射天狼。

（苏轼）

11. 浪淘沙

唐代教坊曲名。又名《过龙门》《卖花声》。此词最早创于唐代刘禹锡和白居易。五代时开始，衍变为长短句双调小令。双片五十四字，前后片各四平韵，多激越凄壮。令有别格，名《浪淘沙令》，前后片首句各少一字。例：

帘外雨潺潺，春意阑珊。罗衾不耐五更寒。梦里不知身是客，一晌贪欢。

独自莫凭栏，无限江山，别时容易见时难。流水落花春去也，天上人间。（李煜）

12. 临江仙

唐教坊曲名，后用为词牌。任二北据敦煌词有句云"岸阔临江底见沙"谓辞意涉及临江；明董逢元辑《唐词纪》谓此调"多赋水媛江妃"故名。原曲常用于咏水仙。又名《谢新恩》《雁后归》《画屏春》《庭院深深》《采莲回》《想娉婷》《瑞鹤仙令》《鸳鸯梦》《玉连环》。例：

滚滚长江东逝水，浪花淘尽英雄。是非成败转头空，青山依旧在，几度夕阳红。

白发渔樵江渚上，惯看秋月春风。一壶浊酒喜相逢，古今多少事，都付笑谈中。（杨慎）

13. 菩萨蛮

原为唐教坊曲，又名《子夜歌》《巫山一片云》等。唐代苏鹗《杜阳杂编》载，唐宣宗时，女蛮国入贡，其人高髻金冠，璎珞被体，故称菩萨蛮队，当时乐工遂制《菩萨蛮曲》，文士亦往往声其词。例：

郁孤台下清江水，中间多少行人泪！西北望长安，可怜无数山。

青山遮不住，毕竟东流去。江晚正愁余，山深闻鹧鸪。（辛弃疾）

14. 破阵子

原是唐朝开国时创制的大型武舞曲《破阵乐》中一曲，后改用为词牌。一名《十拍子》。六十二字，上下片皆三平韵。例：

醉里挑灯看剑，梦回吹角连营。八百里分麾下炙，五十弦翻塞外声，沙场秋点兵。

马作的卢飞快，弓如霹雳弦惊。了却君王天下事，赢得生前身后名。可怜白发生！（辛弃疾）

15. 清平乐

原为唐教坊曲名，取用汉乐府"清乐""平乐"这两个乐调而命名。又名《清平乐令》《醉东风》《忆萝月》。例：

春归何处？寂寞无行路。若有人知春去处，唤取归来同住。

春无踪迹谁知？除非问取黄鹂。百啭无人能解，因风飞过蔷薇。（黄庭坚）

16. 青玉案

取于东汉张衡《四愁诗》："美人赠我锦绣段，何以报之青玉案"一诗。"案"的读音，同"碗"。又名《横塘路》《西湖路》，双调六十七字，前后阕各五仄韵，上去通押。例：

> 东风夜放花千树,更吹落,星如雨。宝马雕车香满路。凤箫声动,玉壶光转,一夜鱼龙舞。
>
> 蛾儿雪柳黄金缕,笑语盈盈暗香去。众里寻他千百度,蓦然回首,那人却在,灯火阑珊处。(辛弃疾)

17. 沁园春

沁园,本为汉代沁水公主园林,唐诗人用以代称公主园。亦名《寿星明》。一百十四字,前片四平韵,后片五平韵。例:

> 独立寒秋,湘江北去,橘子洲头。看万山红遍,层林尽染;漫江碧透,百舸争流。鹰击长空,鱼翔浅底,万类霜天竞自由。怅寥廓,问苍茫大地,谁主沉浮?
>
> 携来百侣曾游,忆往昔峥嵘岁月稠。恰同学少年,风华正茂;书生意气,挥斥方遒。指点江山,激扬文字,粪土当年万户侯。曾记否,到中流击水,浪遏飞舟?(毛泽东)

18. 鹊桥仙

因欧阳修有词"鹊迎桥路接天津"一句,取为词名。又有一说,此调因咏牛郎织女鹊桥相会而得名。又名《鹊桥仙令》《金风玉露相逢曲》《广寒秋》,双调五十六字,前后阕各两仄韵,一韵到底。前后句首两句要求对仗。例:

> 纤云弄巧,飞星传恨,银汉迢迢暗度。金风玉露一相逢,便胜却、人间无数。
>
> 柔情似水,佳期如梦,忍顾鹊桥归路。两情若是久长时,又岂在朝朝暮暮!(秦观)

19. 满庭芳

因柳宗元有"偶此即安居,满庭芳草积"的诗句而得。又名《满庭霜》《江南好》《满庭花》。九十五字,前片四平韵,后片五平韵。例:

> 蜗角虚名,蝇头微利,算来着甚干忙。事皆前定,谁弱又谁强。且趁闲身未老,须放我、些子疏狂。百年里,浑教是醉,三万六千场。
>
> 思量,能几许?忧愁风雨,一半相妨。又何须抵死,说短论长。幸对清风皓月,苔茵展、云幕高张。江南好,千钟美酒,一曲《满庭芳》。(苏轼)

20. 念奴娇

念奴是唐朝天宝年间的著名歌妓,因念奴音色绝妙,后人用其名为词调。又名《大江东去》《千秋岁》《酹江月》《杏花天》《赤壁谣》《壶中天》《大江西上曲》《百字令》等十多个名称。一百字。前片四十九字;后片五十一字,各十句四仄韵。此令宜于抒写豪迈感情。例:

> 大江东去,浪淘尽,千古风流人物。故垒西边,人道是、三国周郎赤壁。乱石穿空,惊涛拍岸,卷起千堆雪。江山如画,一时多少豪杰。
>
> 遥想公瑾当年,小乔初嫁了,雄姿英发。羽扇纶巾,谈笑间、樯橹灰飞烟灭。故国神游,多情应笑我,早生华发。人生如梦,一尊还酹江月。

(苏轼)

21. 南乡子

唐教坊曲名。又名《好离乡》《蕉叶怨》。原为单调，始自后蜀欧阳炯。南唐冯延巳始增为双调。双调五十六字，前后阕各四平韵，一韵到底。例：

何处望神州，满眼风光北固楼。千古兴亡多少事，悠悠。不尽长江滚滚流。

年少万兜鍪，坐断东南战未休。天下英雄谁敌手？曹刘，生子当如孙仲谋。（辛弃疾）

22. 如梦令

原名《忆仙姿》，相传后唐庄宗李存勖自制曲，因曲中有"如梦，如梦，残月落花烟重"一句而得名。又名《宴桃园》《不见》《如意令》《无梦令》《比梅》等，有单双调。单调正体33字，7句5仄韵1叠韵。双调66字，上下片各7句5仄韵1叠韵。例：

常记溪亭日暮，沉醉不知归路。兴尽晚回舟，误入藕花深处。争渡，争渡，惊起一滩鸥鹭。（李清照）

23. 生查子

唐教坊曲。《词谱》引《尊前集》入"双调"。四十字，上下片各两仄韵。各家平仄颇有出入，与作仄韵五言绝句诗相仿。多抒怨抑之情。例：

去年元夜时，花市灯如昼。月上柳梢头，人约黄昏后。

今年元夜时，月与灯依旧。不见去年人，泪满春衫袖。（欧阳修）

24. 诉衷情

唐教坊曲名。唐温庭筠取《离骚》诗句"众不可说兮，孰云察余之中情"之意，创制此调。后人更名为《桃花水》《不花间》《偶相逢》《画楼空》《试周郎》等。单调，33字，5仄韵，6平韵。双调正体44字，上片5句3平韵，下片6句3平韵。例：

芙蓉金菊斗馨香，天气欲重阳。远村秋色如画，红树间疏黄。

流水淡，碧天长，路茫茫。凭高目断，鸿雁来时，无限思量。（晏殊）

25. 踏莎（suo）行

又名《柳长春》《喜朝天》等。双调五十八字，仄韵。又有《转调踏莎行》，双调六十四字或六十六字，仄韵。例：

雾失楼台，月迷津渡，桃源望断无寻处。可堪孤馆闭春寒，杜鹃声里斜阳暮。

驿寄梅花，鱼传尺素，砌成此恨无重数。郴江幸自绕郴山，为谁流下潇湘去？（秦观）

26. 忆江南

原唐教坊曲名，后用为词牌。此调本名为《谢秋娘》，是唐李德裕为亡姬谢秋娘所作。后进入教坊。因白居易词中有"能不忆江南"，而改名《忆江南》，又名《梦江南》《望江南》《江南好》等。廿七字，三平韵。例：

江南好，风景旧曾谙。日出江花红胜火，春来江水绿如蓝。能不忆江南？（白居易）

27. 玉春楼

取白乐天"玉楼宴罢醉和春"。又作《木兰花》《西湖曲》等。唐和五代词人所填《木兰花》，句式参差不一。宋人定为七言八句。双调五十六字，前后阕格式相同，各三仄韵，一韵到底。例：

东城渐觉风光好，縠皱波纹迎客棹。绿杨烟外晓寒轻，红杏枝头春意闹。

浮生长恨欢娱少，肯爱千金轻一笑。为君持酒劝斜阳，且向花间留晚照。（宋祁）

28. 雨霖铃

一作《雨霖铃》，唐教坊曲名。相传唐玄宗因安史之乱逃入蜀地，进斜谷，霖雨连下十数天，在栈道中闻见铃声，思念起杨贵妃，便制曲一阕，名为《雨霖铃》。双调一百零三字，前后阕各五仄韵，本调常用入声韵，且多用拗句。例：

寒蝉凄切，对长亭晚，骤雨初歇。都门帐饮无绪，方留恋处，兰舟催发。执手相看泪眼，竟无语凝噎。念去去、千里烟波，暮霭沉沉楚天阔。

多情自古伤离别，更那堪、冷落清秋节！今宵酒醒何处？杨柳岸，晓风残月。此去经年，应是良辰好景虚设。便纵有千种风情，更与何人说？（柳永）

29. 渔歌子

又名《渔父》。唐教坊曲名，词调由张志和创制。例：

西塞山前白鹭飞，桃花流水鳜鱼肥。青箬笠，绿蓑衣，斜风细雨不须归。（张志和）

30. 望海潮

始见于《乐章集》，入"仙吕调"。一百七字，前片五平韵，后片六平韵。例：

东南形胜，三吴都会，钱塘自古繁华。烟柳画桥，风帘翠幕，参差十万人家。云树绕堤沙。怒涛卷霜雪，天堑无涯。市列珠玑，户盈罗绮，竞豪奢。

重湖叠巘清嘉，有三秋桂子，十里荷花。羌管弄晴，菱歌泛夜，嬉嬉钓叟莲娃。千骑拥高牙。乘醉听箫鼓，吟赏烟霞。异日图将好景，归去凤池夸。（柳永）

31. 定风波

唐教坊曲名，敦煌曲子词中有"问儒士，谁人敢去定风流"一语。此调取名原来有"平定叛乱"的意思。又名《定风流》《定风波令》等。例：

莫听穿林打叶声，何妨吟啸且徐行。竹杖芒鞋轻胜马，谁怕？一蓑烟雨任平生。

料峭春风吹酒醒，微冷，山头斜照却相迎。回首向来萧瑟处，归去，也无风雨也无晴。（苏轼）

32. 水龙吟

又名《龙吟曲》。取李白"笛奏水龙吟"一诗句而名之。又名《龙吟曲》《庄椿岁》《小楼连苑》。一百零二字,前后片各四仄韵。例:

似花还似非花,也无人惜从教坠。抛家傍路,思量却是,无情有思。萦损柔肠,困酣娇眼,欲开还闭。梦随风万里,寻郎去处,又还被、莺呼起。

不恨此花飞尽,恨西园、落红难缀。晓来雨过,遗踪何在,一池萍碎。春色三分,二分尘土,一分流水。细看来,不是杨花,点点是离人泪。(苏轼)

33. 满江红

唐《冥音录》载曲名"上江虹",后转二字,得今名。九十三字,前片四仄韵,后片五仄韵,声情激越,宜抒豪壮情感和恢张襟抱。例:

怒发冲冠,凭阑处,潇潇雨歇。抬望眼,仰天长啸,壮怀激烈。三十功名尘与土,八千里路云和月。莫等闲,白了少年头,空悲切!

靖康耻,犹未雪;臣子恨,何时灭?驾长车,踏破贺兰山缺。壮志饥餐胡虏肉,笑谈渴饮匈奴血。待从头,收拾旧山河,朝天阙!(岳飞)

34. 十六字令

又名《苍梧谣》《归字谣》。十六字，三平韵。例：

山，快马加鞭未下鞍。惊回首，离天三尺三。（毛泽东）

35. 水调歌头

又名《元会曲》《凯歌》《台城游》。相传隋炀帝开汴河时，曾制《水调歌》，唐人演为大曲。大曲分散序、中序、入破三部分。"歌头"是中序的第一章。九十五字，前后片各四平韵。例：

明月几时有，把酒问青天。不知天上宫阙，今夕是何年？我欲乘风归去，又恐琼楼玉宇，高处不胜寒。起舞弄清影，何似在人间！

转朱阁，低绮户，照无眠。不应有恨，何事长向别时圆？人有悲欢离合，月有阴晴圆缺，此事古难全。但愿人长久，千里共婵娟。（苏轼）

36. 相见欢

又名《秋夜月》《上西楼》，双调三十六字，前阕三平韵，后阕两仄韵、两平韵。例：

无言独上西楼，月如钩。寂寞梧桐深院锁清秋。

剪不断，理还乱，是离愁。别是一般滋味在心头。（李煜）

37. 西江月

本为唐教坊曲名，后用作词牌名，又名"白蘋香""步虚词""江月令"等。双调五十字，前后段各四句两平韵一叶韵。另有五十字前后段各四句两平韵两叶韵。例：

明月别枝惊鹊，清风半夜鸣蝉。稻花香里说丰年，听取蛙声一片。

七八个星天外，两三点雨山前。旧时茅店社林边，路转溪桥忽见。（辛弃疾）

38. 渔家傲

唐、五代词中不见此词牌，取自北宋词人晏殊的"神仙一曲渔家傲"一句。又名《吴门柳》《忍辱仙人》《荆溪咏》和《游仙咏》等。双调六十二字，仄韵。例：

塞下秋来风景异，衡阳雁去无留意。四面边声连角起。千嶂里，长烟落日孤城闭。

浊酒一杯家万里，燕然未勒归无计。羌管悠悠霜满地。人不寐，将军白发征夫泪。（范仲淹）

39. 永遇乐

永遇乐，据传，唐某杜姓文人工小词，邻家有小女名酥香，凡才人歌曲悉能吟讽，尤喜杜词，遂私相好。后杜被流放河朔。临行时，向酥香诵词诀别，名"永遇乐"。其女持诗稿三唱而死。因而格调苍凉。词共一百零四字，前后片各四仄韵。例：

千古江山，英雄无觅孙仲谋处，舞榭歌台，风流总被雨打风吹去。斜阳草树，寻常巷陌，人道寄奴曾住。想当年，金戈铁马，气吞万里如虎。

元嘉草草，封狼居胥，赢得仓皇北顾。四十三年，望中犹记；烽火扬州路。可堪回首，佛狸祠下，一片神鸦社鼓。凭谁问，廉颇老矣，尚能饭否？（辛弃疾）

40. 一剪梅

出自宋代词人周邦彦词中的"一剪梅花万样娇"一句。又名《玉簟秋》《腊梅香》。六十字，上下片各三平韵。例：

红藕香残玉簟秋。轻解罗裳，独上兰舟。云中谁寄锦书来？雁字回时，月满西楼。

花自飘零水自流，一种相思，两处闲愁。此情无计可消除，才下眉头，却上心头。（李清照）

41. 忆秦娥

又名《秦楼月》。始见黄升《唐宋诸贤绝妙词选》，题李白作。四十六字，前后片各三仄韵，一叠韵，以入声部为宜。例：

箫声咽，秦娥梦断秦楼月。秦楼月，年年柳色，霸陵伤别。

乐游原上清秋节，咸阳古道音尘绝。音尘绝，西风残照，汉家陵阙。（李白）

42. 虞美人

此调原为唐教坊曲，初咏项羽宠姬虞美人，因以为名。又名《一江春水》《玉壶水》《巫山十二峰》等。双调，五十六字，上下片各四句，皆为两仄韵转两平韵。例：

春花秋月何时了，往事知多少！小楼昨夜又东风，故国不堪回首月明中。

雕栏玉砌应犹在，只是朱颜改。问君能有几多愁？恰似一江春水向东流。（李煜）

43. 鹧鸪天

最初由北宋的宋祁所作。北宋大词家晏殊以《鹧鸪天》填词最多。在北宋词牌中《鹧鸪天》的别名最多，有《千叶莲》《思佳客》《思越人》《第一香》《醉梅花》《鹧鸪引》《骊歌一叠》等。例：

彩袖殷勤捧玉钟，当年拼却醉颜红。舞低杨柳楼心月，歌尽桃花扇底风。

从别后，忆相逢，几回魂梦与君同。今宵剩把银釭照，犹恐相逢是梦中。（晏几道）

44：醉花阴

又名《九日》，双调，五十二字。上阕下阕各五句，各三仄韵。例：

薄雾浓云愁永昼，瑞脑销金兽。佳节又重阳，玉枕纱橱，半夜凉初透。

东篱把酒黄昏后，有暗香盈袖。莫道不销魂，帘卷西风，人比黄花瘦。（李清照）